Christa Canetta · Der Ruf des Leoparden

Christa Canetta

Der Ruf des Leoparden

Roman

Weltbild

Besuchen Sie uns im Internet:
www.weltbild.de

Genehmigte Lizenzausgabe
für Verlagsgruppe Weltbild GmbH,
Steinerne Furt, 86167 Augsburg

Umschlaggestaltung: agilmedien, Köln
Umschlagmotiv: mauritius
Gesamtherstellung: area verlag gmbh, Erftstadt
Printed in Germany 2008
ISBN 978-3-8289-9192-7

2011 2010 2009 2008
Die letzte Jahreszahl gibt die aktuelle Lizenzausgabe an.

I

Sabine atmete auf. Endlich geschafft, dachte sie müde und ging durch den Flur, um die Haustür abzuschließen. Helga, ihre Assistentin, brachte die Praxisräume in Ordnung, und Lotti bereitete das Abendessen vor. Jedenfalls verriet der Duft, der aus der Küche kam, dass auf dem Herd etwas Köstliches brutzelte.

Sabine lehnte sich für einen Augenblick erschöpft an den Türrahmen und dachte an die Anfänge ihrer Arbeit hier in Auendorf zurück, als sie abends enttäuscht und verzagt an dieser Tür gestanden hatte, weil nicht ein einziger Patient in ihre Praxis gekommen war. Aber das war nun vorbei. Sie hatte Reservestühle anschaffen müssen, die Helga im Flur aufstellte, wenn der Platz im Wartezimmer für die vielen Patienten nicht mehr ausreichte. Gerade jetzt im Frühjahr mit den Wetterkapriolen hatten Grippe, Bronchitis und Lungenprobleme viele alte Menschen erreicht. Zu dumm aber auch, dachte sie, dass ich die Leute hier auf dem Lande nicht zur Grippeimpfung überreden kann. Aber da sind sie stur, die Heidjer. Der Anblick einer Spritze, selbst wenn sie noch so winzig oder harmlos ist, wirkt für sie wie ein rotes Tuch. Sabine machte einen Schritt nach draußen und wischte mit dem Ärmel über das leicht beschlagene Messingschild mit der Aufschrift: ›Dr. med. Sabine Büttner, Ärztin für Allgemeinmedizin‹. Sie lächelte das Schild an. Wie glücklich war ich damals, als ich es nach zehn harten Jahren Krankenhausarbeit anschrauben konnte, erinnerte sie sich. Es war der Traum meiner Ausbildung und meiner

Pläne, so ein Schild endlich besitzen zu dürfen, und dann prangte es an meiner Haustür, und kein Mensch kam, um sich von mir helfen zu lassen. Das wurde erst besser, als ein paar Unfälle die Menschen zwangen, meine Hilfe in Anspruch zu nehmen, weil sonst niemand da war. Und als Henriette meine Freundin wurde. Sie lächelte in Gedanken an Henriette, die liebevolle Schwedin, die in ihrer Heidekate mit Kräutern und selbst gemachten Tinkturen den Heidjern half, weil die einen fremden Arzt, der noch dazu eine Frau war, ablehnten. Ja, ja, dachte Sabine, wenn die Heidjer sich etwas in den Kopf setzen, dann ist das da drinnen fest verankert, und es müssen Wunder geschehen, bis sie zum Umdenken bereit sind.

Sabine wollte gerade zurück ins Haus gehen, als sie in der Ferne ein Motorengeräusch hörte. Ein unbekanntes Motorengeräusch, denn die wenigen Autos, die in dieser Gegend unterwegs waren, kannte sie genau. Der Bürgermeister, der Polizist, der Müller in Immenburg, der Wirt vom ›Auenkrug‹ und zwei oder drei Bauern aus der Umgebung hatten Autos, und natürlich Jürgen, ihr Freund, der Forstmeister. Aber dieses näher kommende Auto hatte sie noch nicht gehört. Neugierig geworden, blieb sie noch einen Augenblick in der Tür stehen. Die Touristen, dic im Sommer hierherkommen, fehlen an diesen nasskalten Frühlingstagen, und auch die wohlhabenden Patienten vom Paracelsus-Sanatorium verirren sich am frühen Abend nicht mehr in meine Praxis. Die warten um diese Zeit auf ihre geschmückten Fastenteller, auf denen nicht viel mehr zu sehen ist als kleine, feine Gemüsehäppchen und Kapuzinerblüten zur Dekoration, dachte sie schmunzelnd. Gott sei Dank habe ich keine Figurprobleme, ich kann essen, was mir schmeckt.

Das Motorengeräusch kam näher. Es kommt aus Richtung Lindenberg, es muss ein klappriger Lieferwagen sein, lauschte sie und ging in den Flur zurück. Man muss ja nicht gleich sehen, dass ich hier fremde Autos bestaune.

Der Motor wurde leiser. Der Wagen fuhr langsamer, als suche der Fahrer ein bestimmtes Haus. Sabine war ganz in den Flur zurückgetreten, als sie durch die offene Tür einen Kleinlaster halten sah. Auf der Tür stand ›Birkenhof‹, eine Telefonnummer und die Anschrift ›Oberlohe‹.

Oberlohe, dachte sie, das ist aber ziemlich weit weg. Wer will denn aus Oberlohe etwas von mir? Da der Fahrer ausgestiegen war, ging sie in den Vorgarten, um ihn zu begrüßen und nach seinen Wünschen zu fragen. Doch nach wenigen Schritten blieb sie stehen. Was ist das denn?, dachte sie erschrocken, denn ihr Herz begann zu rasen, eine Art Gänsehaut überzog ihren ganzen Körper, und die Beine waren wie gelähmt. Der Mann, der ihr entgegenkam, hatte eine Wirkung auf sie, die ihr den Hals zuschnürte. Das gibt es doch gar nicht, stellte sie völlig irritiert fest und versuchte, sich aus dieser Starre zu befreien. Dann hatte der Fremde sie erreicht.

»Frau Doktor Büttner?«

Seine Stimme und die erwartete Frage lösten die Verspannung, die sie lähmte. »Ja, Sie wünschen?«

»Bei mir im Reitstall gab es einen Unfall, ich habe eine verletzte Frau in meinem Wagen, könnten Sie uns helfen?«

»Selbstverständlich. Was ist passiert?«

»Frau Hoffmann hat ihr Pferd geputzt und dabei – ich muss sagen dummerweise – ihre Sandalen anbehalten, statt feste Stiefel anzuziehen. Nun hat das Pferd ihr mit dem Hinterhuf auf den Fuß getreten. Es sieht schlimm aus, denn der Huf hatte ein Eisen, und das Pferd ist ein kräftiger Oldenburger Wallach.«

»Die Ärmste.«

Sabine winkte Helga zu, die näher gekommen war. »Bitte holen Sie den Rollstuhl, wir haben eine Patientin.«

Sie lief zu dem Wagen auf der Straße und fand eine wimmernde, zusammengesunkene junge Frau vor, die ein mit dicken Verbänden umwickeltes Bein umklammerte.

»Beruhigen Sie sich, Frau Hoffmann, wir bringen das in Ordnung. Alles wird gut«, versuchte Sabine sie zu trösten. »Ich bin Doktor Büttner und helfe Ihnen, kommen Sie, wir fahren Sie mit dem Rollstuhl in die Praxis.«

Sie winkte die Arzthelferin heran, und der unbekannte Mann hob die Frau aus dem Auto und setzte sie vorsichtig in den Stuhl, dann übernahm er den Transport in das Haus. »Ich habe mich noch gar nicht vorgestellt«, erklärte er etwas atemlos. »Ich bin Johannes Hegenbach aus Oberlohe. Ich habe einen Reitbetrieb.«

»Danke«, erwiderte Sabine. »Ich bin hier die Ärztin.«

»Das weiß ich. Wir sind hergekommen, weil Sie einen Röntgenapparat haben, jedenfalls wurde mir das erzählt.«

»So ist es.«

Helga zeigte dem Mann den Weg, öffnete die Türen und half ihm schließlich, die Patientin auf das Untersuchungsbett zu legen.

Vorsichtig entfernte Sabine die äußeren Verbände. Dann erklärte sie: »Es ist besser, Sie warten jetzt draußen. Die Dame bekommt ein Schmerzmittel, und dann untersuche ich den Fuß.« Sie sah den Fremden nicht an, sie wusste genau, ihr Herz würde ein paar Schläge zu viel machen, und die konnte sie jetzt nicht gebrauchen. Im Hinausgehen sagte der Mann: »Den Strumpf konnte ich ihr nicht ausziehen, den hat sie noch an.« Und allein die Stimme genügte, um Sabine abermals einen leichten Schock zu versetzen.

Was ist denn los mit mir?, schimpfte sie innerlich. Wie kann man sich so überrumpeln lassen? Gleichzeitig zog sie eine Spritze auf, um der Frau ein Schmerzmittel zu verabreichen. »Sind Sie allergisch gegen irgendetwas?«, fragte sie und säuberte die Haut für die Spritze. »Oder nehmen Sie Medikamente, die ich kennen müsste?«

»Nein, nichts«, schluchzte die Frau und ließ sich von der Arzthelferin ein paar Papiertaschentücher geben. Mit den Tränen verwischte sie ihr Make-up, und während sie auf die einsetzende Wirkung des Schmerzmittels warteten, half Helga ihr, das Gesicht zu reinigen. Als die Schmerzen etwas nachließen, entfernte Sabine die restlichen Verbände, die bereits an dem blutverklebten Strumpf festhafteten. Die Frau weinte wieder. Mit lauwarmem Wasser betupfte Helga den Fuß, damit sich der Strumpf löste.

»Der Wotan, so heißt mein Pferd, hat mich noch nie getreten, aber eine Fliege hat ihn unruhig gemacht, und plötzlich sprang er zur Seite und direkt auf meinen Fuß.«

»Wir kriegen das schon wieder hin«, beruhigte Sabine die Frau. Die Spritze schien langsam zu wirken, die Frau wurde etwas müde und wirkte auch nicht mehr so verspannt. Endlich löste sich die verklebte Masse vom Fuß, und Sabine konnte den zerfetzten Strumpf und die Verbandsreste entfernen. Das Bein sah schlimm aus. Bis zur Wade hinauf war es blaurot und geschwollen, und der Fuß glich einem blutigen Brei. Behutsam untersuchte ihn Sabine, die einzelnen Zehen waren kaum zu erkennen. »Wir müssen den Fuß röntgen«, erklärte sie der jungen Frau, »aber das tut ja nicht weh, also keine Angst, wir sind ganz vorsichtig.« Gleichzeitig bedeckte sie das Bein mit Gazestücken, um der Frau den schrecklichen Anblick zu ersparen. Vorsichtig halfen sie ihr wieder in den Rollstuhl.

»Sind Sie gegen Tetanus geimpft?«, fragte Sabine.

»Nein, ich glaube nicht. Ich bin nur als Kind einmal geimpft worden.«

»Dann müssen wir das nachholen. Gerade bei diesem Sport, bei dem Sie leicht einmal mit Schmutz in Berührung kommen, ist die Tetanusimpfung unbedingt nötig.«

»Muss das denn sein?«, schluchzte die Frau.

»Sie haben eine offene Wunde, Frau Hoffmann, und ich könnte mir vorstellen, dass der Pferdehuf, der diese Wunde verursacht hat, nicht gerade sauber war.«

Nachdem die Frau die zweite Spritze bekommen hatte, brachte Helga sie in den Röntgenraum, und gemeinsam betteten sie die Verletzte so auf die Liege, dass Sabine den Fuß von allen Seiten röntgen konnte. Dann bat sie Helga, die Aufnahmen zu machen, und während die Assistentin die Aufnahmen entwickelte, sprach Sabine mit dem Reitstallbesitzer, denn so viel war klar, hier konnte die Verletzte nur notdürftig versorgt werden. Sie musste auf dem schnellsten Wege in ein Krankenhaus, und zwar für eine lange Zeit, sollte der Fuß jemals wieder gebrauchsfähig werden.

Sabine ging in das Wartezimmer. Johannes Hegenbach sah sie erwartungsvoll an. Sie riss sich zusammen, denn sie musste einigermaßen gefasst auftreten, auf keinen Fall konnte sie ihm zeigen, wie gehemmt sie in seiner Gegenwart war.

»Herr Hegenbach, das ist ein schwerer Unfall. Die Dame muss mit einem längeren Krankenhausaufenthalt rechnen. Wenn meine Befürchtungen eintreffen, sind alle Zehen gebrochen, wenn nicht sogar zertrümmert, und auch die Fußmittelknochen und das Fußgelenk sind schwer beschädigt.«

»Und wann treffen Ihre Befürchtungen ein, Frau Doktor?«

Hörte sie da eine leichte Ironie in den Worten? »Sobald die Aufnahmen entwickelt sind«, sie sah auf die Uhr, »ich denke, in fünf Minuten habe ich Klarheit.«

»Wie geht es Frau Hoffmann?«

»Sie ist etwas ruhiger, das Schmerzmittel wirkt.«

Helga winkte von der Tür her. »Die Aufnahmen sind fertig, Frau Doktor.«

Sabine, froh, sich in ihre Arbeitsräume zurückziehen zu können, nickte dem Mann zu. »Ich gebe Ihnen gleich Bescheid.«

Die Röntgenaufnahmen bestätigten, was sie befürchtet hatte. Grob ausgedrückt, sah der Fuß völlig zermalmt aus. Sabine holte tief Luft, dann ging sie zu der Patientin.

»Frau Hoffmann, Ihrem Fuß geht es nicht besonders gut, aber das wissen Sie ja selbst.«

Mit Tränen in den Augen sah die Frau sie an. »Was passiert denn jetzt? Im Augenblick habe ich gar kein Gefühl mehr in dem Fuß.«

»Das liegt an dem Schmerzmittel. Aber Sie müssen mit einer längeren Behandlungsdauer rechnen. Einer Behandlung in einem Krankenhaus. Leider sind alle Zehen gebrochen, und auch die Fußmittelknochen und das Fußgelenk sind stark beschädigt.«

»Ein Krankenhaus? Mein Gott, ich kann doch nicht in ein Krankenhaus gehen. Können Sie den Fuß nicht so eingipsen, dass ich damit laufen oder humpeln kann?«

»Leider nein, Frau Hoffmann. Sie würden bleibende Schäden davontragen und in Ihrem ganzen Leben nicht mehr richtig laufen können, wenn der Fuß nicht ganz geheilt wird. Und dazu braucht er Ruhe und fachärztliche Hilfe.«

»Aber ich muss doch arbeiten. Ich kann mir eine lange Krankheit gar nicht leisten. Ich arbeite die meiste Zeit am Computer, da könnte ich den Fuß hochlegen und schonen.«

»Frau Hoffmann, ich muss Sie dringend bitten, einen Facharzt zu konsultieren. Sie müssen sich in einer Klinik behandeln lassen.«

Die Frau weinte wieder. »Und was soll ich jetzt direkt machen?«

»Ich rufe einen Krankenwagen und lasse Sie in die Nähe von Bremen bringen. Dort im Unfallklinikum Großbresenbek haben Sie die besten Ärzte. Ich weiß das, ich habe jahrelang dort gearbeitet.«

»Aber ich habe doch gar nichts bei mir, ich bin vom Stall aus direkt hierhergekommen, weil es der kürzeste Weg zu einem Röntgenapparat war. Ich habe nicht einmal meine Handtasche dabei.«

»Das ist nicht so schlimm, Frau Hoffmann, das sind Kleinigkeiten, die am Rande gelöst werden. Machen Sie sich keine Sorgen, Ihr Reitlehrer wird sich um Ihre Sachen kümmern.«

»Der Johannes hat selbst den Kopf voller Probleme, und jetzt soll er sich auch noch um mich kümmern!«

»Er ist der Reitstallbesitzer, er hat auch eine Verantwortung für alles, was in seinem Stall passiert. Glauben Sie mir, er wird froh sein, wenn nicht größere Probleme durch Ihren Unfall auf ihn zukommen.«

»Aber nein, er kann ganz bestimmt nichts dafür. Es war allein meine Dummheit. Sonst ziehe ich immer die Stiefel an, bevor ich in die Stallgasse gehe. Aber heute hatte ich es eilig, weil ich mit Freunden zusammen ausreiten wollte. Und da dachte ich, erst einmal den Wotan putzen und satteln und dann schnell in die Stiefel. Na ja, das hat nun eben nicht geklappt.«

»Ich wundere mich, dass das Pferd so kräftig getreten hat.«

»Na ja, ich hatte eben nur dünne Sandalen mit Riemchen an und dann der Zementboden in der Stallgasse, der gibt keinen Zentimeter nach.«

»Oh ja, Zement ist hart. Also, ich mache Ihnen jetzt einen dicken Salbenverband um den Fuß, dann kleben die Verbandsmittel nicht fest, und Sie haben keine Probleme, wenn alles im Krankenhaus entfernt wird. Wie ist es mit den Schmerzen?«

»Ja, so langsam fühle ich meinen Fuß wieder.«

»Gut, dann gebe ich Ihnen noch eine Spritze, bevor Sie abfahren, und Sie werden sehen, in Großbresenbek sind Sie in den allerbesten Händen. Ich kenne dort Doktor Bellmann, und ich werde ihn anrufen und ihm sagen, dass er sich ganz besonders liebevoll um Sie kümmern soll.«

»Danke. Und was wird mit Johannes?«

»Den schicke ich gleich zu Ihnen herein. Sobald ich den Verband angelegt habe, setzen wir Sie wieder in den Rollstuhl, dann können Sie sich besser mit ihm unterhalten, diese Röntgenliege ist doch sehr unbequem.«

Sabine strich eine dicke Crememasse auf den Fuß und bandagierte ihn ganz vorsichtig. Danach legte sie eine

Schiene an, die den Fuß vor Berührungen mit Decken oder Laken schützte, und dann half ihr Helga, die Patientin wieder in den Rollstuhl zu setzen, und fuhr sie ins Wartezimmer.

Was die beiden besprachen, konnte Sabine nicht verstehen, sie hörte aber, dass Frau Hoffmann wieder weinte. Dann rief sie in Großbresenbek an und verlangte, Doktor Bellmann zu sprechen. Als er sich endlich meldete, atmete sie erleichtert auf. Gott sei Dank, dachte sie, er ist da. »Hallo Jochen, hier ist Sabine. Wie geht es dir?«

»Gut, gut, mein Mädchen, und dir?«

»Auch gut, aber ich habe hier einen Unfall, den ich zu dir in die Klinik schicken möchte.« Mit kurzen Worten schilderte sie den Fall und fragte: »Du kümmerst dich doch darum?«

»Natürlich, Sabine, das ist mein Beruf. Soll ich von hier aus einen Krankenwagen schicken?«

»Ja, das wäre am besten, denn in dem klapprigen Kleinlaster, mit dem sie hergekommen ist, kann ich sie nicht weiterfahren lassen.«

»Gut, der Wagen fährt gleich ab. Schick bitte die Röntgenaufnahmen mit, dann können wir hier sofort mit der Behandlung anfangen. Wie ist es mit Medikamenten?«

»Ich gebe ihr eine zweite Spritze gegen die Schmerzen, sonst hält sie die Fahrt nicht aus, und ich habe sie gegen Tetanus geimpft.«

»So schlimm ist es?«

»Schlimmer, Jochen, ich weiß nicht, ob ihr den Fuß überhaupt retten könnt. Ich hoffe es nur.«

»Wir tun unser Bestes, das weißt du.«

Sabine ging hinüber ins Wartezimmer zu der Patientin und dem Reitstallbesitzer. »Ich habe mit der Klinik telefoniert, man bereitet alles für Sie vor, Frau Hoffmann, Sie sind dort in den besten Händen. Der Krankenwagen wird in gut einer Stunde hier sein, um Sie abzuholen. Meine Assistentin bringt Sie gleich hinüber in meine Wohnung, dort können Sie auf der Couch liegen, und Ihr Bein bekommt endlich Ruhe. Haben Sie hier alles besprochen?«

»Ja«, schluchzte Beate Hoffmann ziemlich verzweifelt, »Herr Hegenbach informiert meine Freundin, die wird sich dann um meine Sachen kümmern und sie mir ins Krankenhaus bringen.«

Der Fremde stand auf. »Wenn es Ihnen recht ist, fahre ich Frau Hoffmann mit dem Rollstuhl in Ihre Wohnung, ich kann sie dann hochheben und auf die Couch betten.«

»Danke, das wäre sehr nett.« Sabine fühlte sich dem Mann gegenüber noch immer gehemmt. Nimmt das denn gar kein Ende?, dachte sie und vermied es, ihn anzusehen, als sie die Türen zwischen Warteraum und Wohnhalle öffnete. »Bitte, dort drüben ist die Couch.«

Am Eingang zur Küche stand die Haushälterin. Lotti war es gewohnt, dass Patienten ihren Stundenplan durcheinanderbrachten. »Darf ich Ihnen etwas zu trinken anbieten?«, fragte sie die unerwarteten Gäste und sah ihre Chefin fragend an.

Der Mann schüttelte den Kopf. »Danke, nein, ich muss so schnell wie möglich zurück in meinen Reitstall.« Er drehte sich um, küsste der Patientin die Hand, wünschte ihr gute Besserung und nickte Sabine zu. »Ich danke Ihnen, dass Sie sich so gut um Frau Hoffmann gekümmert haben«, sagte er, nickte auch der Haushälterin zu und ging. Nach einigen vergeblichen Versuchen sprang der Motor des Kleinlasters an, und keine fünf Minuten später war von dem Wagen nichts mehr zu hören.

Sabine sah ihre Patientin an. »Möchten Sie etwas trinken? Ein stilles Wasser vielleicht?«

»Nein, danke, ich möchte nur ganz ruhig liegen.«

Helga kam aus der Praxis. »Frau Doktor, ich brauche die Unterlagen von Frau Hoffmann: Anschrift, Krankenkasse und was sonst noch nötig ist. Kann ich das hier aufschreiben?«

»Selbstverständlich.«

Helga notierte alles, und Sabine erfuhr, dass ihre Patientin Innenarchitektin war, in Verden an der Aller lebte und in Oberlohe bei einer Freundin ihren Urlaub verbrachte.

Als Helga alles aufgenommen hatte, verabschiedete sie sich. »Ich gebe alles in den Computer ein, dann fahre ich nach Hause, wenn's recht ist, Frau Doktor.«

»Danke, Helga, und einen schönen restlichen Feierabend.«

Sabine setzte sich zu der Patientin und ließ sich ein wenig von ihrem Reiterurlaub erzählen, um sie von ihren Schmerzen und den Gedanken an die Folgen abzulenken.

»Ach, wissen Sie«, erklärte Beate Hoffmann, »ich bin schon zum zweiten Mal in Oberlohe. Man kann dort Pferde mieten oder sein eigenes unterstellen. Es ist eine wunderschöne Gegend, und die Reitwege sind einmalig«, schwärmte sie.

»Und? Haben Sie dort ein eigenes Pferd?«

»Nein, leider nicht, aber es wäre ein Traum von mir. Der Wotan gehört in den Stall, aber wenn ich dort Urlaub mache, kann ich ihn für die ganze Zeit mieten, da gewöhnt man sich aneinander.«

»Ich habe noch nie etwas von einem Reitstall in Oberlohe gehört.«

»Es gibt ihn auch noch nicht lange. Ich habe erfahren, dass Johannes Hegenbach seinen abgewirtschafteten Gutshof retten will und hofft, durch Reitunterricht und Pensionspferde etwas Geld zu verdienen, mit dem er dann nach und nach die Landwirtschaft wieder aufbauen kann.«

»Das wird schwer sein in der heutigen Zeit, wo so viele Bauern ihre Höfe aufgeben, weil sie einfach mit den Ausgaben, den Auflagen und den Bestimmungen nicht mehr zurechtkommen.«

»Ja, das ist schwer, der Hansi schuftet von früh bis spät, aber viel Erfolg hat er nicht. Er hat damals mit vier Reitpferden angefangen, inzwischen hat er zehn und ein paar Pensionspferde, darauf ist er schon richtig stolz.«

»Alles braucht seine Zeit, ich habe auch ganz klein angefangen, und es hat fast ein Jahr gedauert, bis ich sagen konnte: Jetzt läuft die Praxis.«

»Mir ist es genauso gegangen, man muss viel Geduld mitbringen, wenn man solche Phasen und den Beginn einer Selbstständigkeit überleben will.«

Sabine beobachtete, dass ihre Patientin wieder Schmerzen hatte. »Ich gebe Ihnen eine zweite Spritze gegen die Schmerzen, sobald wir den Krankenwagen hören. Dann überstehen Sie die Fahrt besser.«

Obwohl sie sich gern weiter mit der jungen Frau unterhalten hätte, vor allem, weil sie mehr über diesen attraktiven Mann erfahren wollte, verzichtete sie auf die weitere Unterhaltung. Es war schon seltsam, dass ein Mann sie derart beeindruckt hatte. So etwas war ihr einfach noch nie passiert, und dabei kannte sie eine ganze Menge netter, faszinierender Männer. Die Ärzte im Klinikum waren fast alle charmant und anziehend, abgesehen natürlich von ihrem Exverlobten, der sie mit einer Lernschwester betrogen hatte, und auch abgesehen von dem rundlichen, beinahe glatzköpfigen Jochen Bellmann, der gern mehr wollte als eine gute Freundschaft und inzwischen eine andere Frau gefunden und geheiratet hat. Es muss dieses Selbstbewusstsein gewesen sein, das dieser Mann ausstrahlte, überlegte sie, diese absolute Sicherheit im Auftreten, die Widersprüche von Anfang an ausschloss. Der Handkuss, mit dem er Frau

Hoffmann verabschiedete, zeugt von Stil, dass er für mich nur ein Kopfnicken übrig hatte, zeugt von Nichtachtung. So eine Gemeinheit, dachte sie, wahrscheinlich behandelt er Menschen, die ihm Geld bringen, besser als solche, die Unkosten verursachen. Dabei berechne ich ihm doch nichts, die Kosten wird schon die Krankenkasse erstatten. Es sei denn, er wäre in irgendeiner Weise Schuld an dem Unfall, dann müsste er mit Unkosten rechnen. Aber dafür wird er ja wohl eine Haftpflichtversicherung haben. Und außerdem hat Frau Hoffmann alle Schuld auf sich genommen, erinnerte sie sich.

Draußen kam ein Wagen näher. Autoscheinwerfer bestrahlten die Straße, und das Blaulicht tauchte die kahlen Bäume in ein künstliches Licht. Helga hatte die Außenbeleuchtung angelassen, sodass der Wagen das Arzthaus sofort fand.

Zwei Sanitäter kamen durch den Vorgarten, als Sabine die Haustür öffnete. Sie hatten eine Trage dabei und stellten sich vor.

Sabine lächelte freundlich: »Wir haben Sie schon erwartet. Die Patientin liegt bei mir im Wohnzimmer, kommen Sie bitte mit.« Die beiden Männer begrüßten Beate Hoffmann, und Sabine bot ihnen Kaffee an, den sie dankbar tranken, während Sabine ihr das versprochene Schmerzmittel gab. »Es war ein langer Tag heute, da tut so ein Kaffee richtig gut.«

Als das Mittel erneut Wirkung zeigte, betteten sie die Patientin auf die Trage, und Sabine begleitete die drei bis zum Krankenwagen. Fünf Minuten später war der Wagen in der Dunkelheit verschwunden. Blaulicht funkte durch die Nacht, aber das Martinshorn ließen die Männer ausgeschaltet, um die Dorfbewohner nicht zu stören. Sabine löschte die Lampen, verschloss die Tür und ging müde zu Bett. Der Appetit auf das Abendessen war ihr vergangen. Sie sah noch immer den verletzten Fuß vor sich und dachte bei sich: Hoffentlich müssen sie ihn nicht amputieren.

II

Sabine lag lange wach in dieser Nacht. Sie dachte an die verletzte Frau, die vielleicht in diesen Minuten ihren Fuß verlor, wenn Jochen Bellmann nicht ein Wunder vollbrachte, sie dachte an Jürgen Albers, den Forstmeister, der ohne sie nicht leben konnte – das hatte er zumindest gesagt – und der nun schon wieder seit drei Tagen den Weg zu ihr nicht gefunden hatte, und sie dachte an den Reiter aus Oberlohe, der sie vollkommen aus dem Konzept gebracht hatte. Wie war das möglich? Wie konnte es geschehen, dass ein fremder Mann von einem Augenblick zum nächsten sie vollkommen verwirrte?

Obwohl sie ihn kaum angesehen hatte, um seinem intensiven Blick nicht zu begegnen, sah sie ihn jetzt sehr genau vor sich: die verstaubten, an den Innenseiten grau gescheuerten Reitstiefel, die engen braunen Reithosen mit den abgewetzten Lederbesätzen an den Knien, das braune Polohemd mit dem kleinen Monogramm von Pikeur, die ölgetränkte grüne Barbourjacke und das leicht zerzauste schwarze Haar – sein Bild war so deutlich, als stünde er in hellstem Tageslicht direkt vor ihr.

Verärgert drehte sich Sabine auf die andere Seite. Verflixt, dachte sie, warum spukt der Mann so permanent in meinem Kopf herum? Ich sollte an Jürgen denken, er ist der Mann, dem ich eine gemeinsame Zukunft versprochen habe, damals am Weihnachtsabend im verschneiten Wacholdergebüsch auf der Heidehöhe, als wir das Mufflonwild beobachteten. Von ihm sollte ich träumen. Aber selbst wenn ich mich bemühe, sein Bild verschwimmt immer wieder vor meinen Augen. Woran zum Teufel liegt das? Machst du dich zu rar, mein lieber Jürgen, vermeidest du immer noch Gefühlsausbrüche? Wir lieben uns doch. Aber wie lange hält eine Liebe, wenn sie nicht gepflegt wird?

Wütend drehte sich Sabine auf den Bauch und schlug mit der Hand auf das Kopfkissen. Himmel, Jürgen, warum bist du so introvertiert, warum fällt es dir so schwer, Liebe zu zeigen? Wie soll das denn weitergehen mit uns, wenn du so verschlossen bist?

Es wurde schon hell, als Sabine endlich einschlief. Sie träumte von Ronca, ihrer Setterhündin, die ihr Jochem Bellmann, ihr Freund und Kollege, vor einem Jahr geschenkt hatte. »Ronca soll dich hier in der verlassenen Heidegegend bewachen«, hatte er gesagt und ihr das kleine, feuchte Hundebündel in den Arm gedrückt. Plötzlich war Sabine hellwach. Wo ist Ronca? Sie rief nach dem Hund, der nachts auf ihrem Bettvorleger schlief, aber nichts rührte sich. Erschrocken stand sie auf. Habe ich sie gestern Abend etwa ausgesperrt? Aber dann hätte sie doch protestiert und so lange gebellt, bis ich sie hereingelassen hätte.

»Ronca?«, rief sie noch einmal, aber alles blieb still. Sie zog sich hastig an und lief nach unten. Aber weder vor der Haustür noch vor der Hintertür wartete der Hund. Wann und wo habe ich sie zum letzten Mal gesehen?, überlegte sie und lief in die Praxisräume, die für den Hund tabu waren. Aber Ronca war weder im Haus noch im Garten, und auch auf der Straße war sie nicht zu sehen.

Es war kurz nach sieben. Die Sonne war aufgegangen, und es versprach ein schöner Tag zu werden. Die Haustür wurde geöffnet, und Lotti kam herein. Besorgt rief Sabine ihr zu: »Haben Sie Ronca unterwegs gesehen? Ich vermisse sie.«

Lotti schüttelte den Kopf und stellte ihre Einkaufstaschen ab. »Nein, mir ist sie nicht begegnet. Ich war beim Fleischer und beim Bäcker und gegenüber bei der Leni, weil wir frischen Honig brauchen, aber Ronca habe ich nicht gesehen. Vielleicht stromert sie in der Heide herum?«

Wenig später rief Lotti aus der Küche: »Ihr Futter von gestern Abend steht auch noch hier. Sie hat nichts angerührt.«

Sabine folgte ihr in die Küche. »Das kann nicht sein. Ronca lässt nie ihr Futter stehen.«

»Es sei denn, sie ist schon vorher weggelaufen.«

»Aber wann und wohin?« Die beiden Frauen überlegten. »Wann haben wir sie zuletzt gesehen?«

»Kurz vor dem Abendessen kam doch dieser Mann mit der verletzten Frau, da war sie schon weg, sonst hätte sie bestimmt gebellt, weil sie die Leute nicht kannte.«

»Stimmt. Während der Praxiszeit ist sie immer im privaten Teil des Hauses, damit sie die Patienten nicht anbellt, aber die Praxis war schon geschlossen, als er kam. Und später hatte ich die fremden Leute sogar im Wohnzimmer, da hätte sie sich bestimmt bemerkbar gemacht.«

»Aber sie ist noch nie fortgelaufen.«

»Vielleicht ist sie einem Hasen gefolgt, oder sie hat einen Fasan im Garten aufgestöbert. Sie ist schließlich ein Jagdhund.«

Lotti nickte. »Wir sollten den Forstmeister anrufen.«

»Er hätte sich bestimmt gemeldet, wenn er Ronca gesehen hätte.«

»Trotzdem.«

»Na gut, ich rufe an.«

Draußen ging die Haustür. Helga kam, um die Praxis für die ersten Patienten zu öffnen. Auch sie hatte den Hund nicht gesehen. Das Wartezimmer füllte sich.

»Ich rufe beim Forstmeister an«, erklärte Lotti der Ärztin. »Sie müssen wenigstens eine Tasse Kaffee trinken, bevor Sie mit der Arbeit anfangen.«

Aber während Lotti zum Hörer griff und Sabine ihren weißen Kittel anzog, läutete es an der Privatklingel des Hauses. Da Sabine der Haustür am nächsten war, öffnete sie. Draußen stand Johannes Hegenbach und hielt eine fröhlich mit der Rute wedelnde Ronca an einem Stück Bindfaden fest.

Konsterniert starrte Sabine Mann und Hund an. »Aber … wie kommen Sie und der Hund … mein Gott, ist Ronca …«, stotterte sie. Dann bückte sie sich und umarmte ihren Hund. »Wo warst du bloß, wie kannst du mich so erschrecken?«, flüsterte sie und löste den Bindfaden vom Halsband. Dann erst sah sie den Mann an. »Entschuldigen Sie, ich habe mir solche Sorgen gemacht, Ronca ist noch nie fortgelaufen. Wo war sie denn? Wo haben Sie sie gefunden?«

»Sie lief heute Morgen zusammen mit meinem Hund auf unserem Hof herum. Ich kann mir nur vorstellen, dass sie gestern Abend zu meinem Rex auf den Laster gesprungen und mit uns gefahren ist. In der Dunkelheit habe ich nicht bemerkt, dass ich zwei Hunde hinten auf dem Wagen hatte.«

»Du dummer Hund«, versuchte Sabine zu schimpfen, aber die Freude über das Wiedersehen war zu groß, und das merkte Ronca ganz genau und sprang freudig um Sabine herum.

»Zum Glück hatte Ihre Hündin Namen und Adresse am Halsband eingraviert, da habe ich gewusst, wohin sie gehört.«

»Danke! Ich danke Ihnen vielmals«, stammelte Sabine und folgte dann dem Gebot der Höflichkeit: »Möchten Sie hereinkommen? Der Kaffee ist gerade fertig. Frische Brötchen sind auch da. Ich selbst muss jetzt leider in die Praxis.«

»Danke, nein, ich muss auch weiter. Wissen Sie schon etwas über Frau Hoffmann?«

»Nein, so früh würde ich in der Klink noch keine Auskunft bekommen. Ich rufe später dort an.«

»Ja, das wäre gut, werden Sie mich informieren, wie es ihr geht? Hier ist meine Karte.«

»Ja, natürlich.« Sie nahm die Karte und streckte ihm zur Verabschiedung die Hand entgegen. Als er sie nahm und mit seiner großen kräftigen Hand drückte, erfasste Sabine wieder dieses ungewollte Unbehagen, das zur Lähmung der Beine und zu einer Gänsehaut am ganzen Körper führte und beinahe auch ihre Stimme verschluckt hätte. Leicht errötet flüchtete sie in ihre Praxis und sah vom Fenster aus, wie er in seinen klapprigen Laster stieg, den Motor anließ und abfuhr.

»Himmel, was für ein Mann!«, dachte sie und bat die Assistentin, den ersten Patienten hereinzuholen.

Sabine widmete sich mit dem üblichen Eifer und mit gewohnter Sorgfalt ihrer Arbeit. Sie verbot sich die Gedanken an diesen unerwarteten Besuch und wechselte Verbände, horchte Lungen ab und maß den Blutdruck. Erst in der Mittagspause gestattete sie sich einen Gedanken an den Morgen. Nicht nur der fremde Mann war ihr ein Rätsel, sondern vor allem ihre Reaktion auf ihn. Seine Ausstrahlung hatte eine Kraft, die ihr gefährlich werden konnte, das spürte sie sehr genau. Selbst in seiner Arbeitskleidung gab er sich durch und durch als Gentleman. Seine Sprache war perfekt, und obwohl er kaum gesprochen hatte, waren die wenigen Worte genau platziert und von einem tiefen, beruhigenden Klang. Und dennoch, dachte Sabine, unter dem beruhigenden Ton gibt es etwas Gefährliches, etwas Geheimnisvolles mit einer beängstigenden Anziehungskraft.

Sabine sah nachdenklich aus dem Fenster, dorthin, wo vor Stunden dieser kleine Lastwagen gestanden hatte und dann fortgefahren war. Es war die Selbstsicherheit, die er ausstrahlte und die sie nicht fassen konnte. Und weil sie damit nicht zurechtkam, entschied sie sich, ihn nicht zu mögen. Überragende Personen hatte sie noch nie gemocht. Das fing bei ihrem Vater an, der eine charismatische Persönlichkeit gewesen war, aber zu dem sie trotzdem keine gute Beziehung gehabt hatte, ging über zu überheblichen maskulinen Professoren, die zum Glück sehr selten waren, und reichte nun bis zu diesem Mann, der sie rundum lähmte.

Mittags rief Sabine im Unfallklinikum Großbresenbek an und sprach mit Jochen Bellmann. »Wie geht es Beate Hoffmann? Könnt ihr den Fuß retten?«

Bellmann, bei dem Stress in der Unfallklinik wie immer von hektischer Unruhe gepackt, war etwas atemlos, als er ans Telefon kam. »Hallo, Sabine, du hast gute Vorarbeit geleistet. Wir werden den Fuß retten können, wenn keine Infektionen hinzukommen. Aber er sieht grässlich aus.«

»Was wirst du machen?«

»Ich werde versuchen, die Zehen zu rekonstruieren, damit sie vernünftig laufen kann, aber ein hübscher Fuß wird das nie wieder.«

»Frau Hoffmann wird froh sein, überhaupt laufen zu können.«

»Jetzt schon, aber irgendwann wird sie sich schämen, diesen Fuß zu zeigen. Und dabei ist sie doch noch so jung.«

»Sie war leichtsinnig. Das weiß sie genau.«

»Natürlich, aber dieser kleine Leichtsinn wird ihr ein ganzes Leben lang Schmerzen und Scham bereiten.«

»Ja, das ist wirklich grausam.«

»Aber sag mal, Sabine, hat sie eigentlich niemanden, der sich um sie kümmert? Sie wartet auf eine Freundin, die ihr Kleidung und Kosmetika und die Handtasche aus dem Pferdestall bringen sollte. Aber hier meldet sich niemand.«

»Das weiß ich nicht. Sie hatte auch mir gegenüber etwas von einer Freundin erwähnt, bei der sie zurzeit Urlaub macht.«

»Hm, wir brauchen natürlich ihren Personalausweis, ihre Versicherungskarte, die Anschrift von Angehörigen, denn wir müssen die Frau mehr als einmal unter Vollnarkose operieren, da müssen wir doch wissen, um wen es sich handelt und wen wir eventuell benachrichtigen müssen – du weißt schon, was ich meine.«

»Ja, natürlich. Aber ich kenne nur den Reitstallbesitzer, der sie hergebracht hat. Mehr weiß ich auch nicht.«

»Bitte setze dich mit dem Mann in Verbindung, vielleicht weiß der, wo diese Freundin ist. Wir konnten unter der Handynummer, die Frau Hoffmann uns gegeben hat, niemanden erreichen.«

»Ich werde es versuchen. Wenn ich etwas erfahre, rufe ich dich an.«

»Danke. Und, Sabine, wie geht es dir?«

»Gut, Jochen, ich habe viel zu tun, aber das wollte ich ja auch.«

»Dann haben dich die Heidebauern also endgültig akzeptiert?«

»Ja, soweit sie hier sind. Aber die meisten sind als Saisonarbeiter unterwegs und haben ihre kleinen, unergiebigen Höfe geschlossen, das weißt du ja.«

»Und wer sind deine Patienten?«

»Die Alten, die nicht wissen, wohin, und auf den Höfen leben müssen, weil sie ihre Dörfer nicht mehr verlassen können, und die jungen Leute, die keine Arbeit in der Stadt und in der Umgebung finden. Und natürlich die Frauen und Kinder, die ihre Männer und Väter nicht zur Saisonarbeit begleiten können. Dann sind da noch die Waldarbeiter, ein paar Kinder aus einem Heim, die wenigen Bauern, die es noch gibt, und die Angestellten in den Gemeindeämtern und in den größeren Betrieben. Ich meine damit die Gasthäuser, die Mühle, die Reitanlage in Immenburg, und ab und zu kommt auch mal jemand vom Schloss und braucht Hilfe.«

»Eine interessante Mischung.«

Hörte sie Ironie in der Stimme und eine winzige Geringschätzung? »Du weißt, Jochen, dass ich diese Art von Arbeit wollte. Außerdem gibt es genug durch die Sozialstationen und die Schulen zu tun.«

»Ich weiß, ich weiß, ich hoffe ja nur, dass es dir bei allem auch wirklich gut geht.«

»Danke, Jochen, ich bin zufrieden, und wer kann das schon von sich sagen?«

»Da hast du recht. Und nun versuche bitte, den Reitlehrer zu erreichen, damit wir mit den Personalien von Beate Hoffmann weiterkommen.«

Aber als Sabine in Oberlohe anrief, wurde ihr gesagt, dass Johannes Hegenbach am Vormittag mit einer Reitergruppe zu einem mehrtägigen Wanderritt aufgebrochen sei. Seine Handynummer sei im Stall nur seinem Vertreter bekannt, und der gebe zurzeit einer Gruppe behinderter Kinder Reitunterricht und dürfe nicht gestört werden. Sie solle abends noch einmal versuchen, ihn zu erreichen.

Am späten Nachmittag, Sabine hatte gerade die letzten Patienten verabschiedet, hörte sie, dass Caspar Winkler hinter dem Haus seine Schafherde vorbeitrieb. Sabine, die, immer wenn er kam, den Schäfer der Samtgemeinde begrüßte, weil er ein Freund geworden war und sie von Anfang an in vielen ihr unbekannten Gebräuchen beraten hatte, lief auch heute wieder hinaus, um ihn zu begrüßen.

»Hallo, Schäfer«, winkte sie ihn herbei, »komm auf einen Wacholderschnaps herein.«

»Danke, Doktor, aber ich muss mich beeilen, es wird schon dunkel, und die Schafe drängen in ihren Stall.«

»Dann warte zwei Minuten, ich hole die Flasche heraus. Ich habe ein paar Probleme, und einen guten Schluck kann ich auch gebrauchen.« Sie lief ins Haus zurück, und der Schäfer gab seinen Hunden ein paar Kommandos, sodass sie die Herde einkreisten und zum Stillstehen zwangen.

»Was gibt's, Doktor, seit wann hast du Probleme?«

Vorsichtig füllte Sabine die kleinen Gläser. »Ach, es gab einen Unfall, und es gab einen Mann, der mich beunruhigt, und ein Problem mit dem Jürgen, der sich nicht sehen lässt.«

»Doktor, das sind ja 'ne ganze Menge Probleme, die du hast.«

»Ja, und außer dir hab' ich keinen, der mir bei der Lösung helfen könnte.«

»Dann komme ich nachher vorbei. Oder ist es dann schon zu spät?«

»Nein, komm' nur, ich warte mit dem Abendessen auf dich.«

III

Sabine kam ins Haus zurück und bat Lotti, ein Abendessen für zwei Personen zuzubereiten. Lotti, die immer sehr froh war, wenn einmal Gäste ins Haus kamen und diese die tägliche Routine unterbrachen, bei der Sabine selten Besonderheiten erwartete, war mit Begeisterung dabei. »Kommt der Schäfer zum Essen?«

»Ja, ich möchte mit ihm einiges besprechen, und ein paar Fragen habe ich auch.«

»Das ist recht so. Der Caspar weiß im Dorf Bescheid. Er tratscht nicht wie die alten Weiber, aber er kennt sich aus.«

Sabine lachte. »Ja, da haben Sie recht, und er hat mir schon manchmal die Augen geöffnet, wenn ich nicht weiterwusste.«

»Er ist halt ein echter Heidjer und hier groß geworden. Deshalb vertrauen ihm die Bauern auch immer wieder ihre Schafe an.«

»Warum ›immer wieder‹?«

»Na ja, wenn der Winter beginnt, nehmen sie ihre Schafe in die eigenen Ställe, die heizen dort ganz schön ein, und das Geflügel oder die Schweine haben warme Unterkünfte. Aber wenn der Frühling kommt, sind sie froh, die Schafe beim Schäfer zu wissen.«

»Dann hat er im Winter Ferien?«

»Nein, Frau Doktor, wo denken Sie hin. Er hat doch die Herde von der Samtgemeinde, also von den vier Dörfern. Die brauchen die Gemeinden, damit die Heide kurz gehalten wird. Und um die Schafe muss er sich im Winter besonders kümmern. Die müssen gefüttert und der Stall muss ausgemistet werden, und nur bei gutem Wetter kommen sie ins Gehege. Da gibt's mehr zu tun als im Sommer, wo sie sich ihr Futter selbst suchen.«

»Ja, Sie haben recht, ich hatte die Stallarbeit vergessen. Dann wird er ja froh sein, dass er jetzt wieder unterwegs ist.«

»Das ist er. Und wenn er dann so nett eingeladen wird, dann macht's ihm noch mal so viel Spaß.« Lotti grinste. »Er weiß schon, wo er ab und zu mal vorbeiziehen muss mit seiner Herde.«

»Stimmt, Lotti, aber er hat mir schon so manchen guten Rat gegeben, ich bin froh, ihn hin und wieder zu treffen.«

Sabine ging nach oben, um zu duschen und sich umzuziehen. Sie war froh, das alte, leer stehende Arzthaus damals, als sie hier in Auendorf anfing, gekauft und renoviert zu haben. Es war zu einem behaglichen und bequemen Zuhause für sie geworden.

Draußen war es inzwischen dunkel, und Sabine freute sich, dass Lotti in der Wohnhalle Feuer im Kamin gemacht hatte.

Die flackernden Flammen färbten die Dielenbretter und die Deckenbalken in warme Goldfarben und sorgten für eine gemütliche Atmosphäre.

Aber Feierabend hatte Sabine noch nicht. Sie musste mit dem Reitlehrer in Oberlohe telefonieren und danach Jochen Bellmann anrufen. Der gute Jochen, dachte sie, er war mein Lehrmeister im Klinikum und hat mir am Anfang aus so mancher Schwierigkeit geholfen, und dann ist er zu einem wunderbaren Freund geworden. Eigentlich wollte er ja mehr – sie lächelte bei dem Gedanken an die schwierigen Momente, in denen sie ihm begreiflich machen musste, dass er nicht der Mann war, den sie sich erträumte. Er war einfach nicht ihr Typ.

Zornig runzelte Sabine die Stirn. Stattdessen habe ich mich in den attraktivsten Arzt der Klinik verliebt und totalen Schiffbruch erlitten. Eine Woche vor der Hochzeit mit diesem Don Juan habe ich ihn mit einer Lernschwester in flagranti erwischt. Tja, das war dann das Ende meiner Arbeit in Großbresenbek, ich wollte nicht zum Gespött der anderen werden, habe die Konsequenzen gezogen und mich hier selbstständig gemacht. Landärztin zu werden war schon immer mein Wunsch, jetzt habe ich ihn mir hier erfüllt.

Sie griff zu ihrem Telefonbuch und rief in Oberlohe an. Aber der stellvertretende Reitlehrer war noch immer beim Unterricht, und auch Doktor Bellmann konnte sie nicht erreichen. Ich muss es später noch einmal versuchen, dachte sie genervt und ging zu Lotti in die Küche, wo es wundervoll duftete.

»Was kochen Sie? Es riecht sehr verführerisch.«

Lotti nickte. »Vergessen Sie nicht, Frau Doktor, dass der Caspar auch mein Freund ist. Und wenn er im Dorf erzählt, dass er hier gegessen hat, dann wollen die Leute natürlich wissen, was ich aufgetischt habe. Da kann ich mich doch nicht blamieren.«

»Also, Lotti, was gibt es?«

»Wildschweinpastete mit Kräuterbutter und Preiselbeeren.«

»Jetzt? Um diese Jahreszeit?«

»Frau Doktor, Sie haben eine große Tiefkühltruhe, da ist alles zu jeder Zeit möglich.«

»Wunderbar. Dann werde ich den passenden Wein heraussuchen. Roten, nicht wahr?«

»Zu Wild immer, Frau Doktor.«

Sabine freute sich. Sie wusste natürlich, welchen Wein sie zu welchem Essen servieren musste, aber Lotti war so glücklich, wenn sie um Rat gefragt wurde, dass Sabine immer wieder die Unwissende spielte, um Lotti einen Gefallen zu tun. Sie hatte wirklich Glück mit dieser Haushälterin, die morgens kam und abends ging, auf ihrem eigenen kleinen Hof lebte und ihre fast erwachsenen Kinder versorgte, während der Mann als Saisonarbeiter auf großen Landgütern in Mecklenburg arbeitete und selten von seinem Lohn etwas mit nach Hause brachte.

»Gibt's denn auch eine Vorspeise und einen Nachtisch, Lotti?«

»Selbstverständlich. Vorneweg habe ich an eine Suppe mit grünen Schwemmklößchen gedacht, Sie wissen doch, der Schäfer hat's gern deftig, und zum Abschluss gibt's ein Eis mit Kirschwasser. Danach schmeckt der Kaffee dann besonders gut.«

»Na, bravo, Lotti, da haben Sie den Übergang zum gemütlichen Abend ja bestens eingeleitet. Aber wieso sind es grüne Schwemmklößchen?«

»Na, weil Spinat da drin ist.«

»Ach so, ja, natürlich, Spinat. Auch aus der Tiefkühltruhe?«

»Selbstverständlich.«

Sabine deckte den Tisch in der Essecke der Wohnhalle. Eine bunt karierte Leinendecke mit passenden Servietten, das Besteck mit den Holzgriffen, das Steingutgeschirr aus Dänemark und die Gläser, die sie auf einem Weihnachtsmarkt in Altenmedingen erstanden hatte, rundeten das Bild ab. Passend zum Essen sollte der Tisch rustikal und gemütlich aussehen. Sie wusste, was der Schäfer mochte, denn trotz seiner ländlichen Arbeit war er ein kluger Mann, der durchaus Sinn für die Feinheiten des Lebens besaß. Das hatte Sabine an seiner Beziehung zu Henriette erlebt. Die schwedische Heilerin, die seit vielen Jahren in einer einsamen Hütte am Schlehenweg wohnte und die Bauern mit natürlichen Heilmitteln versorgte, wenn sie sich scheuten, den Doktor aufzusuchen, war eine durch und durch gebildete Frau. Und diese beiden, der Schäfer und die Heilerin, hatten eines Tages der neuen Ärztin ihre Freundschaft angeboten und ihr Geheimnis anvertraut: die heimliche Beziehung und die gemeinsame Tochter Luuva.

Sabine stellte eine dicke Stumpenkerze aus Bienenwachs auf den Tisch und zündete sie an. Schnell verbreitete sich ihr angenehmer Duft im ganzen Raum. Als Ronca unruhig wurde und zur Tür lief, hörte sie, dass der Schäfer sein Fahrrad in den Carport schob. Sie öffnete die Haustür, Ronca stürzte begeistert über den wohl bekannten Besuch nach draußen, und Sabine sah den Schäfer im Licht der Hauslaterne näher kommen.

Fein hat er sich gemacht, dachte sie. Der Lodenanzug sitzt noch immer wie angegossen, und dem Mann sieht man die fünfundfünfzig Jahre weiß Gott nicht an. Kein Wunder, dass Henriette Gefallen an ihm findet.

»Hallo, Schäfer, schön, dass du da bist.« Sie begrüßten sich mit einer kleinen Umarmung, und Sabine bat ihn herein.

»Danke für die Einladung. Hier riecht es außerordentlich verführerisch, Doktor.«

»Ja, Lotti hat sich große Mühe gegeben.«

»Das dachte ich mir. Ich habe ihr ein Glas Holundergelee mitgebracht, den mag sie sehr, das weiß ich von früher.«

Lotti stand in der Küchentür und trocknete sich die Hände an der Schürze ab. »Danke, Caspar, du bist ein Schatz.« Und zu der Ärztin gewandt: »Frau Doktor, ich gehe jetzt, es ist alles fertig, Sie brauchen das Essen nur noch aufzutragen.« Sie wusste, dass die Ärztin sich mit dem Schäfer unterhalten wollte, und dabei hatte sie nichts zu suchen. Außerdem musste sie heim, auf ihrem Hof wartete schließlich auch noch Arbeit auf sie.

Das Essen war vorzüglich, aber während der Mahlzeit wollte Sabine nicht von ihren Problemen anfangen. Später aber, als sie beide vor dem Kamin Platz genommen hatten, konnte sie nicht länger an sich halten.

»Schäfer, ich habe da ein Problem, kann ich mit dir darüber sprechen?«

»Aber immer, Doktor.«

»Was ist mit dem Förster los? Siehst du ihn manchmal?«

»Ja, freilich, ich treffe ihn fast täglich. Du nicht?«

»Ich habe ihn in dieser Woche noch nicht zu sehen bekommen und in der Woche davor nur einmal im Vorbeifahren.«

»Aber ihr seid doch so gut wie verlobt.«

»Das dachte ich auch. Aber er ist da wohl anderer Meinung.«

»Nein, das glaube ich nicht. Er hat viel zu tun, das weiß ich. Der Winter mit den Stürmen und dem Holzumbruch, und jetzt, wo es wärmer wird, fängt der Holzwurm wieder an, Ärger zu machen.«

Sabine schüttelte den Kopf. »Das ist kein Grund, mir aus dem Weg zu gehen. Früher fand er doch auch immer Zeit, hier vorbeizuschauen, jetzt kommt es mir vor, als mache er einen großen Bogen um das Haus.«

Besorgt sah der Schäfer die Ärztin an. »Hat er vielleicht Grund, eifersüchtig zu sein?«

»Nein, auf gar keinen Fall. Meine Patienten kennt er besser als ich, und anderen männlichen Besuch hatte ich auch nicht.«

»Aber du weißt, dass er ein sehr introvertierter Typ ist.«

»Ja, natürlich, aber man kann doch nicht alles damit entschuldigen. Es ist schwer, an ihn heranzukommen, das weiß ich, aber schließlich war er es doch, der zu Weihnachten den ersten Schritt gemacht hat. Nur leider blieb es bis jetzt bei diesem ersten Schritt.«

»Was denn, keine Tête-à-Têtes? Keine Dates, wie man heute so sagt, wenn man sich trifft? Keine Gespräche, wenn man die Zärtlichkeiten einmal weglässt?«

»Du sagst es. Hin und wieder ein ›Guten Morgen‹ oder ›Guten Abend‹ am Gartenzaun, manchmal ein lässiges Winken aus der Ferne – kannst du mir sagen, wie man sich da näherkommen soll?«

»Vielleicht musst du den ersten Schritt machen? Geh hin und frag ihn einfach, warum er sich so rarmacht.«

»Aber ich kann ihm doch nicht nachlaufen.«

»Wenn dir etwas an ihm liegt, und den Eindruck habe ich, dann musst du etwas dafür tun.«

»Schäfer, du bist doch ein erfahrener Mann. Kannst du mir nicht sagen, warum der Jürgen so zurückhaltend ist?«

»Vielleicht hat er Angst?«

»Der Forstmeister und Angst? Aber nein, so ein ausgewachsener Mann, wovor soll der denn Angst haben?«

»Vor seinen eigenen Gefühlen natürlich. Er hat bis jetzt wie ein Einsiedler gelebt, vielleicht hat er Angst vor einer Zweisamkeit.«

»Dann soll er mir das sagen.«

»Hättest du Verständnis dafür?«

»Vielleicht? Ich weiß es nicht.«

»Siehst du, und davor hat er sicherlich auch Angst.«

»Ich verstehe das nicht. Erst der Reinfall mit meinem Beinaheehemann, jetzt das Dilemma mit einem Fastverlobten, da kann eine Frau aber wirklich zur Abstinenzlerin werden. Du meinst also, ich soll hingehen und mit ihm reden?«

»Ich halte das für das Beste, denn dann weißt du, woran du bist.«

»Ich würde ihm einen gemeinsamen Urlaub vorschlagen. Irgendwo weit weg von hier, irgendwo, wo die Sonne scheint und man Lust auf gute Laune hat, auf Leichtigkeit, auf Lachen – so etwas in der Richtung.«

»Dann geh hin und sag es ihm.«

»Was meinst du, Schäfer, wann hätte er denn Zeit für einen Urlaub? Ich meine, wann kann er seinen Wald mal verlassen?«

»Jetzt wäre eine gute Zeit. Bevor das Wild mit seinem Nachwuchs zum Problem wird. Und außerdem sind genug Förster da, die ihren Chef mal vertreten können.«

»Dann fahre ich morgen Abend zu ihm.«

»Gut, Doktor, ich drücke dir die Daumen.«

»Danke. Und jetzt erzähle mir, wie es Henriette und Luuva geht.«

»Der kleine Fratz ist wunderbar und wächst und gedeiht, und dadurch geht es Henriette schlecht.«

»Was? Wieso? Ist sie krank?«

»Nein, sie hat alle Hände voll zu tun und kommt nicht mehr zu ihrer eigenen Arbeit.«

»Aber wieso denn?«

»Na, die kleine Maus fängt an zu krabbeln und ist ständig irgendwo, wo sie nichts zu suchen hat.«

»Das haben Kinder so an sich.«

»Ich möchte nicht wissen, was sie alles anstellt, wenn sie einmal laufen kann.«

»Dann wird's noch schwerer für deine Henriette. Kannst du denn nicht öfter in die Hütte gehen und ihr helfen?«

»Wo denkst du hin, Doktor. Ich liebe Luuva, aber Windeln wechseln und ›Hoppe-Hoppe-Reiter‹-Spiele, das ist nichts für einen alten Mann.«

»Du und alt, Schäfer, du solltest dich schämen.«

»Tu ich ja auch. Aber im Ernst, Henriette will gar nicht, dass ich mich einmische, und die Lämmerzeit steht vor der Tür, da steh ich Tag und Nacht im Stall, um den kleinen Dingern zum Leben zu verhelfen.«

»Ich dachte, das machen deine Schafe allein.«

»Tun sie auch, aber ein verantwortungsvoller Hirte rechnet immer mit einer Steiß- oder Querlage, und dann muss ich zur Stelle sein.«

»Ist schon gut, Schäfer, ich wollte dich ja nur ein bisschen ärgern.«

Und dann erzählte Sabine ihm von dem Unfall der Reiterin. »Kennst du diesen Reitstallbesitzer aus Oberlohe?«

»Ja, kenne ich.«

»Na und, was ist das für ein Mann?«

»Hm, schwer zu sagen. Auch ziemlich zugeknöpft.«

»Und sonst? Außer dem Zugeknöpftsein?«

»Er plagt sich mit seinem alten Gut herum und hofft, es wieder auf Vordermann zu bringen.«

»Wieso, was fehlt denn dem Gut?«

»Na, vor allem Geld. Es heißt, der alte Hegenbach habe alles durch die Kehle laufen lassen.«

»Du meine Güte.«

»Tja, ein schwieriger Mann, der Alte. Erst war er Nazi, da war er der Größte und hatte viel zu sagen. Dann kam der Krieg, und er war lange an der Ostfront. Und dann kam er krank nach Hause und war ein Niemand. Und wenn er sich unbeobachtet glaubte, das hat man im Dorf erzählt, dann ging er in sein Herrenzimmer, zog die Vorhänge zu, zündete Kerzen an und hörte auf dem Grammophon alte Parteilieder. Und eines Abends ist er dabei gestorben, und das Herrenhaus wäre beinahe abgebrannt. Wegen der Kerzen.«

»Und das glaubst du?«

»Man erzählt es.«

»Und der Sohn, also dieser Reiter?«

»Der packt an, aber viel erreicht hat er auch noch nicht. Zuerst hat er fast alle Felder verpachtet, um mit dem Pachtgeld den Hof zu retten. Als die Gebäude einigermaßen instand gesetzt waren, fing er mit dem Reitbetrieb an. Nun versucht er, mit dem wenigen verdienten Geld die Felder zurückzubekommen, um sie selbst zu bestellen. Ich sage dir, das Gut ist ein Fass ohne Boden. Und der Jüngste ist der auch nicht mehr.«

»Wie alt ist er denn?«

»So um die fünfzig wird er wohl sein.«

»Die sieht man ihm aber nicht an.«

»Klar, deshalb rennen ihm ja die Frauen auch die Bude ein.«

Sabine lachte. »Da muss was dran sein.«

»Woran?«

»Dass Skilehrer und Reitlehrer begehrte Männer sind.«

»Na, ich weiß nicht, aber ich glaube, für so ein Weibergewäsch hat der im Augenblick keine Zeit, der hat ganz andere Sorgen.«

»Ja, und nun dieser Unfall, hoffentlich ist er versichert. Es war immerhin sein Pferd, das da zur Seite gesprungen ist.«

»Ohne Versicherung läuft in so einem Betrieb gar nichts. Sogar ich mit meinen Schafen muss eine Haftpflichtversicherung haben.«

»Wegen deiner Schafe?«

»Stell dir vor, eins läuft über die Straße, und ein Auto hat einen Unfall.«

»Na ja, da hast du natürlich recht, Schäfer.«

»Na bitte.« Er stand auf. »So, Doktor, ich danke für den schönen Abend, das gute Essen, den Wein und den Schnaps hier am Kamin. Aber jetzt muss ich los. Ein Blick noch in den Schafstall, und dann wartet Henriette, der muss ich genau erzählen, was du auf dem Herzen hattest.«

»Ich warne dich«, lachte Sabine. Dann wurde sie wieder ernst. »Ich weiß meine Probleme bei euch bestens aufgehoben. Grüß die nette Schwedin und komm bald mal wieder vorbei mit deiner Herde.«

Auch Ronca war aufgestanden, legte ihren Kopf an das Bein des Schäfers und wartete auf eine Streicheleinheit. Dann lief sie zur Tür und von dort in den Garten, wo sie ihre ganz bestimmte Ecke für die abendliche Verrichtung hatte.

Sabine lag noch lange wach an diesem Abend. Sie malte sich einen Urlaub mit ihrem Förster in der Toskana aus, wo um diese Jahreszeit schon die Mimosen blühten, und dann träumte sie von einem alten, abgewirtschafteten Gut, das in Flammen stand. Aber da war sie schon eingeschlafen.

IV

Der nächste Tag war ein Mittwoch. Der Tag, an dem Sabine nur morgens Sprechstunde hatte und über den Nachmittag, sofern keine Hausbesuche nötig waren, frei verfügen konnte. Sie nutzte die Zeit meist für Einkäufe in Soltau oder fuhr auch mal nach Hannover, wenn sie die Sehnsucht nach Großstadtatmosphäre packte. Heute würde sie zwei Hausbesuche machen und dann den Forstmeister suchen. Das allerdings war nicht ganz leicht, denn wo in dem weiten Wald- und Heidegebiet hielt er sich an diesem Nachmittag auf? Aber zum Glück gab es Lotti, und Lotti war die Schwester von Grete, und Grete war die Haushälterin vom Forstmeister. Lotti und Grete waren sehr darauf bedacht, ihre beiden Chefs miteinander zu verkuppeln. Das sah damals, nach Weihnachten und dem Jahreswechsel, sehr positiv aus, hatten sie doch beide den Eindruck, dass sich da tatsächlich zarte Bande zwischen dem Heidehaus vom Förster und dem Doktorhaus in Auendorf bildeten. Aber in letzter Zeit? Da herrschte einfach zu viel Abstinenz zwischen den beiden. So war Lotti nur allzu bereit, als Sabine sie am Morgen dieses Mittwochs bat: »Lotti, Sie müssen mir einen Gefallen tun.«

»Ja, gern, wenn ich kann.«

»Bitte rufen Sie Ihre Schwester an und fragen sie, wo sich der Forstmeister heute aufhält.«

»Ja, mache ich sofort.« Und schon eilte sie, nachdem die Ärztin in der Praxis verschwunden war, zum Telefon und rief Grete im Heidehaus an. »Hallo, Grete, ich glaube, es kommt Bewegung in die Sache.«

Grete wusste sofort, um was es ging, denn nur zu oft war das Thema zwischen ihnen diskutiert worden.

»Die Ärztin will wissen, wo dein Chef sich heute aufhält. Gestern war der Schäfer hier, und ich denke mal, die Gespräche gingen um deinen selten sichtbaren Förster.«

»Das kann stimmen, dabei ist er dauernd unterwegs, er könnte eigentlich täglich in Auendorf vorbeischauen. Aber, ich fürchte, den zieht es im Augenblick mehr nach Westen als nach Osten.«

»Was willst du damit sagen?«

»Das Fräulein Francesca ist aus Davos zurück.«

»Die Tochter vom Grafen von Rebellin?«

»Genau die, und Schloss Schwanenwyk liegt nun einmal westlich von hier, genau entgegengesetzt vom Doktorhaus.«

»Machst du Witze?«

»Nein, ich hab es auch grad erst erfahren und sag nur, wie es ist.«

»Dann ist sie also wieder gesund und hat sich von dem fürchterlichen Unfall und dem Lungenriss erholt?«

»So sieht es aus, Lotti.«

»Du meine Güte, und das weiß der Forstmeister natürlich.«

»Was dachtest du denn? Auch die Wälder vom Grafen werden neuerdings vom Forstmeister kontrolliert, da bleiben Begegnungen doch gar nicht aus.«

»Das muss geändert werden, Grete.«

»Dann sag mir mal, wie? Ich kann dem Mann doch morgens nicht sagen: ›He, Förster, dein Weg geht aber heute mal nach Osten.‹ Wie stellst du dir das vor?«

»Da hast du recht. Aber ich glaube, heute nimmt die Ärztin die Sache selbst in die Hand. Deshalb soll ich ja auch fragen, wo er nachmittags ist.«

»Da hat sie Glück. Heute ist die monatliche Versammlung der Revierförster bei uns. Ich denke mal, um fünf ist Schluss, länger dauern diese Besprechungen nie, die Förster wollen ja auch noch bei Tageslicht heimfahren und unterwegs Teile ihrer Reviere inspizieren, wenn sie schon mal in abgelegenen Gegenden unterwegs sind.«

»Also um fünf Uhr.«

»Ja, so ungefähr.«

»Danke, Grete, ich sag' es meiner Ärztin.«

Ziemlich betroffen legte Lotti den Hörer auf. So eine Gemeinheit, dachte sie. Da kommt uns ja ein gewaltiger Brocken in den Weg. Ich hab' schon im Herbst vor der Schleppjagd, bei der die Komtess den Unfall hatte, vermutet, dass sich da etwas anbahnt. Die beiden, der Förster und die Francesca, waren ständig unterwegs, um die Strecke abzureiten, die Wege zu markieren, die Hindernisse zu prüfen. Und jetzt knüpft der angebliche Einsiedler wieder neue Fäden. Komisch, dass der Schäfer davon nichts wusste. Oder hat er gestern so etwas angedeutet? Also ich werde diese Nachricht nicht weitersagen. Menschen, die schlechte Nachrichten überbringen, sind unbeliebt. Ich will mein Verhältnis zur Ärztin nicht infrage stellen. Dazu ist mir die Arbeit hier zu wichtig. Und die Freundschaft mit ihr auch.

So sagte Lotti nur: »Frau Doktor, der Forstmeister ist heute bis gegen fünf Uhr im Heidehaus. Die Revierförster haben eine Versammlung, hat mir Grete gesagt.«

»Danke. Das passt gut. Dann kann ich vorher meine Hausbesuche machen, und Sie brauchen kein Abendessen vorzubereiten. Ihre Schwester wird schon für uns sorgen.«

Na hoffentlich, dachte Lotti und ging in den Garten, um ein Beet für die Frühlingszwiebeln vorzubereiten.

Sabine liebte die Nachmittage, an denen sie ihre Praxis verlassen konnte und, von den Hausbesuchen abgesehen, ihre Freizeit genießen durfte. Auch heute machte sie zuerst einen ausgedehnten Spaziergang mit Ronca über die Heidehügel hinter dem Haus. Früher, dachte sie, bin ich hier so oft dem Förster begegnet, warum hat sich das geändert? Langsam ging sie durch das noch winterbraune Heidekraut und sah zu den Wacholderbüschen hinüber, an denen letzte, braun und trocken gewordene Beeren hingen. Dagegen waren die Birkenstämme voller frischem Saft, das verriet die schneeweiße Rinde. Ein paar warme Tage, und die kleinen, grünen Knospen verwandeln sich in Blätter, dann haben wir den Frühling in der Heide.

Oben auf der Hügelkuppe angekommen, sah sie sich um. Still und verlassen lag das Land zu ihren Füßen. Kein Wild, keine Touristen, nicht einmal der Schäfer ist heute hier unterwegs, dachte sie und machte sich auf den Heimweg. Ihre Gedanken wanderten zurück zu den Weihnachtstagen, als der Forstmeister sie bei Henriette überraschte und dann in die winterliche Heide entführte, wo sie Mufflonwild beobachteten und er ihr erklärte, wie sehr er dieses Land und seine Tiere liebte und dass er mit ihr hier sein Leben zu verbringen wünschte. Ein paar Zärtlichkeiten in der Kälte, die sie für ernst gehalten hatte, und danach ein paar Besuche, die immer seltener wurden.

Wir müssen reden, dachte sie. Und wenn es die letzten Worte zwischen uns sind, aber ich will wissen, woran ich bin. Ich habe keine Lust, wie bestellt und nicht abgeholt auf einem Abstellgleis zu stehen, ich habe das nicht nötig. Sie dachte an Hartmut Neuberg, den Direktor einer Uelzener Zuckerfabrik, der so intensiv um sie geworben hatte, bis sie durchblicken ließ, dass sie sich anderweitig gebunden fühlte. Gebunden an einen Einzelgänger, der für eine Zweisamkeit anscheinend nichts übrig hatte? Energisch lief sie zurück. Dann tauchte ihr Haus vor ihr auf, ihr geliebtes Heim mit den Butzenscheiben und dem heruntergezogenen Reetdach, das so viel Geborgenheit und Gemütlichkeit versprach.

Sie brachte Ronca zu Lotti in die Küche, wechselte die Schuhe, besprach mit der Assistentin die Schreibarbeit, die sie Helga gern überließ, holte ihre Arzttasche, steckte das Handy ein und ging zum Auto.

Die beiden Hausbesuche, die heute anstanden, waren nicht kompliziert. Ein abklingender Grippefall bei einer alten Bäuerin, die allein auf ihrem Resthof lebte, und ein Verbandswechsel bei Lisbeth, der Wirtin vom Auenkrug, die sich heißes Wasser über den Fuß geschüttet hatte und nicht laufen konnte. Die Bäuerin besuchten sie abwechselnd, Lotti, Helga und sie als Ärztin, denn der Hof lag abgelegen, und es gab keine Nachbarn, die sich um die Frau kümmern konnten. So waren sie regelmäßig unterwegs, um die Frau zu versorgen, solange sie bettlägerig war. Aber auf dem Weg zurück ins Dorf begann Sabine zu überlegen: Ich muss mir etwas einfallen lassen. Diese alten Menschen, die ihr Zuhause nicht mehr verlassen können oder wollen, müssen versorgt werden. Nachbarschaftshilfe ist gut und hilfreich, genügt aber nicht, wenn die Höfe so weit auseinanderliegen. Wir haben eine ganze Reihe junger schulentlassener Mädchen, die nicht wissen, wie sie den Tag herumkriegen sollen, und zu Hause vor ihren Fernsehern sitzen oder im Internet surfen, sie könnten sich um diese Alten kümmern. Ein kurzer Besuch jeden Tag, die Frage nach dem Befinden und eventuell ein paar Handgriffe, die den alten Leuten zu schwerfallen, mehr müssten sie gar nicht tun.

Ich werde mit dem Pastor sprechen, er soll mir die Konfirmandinnen der letzten Jahre nennen, und dann rede ich mit den Mädchen. Vielleicht sind sie sogar froh, eine Aufgabe zu bekommen.

Sabine dachte an die jungen Männer, die unlustig und arbeitslos in den Dörfern herumlungerten und denen sie mit dem Fahrradclub zu neuen Aufgaben verholfen hatte. Inzwischen hatten sie einen Fahrradverleih mit selbst reparierten alten Rädern für Touristen eröffnet, halfen im Sommer den alten Bauern bei den Kutschenfahrten für die

Gäste, hatten im Herbst sogar alte Pferdeschlitten in Ordnung gebracht und halfen bei den Schlittenfahrten in die winterliche Heide.

So etwas muss ich für die Mädchen organisieren, dachte sie. Kinder müssen Aufgaben haben, die ihr Leben lebenswert machen, mir wird schon etwas einfallen. Und sie dachte an Dorffeiern und Wettkämpfe, an Gästebetreuung und Kinderfeste – wenn nur der Gemeinderat etwas beweglicher und finanziell freizügiger wäre, seufzte sie und stellte ihren Landrover vor dem Auenkrug ab.

Lisbeth saß in ihrem Wohnzimmer hinter der Gaststube und hatte ihren Fuß auf einen Stuhl gelegt. »Schön, dass du kommst«, empfing sie die Ärztin und streckte ihr die Hand entgegen. Zwischen den beiden Frauen hatte sich eine Freundschaft entwickelt, und Sabine war sehr froh darüber, denn die Wirtin, bis zu ihrer Hochzeit mit dem Wirt einst selbst eine Fremde in Auendorf, half ihr, so manche Absonderlichkeit bei den Heidjern zu verstehen. Außerdem verfügte Lisbeth immer über neueste Informationen, denn die Gäste im Dorfkrug hielten, wenn sie etwas getrunken hatten, mit ihrem Wissen nicht hinterm Berg, wenn es über etwas oder jemanden zu reden galt. Durch Lisbeth hatte Sabine von der Not der Bauern erfahren, die ihre unwirtschaftlichen Höfe aufgegeben hatten und in der Fremde Arbeit suchten, über die Sorgen der daheimgebliebenen Frauen, die ihre oft alkoholisierten Ehemänner dann an den Wochenenden ertragen mussten, über die Jugendlichen, die arbeitslos herumlungerten, drogenabhängig wurden oder sogar kriminell. Lisbeth wusste, wo Menschen in Armut lebten, wo Kinder verwahrlosten und wo Obdachlose kampierten. Für die Ärztin war die Wirtin so etwas wie eine Sozialstation, die sich mit den Nöten anderer auskannte. Und da Sabine ihre Patienten als eine Einheit von Körper, Geist und Seele verstand, half sie, wo immer es sein musste.

»Schön, dass du kommst«, freute sich Lisbeth und rieb vorsichtig an ihrem Fuß. »Es juckt und ist kaum zum Aushalten.«

»Dein Fuß heilt, das Jucken ist ein gutes Zeichen.« Vorsichtig löste Sabine den Verband, puderte die verbrühten Stellen, auf denen sich langsam eine neue Haut bildete, und mahnte zur Geduld.

»Pass gut auf, dass du die neue Haut nicht zerstörst, damit du keine offenen Wunden behältst.«

»Bloß nicht«, nickte Lisbeth verständnisvoll, »meine Füße brauche ich, sonst kann ich die Wirtschaft gleich schließen.«

»Na also, dann geh behutsam mit ihnen um.«

»Bleibst du noch ein Weilchen? Heute ist Mittwoch, du hast doch etwas Zeit?«

Sabine schüttelte den Kopf. »Ich muss weiter, ich will um siebzehn Uhr im Heidehaus beim Forstmeister sein.«

»Gibt's beim Jürgen Albers was Neues?«

»Ich glaube nicht. Ich will bloß mal vorbeischauen.«

»Der ist in letzter Zeit selten hier im Wirtshaus. Früher kam er immer samstags, um mit seinen Waldarbeitern beim Bier die kommende Woche zu besprechen. Aber in letzter Zeit sitzen die Männer immer ohne ihn hier.«

Sabine zuckte mit den Schultern. »Er wird viel zu tun haben. Im Wald soll es viel Schäden bei den Bäumen gegeben haben.«

»Ach was, das wäre eher ein Grund, hier zu sein und mit seinen Männern zu reden. Ich glaube, der hat was gegen Auendorf oder gegen unseren Krug. Wenn du ihn siehst, kannst du ihm nicht mal auf den Zahn fühlen?«

Sabine lächelte. »Ich glaube kaum, dass er mir einen Grund dafür nennt. Du weißt doch, er war schon immer sehr zurückhaltend.« »Aber bei dir doch nicht, ich denke, ihr seid so gut wie verlobt.«

»Das bildest du dir ein, Lisbeth, ich müsste doch etwas davon wissen.«

»Na, man hat aber darüber geredet.«

»Du weißt doch, was man von dem Dorfgeschwätz zu halten hat.«

»Ja, ja, aber ein bisschen Wahrheit steckt immer drin.«

»Ach, Lisbeth, du und deine Dorfgeschichten.« Vorsichtig erneuerte Sabine den Verband. »In zwei Tagen komme ich wieder, wenn du deinen Fuß nicht strapazierst, können wir den Verband vielleicht weglassen, damit Luft an die Wunde kommt. Also, sei vorsichtig.«

»Das werde ich. Wie ist es jetzt mit einem Kaffee und selbst gebackenen Plätzchen?«

»Heute nicht. Tschüss, Lisbeth, bis übermorgen.« Sabine packte ihren Puder und die restlichen Verbände wieder ein und verabschiedete sich mit einer freundschaftlichen Umarmung.

Wieder in ihrem Auto, dachte sie: Also, hier macht er sich auch rar. Ich verstehe das einfach nicht. Er hat doch so ein gutes Verhältnis zu seinen Arbeitern, warum lässt er die nun allein ihr Bier trinken? Als wir uns kennenlernten, hat er mir erzählt, dass er mit seinen Arbeitern ein kameradschaftliches Verhältnis pflegt und dass ihm diese Samstagabende besser dabei helfen, die Arbeit zu besprechen, als die Gespräche im Wald, der keine Möglichkeit für ausführliche Besprechungen bietet. Seltsam, er kann sich doch nicht so sehr verändert haben? Irgendetwas muss da passiert sein.

Sabine verließ Auendorf und fuhr auf der öffentlichen Straße, die einen erheblichen Umweg machte, nach Moordorf. Sie hatte zwar eine Fahrerlaubnis für die Wege durch das Naturschutzgebiet, durfte sie aber nur bei Notfällen benutzen.

Die leere Straße wand sich um die sanften, mit Heidekraut, Wacholder und Birken bewachsenen Hügel. Abgesehen von ein paar krächzenden Krähen am Himmel und einem Wildkaninchen begegnete ihr niemand. Es war ein kühler, bedeckter Tag, zu ungemütlich für Wanderer und

Radfahrer, die sonst den beginnenden Frühling in der Heide für erste Touren nutzten. Hin und wieder durchkreuzte Sabine ein Stück Wald. Dann breitete sich ein mooriges Gebiet neben ihr aus, gefolgt von einem braunen Heidekrautteppich, der in einem schwarzen Sumpf endete.

Endlich die ersten Häuser von Moordorf, hineingeduckt in die Senke nach Norden, umgeben von einigen brachliegenden Feldern. Ein paar Zäune, ein paar Schafe, die noch nicht beim Schäfer in der Herde grasten, zwei braune Haflinger Pferde mit leuchtend weißen Mähnen, die im Sommer eine Kutsche und im Winter einen Schlitten ziehen mussten, und dazwischen ein streunender Hund waren alles, was Sabine von Moordorf zu sehen bekam. Hier ist es noch einsamer als bei uns, dachte sie, in Auendorf haben wir wenigstens die Kirche und das Rathaus, hier gibt es gar nichts. Dann bog sie nach rechts in den Weg ein, der zum Heidehaus führte. Hoffentlich ist der Förster noch zu Hause, dachte sie und fuhr durch die breite Einfahrt. Auf dem Hof parkten sechs Autos. Die Versammlung ist also nicht zu Ende. Sie schaute auf die Uhr. Eine halbe Stunde noch bis fünf Uhr, stellte sie fest und stieg aus. Sie ging hinüber zur Koppel, wo Lady, die Stute vom Forstmeister, graste.

»Viel Futter findest du ja noch nicht, meine Schöne«, flüsterte sie dem Pferd zu, das sofort an den Zaun kam, als es die Besucherin sah. Pferd und Ärztin kannten sich gut, so manches Mal hatte Lady im letzten Sommer am Zaun von Sabines Garten auf ihren Reiter warten müssen, wenn der im Doktorhaus zu Gast war. Sabine strich dem hübschen Rotschimmel über den Hals und kraulte ihm die Nüstern, was Lady besonders gern hatte. Dann wandte sie sich dem Haus zu. Von Jogas und Basco, den beiden Jagdhunden, war keiner zu sehen, aber Chaica, die Hündin, lief mit ihren Welpen in einem großen Zwinger herum. Die jungen Pointer, inzwischen fast so groß wie Chaica, tobten herum und kämpften spielerisch um die Herrschaft. Dabei ging es völlig lautlos zu: Pointer eben, die den Jagdinstinkt und die Lautlosigkeit im Blut haben, dachte Sabine und schaute ihnen eine Weile zu. Sie wusste, dass Jürgen Albers sich die ersten Hunde seinerzeit aus England geholt hatte und nun mit Erfolg züchtete, denn die Pointer waren sehr begehrte Jagdhunde in vielen Förstereien und auch bei privaten Jägern.

Hinter ihr im Haus wurde es laut. Die Tür öffnete sich, die ersten Männer traten auf den Hof und gingen zu ihren Wagen. Dann fuhr einer nach dem anderen davon. Sabine wartete, sie wollte sicher sein, dass alle gegangen waren, bevor sie den Forstmeister begrüßte. Als alle den Hof verlassen hatten, ging sie hinüber, aber sie hatte die Steinstufen noch nicht erreicht, als Jürgen Albers ihr mit dem Sattel auf dem Arm entgegenkam.

»Hallo, Jürgen«, begrüßte sie den verdutzten Förster. »Ich hörte, dass du heute Nachmittag hier bist, da dachte ich, ein Besuch bei dir könnte nicht schaden. Wir haben uns lange nicht gesehen. Wie geht es dir?«

»Danke, ich hatte viel zu tun. Du siehst selbst, auch heute war das Haus voll.«

»Ja, deine Försterversammlung. Gibt es viel zu besprechen?«

»Das kann man wohl sagen: Die Winterschäden, die Frühlingsarbeit, der Wald ist ein Lebensraum, in dem nichts stillsteht.«

»Ich weiß. Trotzdem wollte ich einmal nach dir schauen. Du hast dich lange nicht bei mir sehen lassen, warum?«

Er stand noch immer unschlüssig im Türrahmen, Sattel und Zaumzeug im Arm.

Sabine ging näher zu ihm, und als sie vor ihm stand, erklärte sie: »Wir müssen reden, Jürgen, kann ich hereinkommen?«

»Tja, ich wollte gerade … ich muss eigentlich …«

»Ich weiß, du musst dein Pferd bewegen und nach dem Wild sehen und den Waldarbeitern auf die Finger schauen.

Du musst heute aber auch mal Zeit für mich haben, also, kann ich hereinkommen?«

»Ja, meinetwegen, wenn es sehr dringend ist.«

»Das ist es.«

Er trat zurück und machte den Eingang frei. Sabine ging an ihm vorbei und direkt in sein Wohnzimmer. Sie kannte sich gut aus in dem Forsthaus, einige gemütliche Stunden hatte sie im letzten Jahr hier verbracht. Sie setzte sich in den Sessel neben dem Kamin und drehte dem Fenster den Rücken zu. So musste sich der Hausherr ihr gegenüber hinsetzen, und sie hatte das Licht des Fensters auf seinem Gesicht. Aber bevor er kam, betrat Grete das Zimmer. »Der Chef kommt gleich, Frau Doktor, er zieht sich nur um. Gestiefelt und gespornt sitzt er nicht gern hier im Sessel. Ich brühe inzwischen einen Tee auf, und einen feinen Kuchen habe ich auch. Ich wusste ja von Lotti, dass Sie kommen«, fügte sie flüsternd hinzu.

»Danke, Grete, ein Tee wäre wunderbar, ich bin schon den ganzen Nachmittag unterwegs.«

Wenig später kam der Forstmeister. Er hatte die Reitkleidung gegen die Uniform getauscht, und Sabine dachte sofort: Er will also Abstand wahren, sonst hätte er seinen bequemen Hausanzug angezogen.

Er beschäftigte sich ein paar Minuten lang mit seiner Tabakpfeife, dann kam Grete mit dem Tee und dem Gebäck, und als sie wieder gegangen war, fragte er: »Du willst mit mir reden?«

»Ja. Was ist los mit dir? Warum sehe ich dich kaum noch?«

»Aber du weißt doch, wie viel Schäden der Winter dem Wald zugefügt hat.«

»Waldschäden haben dich früher nicht daran gehindert, an meinem Gartenzaun haltzumachen und auf einen Drink oder auf einen Kaffee im Doktorhaus hereinzuschauen.«

»Das Gebiet, für das ich verantwortlich bin, hat sich in den letzten Wochen fast verdoppelt.«

»Fast verdoppelt? Aber wie ist das möglich?«

»Der Graf hat den Antrag gestellt, dass ich mich auch um seine Wälder und Heideflächen kümmere, und die Forstverwaltung in Hannover hat dem zugestimmt.«

»Der Graf will, dass du dich um seine Gebiete kümmerst? Er war doch nach der Herbstjagd überhaupt nicht gut auf dich zu sprechen. Er hat dir doch indirekt die Schuld an dem schlimmen Unfall seiner Tochter gegeben.«

»Er hat eingesehen, dass er im Unrecht war, und mich um Entschuldigung gebeten. Ich hatte keinen Grund, seine Bitte abzuschlagen, und außerdem war es ja sozusagen ein Befehl von ganz oben.«

»Dem du dich nicht entziehen konntest.«

»Dem ich mich nicht entziehen kann.«

»Wie geht es denn seiner Tochter inzwischen? Ist sie immer noch in Davos?«

»Nein, sie ist seit ein paar Wochen wieder zu Hause.«

Bei Sabine schrillten ein paar Alarmglocken. »Und, wie geht es ihr?«

»Gut, glaube ich. Davos hat ihr gutgetan.«

»Ach, ja? Jürgen, das bringt mich auf eine Idee. Uns würden ein paar Urlaubstage auch guttun. Lass uns wegfahren. Einfach in den Süden, in die Sonne, in die Wärme, das wäre herrlich.«

»Wie stellst du dir das vor? Ich kann doch hier nicht weg.«

»Aber dir steht Urlaub zu. Solange ich dich kenne, und das ist fast ein Jahr, hattest du noch nie einen Urlaubstag. Jetzt, bei der fast noch winterlichen Ruhe, bist du doch entbehrlich, später, im Sommer, wird es dann heikel mit dem Verreisen, das sehe ich ein.«

»Sabine, du hast keine Ahnung von meiner Arbeit.«

Ungeduldig schüttelte sie den Kopf. »Jeder berufstätige Mensch braucht eine Erholung. Du hast die Revierförster, die dich vertreten können, wenn nicht jetzt, wann dann?«

Fassungslos sah Jürgen Albers sein Gegenüber an. Aber Sabine fuhr unbeirrt fort. »Wir könnten nach Hannover fahren und in den Süden fliegen, bis wir in der Sonne und in der Wärme ankommen. Kaum zwei Stunden von hier entfernt wartet der Frühling auf uns.« Erwartungsvoll sah sie den Forstmeister an. »Früher bin ich oft mit meinen Eltern nach Italien geflogen, um den Winter abzukürzen. Und in der Toskana haben wir dann Ferien gemacht. Da blühen um diese Zeit die Mandelbäume und die Oliven, die Hügelhänge sind voller Mimosen, die Wiesen voller Gänseblümchen und Primeln. Jürgen, wir können Florenz besuchen und den schiefen Turm von Pisa, wir können die Marmorbrüche von Carrara besichtigen und den herrlichen Strand von Livorno, das ist so traumhaft schön. Wir haben beide eine Auszeit verdient. Niemand kann unseren Wunsch nach einem Urlaub ablehnen.«

»Sabine, träumst du?« Vor Verwirrung war dem Forstmeister die Pfeife ausgegangen. »Wie kannst du denn an eine Mittelmeerreise denken, an Marmor und Mimosen, wenn sich zur gleichen Zeit mit der beginnenden Wärme hier der Borkenkäfer breitmacht? Hast du so wenig Ahnung von meiner Arbeit?«

Sabine schüttelte verärgert den Kopf. »Erzähl mir nichts vom Borkenkäfer. Ich habe mich erkundigt, der wird erst im späten Frühjahr aktiv. Du kannst ihm ruhig noch eine Weile Winterschlaf gönnen.«

»Du hast dich erkundigt? Wo hast du dich erkundigt?«

»Im Internet natürlich. Wenn ich eine Reise plane, dann gründlich. Dann schalte ich störende Elemente von Anfang an aus.«

»Und meine Arbeit ist so ein störendes Element!«

»Das habe ich nicht gesagt. Aber so, wie ich meine Urlaubsvertretung plane, solltest du auch deine Reise vorbereiten, und da ist der Borkenkäfer ein Element, dem du begegnen musst. Aber eben nicht heute oder morgen, sondern in ein paar Wochen.«

»Ich habe dir doch gesagt, dass ich mich jetzt auch um die Wälder vom Grafen kümmern muss. Der hätte überhaupt kein Verständnis, wenn ich nach so kurzer Zeit bereits einen Italienurlaub plane.«

»Also ist es nicht der Borkenkäfer, der dich hindert, sondern der Graf?«

»Sei nicht zynisch, Sabine, so kenne ich dich gar nicht.«

»Na, dann lernst du mich jetzt eben auch einmal so kennen. Ich bin wütend, wenn du meinen Wunsch nach einer Ferienreise so brutal und grundlos ablehnst. Wir sind uns fremd geworden, Jürgen, das muss sich ändern.«

»Brutal und grundlos, wie kannst du so etwas sagen? Ich bin ein pflichtbewusster Mann, und ich habe es mit einem Wald voller Leben zu tun, da kann man nicht einfach die Tür zumachen und in den Süden reisen.«

»Und eine Schlosstür schon mal gar nicht. Jürgen, mir kannst du nichts vormachen: Du willst einfach hier nicht weg und von dem Grafen schon mal gar nicht. Oder ist es das heimgekehrte Töchterchen, das dich aufhält?«

»So ein Unsinn. Ich könnte allenfalls eine Dienstreise als Grund für meine Abwesenheit angeben.«

»Ach ja? Und wohin würde uns so eine Dienstreise führen?«

»In den Harz, Sabine.«

»In den Harz – und das nennst du Urlaub im Süden?«

»Also, das mit dem Süden stimmt, denn der Harz liegt südlich von uns. Und außerdem gibt es dort eine neue Methode, den kranken Wald zu heilen.«

»Machst du Witze?«

»Nein, keinesfalls, da wird auf einer riesigen Fläche von achthundert Hektar der erkrankte Wald mit magnesiumhaltigem Kalk bestreut. Dem Waldboden sollen auf diese Weise die fehlenden Nährstoffe zugefügt werden, die der saure Regen ausgewaschen hat. Langzeitversuche haben gezeigt, dass gekalkte Waldflächen viel vitaler seien als ungekalkte. Und ich denke mal, das würde unseren Wäldern auch guttun.«

»Und dann würde der Wald vitaler«, Sabine konnte ein leichtes Grinsen nicht unterdrücken. »Jürgen Albers, unter einem Urlaub mit dir habe ich mir etwas anderes vorgestellt. Ich fürchte, in den gekalkten Wald musst du alleine reisen. Oder vielleicht kommt das Fräulein Komtess ja mit.«

Verärgert stand der Forstmeister auf. »Du nimmst meine Arbeit und meine Aufgaben nicht ernst. Schade, ich hätte von dir mehr Verständnis erwartet.«

Auch Sabine stand auf. »Jürgen, ich nehme dich und deine Arbeit sehr ernst, und ich achte den Fleiß eines anderen Menschen. Ich nehme aber auch mich und meine Befindlichkeiten sehr ernst, und jetzt habe ich den Eindruck, dass sich unsere Beziehung zu einem Nichts entwickelt, und ein Nichts ist es nicht wert, darum zu kämpfen. Ich habe heute diesen Kampf verloren, aber ich werde damit fertig, ohne Schaden zu nehmen. Tschüss, Jürgen, bis irgendwann einmal.«

Ohne sich noch einmal umzudrehen, verließ Sabine die Wohnstube, nickte Grete zu, die mit einem Tablett voller Geschirr und einem fertigen Abendessen in der Diele stand, stieg in ihr Auto und fuhr ab. Das war es dann also, dachte sie, erst der Chefarzt, jetzt der Forstmeister, anscheinend habe ich kein gutes Händchen, was die Männer betrifft, also lassen wir die Finger davon. Wütend schaltete sie die Scheinwerfer ein und fuhr nach Hause.

V

Jürgen Albers war schockiert. Noch nie hatte eine Frau es gewagt, so mit ihm zu sprechen. Was fiel dieser Ärztin ein, seine Arbeit infrage zu stellen und ihm ein Verhältnis mit der Komtess anzudichten? Er hatte weiß Gott andere Probleme. Der saure Regen machte seinem Wald zu schaffen, der Wildverbiss in diesem Winter war schlimmer als in den Vorjahren, und ganze Schonungen mussten neu gepflanzt werden. Die Waldbauern waren nicht bereit, sich an der Reparatur der Waldwege zu beteiligen, und die Reiter nutzten nicht die ausgeschilderten Reitwege, sondern ritten auf den Wanderwegen, was ihm böse Reaktionen der Touristenverbände eintragen würde. Probleme genug, dachte er und erinnerte sich mit Verärgerung an die Gespräche mit den Revierförstern, die alle die gleichen Klagen vorbrachten und von ihm Hilfe erwarteten. Und zu allem Übel klagte der Graf über Wilderei in seinen Wäldern und über Fischreiher auf seinen Gewässern. Ein Berg von Klagen und Plagen, und dann werden mir Romanzen vorgehalten. So ein Blödsinn, dachte er und grinste, obwohl, so ganz von der Hand zu weisen ist das natürlich nicht. Die Komtess ist schon ein nettes Mädchen und im Flirten sehr bewandert. Im Herbst hatte ich bereits den Eindruck, dass sie es auf eine Liebelei mit mir abgesehen hatte, aber jetzt ist sie scharf auf mich, das ist ganz deutlich. Warum auch nicht? Ich bin schließlich kein Gnom, und dieses gewisse Prickeln wie bei ihr fühle ich bei Sabine nicht. Bei ihr ist immer alles von Vernunft geprägt, vom Verstand und von

Besonnenheit. Bei Francesca ist das ganz anders. Da wird geflirtet und gelacht und gespielt. Die ist heiter und selbstbewusst und risikobereit. Jürgen Albers lachte leise vor sich hin. Die ist wie ein Feuer, an dem man sich die Hände verbrennt. Schade, dass ich sie heute nun nicht mehr sehe, ich muss sie anrufen, sonst wartet sie am Gehöckel vergeblich auf mich.

Er suchte sein Handy und wählte die gespeicherte Nummer der Komtess. Nach dem zweiten Klingeln war sie am Apparat. »He, Förster, wo bleibst du? Es wird dunkel, und ich habe Angst ohne dich im tiefen, finsteren Wald.«

Der Forstmeister lachte laut. »Du und Angst! Ich bin hier leider aufgehalten worden, und bis ich am Gehöckel wäre, müsstest du noch fast eine Stunde warten. Sei nicht böse, aber das wird heute zu spät.«

»Wie dumm!«

Hörte er da Ärger in der Stimme? »Es tut mir wirklich leid, aber unsere Versammlung hat sich endlos hingezogen.«

Nach einer kleinen Pause meldete sich Francesca von Rebellin wieder: »Du weißt nicht, was du verpasst.«

»Was hattest du vor?«

»Ein zauberhaftes Meeting in einer Waldhüterhütte.«

»Wir könnten es nachholen.«

»Ich weiß nicht, ob ich dazu Lust hätte. Nein, ich werde dazu keine Lust haben!«

»Francesca, sei nicht so nachtragend.«

»Mich lässt man nicht einfach mitten im Wald stehen.« Sie beendete das Gespräch.

Verdammt, dachte Albers und steckte sein Handy wieder ein. Erst Sabines unmögliche Idee von einem Urlaub in Italien und jetzt die verletzte Komtess mit ihrem Rendezvous im Wald.

Warum fordern Frauen immer nur? Hatte er nicht alles Recht der Welt, sein eigenes Leben zu leben und zu gestalten? Gut, Sabine war eine Eroberung, damals am Weihnachtsabend im Wald, als sie sich ihre gegenseitige Liebe gestanden. Das waren gefühlvolle Augenblicke, von der Sehnsucht nach Geborgenheit an diesem sentimentalen Abend geprägt. Ziemlich unbesonnen hatten sie beide von einem gemeinsamen Leben gestammelt, sich Treue geschworen und mit ein paar Küssen besiegelt. Aber daran war die Romantik des Heiligen Abends schuld, kein Wunder, wenn da Gefühle überschwappen. Aber danach müssen auch wieder Klarheit und Vernunft herrschen. Man kann nicht immer von Sentimentalität und Romantik ausgehen, wenn einen das tägliche Leben wieder im Griff hat, bestätigte er sich selbst.

Und jetzt fängt die Komtess auch noch mit romantischen Dates in einer Waldhüterhütte an. Es ist zum Verrücktwerden mit diesen Frauen. Kennen die denn keine Grenzen? Und habe ich es nötig, mich über so viel Gefühlsduselei zu ärgern? Ich habe weiß Gott andere Sorgen – und während Grete den Abendbrottisch deckte, dachte er wieder an Wildverbiss und Schlaglöcher und sauren Regen und Wilderei.

Grete kannte ihren Chef seit vielen Jahren, sie wusste, wann er schlecht gelaunt oder gereizt, unglücklich über sich selbst oder unzufrieden mit der ganzen Welt war. Heute war solch ein Zeitpunkt. Er war unglücklich über sich selbst. Er kam nicht aus seiner eigenen Haut heraus. Er war zugeknöpft und nicht ansprechbar, und so unterließ es Grete, auf ein gemeinsames Essen mit der Ärztin, das sie mit großer Liebe zubereitet hatte, hinzuweisen. Stattdessen rief sie ihre Schwester im Doktorhaus an und erzählte: »Deine Frau Doktor wird gleich nach Hause kommen. Hier hat es Krach gegeben.«

»Was ist denn passiert?«

»Also, genau weiß ich es nicht, ich war ja in der Küche, aber die Frau Doktor ist ziemlich wütend und ohne einen Gruß für mich abgefahren. Sie wollte wohl irgendwo mit ihm Urlaub machen, und er will nicht.«

»So etwas Dummes, und wir hatten beide gehofft, die kommen sich wieder näher.«

»Sie kam, als er gerade ausreiten wollte, und wie jeden Tag um diese Zeit hatte er bestimmt wieder eine Verabredung im Wald.«

»Sind diese Treffen schon regelmäßig?«

»Ja, wenn nicht ein Unwetter oder etwas Dienstliches dazwischenkommt.«

»Dann bahnt sich da tatsächlich was an?«

»Ich weiß es nicht. Auf der einen Seite reitet er ganz fröhlich los, auf der anderen Seite ist er hier dann wieder schlecht gelaunt. Ein verliebter Mann sieht anders aus, das kann ich dir versichern.«

»Aha, und wie sieht ein verliebter Mann deiner Meinung nach aus? Schließlich haben wir beide keine große Erfahrung mit verliebten Männern.«

»Na, so viel ist doch klar, ein verliebter Mann ist fröhlich, der pfeift und singt mal, ist übermütig oder redet dummes Zeug.«

»Also, weißt du, Grete, dein Förster und singen, das kann ich mir beim besten Willen nicht vorstellen.«

»Da hast du recht, ich auch nicht.«

»Du, draußen fährt die Ärztin in den Carport, ich muss Schluss machen.«

»In Ordnung, ruf mich an, wenn du etwas erfährst.«

»Mach' ich.«

Sabine kam ins Haus und rief Ronca. Dann ließ sie den Hund im Garten laufen und bat Lotti: »Ich könnte noch ein

Abendessen gebrauchen, beim Förster hab' ich nichts bekommen.«

»Wie schade, Frau Doktor, Grete hätte bestimmt gern etwas zubereitet.«

»Grete wurde nicht gefragt, ich bin vorher gegangen.«

»Hatten Sie Ärger?«

»Nein, ich lass mich nicht ärgern, Lotti.«

Und während die Haushälterin das Abendessen zubereitete, setzte sich Sabine an ihren Computer und suchte im Internet nach der Hilfsorganisation »Internationaler Ärzte-Einsatz«. Sie hatte sich fest vorgenommen, ein paar Wochen Urlaub zu machen, und wenn sie das nicht mit Jürgen zusammen in der Toskana konnte, dann würde sie mit dieser Organisation in den Süden reisen, weit in den Süden und weit weg von einem gewissen Forstmeister – auch wenn dies kein klassischer Urlaub wäre. Sie wusste, die Organisation suchte immer nach Freiwilligen, die bereit waren, für eine gewisse Zeit in Notstandsgebieten ärztliche Hilfe zu leisten.

Aber während sie die Anschrift und die E-Mail-Adresse notierte und in Gedanken bereits einen Brief aufsetzte, klingelte das Telefon.

Sie nahm den Hörer auf. »Doktor Büttner.«

»Hallo, Sabine, hier ist Jochen, ich habe auf deinen Anruf gewartet.«

»Entschuldige, warum?«

»Na hör mal, du wolltest mir helfen, die Freundin von Frau Hoffmann zu finden.«

»Frau Hoffmann? Ach du meine Güte, stimmt, aber ich habe niemanden erreicht. Der Reitstallbesitzer ist auf einem Wanderritt, und sein Vertreter war nicht zu sprechen. Wie geht es ihr denn?«

»Wechselhaft, aber es wird Zeit, dass sich jemand um sie kümmert. Ich fürchte, wir können den Fuß nicht retten, und wenn ich ihr das sage, möchte ich, dass Angehörige bei ihr sind.«

»Mein Gott, wie schrecklich.«

»Könntest du nicht mal in diesen Stall fahren und dich persönlich um nähere Angaben kümmern?«

»Heute Abend erreiche ich bestimmt niemanden mehr. Aber ich könnte gleich morgen vor meiner Sprechstunde nach Oberlohe fahren.«

»Dann tu das bitte. Es wird dringend.«

»Verlass dich darauf, ich bin um sieben unterwegs.«

»Danke, und ruf mich an, wenn du Adressen und Namen hast.«

Es war noch dunkel, als Sabine am nächsten Morgen in ihr Auto stieg und nach Oberlohe fuhr. Ein grauer, trüber Tag, der sich da mühsam seinen Weg durch die letzten Nachtstunden bahnte. Sabines Laune war ihm angepasst. Sie hatte schlecht geschlafen. Lottis lecker zubereitetes Abendessen mit Aal in Gelee und Bratkartoffeln lag ihr schwer im Magen, und nachdem zwei Magentabletten nicht geholfen hatten, versuchte sie es mit einem Magenbitter, der das Problem noch größer machte. Mitternacht war vorüber, als sie noch einmal aufstand, die Landkarte suchte und die Strecke nach Oberlohe einzeichnete. Dann wurde Ronca unruhig und musste noch einmal in den Garten, und als Sabine schließlich wieder ins Bett ging, war es fast zwei Uhr. Entsprechend zerschlagen stand sie morgens auf, duschte schnell und legte Helga eine Notiz hin, damit sie die Patienten nach Hause schicken oder für einen späteren Termin eintragen konnte.

Den Reitstall in Oberlohe zu finden, war nicht schwer. Ein paar Hinweisschilder an der Hauptstraße und dann das

Gutshaus im Park mit den weitläufigen Wirtschaftsgebäuden dahinter erleichterten das Suchen. Das ganze Anwesen machte einen verwahrlosten Eindruck. Überall standen alte Pferdewagen, ausrangierte Kutschen und Schlitten herum. Ackergeräte, zum Teil neu, zum Teil alt und verrostet, standen unter Vordächern, und viele Tore, die in die Scheunen und Remisen führten, hingen schief in ihren Angeln.

Sabine fand den Reitstall sofort. Er war das letzte Gebäude auf dem großen Areal, und ein Weg führte von dem Stall direkt hinaus auf die Felder. Draußen an der Mauer waren zwei Pferde angebunden und wurden geputzt, drinnen brannte Licht, und man hörte die typischen Stallgeräusche: das Klappern der Tränkendeckel, wiehernde Pferde, Hufe auf Steinböden und Stimmen, die hin- und herriefen.

Sabine stieg aus und ging in den Stall. Ein Geruch von frischem Stroh, von Pferden, Lederfett und Mist empfing sie. Mitten auf dem Stallgang stand Johannes Hegenbach und gab seine Anweisungen, und Sabines Herz machte wieder doppelte Sprünge.

Überrascht blickte der Reitstallbesitzer auf, als er Sabine sah. Mit den Worten: »Guten Morgen, Frau Doktor, was führt Sie so früh hierher?«, begrüßte er sie mit ausgestreckter Hand. Ein kleines Lächeln und erstaunte Augen sahen sie an.

»Guten Morgen, Herr Hegenbach, ich bin froh, Sie zu sprechen. Telefonisch war es mir nicht möglich.«

»Ja, ich war unterwegs, aber wir haben unseren Wanderritt vorzeitig beendet, das Wetter war zu schlecht. Ich bin seit gestern Abend zurück.«

»Gott sei Dank. Wir, das heißt das Klinikum von Großbresenbek und ich, suchen verzweifelt nach Angehörigen von Frau Hoffmann. Haben Sie eine Adresse von Bekannten oder Verwandten?« Das Sprechen fiel ihr schwer, und Sabine versuchte, so nüchtern wie möglich zu wirken.

»Nein, eigentlich nicht, aber kann sie denn nicht selbst reden?«

»Die Ärzte geben ihr sehr starke Schmerzmittel, sie liegt mehr oder weniger im Koma.«

»Du meine Güte, so schlimm ist es?«

»Man befürchtet, den Fuß nicht retten zu können, es ist eine Entzündung hinzugekommen, und das will man ihr erst mitteilen, wenn sie Angehörige um sich hat.«

»Ich habe keine Ahnung, wer da infrage käme. Ich weiß nur von einer Freundin, bei der Sie manchmal hier in der Nähe Urlaub macht.«

»Haben Sie die Anschrift oder die Telefonnummer?«

»Nein. Das heißt, Frau Hoffmann hat hier bei uns ein Schließfach, in dem sie persönliche Sachen deponiert, während sie mit den Pferden unterwegs ist. Ich habe einen Universalschlüssel, wir könnten nachsehen, ob wir dort eine Adresse finden. Aber ich gehe nur sehr ungern an diese Schließfächer.«

»Auch wenn es nur zu Frau Hoffmanns Bestem ist?«

»Dann natürlich nicht. Kommen Sie.« Er führte sie durch den Stall zu einem kleinen Büro. An der Wand hinter der Tür waren zwölf Schließfächer befestigt. Hegenbach holte ein Schlüsselbund aus seiner Hosentasche, suchte einen Schlüssel und öffnete das Fach mit der Nummer drei. Drinnen lagen eine Handtasche, eine Kosmetiktasche und die Reitkarte von Beate Hoffmann.

»Wir müssen die Handtasche durchsuchen«, forderte Sabine.

»Bitte machen Sie das.«

»Aber nur mit Ihnen als Zeugen.«

»Selbstverständlich.«

Sie öffneten den kleinen Verschluss und legten den Inhalt auf den Tisch. Eine Brieftasche enthielt einen Personalausweis, eine Kreditkarte, den Führerschein und zwei geöffnete Briefe. Außerdem waren ein Portemonnaie, Taschentücher, ein Lippenstift, ein Minifläschchen mit Parfüm und ein Schlüsselbund in der Tasche. Sabine nahm die Briefe in die Hand. Beide waren an Beate Hoffmann gerichtet. Auf dem einen Umschlag war ein Absender angegeben: Hanni Hermann, Verden/Aller, sowie eine Straße und eine Telefonnummer.

»Das ist die Freundin, ich erinnere mich an den Namen.« Johannes Hegenbach nahm den Umschlag in die Hand und drehte ihn hin und her. »Wir könnten von hier aus anrufen«, schlug er vor und zeigte auf sein Telefon.

»Ja, das wäre am besten. Wollen Sie mit der Dame sprechen?«

Unsicher sah er sie an. »Vielleicht ist es besser, Sie machen das, die Dame hat sicherlich Fragen, und die kann ich dann nicht beantworten.«

»Gut«, erklärte sich Sabine einverstanden.

Hegenbach wählte, und beide warteten. Nach dem fünften oder sechsten Klingelzeichen wurde endlich abgehoben.

»Hermann«, klang es verschlafen.

Hegenbach reichte Sabine den Hörer, »Guten Morgen, Frau Hermann, bitte entschuldigen Sie die frühe Störung. Mein Name ist Sabine Büttner, ich bin Ärztin, und ich rufe wegen Frau Beate Hoffmann an.«

»Ja? Was ist mit Beate?«

»Ihre Freundin hatte leider einen Unfall mit einem Pferd, und wir können keine Angehörigen erreichen.«

»Ach du meine Güte, was ist passiert? Sie ist doch eine gute Reiterin.«

»Ihr ist beim Putzen ein Pferd auf den Fuß getreten. Der Fuß ist leider schwer verletzt, ich musste sie ins Klinikum Großbresenbek bei Bremen bringen lassen. Sie liegt seit zwei Tagen dort in einer Art Koma und kann uns keine Auskünfte geben. Können Sie uns weiterhelfen?«

»Ja, ja, natürlich. Meine Güte, ein verletzter Fuß und dann ein Koma?«

»Der Fuß ist sehr schwer verletzt. Die Ärzte geben ihr stärkste Schmerzmittel. Frau Hoffmann hatte keine Reitstiefel, sondern nur dünne Sandalen an, als es passierte.«

»Und was wollen Sie jetzt von mir wissen?«

»Hat sie Angehörige?«

»Ja, aber die wohnen in Frankfurt an der Oder. Und ich weiß nicht, ob die zu erreichen sind, sie arbeiten meist im Ausland.«

»Wer könnte Frau Hoffmann denn sonst helfen?«

»Helfen?«

»Es kann sein, dass die Ärzte trotz aller Bemühungen den Fuß nicht retten können, dann sollte jemand, der ihr nahesteht, bei ihr sein, wenn sie es erfährt.«

»Ach Gott, ach Gott, ja, dann fahre ich gleich hin. Ich bin schon unterwegs.«

»Frau Hermann, einen Augenblick noch. Bitte nehmen Sie Ihrer Freundin alles mit, was man so im Krankenhaus braucht. Sie ist mit leeren Händen dort eingeliefert worden.«

»Ja, natürlich. Wieso melden Sie sich eigentlich erst heute, wenn der Unfall schon vor zwei Tagen war?«

»Frau Hoffmann hatte uns eine Nummer gegeben, unter der wir Sie nicht erreichen konnten. Und wir sind erst heute auf die Idee gekommen, im Schließfach im Reitstall nachzuschauen, in dem Frau Hoffmann ihre Sachen einschließt, wenn sie ausreitet. Da fanden wir in Frau Hoffmanns Handtasche einen Brief von Ihnen mit Ihrer Adresse und Telefonnummer.«

»Ach so, ich verstehe, ja, dann will ich mich mal gleich auf den Weg machen. Die Handtasche hole ich später. Wo, sagten Sie, liegt meine Freundin?«

»Im Unfallklinikum Großbresenbek bei Bremen.« Sabine gab ihr die genaue Anschrift, die Telefonnummer und den Namen des behandelnden Arztes. Dann legte sie mit einem müden Seufzer den Hörer auf.

Hegenbach reichte ihr die Hand. »Danke, dass Sie das für mich übernommen haben. Kommen Sie, setzen Sie sich erst einmal hin. Und dann gehen wir in meine Wohnung, und ich lasse uns einen starken Kaffee kochen.« Erst jetzt merkte Sabine, dass sie am ganzen Körper bebte.

VI

Mit langen Schritten eilte Johannes Hegenbach über den Hof. Sabine hatte Mühe, mit ihm Schritt zu halten. Unterwegs rief er ins Handy: »Koch bitte frischen Kaffee und mach ein Frühstück für zwei, ich bin gleich da.« Ungeachtet großer Pfützen und schlammiger Stellen lief er quer über den großen Platz, und Sabine verlor schnell den Anschluss, weil sie Nässe und Schmutz umrundete, denn sie trug keine Reitstiefel, sondern moderne Pumps, die außerdem noch ziemlich neu waren.

Lange vor ihr erreichte Johannes Hegenbach das Herrenhaus und blieb erstaunt vor den Steinstufen stehen, die zur Haustür führten. Dann lachte er entschuldigend. »Ich bitte um Verzeihung. Ich bin den Schmutz so gewöhnt, dass ich überhaupt nicht mehr darauf achte. Ich hätte Sie tragen sollen, schade, dass ich das nun versäumt habe.«

Etwas atemlos kam Sabine schließlich auch zum Eingang. »Ich habe später Hausbesuche auf dem Programm stehen, da kann ich nicht mit erdverkrusteten Schuhen die guten Stuben betreten.«

»Natürlich nicht. Tut mir leid. Kommen Sie, ich versöhne Sie mit einem heißen Kaffee und einem guten Frühstück.«

Sie betraten eine geräumige, ziemlich dunkle Halle mit vier Türen, die in verschiedene Richtungen führten. An den Wänden hingen nachgedunkelte Bilder früherer Bewohner und ein paar Geweihe, die Dielenbretter bedeckte ein großer, abgetretener Teppich und in den Ecken standen handgeschnitzte Holztruhen.

»Hanna«, rief Hegenbach, »bring uns das Frühstück bitte in die Kornkammer.«

Dann führte er Sabine in einen etwas düsteren Raum mit einer Essecke und einem Kamin, in dem ein kleines Feuer in den letzten Zügen zuckte. Er legte vorsichtig kleine Scheite auf die Glut, und als sich die Flamme erholte, packte er zwei dicke Holzkloben darauf. »Gleich wird's warm, Frau Doktor, Sie können gern Ihren Parka ablegen«, und galant half er ihr aus der Jacke.

»Hier sind wir also in der Kornkammer?« Sabine sah sich neugierig um.

»Ja, als Kinder haben wir allen Zimmern irgendwelche Namen gegeben, von denen wir dachten, sie passen zu den Räumen. Dabei ist es dann geblieben.«

»Eine nette Idee, und warum ist das die Kornkammer?«

»Früher war das hier das Büro des Verwalters, und wenn die Arbeiter kamen, um etwas mit ihm zu besprechen, schleppten sie oft Getreidekörner in den Profilsohlen ihrer Stiefel herein, und die Hausmädchen schimpften dann über das Korn, das sie wegputzen mussten. So ist die Kornkammer entstanden.«

»Und heute ist es Ihr Frühstückszimmer?«

»Mein Esszimmer, weil die Küche gleich nebenan und das eigentliche Speisezimmer viel zu unpersönlich ist, wenn man allein am Tisch sitzt. Und ein Verwalterbüro gibt es schon lange nicht mehr.«

Sabine hörte deutlich die Resignation in der Stimme, aber sie fragte nicht weiter nach. Dass das Gut verwahrlost war, sah man allzu deutlich. Und dass in den Dörfern darüber geredet wurde, wusste sie auch. Dennoch, das Zimmer wirkte gemütlich und warm, und sie nahm auf der Eckbank Platz. Dankbar stellte sie fest, dass ihr Herz wieder normal schlug und auch die Schluckbeschwerden im Hals abgeklungen waren. Zu dumm, dachte sie, dass mein Körper jedes Mal verrückt spielt, nur weil dieser Mann so selbstsicher auftritt.

Hegenbach, der ebenfalls seine Barbourjacke ausgezogen hatte, setzte sich zu ihr. »Hunger hab' ich! Aber erst kommen die Pferde, dann das eigene Frühstück«, grinste er, »und heute sogar ein Frühstück in Gesellschaft, das kommt wirklich selten vor.« Er pustete zwei hauchfeine Federchen vom Tisch und lachte. »Über dem Fenster nisten Mauersegler, und wenn Hanna beim Lüften nicht aufpasst, verirren sich die Federn bis hierher auf den Tisch.«

Eine ältere, rundliche Frau kam mit einem voll beladenen Tablett in die Stube. »Guten Morgen, allerseits. Hier kommt das Frühstück.«

»Das ist Hanna, die gute Seele von Haus und Hof. Ohne sie wäre ich aufgeschmissen.«

Sabine stand auf und reichte der Frau die Hand. »Ich bin Sabine Büttner, guten Morgen«, und nach einem Blick auf das volle Tablett fügte sie hinzu: »Aber so viel Arbeit wollte ich Ihnen nicht machen.«

»Das ist bei uns ein normales Frühstück, das bin ich gewohnt.« Lachend platzierte sie die Kaffeekanne auf dem Tisch, stellte Teller und Tassen hinzu und servierte Brot und Butter, Wurst und Käse und selbst gemachte Marmelade. »Guten Appetit, und wenn's nicht reicht, rufen Sie einfach, ich lass die Küchentür offen.«

Bevor Sabine reagieren konnte, schenkte Johannes Hegenbach Kaffee ein, reichte ihr das Sahnekännchen und bot ihr die Zuckerdose an. »Danke, danke«, sträubte sich Sabine, »Zucker und Sahne, das ist wirklich zu viel.« Aber dann nahm sie dankbar eine Scheibe Brot aus dem Korb, bestrich sie mit Butter und Marmelade und ließ sich den heißen Kaffee schmecken. »Der tut gut, dafür hatte ich heut' Morgen wirklich keine Zeit.«

»Hab' ich gleich geahnt, Sie sahen so kaffeelos aus, als Sie aus dem Auto stiegen.«

Sabine schüttelte den Kopf. »Sagen Sie doch gleich, ich sah noch total verschlafen aus, das entspricht dann eher der Wahrheit.«

»Na ja«, lachte der Hausherr, »so kann man's auch nennen, ich wollte nur höflich sein. Morgens, vor dem ersten Kaffee, bin ich auch nur ein halber Mensch, aber nach dem Kaffee könnte ich Bäume ausreißen.«

»Ich nehme an, die Kraft brauchen Sie dann auch. Landwirtschaft und Pferdehaltung – das ist harte Arbeit.«

»Vor allem, wenn man ein heruntergekommenes Gut wieder auf die Beine bringen will.«

»Da haben Sie sich viel vorgenommen.«

»Leider geht das alles viel zu langsam, und mir fehlt die Geduld.«

Sabine nickte. »Jede Arbeit braucht Geduld, mir geht auch vieles viel zu langsam, aber es nützt nichts, man muss auch warten können. Ich habe im vorigen Jahr, als ich als Landärztin anfing, wochenlang auf die ersten Patienten warten müssen.«

»Aber mir zerrinnt die Zeit unter den Händen. Gerade in der Landwirtschaft sieht man, wie die Jahre davonfliegen. Und dabei habe ich noch nicht einmal Zeit, mich um den Ackerbau zu kümmern, ich muss sehen, dass ich erst einmal durch die Pferde wieder Boden unter die Füße bekomme.«

»Was ist passiert?«

»Ich war zehn Jahre in Amerika: Brasilien, Chile, USA und Kanada. Ich hatte Wirtschaftswissenschaften studiert und habe deutsche Landmaschinen verkauft und Bestellungen eingeholt. Herrliche Jahre, aber ich habe nicht gewusst, dass mein Vater hier der Arbeit und der Anstrengung nicht mehr gewachsen war. Er bekam ein Alkoholproblem, und das Gut verkam, und das ging schneller, als man zusehen konnte. Nachbarn haben mich angerufen, aber ich habe ihnen nicht geglaubt. Ich hielt ihre Warnung für Übertreibung. Dann ist meine Mutter gestorben, und ich bin nach

Hause gekommen, aber da war es bereits zu spät. Als dann mein Vater gestorben ist, stand ich allein da mit dem, was vom Gut übrig geblieben ist. Das war vor drei Jahren. Nun versuche ich zu retten, was zu retten ist. Die Felder sind verpachtet, und mit dem Pachtgeld baue ich die Reiterei auf. Ich hatte schon immer eine gute Hand für Pferde, und nun versuche ich über sie, den Hof zu retten. Das wär's.«

»Dann brauchen Sie zahlungskräftige Reiter.«

»Die habe ich. Das halbe Paracelsus-Sanatorium will bei mir reiten, das geht fast über meine Kräfte.«

»Wie schön für Sie. Die Patienten dort haben Geld, ich habe sie auch schon erlebt. Sie stürmten meine Praxis, bis die Sanatoriumsärzte sich beim Gemeinderat beschwerten. Dabei waren nicht Krankheiten der Grund für die Invasion, sondern lediglich die Neugier auf die neue Ärztin.«

»So macht jeder seine Erfahrungen. Und jetzt? Wie läuft die Praxis ohne die Sanatoriumsgäste?«

»Sehr gut, wenn es auch eine Zeit gedauert hat. Ein paar Unfälle, bei denen ich helfen konnte, haben mir Sympathien eingebracht, danach waren die Heidjer überzeugt, dass man sich mir anvertrauen konnte.« Sabine lächelte, »inzwischen bin ich urlaubsreif. Als Landärztin hat man Tag und Nacht Bereitschaftsdienst, aber genauso wollte ich es auch.«

»Ich glaube, der Mangel an Landärzten ist sehr groß in Niedersachsen.«

»Deshalb weiß ich auch noch nicht, ob ich eine Urlaubsvertretung finde.«

»Und wohin soll es gehen, vorausgesetzt, Sie finden jemanden?«

»In den Süden, so weit wie möglich in den Süden.«

Hegenbach füllte die Tassen erneut und reichte Sabine den Brotkorb. »Greifen Sie zu, sonst ist Hanna beleidigt, und das kann ich mir nicht leisten.«

»Sie ist die gute Seele hier im Haus?«

»Die Letzte von neun Hausangestellten. Sie versucht, mein Desaster mit mir zu überleben.«

»Dann müssen Sie sie wirklich hegen und pflegen.«

»Und Sie müssen mir helfen, indem Sie kräftig zulangen.«

»Danke, eine Scheibe nehme ich noch. Der Aufschnitt sieht lecker aus. Was würden Sie mir empfehlen?«

»Auf jeden Fall die Wildschweinsalami. Meine Ackerpächter versorgen mich in jedem Herbst mit Wildschweinen, und Hanna kümmert sich dann um die Verarbeitung. Die Salami ist ihre besondere Spezialität.«

»Danke, dann will ich die probieren.«

Nach kurzer Zeit, in der sich beide dem genussvollen Essen widmeten, knüpfte Johannes Hegenbach noch einmal an das Gespräch über den Urlaub an. »Haben Sie schon ein Ferienziel im Auge?«

»Noch nicht. Der gemeinsame Urlaub mit einem Bekannten hat sich zerschlagen, er will nur bis in den Harz reisen, und das ist mir nicht südlich genug.«

»Na ja, als Süden kann man unseren Harz nun wirklich nicht bezeichnen. Und was planen Sie jetzt?«

»Ich habe keine große Lust, allein zu verreisen.«

»Findet sich denn niemand, der Sie gern begleiten würde?«

»Ich habe wenig Zeit, um Freundschaften zu pflegen.«

»Was denn, Sie und keine Freunde?«

»Die von früher habe ich zurückgelassen, als ich in die Heide zog, und hier in Auendorf Freunde zu finden, ist nicht gerade einfach.«

»Das stimmt, die Heidjer tun sich schwer mit Freundschaften.«

»Vielleicht schließe ich mich einer Ärztegruppe an, die für ein paar Wochen ehrenamtlich in Afrika arbeitet. Auch wenn das kein typischer Urlaub wäre – südlich genug wäre es auf jeden Fall.«

»Und das ist möglich? Nur für ein paar Wochen?«

»Ja, jeder hilft, solange er kann, danach kommt ein anderer zur Ablösung.«

»Dann wünsche ich Ihnen viel Erfolg. Und wenn Sie wieder zurück sind, werden Sie mir dann von Ihren Erfahrungen berichten?«

»Gern.«

Das Frühstück war beendet. Sabine schaute auf die Uhr. Zwei Hausbesuche schaffe ich noch, überlegte sie und ließ sich in den Parka helfen. Gemeinsam gingen sie nach draußen.

»Vielen Dank für das Frühstück und viel Erfolg mit den Pferden.« Sabine reichte ihm die Hand, die er kräftig schüttelte.

»Danke, hätten Sie nicht Lust, hier mal mitzumachen? Oder können Sie nicht reiten?«

»Ich habe es als Kind gelernt, wie es sich für eine Tochter gutbürgerlicher Eltern schickte.«

»Dazu gehörte auch das Reiten?«

»Ja, Klavier spielen, Reiten, Tennis spielen – alles, was die sogenannten höheren Töchter so können mussten. Furchtbar!«

»Auch das Reiten war furchtbar?«

»Nein, die sportlichen Sachen mochte ich, aber Klavier zu spielen war ein Horror für mich. Ich hatte einfach kein Talent.«

Hegenbach lachte. »Das kann ich nachfühlen. Mich hat's auch immer nach draußen und nie nach drinnen gezogen.«

Sie hatten Sabines Wagen erreicht, und er öffnete ihr galant die Tür. »Wir sehen uns wieder?«

»Gern, irgendwann.« Und das Herz machte wieder seine unvernünftigen Sprünge!

»Ich warte auf Ihren Ferienbericht.«

»Und ich auf die erste Reitstunde.« Dass sie als Studentin Turniere geritten war, musste er ja nicht wissen.

Als Sabine nach den Hausbesuchen das Arzthaus erreichte, war das Wartezimmer bis auf den letzten Stuhl besetzt. Sie begann sofort mit der Arbeit, und gegen Mittag hatte sie endlich Zeit zum Durchatmen. Leicht erstaunt war sie deshalb, als sie kurz vor dem Ende der Sprechzeit erregte Stimmen aus dem Eingangsbereich hörte. Gleich darauf kam Helga zu ihr und erklärte empört: »Da sind zwei junge Damen, die sich nicht abwimmeln lassen. Ich wollte ihnen einen anderen Termin geben, aber sie bestehen darauf, jetzt behandelt zu werden.«

»Um was geht es denn?«

»Das wollten sie mir nicht sagen, sondern nur, dass es sehr dringend sei.«

»Na gut, notieren Sie Namen und alles, was wir sonst wissen müssen, in fünf Minuten bin ich dann so weit.«

Wenig später öffnete Sabine die Tür zum Wartezimmer und bat die beiden Damen herein. Dabei kam ihr eine der jungen Frauen bekannt vor. Bevor sie aber nachdenken konnte, woher sie die Frau kannte, sagte ihr diese: »Wir kennen uns. Sie haben mir mal das Leben gerettet. Ich bin Francesca von Rebellin, und das ist meine dänische Freundin Monika von Lüdemann.«

Sabine begrüßte die beiden höflich. »Das Leben haben Ihnen die Ärzte in Davos gerettet, Frau von Rebellin, ich habe nur die Erstversorgung vorgenommen.«

»Trotzdem danke, damals konnte ich das nicht sagen.«

»Ich freue mich, dass es Ihnen wieder gut geht. Was kann ich heute für Sie tun?«

Francesca von Rebellin sah sich im Sprechzimmer um, als hätte sie Angst, belauscht zu werden. »Wir sind in einer etwas heiklen Angelegenheit hier, aber man hat uns gesagt, wenn überhaupt, könnten Sie uns helfen. Das heißt, meiner Freundin helfen.«

»Um was geht es?«

»Ja, also, wir befürchten, dass meine Freundin schwanger ist.«

»Das ist doch ein Grund zur Freude und keine heikle Angelegenheit.«

»Das Problem ist, dass sie auf keinen Fall schwanger sein darf.«

»Und was wollen Sie dann von mir?«

»Na ja, erst einmal eine Untersuchung.«

»Ich bin keine Gynäkologin.«

»Aber eine Landärztin, und Landärzte müssen mit allen gesundheitlichen Problemen fertig werden, auch mit Schwangerschaften auf dem Dorf.«

»Und warum nehmen Sie an, schwanger zu sein?«

»Meine Periode ist ausgeblieben, und ich habe mir einen Test aus der Apotheke geholt, und der war positiv«, meldete sich zum ersten Mal Monika von Lüdemann.

»Und warum wollen Sie kein Kind bekommen?«

»Mein Vater bringt mich um, wenn er es erfährt. Wir sind Dänen, und in unseren Kreisen herrschen sehr diffizile Sitten.«

»Aber wir leben in einer modernen Zeit, da ist es doch keine Schande, ein Kind zu bekommen. Was ist denn mit dem Kindsvater?«

Aufgeregt unterbrach Francesca von Rebellin das Gespräch: »Fragen Sie nicht so viel, handeln Sie. Wir haben doch gesagt, dass das Kind unerwünscht ist.«

Verärgert drehte sich Sabine zu ihr um. »Bitte verlassen Sie das Sprechzimmer, ich möchte mich mit Frau von Lüdemann allein unterhalten.«

»Nein, ich bleibe«, widersprach die junge Frau. »Meine Freundin wünscht meine Unterstützung.«

»Ja, bitte, Francesca kann doch hören, was wir besprechen.«

»Wir besprechen gar nichts, das möchte ich zuallererst feststellen. Ich frage, und Sie antworten. Also, was ist mit dem Vater des Kindes?«

»Er weiß von nichts.«

»Dann sollten Sie ihn in Ihr Wissen einbeziehen. Schließlich geht es ihn an erster Stelle etwas an, wenn Sie schwanger zu sein glauben.«

»Ich kann –«

»Das ist unmöglich«, fiel Francesca der Freundin ins Wort. »In unseren Kreisen herrschen gewisse Anstandsregeln, die kann man nicht ignorieren. Wir müssen uns an vorgeschriebene Sitten halten.«

»Vergessen Sie Ihre Sitten, und wenn Sie, Frau von Rebellin, jetzt nicht mein Sprechzimmer verlassen, breche ich das Gespräch ab.« Sabine klingelte nach ihrer Assistentin.

Unschlüssig sah die Komtess ihre Freundin an. Die nickte. »Ja, geh' lieber, ich bin doch auf die Frau Doktor angewiesen.«

Wütend drehte sich die junge Frau um und ging. Helga konnte gerade noch verhindern, dass sie die Tür zuknallte. »Brauchen Sie mich, Frau Doktor?«

»Bereiten Sie alles für eine Ultraschalluntersuchung vor.«

Monika von Lüdemann begann zu weinen. »Ich darf das Kind wirklich nicht bekommen.«

»Ich werde, wenn Sie schwanger sein sollten, auf keinen Fall einen Abbruch vornehmen. Ich habe den Eid geschworen, Leben zu erhalten und nicht zu vernichten, und davon wird mich kein Mensch abbringen, es sei denn, das Leben der angehenden Mutter ist gefährdet, und das scheint mir bei Ihnen nicht der Fall zu sein.«

»Aber ich werde mich umbringen, wenn Sie mir nicht helfen.«

»Dann würde ich Sie sofort zu einem Therapeuten überweisen.«

»Bitte, Frau Doktor.«

»Jetzt stellen wir erst einmal fest, ob Sie wirklich schwanger sind. Seit wann ist die Periode ausgeblieben?«

»Letzte Woche zum dritten Mal.«

Die Ultraschalluntersuchung zeigte, dass Monika von Lüdemann im vierten Monat schwanger war. Auch die leichte Wölbung des Bauches der sehr schlanken jungen Frau zeigte bereits deutliche Spuren der Schwangerschaft. Sabine beendete die Untersuchung. »Sie können sich anziehen. Helga, lassen Sie uns bitte wieder allein.« Sabine steckte die Aufnahmen des Ultraschallgerätes in die Kitteltasche und ging zurück in ihr Sprechzimmer.

Als ihr Monika wieder gegenübersaß, nickte Sabine. »Ja, Sie sind im vierten Monat schwanger. In Ihrem Leib wächst ein kleiner Mensch heran, sie dürfen sich sehr glücklich schätzen, Frau von Lüdemann, alles sieht gut und positiv aus. Viele Frauen werden Sie beneiden.« Sie wollte der jungen Frau die Fotos überreichen, aber Monika von Lüdemann winkte ab. »Bitte nicht, ich will sie gar nicht sehen«, schluchzte sie. »Ich werde in den Wald gehen und mich aufhängen. In den Wald von dem Förster, der uns hergeschickt hat.«

»Ein Förster hat Sie hergeschickt?«

»Ja, der Verehrer von Francesca, er hat gesagt, Sie seien eine moderne Frau und würden sich in diesem Fall über veraltete Methoden hinwegsetzen.«

»Ein schlechter Rat, den Ihnen dieser Förster gegeben hat.« Wütend sah Sabine aus dem Fenster. Wie kann er nur so intrigant und gemein sein, dieser ›Verehrer‹ der Komtess. Die beiden müssen ja sehr intim sein, wenn sie über solche Probleme reden, dachte sie verletzt und tat, als ordne sie ein paar Papiere auf ihrem Schreibtisch. Als sie sich wieder gefangen hatte, fuhr sie fort: »Frau von Lüdemann, bei einer Abtreibung kann ich Ihnen nicht helfen, wenn Sie aber das Kind behalten und irgendwelche Schwierigkeiten haben, dürfen Sie jederzeit mit meiner Hilfe rechnen.«

»Ach Gott, die Schwierigkeiten fangen doch schon an, wenn ich dieses Haus verlasse. Wohin soll ich gehen?«

»Was ist mit dem Vater des Kindes, kann der Ihnen nicht helfen?«

»Nein, er weiß nichts von dem Kind, und er darf es nie erfahren.«

»Warum denn nicht? Sie waren doch intim mit ihm, näher kann man einem Menschen doch gar nicht kommen als in der Liebe und in der Intimität.«

»Mit Liebe hatte diese Intimität nichts zu tun. Eher mit Lust und Leidenschaft, und die auch nur ein einziges Mal. Er ist eine sehr bekannte Persönlichkeit, und unsere sogenannte Intimität würde sein Ansehen vernichten.«

»Und darauf wollen Sie Rücksicht nehmen?«

»Das muss ich.«

»Das ehrt Sie, Frau von Lüdemann, aber Ihr Kind sollte Ihnen mehr bedeuten als das Ansehen eines Mannes, der seinen Spaß mit Ihnen hatte und Sie inzwischen vielleicht längst vergessen hat.«

»Ich würde seine Familie zerstören und meine auch. Mein Vater wird nie ein illegitimes Kind akzeptieren. Es gibt in unseren Kreisen Verhaltensregeln, die nie übertreten werden dürfen. In Dänemark herrschen sehr strenge Sitten, dafür sorgt die Königin.«

»Ich bitte Sie, Frau von Lüdemann, denken Sie doch mal an die Zustände in anderen europäischen Herrscherhäusern, weder früher noch heute nimmt man da auf vorbildliches Verhalten Rücksicht.«

»Das weiß ich, und es amüsiert mich sogar, aber wenn man dann selbst betroffen ist, sieht das alles anders aus.«

»Wird Ihnen die Komtess von Rebellin helfen können?«

»Nein, sie ist die Letzte, die mir helfen kann. Wir verstehen uns bestens und sind sehr enge Freundinnen, aber in diesem Fall kann sie mir überhaupt nicht helfen.«

»Und Ihre Familie, jetzt einmal abgesehen von Ihrem Vater?«

»Meine Familie, das ist mein Vater. Sein Wort gilt, und danach richten sich alle. Wir haben eine sehr enge Bindung an ihn, ich will das Wort ›Hörigkeit‹ einmal ausschließen, aber weit entfernt davon sind unsere Verhältnisse zu ihm nicht. Ich kann niemanden aus der Familie ins Vertrauen ziehen.«

»Aber was werden Sie jetzt machen, wenn Sie dieses Haus hier verlassen?«

»Ich sagte es schon, es gibt hier große Waldgebiete.«

»Unsinn, schlagen Sie sich den Gedanken an Selbstmord aus dem Kopf.«

»Und was schlagen Sie vor?«

»Wo haben Sie denn bis jetzt gewohnt?«

»Ich bin gestern auf Schloss Schwanenwyk angekommen, und ich werde nicht dorthin zurückkehren.«

»Und weshalb nicht? Ich hatte den Eindruck, die Komtess unterstützt Sie?«

»Ihr blieb nichts anderes übrig. Sie kennt den Vater meines Kindes. Und genau deshalb kann sie mir nicht weiterhelfen.«

»Haben Sie Gepäck?«

»Eine Reisetasche, draußen im Wagen.«

»Dann holen Sie die Tasche herein. Ich habe ein Gästezimmer, Sie können hierbleiben, bis wir eine Möglichkeit gefunden haben.«

»Was für eine Möglichkeit?«

»Es gibt Institutionen hier in Deutschland, in denen angehende Mütter leben und ihre Kinder zur Welt bringen können. So eine Möglichkeit meine ich.«

Monika weinte wieder. »Ja, das wäre gut. Ist man dort anonym?«

»Das weiß ich nicht genau, aber auf jeden Fall wird Ihre Identität geschützt.«

»Aber was kostet das? Ich habe kein Geld, und wenn ich zu Hause um Geld nachfrage, wird mein Vater sofort hellhörig und lässt mich suchen.«

»Wir finden einen Weg, Geld sollte die letzte Rolle spielen.«

»Und was sage ich Francesca? Sie wird ärgerlich, wenn ich Geheimnisse vor ihr habe.

»Ich werde mit ihr sprechen.«

Sabine ging in das Wartezimmer, wo eine verärgerte Komtess auf und ab ging. Als sie die Ärztin sah, kam sie wütend auf sie zu und fragte: »Na, und? Ist alles geregelt? So eine dumme Geschichte, und ich stecke nun auch mittendrin.«

»Sie stecken nicht mehr mittendrin, Frau von Rebellin, und sagen Sie Ihrem Verehrer in der Forstwirtschaft, für dumme Ratschläge bin ich nicht zu haben. Wenn Sie mir jetzt bitte die Reisetasche von Frau von Lüdemann holen würden, ist die Sache für Sie erledigt.«

»Aber was wird aus meiner Freundin? Ich will sie sprechen, ich will wissen, was sie vorhat: Schließlich bin ich auch betroffen von dem ganzen Schlamassel.«

»Ich sagte Ihnen schon, Sie sind nicht mehr betroffen, wir haben eine Lösung gefunden, Sie können beruhigt in Ihr Schloss zurückkehren.« Und dann bat sie Helga: »Bitte begleiten Sie die Komtess und holen Sie die Reisetasche von Frau von Lüdemann.«

Als die beiden Frauen das Wartezimmer verlassen hatten, sagte sie zu Monika von Lüdemann: »Kommen Sie, wir gehen hinüber in meine Wohnung«, und an die Haushälterin gewandt: »Lotti, wir haben in der nächsten Zeit einen Gast, aber das bleibt unter uns.«

VII

Sabine suchte eine Vertretung für ihre Landarztpraxis, doch an wen sie sich auch wandte – an die Ärztekammer, die Ärzteschaft, die Kassenärztliche Vereinigung und an den Marburger Bund –, sie bekam nur Absagen. Hm, dachte sie, dann kann ich also meinen Urlaub im Süden vergessen.

Doch dann rief Jochen Bellmann vom Klinikum Großbresenbek an, um ihr zu sagen: »Sabine, wir konnten den Fuß von Beate Hoffmann retten. Vielleicht braucht sie ständig einen Stock als Gehhilfe, aber sie braucht weder Rollstuhl noch Prothese. Sie ist sehr glücklich.«

»Gott sei Dank«, war alles, was Sabine zunächst sagen konnte. Dann fragte sie nach Einzelheiten und auch, ob die Freundin, die sie endlich gefunden hatte, sich im Krankenhaus gemeldet hätte.

»Ja«, so der Arzt, »sie ist hergekommen und hiergeblieben, bis wir sicher waren, dass sich Frau Hoffmann auf dem Weg der Besserung befindet. Sie hat sich rührend um die Freundin gekümmert und kommt auch jetzt jeden Nachmittag vorbei. Und dabei muss sie fast vierzig Kilometer weit fahren. Und wie geht es dir, Sabine?«

»Eigentlich gut.«

»Was heißt ›eigentlich‹?«, fragte Bellmann sofort besorgt.

»Ach, Jochen, ich habe, wie das in so einer Landarztpraxis üblich ist, Tag und Nacht Bereitschaftsdienst, und du weißt ja, wie das stresst. Aber hier ist eben keiner, der mich mal ablöst, so wie bei euch in der Klinik. Hier bin ich allein und immer verantwortlich.«

»Aber das wusstest du, und das wolltest du«, entgegnete er leicht beunruhigt. Er kannte Sabine nur als unermüdliche Arbeiterin, schließlich hatte er seine damalige Assistenzärztin zu dem gemacht, was sie heute war, zu einer selbstbewussten, sehr guten Ärztin. Hörte er jetzt Resignation aus ihrer Stimme?

»Du hast natürlich recht, und ich liebe meine Arbeit nach wie vor, nur nach einem Jahr ist man eben auch mal müde, und eigentlich bin ich urlaubsreif.«

»Dann ruh dich aus und mach Ferien, die braucht jeder einmal, sonst leidet die Arbeit darunter.«

»Das habe ich auch gedacht. Nur leider finde ich keinen, der mich vertritt. Ich habe alles versucht.«

»Das glaube ich nicht. Mich hast du nicht gefragt.«

»Dich? Aber Jochen, ich weiß doch, wie eingespannt du im Klinikum bist.«

»Ich habe auch mal einen Urlaub, oder sagen wir in diesem Falle, einen Tapetenwechsel verdient.«

»Jochen«, lachte Sabine, »dann komm her.« Plötzlich war ihre gute Laune wieder da.

»Aber du weißt, dass ich verheiratet bin.«

»Natürlich, bring doch deine Frau mit. Ich räume das Haus, und ihr habt hier jede Freiheit. Und da deine Frau deine Assistenzärztin ist, könnt ihr euch die Arbeit teilen. Vier Wochen, Jochen, das wäre wunderbar.«

»Und was machst du in deinen Ferien?«

»Ich brauche Sonne, Wärme, Hitze meinetwegen. Ich will in den Süden, ganz weit in den Süden, und habe an die Hilfsorganisation ›Internationaler Ärzte-Einsatz‹ gedacht.«

»Also arbeiten statt ausruhen?«

»Jochen, du kennst mich, ich kann nicht stundenlang irgendwo herumhängen und nichts tun. Vier Wochen zusammen mit Kollegen anderen helfen, und das bei Sonnenschein und Wärme und absolutem Tapetenwechsel, das würde mir gefallen.«

»Und die nehmen dich? Ich meine, vier Wochen sind doch nur ein Tropfen auf dem heißen Stein.«

»Die Gruppe ist darauf eingestellt. Sie leben und arbeiten mit ehrenamtlichen Ärzten, die immer nur für kurze Zeit dabei sein können.«

»Hast du dich auch gründlich genug erkundigt?«

»Natürlich, Jochen, ich habe im Internet geforscht und dann mit ihnen in Nürnberg telefoniert. Dort ist die Zentrale. Inzwischen habe ich eine Menge Informationsmaterial bekommen und bin bereit, den nächsten Einsatz mitzumachen. Vorausgesetzt, ich finde eine Vertretung.«

»Na ja, die hast du jetzt. Wann soll es losgehen? Ich meine, wann rechnest du mit so einem Einsatz, schließlich muss ich unseren Urlaub hier auch erst beantragen und auf die Genehmigung hoffen.«

»Die bekommst du, immerhin bist du ja allererstes Vorstandsmitglied im Klinikum. Ich breche auf, sobald ihr hier eintrefft. Lotti macht euch den Haushalt, und Helga steht euch in der Praxis zur Verfügung. Sie macht Urlaub, wenn ich wieder hier bin. Ihr seid also nicht allein und hilflos meinen Heidjern ausgesetzt«, lachte sie erleichtert.

»Ja, das ist wichtig. Irgendjemand sollte sich mit den Menschen, den Adressen, den Versicherungen und Krankengeschichten auskennen. Hast du denn schon eine Ahnung, wohin dich so ein Einsatz bringt?«

»Südlich vom Äquator in Botsuana sind im Augenblick die meisten Einsätze.«

»Ich fasse es nicht: Sabine und das Kreuz des Südens.«

Sabine lachte: »Eigentlich hätte mir die Toskana gereicht, aber der Begleiter, mit dem ich gerechnet hatte, will nur bis in den Harz, und der ist mir als Süden zu nördlich.«

»Das kann ich verstehen, aber wie kann ein ›Begleiter‹ so kurzsichtig sein?«

»Ich denke, er hat andere Vorstellungen, was die Begleitung angeht.«

»Aha, ich verstehe. Dummkopf kann man dazu nur sagen.«

Erleichtert beendete Sabine das Telefongespräch. Auf Jochen kann man sich verlassen, dachte sie dankbar, er war immer ein guter Freund, selbst damals, als ich ihm verständlich machen musste, dass es zwischen uns keine Intimitäten geben würde. Der Gute ist nach wie vor nicht mein Typ, obwohl er der liebenswerteste Kumpel ist, den man sich wünschen kann. Er hat mich in der Arbeit immer unterstützt, er hat mir die Augen geöffnet, als ich kurz davor war, einen Hallodri zu heiraten, und er hatte Verständnis, als ich Hals über Kopf das Klinikum verließ, weil ich nicht zum Gespött werden wollte, als eben dieser Hallodri sich als Schürzenjäger entpuppte. Wenn Jochen wirklich mit seiner Frau herkommt, dann werde ich den beiden den Aufenthalt hier so schön wie möglich machen.

Ach Gott, dachte sie erschrocken, und was mache ich mit Monika von Lüdemann? Ich kann einem jung verheirateten Ehepaar doch nicht einen Gast zumuten, den sie nicht kennen und der mit so einem Problem beladen ist, wie die verzweifelte Dänin mit ihrer Schwangerschaft?

Sabine hatte sich an ihren Gast gewöhnt. Monika von Lüdemann war ein bescheidener Mensch und stellte keinerlei Ansprüche. Sie war verzweifelt über ihre Situation, und sie war dankbar, dass es jemanden gab, dem sie sich anvertrauen konnte, der Verständnis für ihre Lage hatte. Trotzdem war Sabine nicht zufrieden mit dieser Vertrauensbasis, denn Monika verriet nicht, wer der Vater ihres Kindes war, und Sabine hielt es für notwendig, den Namen zu kennen, um der jungen Frau zu helfen. Sie war der Meinung, ein zukünftiger Vater habe die Pflicht, der angehenden Mutter einen Teil ihrer Sorgen und Ängste abzunehmen. Aber sobald ein Gespräch zu der Vaterschaftsfrage führte, schüttelte Monika den Kopf und erklärte: »Es war eine einmalige Intimität. Sie war die Folge eines ausgelassenen Festes mit Alkohol und Albernheiten, und ich habe geschworen, keinem Menschen von diesem Zwischenfall zu erzählen.«

»Aber Ihre Freundin Francesca weiß doch Bescheid.«

»Ja, ich wusste mir nicht zu helfen und habe sie eingeweiht. Aber auch ihr habe ich versprochen, den Namen niemals weiterzusagen. Und ich bin ein Mensch, der seine Versprechen hält.«

Sabine sah die junge Frau prüfend an. »Hat Ihre Schwangerschaft etwas mit der Familie von Rebellin zu tun?«, fragte sie vorsichtig.

Monika errötete heftig und schüttelte fast verzweifelt den Kopf. »Nein, wie kommen Sie denn darauf? Meine Freundin und ihre Familie haben mit meiner Schwangerschaft nicht das Geringste zu tun. Ich wusste nicht, was ich machen sollte, nur darum habe ich Francesca um Hilfe gebeten.«

Aber Sabine hatte genug gehört. Sie war als Ärztin auch eine gute Psychologin, und Monika von Lüdemann war ein Mädchen, das schlecht lügen konnte. So ist das also, dachte sie entsetzt. Umso wichtiger ist es, ihr zu helfen, denn wenn das stimmt, was ich befürchte, hat die junge Frau wirklich ganz schlechte Aussichten, in ihren Kreisen auf Hilfe zu hoffen. Da werden solche Vergehen auf das Schärfste verurteilt, und schuld daran sind immer die Mädchen, nie die Männer.

Sabine seufzte laut, als sie in Gedanken das Gespräch mit Monika noch einmal durchging. Aber was mache ich nun mit ihr? Ich kann sie nicht hier wohnen lassen, ich kann sie aber auch nicht ausquartieren. In einer Gemeinde wie Auendorf wartet man doch nur auf Gesprächsstoff, nein, dem kann ich sie nicht aussetzen. Sabine dachte an kirchliche Institutionen, an soziale Einrichtungen für schwangere Frauen, die ihre Kinder anonym gebären wollten oder mussten. Aber auch da werden überall Nachforschungen betrieben, auch in diesen Heimen will man Einzelheiten wissen, selbst wenn es nur um die finanzielle Seite der Unterbringung geht. Und Monika hat, wie sie sagte, nicht einen Cent in der Tasche. Ich könnte ihr finanziell helfen, aber ich fürchte, das würde sie nicht annehmen und stattdessen nach einem verzweifelten Ausweg suchen. Der Gedanke an einen Suizid steht bei dem Mädchen noch immer ganz oben an. Das darf ich nicht vergessen. Ob ich noch einmal mit dieser Francesca spreche? Aber wo erreiche ich sie? In das Schloss werde ich auf keinen Fall fahren, nachdem ich sie hier hinausgeworfen habe. Vielleicht weiß Jürgen, wo sie zu treffen ist? Nein, auf keinen Fall! Den Förster werde ich nicht nach seiner angeblichen Verehrerin fragen, die Blöße werde ich mir nicht geben.

Drüben, auf der anderen Seite des Flures, öffnete Helga die Tür für die Nachmittagspatienten. Noch immer grassierten Grippe und Erkältungskrankheiten in den Dörfern, und vor allem die älteren Menschen litten unter grippalen Nachwirkungen. Sabine zog ihren weißen Kittel an und ging in die Praxis. Sie behandelte Bronchitis und Rheuma, eine Sehnenentzündung und die Zerrung einer Achillesferse, eine Magenverstimmung und verstopfte Ohren, und einen alten, verfaulten Zahn zog sie auch.

Als sie gegen siebzehn Uhr den Kittel auszog, war sie selbst müde und erschöpft. Sie schlüpfte in ihren Parka, zog feste Schuhe an, nahm Ronca an die Leine und rief Lotti zu: »Wir laufen ein Stück. Ich brauche frische Luft. Sie brauchen mit dem Abendessen nicht zu warten. Stellen

Sie mir alles hin und fahren Sie nach Hause. Ich will ordentlich laufen.«

Sie lief hinauf zum Hamberg, dorthin, wo der Förster in der Weihnachtsnacht unter Zärtlichkeiten von einer gemeinsamen Zukunft gesprochen hatte, ging weiter über die Hügel, die mit grauen Nebelwolken die Schritte dämpften und den Atem sichtbar machten, lief über braune Heideflächen und sandige Wege, und dann sah sie plötzlich Henriettes Hütte vor sich. Aus dem Schornstein stieg in grauen Schwaden dichter Rauch auf, und Sabine hatte plötzlich das Gefühl, nach Hause zu kommen. Der Schäfer hatte die Hütte in den Winterwochen um einen großen Raum erweitert, vor dem Haus blühten, ganz versteckt an der Hauswand, die ersten Schneeglöckchen, und drinnen hörte Sabine Henriette singen und Luuva jauchzen.

Wie schön, dachte die Ärztin und lächelte, als sie an ihre Befürchtungen dachte, damals, als sie als Ärztin in dem Heidedorf anfing und alle Menschen zu der schwedischen Heilerin gingen und nicht in ihre Praxis kamen. Und dann kam der alte Schäfer und nahm ihr die Angst, und dann wurde Luuva geboren, und sie hütete das Geheimnis um den Vater, den alten Schäfer, der sein großes Glück mit Henriette genoss. Vater? Geheimnis? Monika von Lüdemann?

Vielleicht wissen Henriette und Caspar, wie ich Monika helfen kann. Sie öffnete das kleine Tor im Jägerzaun und betrat den Garten. Trotz der noch sehr kühlen Jahreszeit machte der Garten einen gepflegten Eindruck. Am Rand, unter den Bäumen, waren Blätter und kleine Äste aufgehäuft, ein Zuhause für Igel und Mäuse, wie Henriette ihr erklärt hatte. Die Beete waren sauber umgegraben, die großen Schollen boten sich dem Wetter dar und waren in den kältesten Monaten unter dickem Schnee verborgen. Jetzt war der Schnee abgetaut, und die Erde wartete auf den Frühling. Die Beerensträucher waren zurückgeschnitten und die Rosenstauden mit schützender Erde behäufelt.

Bevor Sabine an die Tür klopfte, band sie Ronca draußen an der Bank fest. Der große Setter würde bei der Begrüßungsfreude die kleine Luuva umwerfen, und Tränen wollte sie vermeiden. Dann klopfte sie, und der Gesang drinnen verstummte. Gleich darauf wurde die Tür geöffnet, und Henriette begrüßte die Ärztin mit einer lachenden Umarmung. »Komm rein, Sabine, wie schön, dich zu sehen. Wo ist Ronca?«

»Hier draußen, ich wollte vermeiden, dass sie Luuva umwirft.«

»Bring sie mit, sie kann nebenan warten, draußen ist es noch zu kalt, und ich hoffe, du bleibst zum Abendessen. Der Schäfer kommt auch gleich.«

»Danke für die Einladung, aber zum Essen kann ich nicht bleiben, ich habe einen Gast zu Hause. Und dieser Gast ist auch der Grund meines Besuches.«

»Ein Gast? Du machst mich neugierig, Sabine. Komm, trink wenigstens ein Glas heißen Holundersaft mit mir, ich habe ihn gerade frisch gemacht.«

»Danke.« Sabine setzte sich auf die Bank neben dem Kachelofen und genoss das heiße Getränk, das sie so herrlich erwärmte.

»Willst du mir von deinem Gast erzählen?«

»Ja, es handelt sich um eine junge Frau, die im vierten Monat schwanger ist und nicht weiß, wie es weitergehen soll. Zu Hause würde sie verjagt, bekannt werden darf die Schwangerschaft auch nicht, und nun droht sie, sich umzubringen. Ich habe sie bei mir aufgenommen und mehr oder weniger versteckt, weil sie auch hier nicht erkannt werden möchte.«

»Die Ärmste. Und der Vater des Kindes?«

»Sie verrät den Namen nicht, aber ich habe eine Vermutung, kann aber auch nicht darüber sprechen, weil es eben nur eine Vermutung ist.«

»Und wie kann ich helfen? Du bist doch sicher auf der Suche nach Hilfe.«

»So ist es. Ich muss verreisen und werde eine Vertretung in meinem Hause aufnehmen. Ich kann aber dem Arztehepaar nicht einen fremden Gast zumuten. Nun weiß ich nicht weiter.«

»Ich hätte Platz, aber verstecken könnte sich hier niemand. Ich habe zu viele Leute, die mich besuchen, das weißt du, und fünf Monate sind eine lange Zeit.«

»Ja, das weiß ich alles, ich habe auch nicht an deine Hütte hier gedacht, sondern eher, ob du eine Adresse kennst, wo man sie gut unterbringen könnte. Sie ist Dänin, gibt es vielleicht in Schweden Hilfsorganisationen?«

»Es gibt in Hamburg eine Einrichtung, die sich um angehende Mütter kümmert und dann auch eine Betreuung, eventuell eine Adoption des Kindes in die Wege leitet.«

»Könntest du Kontakt zu dieser Einrichtung aufnehmen? Es geht um sehr viel Vertrauen, das mir fremde Einrichtungen nicht garantieren können.«

»Ja, natürlich, die Leiterin ist eine gute Bekannte von mir, wir haben gemeinsam naturwissenschaftliche Kurse besucht und sogar einmal zusammengewohnt. Aber das ist ein paar Jahre her«, lachte Henriette, »damals hatte ich mich noch nicht in die Heide zurückgezogen. Aber wir stehen in gutem Kontakt miteinander.«

»Ich wäre dir sehr dankbar, Henriette, vor allem, wenn es um die Diskretion geht. Die junge Frau stammt aus adligen Kreisen Dänemarks.«

»Ich weiß nicht, wie der Aufenthalt finanziell gehandhabt wird, könnte sie die Unterbringung bezahlen?«

»Nein, im Augenblick hat sie nichts außer einer kleinen Reisetasche. Aber ich würde für die Kosten aufkommen. Später kann sie mir ja das Geld zurückgeben, wenn es ihr wieder besser geht.«

»Du willst das übernehmen?«

»Henriette, ich habe Geld geerbt, ich kann die Unterkunft und alle übrigen Ausgaben bezahlen. Daran soll es nicht scheitern. Das Wichtigste ist die Diskretion, und die habe ich bei anderen ähnlichen Einrichtungen nicht gefunden. Es ist eben eine Vertrauenssache, und die bleibt nur durch persönliche Beziehungen gewährleistet.«

»Ich verstehe. Aber in dieser Hinsicht bin ich mir ganz sicher, man wird nicht fragen und nicht forschen.«

»Das wäre die Lösung.«

Zwei Tage später brachte Carl, der Schäfer, Monika von Lüdemann in Sabines Wagen in die Hartungstraße nach Hamburg. Sie bekam ein kleines, sonniges Einzelzimmer, musste sich bereit erklären, Gymnastikkurse zu besuchen, halbtags in einem Kindergarten zu helfen und im Haushalt mitzuarbeiten. Sie musste einkaufen gehen, beim Kochen helfen, ihr Zimmer selbst putzen und Babypflegekurse besuchen. Schwester Else, die Leiterin, war bestrebt, bei den jungen Müttern die Liebe zu ihren Kindern zu wecken und sie mit dem nötigen Selbstbewusstsein auszustatten, um später einmal mit dem Kind an der Hand sicher durchs Leben zu gehen. Sollten diese Pläne scheitern, war die Leitung bereit, bei der Adoption des Kindes zu helfen.

VIII

Es war Sonntagnachmittag, der Tag vor Sabines Abreise nach Afrika. Lotti und Helga hatten frei. Sabine packte im Schlafzimmer ihre Reisetasche, neben sich die Liste mit den genauen Angaben über den Inhalt. Fünfzehn Kilogramm Gewicht durften nicht überschritten werden, dabei war genau vorgeschrieben, was mitgebracht werden musste. Da waren Schnürstiefel und Ärztekittel, ein Trainingsanzug und ein Desinfektionsanzug, Einweghandschuhe und Gesichtsmasken, Taschenlampen und ein faltbarer Rucksack, und vor allem waren da ein Schlafsack, der den meisten Platz einnahm, und die Isoliermatte für Übernachtungen in einem Zelt. Und wo bleibe ich mit meiner Wäsche, meinen Hosen und Blusen, meinen Handtüchern, dem Kulturbeutel und den Schuhen?, überlegte Sabine und begann von Neuem mit dem Packen. Die Reisetasche ließ sich überlisten, die Waage leider nicht. Mir bleibt nichts anderes übrig, ich muss die schweren Stiefel auf der Reise anziehen. Sie sollen mich eines Tages vor Schlangen und Skorpionen schützen, also muss ich sie jetzt anziehen, damit sie vorhanden sind, wenn ich sie wirklich brauche, überlegte sie und legte statt der Stiefel leichte Joggingschuhe in die Tasche.

Draußen fuhr ein Auto vor. Sabines Herz machte einen schnellen Schlag, als sie die wohlbekannten Motorengeräusche vom Wagen des Forstmeisters hörte. Hat er sich doch noch entschlossen, sich für sein unfreundliches Benehmen zu entschuldigen. Eine Reise in den Harz statt in die Toskana, so unsensibel kann auch nur ein introvertierter Mann sein, dachte sie verächtlich. An meinen Reiseplänen ändert sich nun zwar nichts mehr, aber eine Entschuldigung tut immer gut.

Beschwingt eilte sie die Treppe hinunter und durch die Wohnhalle zur Haustür. Aber als sie die Tür öffnete, stand nicht nur der Forstmeister vor ihr, sondern vor ihm betrat Francesca von Rebellin ihr Haus. Ohne sie zu begrüßen, eilte die junge Frau in die Wohnung und sah sich suchend um. Etwas höflicher folgte ihr Jürgen Albers. »Grüß dich, Sabine, wir suchen Monika von Lüdemann, sie ist doch noch bei dir?«

»Nein, wie kommst du darauf? Die junge Frau hat mein Haus in einem Taxi und mit unbekanntem Ziel verlassen.«

»Reden Sie keinen Unsinn, Frau Doktor, ich weiß, dass meine Freundin hier ist«, unterbrach die Komtess die beiden.

»Bitte, Sabine, es ist sehr wichtig, dass wir mit Fräulein von Lüdemann sprechen.«

Sabine schüttelte verärgert den Kopf. »Wenn ich sage, sie ist nicht hier, dann ist sie nicht hier. Und wenn ihr sie so dringend sprechen müsst, dann hättet ihr euch das früher überlegen sollen, damals zum Beispiel, als deine Begleiterin auf deinen Rat hin die verzweifelte junge Frau hier abgeliefert hat.«

»Reden Sie nicht so viel, sagen Sie uns, wo sie ist, und wir sind wieder unterwegs«, unterbrach sie Francesca von Rebellin.

»Wirklich, Sabine, es ist dringend, sonst wären wir nicht hier. Die dänische Polizei sucht nach ihr. Die Familie hat eine Vermisstenanzeige aufgegeben, und man hat die Suche bis zum Schloss Schwanenwyk ausgedehnt, was für alle sehr peinlich ist.«

»Vielleicht hätte man sich vor vier Monaten überlegen sollen, wie peinlich so eine lustvolle Nacht für alle Beteiligten werden würde, wenn man an die Folgen denkt.«

»Was wollen Sie damit sagen?«, fuhr die Komtess die Ärztin an. »Wagen Sie es ja nicht, voreilige Schlüsse aus einem kleinen Rendezvous zu ziehen. Ich warne Sie.«

»Fräulein von Rebellin, ich weiß, was passiert ist, also schweigen Sie.«

»Unglaublich, ich fasse es nicht, wie können Sie wagen, Sachen zu behaupten, die völlig aus der Luft gegriffen sind?«

»Monika von Lüdemann ist im vierten Monat schwanger, das wissen Sie besser als ich, also rechnen Sie nach, was damals passiert ist.«

»Bitte, meine Damen, ich bitte euch, regt euch doch nicht so auf. Ihr sagt Dinge, die ihr nachher bereut, und sie bringen uns auf der Suche nach Frau von Lüdemann nicht einen einzigen Schritt weiter«, mischte sich der Forstmeister ein.

»Du sagst es«, nickte Sabine, »ich habe nicht die geringste Lust, mir weiterhin Verdächtigungen und Lügen anzuhören. Die gesuchte junge Dame ist nicht hier, ihr könnt also gehen.«

Aber Jürgen Albers schüttelte den Kopf. »Du übersiehst die Bedeutung dieser Suche, Sabine. Es gibt eine Staatsaffäre, wenn Frau von Lüdemann nicht gefunden wird. Man vermutet sie in Deutschland, und die Familie scheut nicht vor Beschuldigungen deutscher Adelsfamilien zurück.«

»Damit habe ich nichts zu tun. Außerdem handelt es sich ja nicht um viele Familien, sondern um eine einzige, in der Frau von Lüdemann seinerzeit zu Gast war. Und jetzt verlasst bitte mein Haus, ich habe zu tun.«

»Sie werden von uns hören, und es wird sehr unerfreulich für Sie werden, Frau Doktor, das kann ich Ihnen garantieren.« Mit diesen Worten lief Francesca aus dem Haus.

Jürgen Albers folgte ihr langsam. »Schade, Sabine, dass du nicht mit uns kooperierst, du wirst Unannehmlichkeiten haben, die hätte ich dir gern erspart.«

»Das hättest du vorher bedenken sollen, Jürgen.«

»Vorher?«

»Bevor du die beiden jungen Damen zu mir geschickt hast. Du hättest wissen müssen, dass ich meinen ärztlichen Eid niemals brechen würde.«

»Es tut mir leid.«

»Dazu ist es jetzt zu spät.« Energisch schloss sie die Tür hinter ihren ungebetenen Gästen. Dann setzte sie sich in ihren Lieblingssessel in der Wohnhalle und zog die Beine bis unter das Kinn. Erst jetzt merkte sie, dass sie am ganzen Körper zitterte. Gegen Intrigen war sie noch immer hilflos. Gott sei Dank, dachte sie, morgen um diese Zeit bin ich weit weg. Mindestens über den Alpen bin ich dann, vielleicht sogar schon über dem Mittelmeer. Muss ich eigentlich Jochen einweihen, damit er weiß, was los ist, wenn hier tatsächlich Nachforschungen angestellt werden? Nein, entschloss sie sich, er hat damit nichts zu tun, und je weniger er weiß, umso weniger kann er sagen.

Sie dachte an den kommenden Tag. Jochen Bellmann und seine Frau wollten morgens sehr früh kommen. Dann würde sie den beiden Haus und Praxis übergeben und sie mit Lotti und Helga bekannt machen. Sie hatte Listen angefertigt, auf denen Jochen alle Unterlagen über Hausbesuche, chronisch Kranke, schwierige Fälle und besonders sensible Patienten fand. Später würden sie kurz zum Bürgermeisteramt fahren, damit der Chef der Samtgemeinde ihre Vertretung kennenlernte, besprochen war das alles längst mit ihm, und spätestens um elf Uhr würde sie selbst unterwegs zum Flughafen in Hannover sein. Von Hannover ging es weiter nach Frankfurt, wo sie zwei andere Ärzte und eine Ärztin treffen würde, und am späten Abend starteten sie gemeinsam nach Johannisburg. Von dort flogen sie nach Gaborone in Botsuana, und dann ging es mit einem Autobus zum Einsatzzentrum.

Sabine stand auf und ging wieder nach oben, um die Tasche fertig zu packen. Dann rief sie Ronca, um mit ihr einen letzten Spaziergang zu machen, ab morgen würde sich Lotti um den Hund kümmern. Aber Ronca hatte sich unter Sabines Bett verkrochen und war weder durch das Versprechen auf einen Spaziergang noch durch ein Leckerli hervorzulocken. Die Hündin spürte genau, was in diesem Haus vor sich ging, und versteckte sich. Erst als Sabine mit dem Futternapf hantierte und von der Küche aus »Fressi, Fressi« rief, kam sie langsam die Treppe herunter und ließ sich anleinen. »Komm, meine Große, in vier Wochen bin ich ja wieder da, und inzwischen werden dich alle hier verwöhnen, das kann ich dir versprechen.«

Aber es wurde ein lustloser Spaziergang. Ronca trottete mit hängendem Kopf hinter Sabine her, und als diese sie zu einem munteren Trab anspornte und vorauslief, blieb die Hündin mitten auf dem Weg sitzen und sah mit tieftraurigen Augen hinter Sabine her. Schließlich drehte sie sich um und trottete zurück zum Arzthaus. Dort legte sie sich vor die Haustür und wartete, bis die Ärztin zurückkam.

Sabine streichelte sie beruhigend und ging mit ihr in die Wohnung. Als sie die Tür für die Nacht verschließen wollte, hörte sie erneut ein Auto vor ihrem Haus anhalten. Sie ging in die Wohnhalle und schaute aus dem Fenster. Der Fahrer, der ihr jetzt auf dem Gartenweg entgegenkam, war ihr irgendwie bekannt. Aber in der hereinbrechenden Dunkelheit konnte sie ihn nicht genau erkennen. Sie brachte Ronca in die Küche und öffnete die Haustür, als es klingelte. Verblüfft sah sie ihren späten Besucher an. Vor ihr stand Albert Graf von Rebellin, den sie während der Schleppjagd im Herbst kurz kennengelernt hatte, als seine Tochter so schwer gestürzt war.

Sie trat einen Schritt zurück, um den Besucher eintreten zu lassen, und begrüßte ihn. »Bitte, kommen Sie herein. Was kann ich für Sie tun?« Sie ahnte zwar, was der Graf von ihr wollte, vermied es aber, ihm in irgendeiner Weise entgegenzukommen.

»Ich bitte um Verzeihung für den späten Besuch, gnädige Frau, aber eine fatale Situation zwingt mich dazu.«

»Ja, bitte? Und wie kann ich Ihnen helfen? Bitte nehmen Sie doch Platz.« Sie führte ihn in die Halle, denn den Grafen in das Sprechzimmer der Praxis zu führen, erschien ihr dann doch zu unhöflich.

Der Mann sah gut aus mit seinem grau melierten Dreitagebart und dem welligen, ebenfalls grau melierten Haar. Er war eine dominante Persönlichkeit, das spürte sie sofort. Damals am See, als er im Schlamm neben seiner verunglückten Tochter kniete, war ihr das gar nicht so aufgefallen, jetzt verkörperte er Autorität und Macht. Aber sie hatte nicht vor, sich dieser Autorität zu beugen.

Der Graf sah sich in ihrer Wohnhalle um. »Schön haben Sie es hier, gemütlich und warm, so richtig zum Wohlfühlen.«

Sabine dachte an das graue Wasserschloss, in dem er wohnte und das einen sehr kalten und abweisenden Eindruck machte. Sie kannte es nur von außen, aber sie konnte sich vorstellen, wie schwierig es sein mochte, dieses alte Gemäuer zu heizen und in ein behagliches Heim zu verwandeln. Sie zeigte auf einen Sessel neben dem Kamin, bat ihn, sich zu setzen, und nahm ihm gegenüber Platz. »Bitte, was kann ich für Sie tun? Ich nehme an, Sie sind nicht als Patient zu mir gekommen.«

»Das stimmt, ich möchte Sie in einer sehr heiklen Angelegenheit um Rat fragen.«

»Ja, bitte?«

»Meine Tochter Francesca hat eine dänische Freundin. Die beiden jungen Damen besuchen sich häufig gegenseitig. Mal ist meine Tochter für ein paar Wochen oder auch nur für eine Wochenendparty in Dänemark, mal ist die Freundin bei uns zu Gast. Als Hausherr habe ich natürlich eine gewisse Verantwortung für jeden Besucher meines Hauses, und bei jungen Gästen ganz besonders, zumal meine Frau vor vier Jahren verstorben ist und diese Verpflichtung nicht mehr wahrnehmen kann. Nun ist die dänische Freundin meiner Tochter vor ein paar Tagen wieder bei uns aufgetaucht, und zwar in einem sehr heiklen Zustand.«

»Bitte, Graf Rebellin«, unterbrach ihn Sabine, »Sie brauchen keine großen Erklärungen abzugeben, die junge Dame ist schwanger und heißt Monika von Lüdemann. Ich weiß Bescheid.«

»Ja, also, um es kurz zu machen, diese Monika suchte Hilfe bei uns, da die Familie sie zu verstoßen droht und sie nicht wusste, wie es weitergehen sollte.«

»Und dann ist Ihre Tochter mit dieser Freundin hierhergekommen, in der Hoffnung, dass ich eine Abtreibung vornehmen würde.«

»So ist es. Und? Konnten Sie ihr helfen?«

»Nicht mit einer Abtreibung, dafür war es viel zu spät. Außerdem sehe ich meine Aufgabe darin, Leben zu erhalten, und nicht darin, Leben zu zerstören. Ich hätte es nicht gemacht, auch wenn noch Zeit dafür gewesen wäre.«

»In Spanien gibt es Ärzte, die noch im siebten Monat Schwangerschaften unterbrechen. Ich habe es in einer Zeitung gelesen.«

»Wir sind hier nicht in Spanien, Herr Graf.«

»Nein, natürlich nicht. Aber Sie haben die junge Frau hierbehalten und beraten, wie ich annehme.«

»Ich habe ihr geraten, sich an den Vater ihres Kindes zu wenden. Er ist derjenige, der sich um sie kümmern muss, er hat die Verantwortung, und er hat das Recht, von der Vaterschaft zu erfahren. Auch dann, wenn die Zeugung des Kindes nur ein einmaliger Vorgang während einer amüsanten Party war.«

»Und wenn der angebliche Vater diese Vaterschaft bestreitet?«

»Es gibt einen Vaterschaftstest, der bereits jetzt durchgeführt werden kann. Und warum sollte er diese eindeutige

Situation abstreiten? Die junge Frau erschien mir durchaus ehrenwert und glaubwürdig. Und überhaupt, es ist doch auch für einen Mann wunderschön zu wissen, dass er Vater werden wird, dass er Vater werden kann.«

»Aber wenn die Umstände das nicht erlauben? In unseren Kreisen lebt man nach einem gewissen Ehrenkodex, den man nicht infrage stellen sollte.«

»Was meinen Sie mit diesen ›Umständen‹, Herr Graf?«

»Nun, vielleicht handelt es sich um einen jungen Mann in der Ausbildung, der es sich gar nicht leisten kann, eine Familie zu gründen. Oder um einen Mann, für den der gute Ruf auf dem Spiel steht. Es gibt immer einmal Situationen, da vergisst ein Mann sein Umfeld und lässt sich gehen.«

»Und hinterher will er nichts mehr davon wissen, da hat er plötzlich Angst, seinen guten Ruf zu verlieren, seinen Ehrenkodex zu verletzen oder gar zum Gespött der Leute zu werden. Vielleicht würden sich auch die Freunde von ihm abwenden, meinen Sie das, Herr von Rebellin?«

»Genau das meine Ich. Wenn der Ruf, das Ansehen, die Ehre auf dem Spiel stehen, kann sich ein Mann doch nicht zu so einem zweifelhaften Abenteuer bekennen.«

»Das hätte er sich vorher überlegen müssen.«

»Ach Gott, vorher. Ist es Ihnen noch nie passiert, dass Sie im Affekt gehandelt haben, dass Sie gar keine Zeit zum Überlegen hatten, Frau Doktor, dass das Temperament mit Ihnen durchgegangen ist oder dass Ihnen die Folgen in diesem Augenblick vollkommen egal waren?«

Sabine lächelte und schüttelte den Kopf. »Ich muss Sie enttäuschen, ich hatte mein Verlangen bisher ganz gut im Griff, Herr Graf.«

»Sagen Sie doch nicht immer ›Herr Graf‹ zu mir, Frau Doktor, das hört sich so schrecklich unpersönlich an. Meine Freunde nennen mich Albert, bitte.«

»Ich rechne mich aber nicht zu Ihren Freunden, Herr von Rebellin.«

»Was nicht ist, kann ja noch werden, gnädige Frau.«

»Ich glaube kaum. Unsere Ansichten führen in verschiedene Richtungen, und ich glaube nicht, dass sie sich irgendwo treffen.«

»Das kann sich sofort ändern. Sie sagen mir, wo sich Monika von Lüdemann aufhält, und ich sage Ihnen, wer der Vater ist.«

»Das brauchen Sie mir nicht zu sagen, das weiß ich.«

»Hat Monika Sie eingeweiht, oder etwa Francesca?«

»Nein, niemand hat mir etwas verraten, aber ich bin nicht so naiv, wie Sie vielleicht denken. Sie ganz allein haben mich auf die Spur des Vaters geführt. Also, will sich der Vater jetzt zur Vaterschaft bekennen oder nicht?«

»Wenn Sie mir sagen, wo Monika sich aufhält.«

»Das werde ich nicht tun. Aber ich werde Frau von Lüdemann von unserem Gespräch unterrichten, und dann liegt es an ihr, mit Ihnen Verbindung aufzunehmen. Sie hat ein Handy, und sie hat Ihre Rufnummern, sie soll selbst entscheiden, ob sie die Verbindung aufnehmen will.«

Erregt sprang der Graf auf und ging in großen Schritten im Zimmer auf und ab. »Aber es gibt Dinge, die besprochen werden müssen.«

»Wollen Sie sie noch immer zu einer Abtreibung überreden?«

»Nein, nein, aber ich muss doch wissen, wo sie ist und wie es ihr geht. Irgendwann steht die Polizei vor meiner Haustür und fordert Auskünfte, die ich dann nicht geben kann.«

»Es geht Frau von Lüdemann gut, so viel darf ich verraten. Ob sie andere Fragen beantwortet, muss sie selbst entscheiden.« Auch Sabine war aufgestanden, für sie war das Gespräch beendet. Aber der Graf blieb aufgeregt vor ihr stehen. »Sie hat mich in eine sehr peinliche Situation gebracht, die Monika.«

»Ich denke eher, Sie, Herr von Rebellin, haben ein junges Mädchen in eine sehr heikle Situation gebracht. Sie hätten ihr helfen müssen, als sie verzweifelt an Ihre Tür klopfte. Sattdessen haben Sie sie Ihrer Tochter und einem Förster anvertraut, für die der Gedanke an eine Abtreibung die einzig mögliche Lösung war.«

»Die Sache mit dem Förster hat Francesca eingefädelt.«

»Und damit war der Fall für Sie erledigt.«

»Wäre ich dann heute Abend hier?«

»Sie sind gekommen, weil Sie Angst vor unangenehmen Fragen der Polizei haben.«

»Ja, das stimmt, ich gebe es zu. Trotzdem, danke, dass Sie mir geholfen haben, Frau Doktor.«

»Ich habe nicht Ihnen geholfen, sondern einem verzweifelten Mädchen, das den Intrigen erwachsener Männer nicht gewachsen ist. Und seien Sie versichert, Herr Graf, ich bleibe mit Monika von Lüdemann in engem Kontakt. Ich werde dafür sorgen, dass sie in Ruhe und Frieden ihr Kind austragen und gebären kann. Und dann werde ich mich um ihre Zukunft kümmern, es sei denn, der Vater bekennt sich zu seinem Kind und zu dieser jungen Mutter.«

Sie reichte ihm die Hand. »Haben sich unsere Wege nun irgendwo getroffen, Herr von Rebellin?«

»Ja, das haben sie.« Mit großen Schritten eilte er zu seinem Wagen und fuhr ab.

IX

Noch am selben Abend rief Sabine bei Monika von Lüdemann an, erzählte ihr von den Besuchen und von den Gesprächen und riet ihr, sich bei ihren Eltern und bei dem Grafen zu melden, damit die Suchaktion der Polizei beendet würde. Sie solle aber, wenn sie es für richtig hielt, ihre Adresse nicht preisgeben.

»Wissen Sie, Monika, in dem Hardenberg-Heim können Sie in Ruhe leben, werden von keinem Menschen bedrängt und dürfen sich uneingeschränkt auf Ihr Kind freuen. Sie sind keinen fremden Ratschlägen, keinen Drohungen und keinen Zweifeln ausgesetzt. Genießen Sie die Stille und die Freundlichkeit in diesem Haus.«

»Ja, ich weiß, Frau Doktor, und ich bin Ihnen auch sehr dankbar, dass Sie mich hier untergebracht haben und dass Sie das alles bezahlen. Hoffentlich kann ich Ihnen eines Tages die Liebe, das Geld und den Trost, den Sie für mich haben, zurückgeben.«

Endlich hörte Sabine aus der Stimme Zuversicht und eine erste Freude auf das erwartete Kind. Gott sei Dank, dachte sie, an Selbstmord denkt sie nicht mehr.

Monika erzählte von ihrem Tagesablauf und Sabine von ihrer bevorstehenden Reise.

»Aber ich werde Sie vermissen«, klagte Monika. »Ich weiß doch gar nicht, an wen ich mich wenden soll, wenn ich nicht weiterweiß.«

»Monika, ich bin nur vier Wochen fort. In der Zeit können Sie sich getrost an Schwester Else wenden, sie wird alles für Sie tun, was nötig ist. Wichtig ist nur, dass Sie niemandem Ihre Anschrift verraten, denn dann könnte die Leiterin Ihre Ruhe nicht mehr garantieren.«

»Ich werde keinem sagen, wo ich bin. Ich werde den Grafen anrufen und ihn bitten, meine Eltern zu verständigen, und dann werde ich sagen, dass ich für niemanden zu erreichen bin, und werde mein Handy bei Schwester Else abgeben, damit ich selbst nicht in Versuchung komme, jemanden anzurufen.«

»Das ist sehr vernünftig, Monika. Und in vier Wochen bin ich zurück und melde mich im Heim, dann können wir alles Weitere besprechen. Abgemacht?«

»Abgemacht.«

Beruhigt legte Sabine den Hörer zurück auf die Station.

Sehr früh am nächsten Morgen trafen Jochen Bellmann und seine Frau Ina ein. »Wir sind zu nachtschlafender Zeit abgefahren«, stöhnte der Arzt, »nur, um pünktlich hier zu sein. Wir müssen doch alles in Ruhe besprechen, bevor du in die Wildnis fliegst.«

Sabine freute sich, die beiden zu sehen. »Kommt, erst einmal wird gefrühstückt, Lotti hat alles fertig.«

Die drei setzten sich in die Essecke und genossen den duftenden Kaffee und die frischen Brötchen. Dann ging Sabine mit den beiden in die Praxisräume, wo Helga sie mit den Apparaten und Notdiensteinrichtungen, mit den Karteien und mit den Krankengeschichten bekannt machte. Danach besuchten sie gemeinsam den Bürgermeister und den Landrat, denn Sabine hielt es für klüger, ihre Vertreter persönlich in den amtlichen Büros vorzustellen, ehe irgendwelches Geschwätz die Runden machte.

Als sie zurückkamen, war das Wartezimmer wie immer voller Patienten, und Sabine machte Doktor Bellmann und seine Frau auch dort bekannt. Und während Jochen und Ina mit der Arbeit begannen, legte Sabine letzte Kleinigkeiten in ihre Reisetasche und brachte sie in den Wagen. Dann verabschiedete sie sich von Lotti und Ronca, die sich wieder unter Sabines Bett verkrochen hatte, und winkte den Bellmanns und Helga noch einen kurzen Abschiedsgruß zu.

Um zwölf Uhr war Sabine in Hannover und parkte ihren Wagen im Parkhaus, um vierzehn Uhr war sie bereits in Frankfurt, und um zehn Uhr abends startete die Maschine in Richtung Afrika. Neben ihr saß Doktor Enrico Basalt aus Erfurt, hinter ihr Doktor Laura Niendorf aus Berlin und Doktor Herbert Jenfeld aus Frankfurt. Die vier hatten sich in der Lounge am Flughafen getroffen, wie es vereinbart war, sich miteinander bekannt gemacht und erste Gespräche geführt. Da Herbert Jenfeld bereits zum zweiten Mal zu diesem Einsatz flog, waren die drei anderen natürlich begierig, Einzelheiten über die Arbeit, die Einrichtung und die anderen Mitarbeiter zu erfahren. So vergingen die Stunden der Warterei wie im Fluge, und Sabine war froh, in ihren Begleitern kompetente, interessante und aufgeschlossene Kollegen gefunden zu haben. Da die Maschine nicht ausgebucht war, hatten sie genügend Platz, um sich während der Nacht auszubreiten, und Sabine verschlief mithilfe einer kleinen Schlaftablette fast den gesamten Nachtflug.

In Johannesburg mussten sie ihr Gepäck in Empfang nehmen und den Anschluss nach Gaborone selbst ausfindig machen. Aber da Herbert Jenfeld schon einmal hier gewesen war, fanden sie ziemlich schnell die Transithinweise und schließlich auch die Transithalle, in der sie weitergeleitet wurden. Die Maschine, die sie nach Gaborone bringen sollte, stand weit draußen auf dem Rollfeld, und ein überfüllter Bus brachte sie hinaus. Aber bereits auf dem Weg vom Flughafengebäude zum Bus spürte Sabine, was es hieß, unter der Sonne Afrikas gelandet zu sein. Wie eine dumpfe, heiße Glocke legte sich die Hitze über sie, und von einem Augenblick zum anderen fühlte sie, wie ihre Haare, ihre Kleidung und vor allem die hohen Stiefel nass an ihrer Haut klebten. Der überfüllte Bus brachte sie bis vor die Fluggasttreppe, blieb dann aber bei geschlossenen Türen noch fast eine viertel Stunde auf dem Rollfeld stehen, bis die Anweisung zum Einsteigen kam. Schweißüberströmt stiegen die Passagiere aus und brachten ihr Gepäck zu einem Laufband, mit dem es in die Maschine transportiert wurde. Dann suchten sie sich ihre Plätze in der Kabine. Kerosingeruch und der Mief verschwitzter Menschen machten das Atmen zur Tortur. Die mit Kunststoff bezogenen Sitzreihen waren so eng hintereinander befestigt, dass die hochgewachsenen Deutschen Mühe hatten, ihre Beine zwischen ihrem Sitz und der Rückenlehne des Vordermannes unterzubringen. Als die Motoren eingeschaltet wurden, begann endlich auch die Klimaanlage zu arbeiten, und mit der kühlen Luft aus den Deckendüsen begann das Atmen erträglicher zu werden. Eine halbe Stunde später hob die Maschine ab.

Kurz vor Mitternacht landeten sie in Gaborone. Ihr Gepäck mussten die Ärzte aus Deutschland wieder selbst von der Maschine zum Airport transportieren, diesmal ohne Bus, und Sabine war froh, dass sie sich an die Anweisung von fünfzehn Kilogramm Reisegepäck gehalten hatte. Nach der Zollinspektion kamen sie in die Ankunftshalle und wurden dort von einem Mitarbeiter der Ärzte-Zentrale erwartet. Der farbige Krankenpfleger hielt ein weißes, an einem Besenstiel befestigtes Schild in die Höhe. ›Ärzte-Einsatz‹ stand in Druckbuchstaben darauf, und mit Erleichterung stellten die vier Passagiere ihre Reisetaschen auf den Gepäckwagen, den der Mann organisiert hatte.

Sie übernachteten in der Zentrale, einem ebenerdigen Steinhaus mit Konferenzraum, Schlafsaal und Büroräumen. Nach der Begrüßung durch den Leiter der Einsatzzentrale durften sie sich für den Rest der Nacht zurückziehen. Der Schlafsaal war durch eine Zeltplane in einen Raum für Männer und einen Raum für Frauen unterteilt, und die harten Pritschen vermittelten einen ersten Eindruck primitiver Unterbringung in den nächsten Wochen. Aber Sabine und ihre Begleiter waren müde und erschöpft. Nach einer kurzen kalten Dusche rollte sich jeder im eigenen Schlafsack auf einer der Pritschen zusammen und versuchte zu schlafen.

Doch Sabine konnte nicht schlafen. Die Eindrücke der letzten Stunden rollten wie ein endloses Filmband vor ihren Augen ab, und die Angst, den kommenden Anforderungen nicht gewachsen zu sein, beunruhigte sie stark.

Worauf habe ich mich da eingelassen?, fragte sie sich nicht zum ersten Mal während dieser Reise. Gleichzeitig wusste sie, dass sie die Lust auf Abenteuer von ihren Eltern geerbt hatte, die, nachdem der Vater die berufliche Verantwortung für seine Fabriken in jüngere Hände übergeben hatte, alle Erdteile bereist hatten und schließlich auf einem Flug über Südamerika ums Leben gekommen waren. Auch ihre Eltern hatten einfache Reisen dem Luxus in Fünfsternehotels vorgezogen und sich lieber den Gefahren gestellt als den Highlifeproblemen des Jetsets. Warum also die Lust auf ein Abenteuer nicht mit einer nützlichen Aufgabe verbinden?

Sabine drehte sich auf den Rücken und sah hinauf an die Decke, an der die Dachbalken sich kreuzten und zwischen Außenmauer und Wellblechdach einen Spalt freiließen, durch den frische Luft in den Saal strömte. Na ja, überlegte sie, Fenster kann man wohl hier im Erdgeschoss nicht über Nacht offen lassen, dafür gibt's dann vermutlich Spinnen und Mäuse und Kakerlaken und Geckos in Massen da oben im Gebälk. Ein bisschen angeekelt drehte sie sich wieder auf die Seite und zog den Schlafsack bis hinauf an die Kinnspitze. Morgen früh bekommen wir also unsere Instruktionen für die Arbeit, überlegte sie, dann werden wir auch erfahren, wo wir eingesetzt werden. Ist ja ein großes Land, dieses Botsuana, größer als Deutschland und dabei so dünn besiedelt. Knapp drei Einwohner gibt es pro Quadratkilometer, in Deutschland sind es mehr als Zweihundertdreißig. Und dann ist dieses Botsuana auch noch ein stark von HIV betroffenes Land. Wir werden wohl vor allen Dingen bei der Bekämpfung von HIV eingesetzt werden, das hat man uns ja schon in Deutschland mitgeteilt.

Unruhig drehte sie sich wieder auf die andere Seite. Hoffentlich kann ich mit Herbert Jenfeld zusammenbleiben, sinnierte sie, der war schon einmal hier und kennt sich aus. In Gedanken sah sie ihn vor sich, den schon ergrauten, etwas behäbigen Mann, der so humorvoll erzählen konnte und gern zum zweiten Mal die Strapazen dieser Reise auf sich nahm. »Alles halb so schlimm«, hatte er gesagt, als sie ihn in Frankfurt nach seinen Eindrücken gefragt hatten. »Man muss sich einfügen, dann kommt man mit den Einwohnern gut zurecht, man muss ihnen ihren Stolz lassen, das ist das Allerwichtigste, sie haben kaum etwas anderes.«

Ja, dachte Sabine, das wäre schön, wenn ich mit ihm zusammenarbeiten könnte und nicht ganz allein irgendwohin geschickt werde.

Am nächsten Morgen, nach einem kargen Frühstück und einer Begrüßung durch die Mitarbeiter der Zentrale, erhielten die europäischen Ärzte ihre Instruktionen und wurden eingeteilt. Außer den vier Deutschen waren noch zwei Ärzte aus England, drei Italiener, zwei Franzosen, zwei Iren und ein Spanier angekommen. Sie alle sollten an diesem Morgen in ihre Arbeitsgebiete fliegen.

Sabine, Herbert Jenfeld und Doktor Jack Limon aus England wurden nach Westen in ein Gebiet der Kalahariwüste geschickt, wo sie drei Ärzte ablösen sollten, die ihren Einsatz dort beendeten. Sie würden bis Tshabong mit einem Postflugzeug fliegen und von dort mit Eselskarren an ihren Einsatzort gebracht. Die abgelösten Ärzte würden mit der gleichen Maschine zurückfliegen. Man sah sich also nur kurz auf der Landepiste und konnte kaum die wichtigsten Erfahrungen austauschen.

»Am besten, Sie überlegen sich während des Fluges, wonach Sie fragen wollen, damit Sie einen ersten Eindruck von Ihrer Arbeit bekommen, alles Weitere müssen Sie dann an Ort und Stelle von den einheimischen Mitarbeitern erfragen«, erklärte Artur Heichinger, ein Schweizer Sozialarbeiter und Leiter der Zentrale. »Keine Sorge, meine Damen und Herren, Sie werden die Probleme mit Zuversicht und Kompetenz meistern, da bin ich ganz sicher.«

Dann verteilte er Plastikmappen. »Ich habe alle Informationen, die Sie brauchen, zusammengefasst und aufgeschrieben. So haben Sie die Möglichkeit, immer wieder einmal zu lesen, was ich Ihnen sagen möchte, denn ich habe die Erfahrung gemacht, es liest sich leichter, als einmal alles schnell vor dem Abflug zu hören und genauso schnell wieder zu vergessen. In den Mappen finden Sie alle Angaben über die Menschen, zu denen Sie kommen, über ihre Lebensbedingungen, die Stammeszugehörigkeiten, die ethnischen Gruppierungen, die wirtschaftliche Lage, die gesundheitlichen Probleme, die Gefahren, mit denen die Menschen – und auch Sie für die Zeit Ihrer Arbeit – rechnen müssen, und was sonst noch an Sorgen und Nöten auf Sie und Ihre Schutzbefohlenen zukommen könnte.« Er nickte den Ärzten lächelnd zu. »Glauben Sie mir, ich weiß, wovon ich spreche, denn Sie werden in Ihren Camps sehr abgeschnitten von der Zivilisation arbeiten und leben müssen. Die meisten von Ihnen werden keinen Strom, kein Telefon – auch keinen Strom zum Aufladen Ihrer Handys –, kaum Trinkwasser und kein festes Dach über Ihren Köpfen haben. Ganz egal, ob Sie jetzt in die Wüste oder in den Dschungel fliegen, diese Probleme sind überall die gleichen.« Nachdenklich fuhr er fort: »Wir sind nur eine kleine Organisation, die durch Spenden finanziert und durch Ihre ehrenamtliche Arbeit am Leben erhalten wird. Aber wir sind die Hoffnung für Hunderte von Menschen, die ohne diese Hoffnung nicht leben könnten. Und denken Sie daran, neben Alkohol- und Drogenmissbrauch hat sich Aids zum wichtigsten Gesundheitsproblem entwickelt, über zwanzig Prozent der Menschen sind HIV-positiv. Ich bin sicher, Sie helfen uns, wenigstens einen kleinen Teil dieser schwer wiegenden Probleme in den Griff zu bekommen. Und ich wünsche Ihnen den Erfolg, den Sie verdienen. Dann sehen wir uns in vier Wochen wieder, und der Dank von vielen, vielen Menschen wird Sie zurück in Ihre Heimat begleiten.«

Artur Heichinger ging von einem zum anderen, reichte jedem die Hand und sagte: »Ich danke Ihnen für Ihre Hilfe, kommen Sie gesund zurück.«

X

Draußen fuhr ein alter Bus vor. Er sollte die Ärzte, ihr Gepäck und einige Kisten mit Medikamenten zum Airport bringen. Sabine holte ihre Reisetasche und schloss sich Herbert Jenfeld und Jack Limon an. Ein kurzes Winken hinüber zu den hiesigen Mitarbeitern, dann setzte sich der Bus in Bewegung und ließ die Zentrale hinter sich. Jetzt bei Tageslicht konnten die Reisenden etwas von der Hauptstadt sehen. In der Ferne erhoben sich einige Hochhäuser in dem grauen Dunst der flimmernden Hitzeglocke, die über der Stadt lag. Die meisten Häuser rechts und links von der Straße waren einstöckig, viele von ihnen von einem kleinen Grundstück umgeben. Ein paar Autos und Busse, viele Eselskarren, Rikschas und Radfahrer waren unterwegs. Oft war der Verkehr so dicht, dass der Bus nur im Schritttempo vorwärtskam. Nach einer knappen Stunde kamen sie in die Außenbezirke und schließlich auch in die Nähe des Airports, wie Sabine an den startenden und landenden Flugzeugen feststellte. Wenig später hielt der Wagen in der Nähe des Hauptgebäudes. Alle stiegen aus, der Busfahrer begleitete sie in die Abflughalle und transportierte die Medikamentenkisten auf einem Gepäckwagen zum Zollbüro. Die Ärzte folgten ihm. Die Abfertigung verlief problemlos, und wenig später verabschiedeten sich die einzelnen Gruppen. Die einen mussten länger, die anderen nur kurze Zeit warten.

Sabine, Herbert und Jack hatten Glück. Das Postflugzeug hatte nur auf sie gewartet. Sie gingen zu Fuß hinaus auf das Rollfeld, wo die kleine Maschine mit laufendem Motor auf sie wartete. Mit einem Gepäckwagen transportierten die beiden Männer die Reisetaschen und eine der Medikamentenkisten bis an die Flugzeugtreppe. Dann konnten sie einsteigen. In der Kabine war Platz für sechs Personen. Die beiden Ärzte setzten sich vorn hinter den Piloten und einen Begleiter, Sabine nahm neben einer Frau Platz, die auf ihrem Schoß einen Karton mit drei Hühnern festhielt. Auf den beiden hintersten Plätzen war eine vergitterte Kiste mit zwei Gepardenbabys festgezurrt. Ein großmaschiges Netz trennte die Passagiere von den aufgetürmten Postsäcken, Gepäckkisten und Reisetaschen. Von außen wurden die Türen zugeschlagen, der Pilot forderte die Passagiere auf, sich festzuhalten, und startete mit aufheulendem Motor. Die beiden Propeller rechts und links an den Flügeln drehten sich immer schneller, und endlich rollte die kleine Maschine holpernd über die Landebahn. Der Motor brüllte verstärkt, das ganz Flugzeug bebte, und dann erhob es sich schnell und sicher, und Sabine warf einen letzten Blick hinunter auf die Hauptstadt von Botsuana, die sehr schnell im Hitzedunst versank. Die Hühner flatterten aufgeschreckt in dem kleinen Karton herum und verteilten Federn und Dung über den Rand hinaus, die Bäuerin klammerte sich mit angstgeweiteten Augen an die Rückenlehne ihres Vordermannes, und die Gepardenbabys fauchten Sabine ängstlich durch das Gitter direkt in den Nacken.

Sie sah hinunter auf das Land, denn die Maschine flog nicht sehr hoch. Unten war der Dunst der Großstadt verschwunden, und Sabine konnte große, landwirtschaftlich genutzte Flächen erkennen. Ihnen folgten Weidegebiete mit zahlreichen Rinderherden, die sie aber nur verschwommen erkennen konnte, da die Tiere unglaublich große Staubwolken verbreiteten. Etwas später überflogen sie Geröllberge, und der Pilot deutete nach unten und erklärte auf Englisch, dass es sich dort um Mangangewinnung handele, deren Erträge neben dem Diamantenexport, dem Tourismus und der Fleischproduktion die wichtigste Einnahmequelle des Landes seien. Dann blieben die Geröllberge zurück, und das Land wurde flacher und eintöniger und ging schließlich in endlose Sandwüsten über, die nur selten durch kleine Dörfer oder von Fernstraßen unterbrochen wurden. Einmal sah Sabine links unten einen Fluss, der sich in zahlreichen Windungen durch das Land quälte. Seine Ufer waren grün, aber weit reichten die fruchtbaren Landstreifen nicht, dann übernahm wieder Wüstensand die Herrschaft.

Herbert Jenfeld drehte sich um und lächelte Sabine an. »Das war eben der Molopo, er bildet hier die Grenze zur Republik Südafrika. Sonst alles in Ordnung?«

»Danke, ja. Wie lange sind wir unterwegs?«

Jenfeld fragte den Piloten auf Englisch, denn Englisch war in Botsuana die Amtssprache neben Setswana. Dann nickte er Sabine aufmunternd zu. »Noch vier Stunden etwa, es kommt auf die Windverhältnisse an.«

»Danke, dann erreichen wir Tshabong noch bei Tageslicht.«

»Ja. Wir bleiben aber über Nacht in einer Lodge und fahren morgens ganz früh los.«

»Auf einem Eselskarren.«

Herbert Jenfeld lachte. »So ist es. Zumindest fahren unsere Reisetaschen darauf. Ob ich so eine ungefederte Tagestour ertrage, weiß ich noch nicht. Man kann zum Glück auch nebenherlaufen.«

»Ich fürchte, meine Beine machen so eine Tageslauftour in den schweren Stiefeln nicht mit.«

»Ja, die Stiefel sind ein Problem, auf der einen Seite schützen sie vor Schlangen und Skorpionen, auf der anderen Seite hängen sie nach kurzer Zeit wie Blei an den Füßen.«

»Sie haben da schon Ihre Erfahrungen gemacht?«

»Ja, und ich bin aus den Erfahrungen klug geworden. Sie schützen wirklich. Und vor allem, Sabine – ich darf Sie doch Sabine nennen? –, vor allem müssen Sie sehr vorsichtig sein, wenn Sie sie morgens anziehen. Immer ausschütteln, Schlangen bevorzugen die warmen dunklen Höhlen Ihrer Stiefel mit Genuss als Schlafplätze. Das gilt übrigens für alles: für Ihre Kleidung, Ihren Schlafsack, irgendwelche Taschen – immer alles ausschütteln vor dem Gebrauch.«

»Danke, ich werde mir das merken. Ich bin übrigens sehr froh, dass ich mit Ihnen in einer Gruppe bin.«

»Warum?«

»Weil Sie schon ein gehöriges Quantum an Erfahrung besitzen. Ich wäre nie auf die Idee gekommen, meine Schuhe zu kontrollieren, bevor ich sie anziehe.«

»Na ja, groß sind meine Erfahrungen auch nicht, aber ein bisschen was zum Lebenserhalt habe ich schon dazugelernt, damals, als ich zum ersten Mal hier war.«

»Und es hat Ihnen gefallen, sonst wären Sie nicht wiedergekommen?«

»Hm, gefallen? Ich habe einfach gesehen, wie nötig unsere Hilfe hier ist. Die Menschen sind sehr nett und sehr scheu, und sie haben große Angst vor Krankheiten, man muss sie einfach gernhaben, und dann will man ihnen natürlich auch helfen. Und bitte, ich heiße Herbert. Und wenn wir uns nun noch mit unserem englischen Kollegen anfreunden, dann bilden wir ein unschlagbares Team.«

Jack Limon stimmte begeistert in das Gespräch mit ein, als Herbert ihn auf Englisch ansprach, zog eine Taschenflasche mit schottischem Whisky aus der Westentasche und reichte die Flasche herum. Bis auf die Einheimische mit den Hühnern auf dem Schoß tranken alle davon, und als sie pünktlich in Tshabong landeten, waren sie fröhlich und optimistisch ob ihrer weiteren Zusammenarbeit.

Die Sonne stand tief über dem Horizont und warf lange Schatten über die Erde. Die Maschine rollte langsam aus, und mehrere Eselskarren, die am Rand der Piste gewartet hatten, kamen zum Flugzeug herüber. Die Flugzeugtreppe wurde ausgeklappt, und die steif gewordenen Passagiere verließen die Maschine. Der Pilot und sein Copilot luden die für Tshabong bestimmten Kisten, Kartons und Postsäcke aus, übergaben den Ärzten ihre Reisetaschen und die Medikamentenkiste und packten die für die Hauptstadt bestimmten Postsäcke ein. Dann winkten sie ein paar Passagiere herbei und verabschiedeten sich. Die Gepardenbabys waren für einen Nationalpark an der Grenze zu Namibia bestimmt und sollten dort noch am Abend abgeladen werden. Die am Rand der Piste wartenden Passagiere, drei Männer und eine Frau, kamen auf die Deutschen zu und begrüßten sie kurz auf Englisch.

»Sie sind also unsere Ablösung. Schön, dass alles geklappt hat, Sie werden im Lager dringend erwartet.«

Sabine, Herbert und Jack schüttelten ihnen die Hände und fragten, ob es besondere Fälle gab, über die noch gesprochen werden sollte.

»Nein, nein, nur die üblichen Krankheiten und Verletzungen und natürlich die HIV-Behandlungen. Wir haben alles aufgeschrieben, und Sie werden die Station gut geführt vorfinden.«

Da der Pilot zum Aufbruch drängte, stiegen die abgelösten Ärzte schnell ein, und als die Maschine anrollte, verabschiedeten sich alle mit einem letzten Winken voneinander.

Der Fahrer des Karrens drängte ebenfalls zum Aufbruch. In wenigen Minuten würde die Sonne hinter dem Horizont versinken und die Dunkelheit Land und Leute verschlingen. Die Frau mit dem Hühnerkarton war längst fort, und die drei Ärzte schlossen sich dem Karren zu Fuß an. Herbert zeigte dem Fahrer die Adresse einer Lodge, in der die Zentrale Plätze für sie reserviert hatte.

Die Hauptstraße, die sie vom Rollfeld aus schnell erreicht hatten, war eine lange, geteerte Straße mit niedrigen Häusern und Geschäften rechts und links und ein paar kümmerlichen Bäumen. Ein paar Hunde streunten herum, und vor den Hauseingängen saßen Männer und debattierten. Nach wenigen Minuten bogen sie in eine Seitenstraße ab, und der Karren hielt vor einem lang gestreckten Steinhaus mit unverglasten Fensteröffnungen und einer breiten Einfahrt. Auf dem Hof wimmelte es von Karren, Eseln, Kamelen und Männern, und Sabine war froh, in männlicher Begleitung hier gelandet zu sein. Ein Schwarzer in einer abgetragenen, kakifarbenen Uniform kam auf sie zu und erklärte ihnen in gebrochenem Englisch, dass er der Besitzer der Lodge sei. Als Herbert Jenfeld ihm das Papier mit seiner Anschrift und der Zentrale als Absender zeigte, grinste er verständnisvoll, packte die Medikamentenkiste und ging vor ihnen her durch einen langen Gang, von dem rechts und links Öffnungen in andere Räume abzweigten. Türen gab es anscheinend nicht. Sabine folgte den Männern. Ein bisschen mehr Komfort hatte sie von einer Lodge schon erwartet, zumal es die letzte Station vor dem Camp war. Eine heiße Dusche, ein annehmbares Abendessen und ein kräftiges Frühstück vor dem Abmarsch, so hatte sie sich das letzte Quartier vor dem Einzug in die Wüste vorgestellt. Aber hier schlief man bei offenen Türen und Fenstern, weil beide nicht vorhanden waren, und außerdem nächtigten Männer und Frauen in buntem Durcheinander auf den schmalen Pritschen. Als Toilette diente auf dem Hof eine Bretterwand, hinter der sich ein Balken über einem Graben befand. Aber wenigstens wurde der Graben von einem Mann immer wieder mit Sand zugedeckt. Wenn er voll ist, werden sie ihn an einer anderen Stelle neu einrichten, überlegte Sabine und zögerte vor der Benutzung. Was soll's, dachte sie resigniert, im Camp wird es nicht anders zugehen.

Die drei Ärzte richteten sich in einer kleinen Kammer ein, die ihnen der ›Wirt‹ zugewiesen hatte. Sie zündeten zwei dicke Kerzen an, packten ihr Gepäck auf die Pritschen und sorgten dafür, dass die Medikamentenkiste sicher unter die Pritsche von Herbert Jenfeld geschoben und mit ein paar Kleidungsstücken zugedeckt wurde. Dann machte sich Jack Limon auf den Weg, um etwas zum Abendessen zu besorgen. Mit einem Fladenbrot, einer Tüte Datteln und einem Stück Ziegenkäse kam er kurz darauf zurück.

»Tee müssen wir uns selbst kochen, einen Wasserkessel leiht uns der Wirt, die Pumpe steht mitten auf dem Hof neben der Viehtränke, und kochen müssen wir hier in der Kammer. Der Rauch zieht gut ab, hat der Wirt versichert, und ich habe genug Teebeutel mitgebracht.«

»Gut, dann kümmere ich mich um das Wasser«, erklärte Sabine und war froh, dass sie all die vorgeschriebenen Vorsorgeimpfungen in Deutschland durchgeführt hatte, denn das Pumpenwasser war mit Sicherheit einer der größten Infektionsherde, über die man sich Viren oder Bakterien einfangen konnte.

Sie ging in das Büro am Eingang, holte dort einen Wasserkessel und versuchte, auf dem Hof zwischen Männern, Frauen und Kindern, zwischen Eseln, Kamelen, Hühnern und Ziegen die Pumpe zu erreichen, was gar nicht leicht war, denn alle drängten zum Wasser, und von ein paar kümmerlichen Laternen und einem Lagerfeuer am Rande abgesehen, war es stockdunkel.

Die beiden Ärzte in der Kammer hatten inzwischen Herberts Spirituskocher ausgepackt und aufgestellt, und als Sabine endlich mit dem Wasser kam, konnten sie den Kessel sofort auf die kleine Flamme stellen. Es dauerte jedoch noch eine ganze Weile, bis das Wasser richtig kochte, dann aber zog ein heimeliger und ersehnter Duft nach schwarzem Tee durch die kleine Kammer, jeder setzte sich auf seine Pritsche, und mit Heißhunger genossen alle drei das bescheidene Abendessen. Müde holten sie schließlich ihre Schlafsäcke und die Moskitonetze aus den Reisetaschen und streckten sich auf den mit Segeltuch bespannten schmalen Pritschen aus.

Sabine war überrascht, als sie am nächsten Morgen erwachte. Sie hatte tief und fest geschlafen und fühlte sich frisch und erholt. Auf dem Hof war das Leben längst wieder erwacht, und auch ihre Kollegen waren bereits unterwegs, um frisches Wasser zu holen und eine kümmerliche Morgentoilette zu verrichten. Netterweise hatten sie für Sabine einen Bottich voll Waschwasser mitgebracht, sodass sie sich nicht noch einmal an der Pumpe anstellen musste.

Das Frühstück bestand wiederum aus Fladenbrot, Datteln und Käse, und der Eseltreiber drängte zum Aufbruch, kaum dass sie den ersten Schluck des heißen Tees getrunken hatten. Hastig packten sie ihre Reisetaschen, verstauten das Gepäck auf dem Karren und bezahlten die Unterkunft bei dem Wirt, der am Eingang zum Hof stand und von allen, die die Lodge verlassen wollten, seine Miete einsammelte.

Draußen auf der sandigen Straße setzte sich Sabine neben den Eseltreiber, Jack und Herbert nahmen hinten auf dem Karren Platz und ließen die Beine von den Brettern baumeln. Die drei Esel, immer wieder von einem langen Stock angetrieben, zogen den zweirädrigen Karren höchst unwillig über den verstaubten Weg, der sich in die unübersehbare Weite einer Sandwüste hinein erstreckte. Als er schließlich endete und nur noch aus einer Wagenspur bestand, die an vielen Stellen vom Sand überdeckt war, mussten die ›Fahrgäste‹ absteigen. Die Esel quälten sich knietief durch den Sand, und auch die Menschen hatten Mühe, vorwärtszukommen. Wie eine Wanderung durch die Dünen, dachte Sabine und war froh, dass sie die hohen Stiefel trug, die zwar heiß und unbequem waren, sie aber vor den feinen Sandkörnern schützten. Gegen Mittag erreichten sie eine Wasserstelle, an der zahlreiche andere Fuhrwerke bereits haltgemacht und die Tiere getränkt hatten. Dann ging es weiter gen Westen. Das Land wurde hügeliger und der Fußmarsch anstrengender. Die Gespräche, die sie zuerst noch geführt hatten, verstummten, und schließlich halfen die drei Ärzte, den Karren zu schieben.

Jedes Mal, wenn sie eine Kuppe erreichten, hoffte Sabine, auf der anderen Seite das Dorf zu sehen, in dem sie ihr Camp beziehen würden. Aber die Hügel erstreckten sich meilenweit, und die Sonne näherte sich unerbittlich dem Horizont. Mehrmals trafen sie auf kleine Kamelkarawanen und stellten erstaunt fest, wie leichtfüßig diese Tiere über den Sand hinwegliefen, während ihre Esel so tief einsanken und nur mühsam vorwärtskamen. »Das liegt an den Schwielensohlen der Kamele, die sind breit und liegen auf dem Sand«, erklärte Herbert und schimpfte mit dem Treiber, der immer öfter den Stock gebrauchte, um die Esel anzutreiben.

»Müssen kommen vor Nacht«, erwiderte der Mann mürrisch in seinem bruchstückhaften Englisch und hieb erneut auf die Esel ein.

Die Sonne versank hinter den Hügeln und warf die letzten langen Schatten über das Land, als Sabine das Dorf entdeckte. Ein paar Palmen ragten aus der Einöde, und beim letzten, dämmrigen Licht erkannten die Reisenden ein paar Hütten, Sträucher, eingezäunte Viehweiden, kleine Zelte und ein großes mit einem roten Kreuz bemaltes sowie einen kleinen Backsteinbau mit einem Wellblechdach, auf dem sich ein letzter Sonnenstrahl verfing.

»Wir sind da.« Jack Limon atmete erleichtert auf. »Ich dachte schon, wir schaffen es heute nicht mehr.« Hunde bellten, Ziegen blökten, Esel wieherten, und Kinder kamen ihnen schreiend entgegen.

Umgeben von einem Schwarm neugieriger Jungen und Mädchen, zogen die drei Ärzte neben dem Eselskarren in Zarambone ein. Ein paar Frauen, die vor ihren Hütten standen, klatschten in die Hände, und aus dem großen Zelt kamen zwei Krankenschwestern und ein Pfleger in weißen Kitteln, um sie zu begrüßen. Der hochgewachsene Mann streckte ihnen die Hände entgegen, und man sah ihm an, dass er froh war, die Last der Verantwortung wieder loszuwerden.

»Ich bin Joano. Wir freuen uns sehr, dass Sie da sind. Wir haben sehr auf Sie gewartet. Zwei Tage und eine Nacht ohne Arzt ist lange für uns«, erklärte er stockend, denn sein Englisch war nicht perfekt, und das wusste er. »Aber nun sind Sie da, nun sagen Sie, was los ist.«

Herbert, der etwas Setswana, die Amtssprache, von seinem ersten Einsatz her kannte, antwortete ihm, bedankte sich für den Empfang und versprach, dass die neuen Ärzte nun die Verantwortung übernähmen. Die drei Krankenpfleger und die Ärzte begrüßten sich mit Lächeln und mit Handschlag, und der Pfleger rief zwei junge Männer heran, die das Gepäck vom Karren holten und in das Steinhaus brachten. Zufrieden bemerkte Sabine, dass jeder von ihnen eine eigene, abschließbare Kammer beziehen konnte, dass die Fenster über Milchglasscheiben verfügten und in jeder Kammer eine Waschschüssel und ein Krug mit Wasser standen.

Dann folgten sie dem Pfleger, der sie in das Zelt mit dem roten Kreuz führte. Dicht an dicht standen hier auf beiden Seiten des Mittelganges Pritschen für die Kranken. Die meisten waren belegt. Sabine hatte den Eindruck, dass alles sehr sauber gehalten wurde und dass die Patienten gut versorgt waren. Die Abteilung der Frauen wurde durch eine Zeltplane von der Männerstation getrennt, und auch ein Behandlungsraum war abgeteilt. Für Medikamente und Instrumente gab es abschließbare Metallschränke und für Untersuchungen einen Behandlungsstuhl, der für zahnärztliche und gynäkologische Behandlungen genutzt werden musste. Und ein kleines Röntgengerät war auch vorhanden. Sabine lächelte, als sie es sah. Es hatte große Ähnlichkeit mit dem tragbaren Gerät, mit dem der Tierarzt in der Heide unterwegs war, wenn es galt, gebrochene Pferdeknochen zu durchleuchten. Hier war es von unschätzbarem Wert.

Ein Generator, der unter einem Schutzdach vor dem Zelt stand, sorgte für Strom und eine große Plane für seinen Schutz, wenn ein Sandsturm drohte.

Nach dieser ersten Besichtigung erklärte Herbert Jenfeld, dass die Ärzte sich jetzt erst einmal frisch machen und umziehen wollten und dann mit der Visite begännen. Sabine war froh, sich für kurze Zeit zurückziehen zu können. Sie war von dem stundenlangen Fußmarsch total erschöpft, und für einen kurzen Augenblick dachte sie: Himmel, worauf habe ich mich da eingelassen! Aber als sie die Stiefel endlich abgestreift und sich gewaschen hatte, fühlte sie sich besser und zog mit Zuversicht ihren weißen Kittel an.

XI

Nach der Visite setzten sich die Ärzte im Behandlungsraum zusammen, um die Arbeit einzuteilen. Für die Kinder war Doktor Limon zuständig, für die Männer Herbert Jenfeld, und Sabine übernahm die Frauenabteilung. Selbstverständlich würden sie untereinander tauschen, wenn Hilfe notwendig war oder einer der Ärzte zu anderen, kleineren Außenstationen unterwegs war, denn die Arbeit in Zarambone war nur ein kleiner Teil der Aufgaben. Beinahe wichtiger waren die im Land verteilten Stationen, die die Kranken in ihren Zelten, Runddörfern oder auf den Wanderungen betreuten. Das bedeutete dann, mit einem alten, klapprigen Jeep und einem einheimischen Fahrer stundenlang durch die Wüste zu fahren, um Patienten zu behandeln.

»Wir müssen die Arbeitseinteilung noch heute Abend vornehmen. Morgen früh sollten wir mit festen Plänen anfangen. Das gilt auch für den Bereitschaftsdienst in der Nacht. Ich bin bereit, damit anzufangen«, versicherte Herbert Jenfeld.

»Gut«, stimmte Sabine zu. »Sollen wir jede Nacht wechseln oder alle zwei oder drei Nächte?«

»Ich bin für drei Nächte im Wechsel, dann ist die Ruhepause für die Erholung größer«, beantwortete Jack Limon die Frage. Die anderen stimmten zu.

»Das wäre geklärt. Wie ist das mit den Besuchen der Außenstationen? Ich denke, derjenige, der den nächtlichen Bereitschaftsdienst hatte, sollte nicht gleich am nächsten

Morgen unterwegs sein. Je nachdem, was in der Nacht zu tun war, ist das nicht vertretbar. Wir müssen auch an uns selbst denken«, erklärte Herbert, »das ungewohnte Klima, die Hitze, die fremde Kost, die uns erwartet, wir nützen niemandem, wenn wir selbst kaputt und krank auf unseren Pritschen liegen.«

Joano, der einheimische Pfleger, kam und setzte sich zu ihnen. »Wir sind hier drei Männer und vier Frauen für die Pflege. Wir haben zwei Fahrer und zwei Frauen, die für die Kranken und für uns kochen. Wir haben auch eine Arbeitseinteilung. Sie hängt drinnen an dem Medikamentenschrank.«

»Dann müssen wir sie mit unserem Plan abstimmen«, wandte Sabine ein, und Joano stand auf, um sie zu holen.

Sie diskutierten und planten bis kurz vor Mitternacht. Dann zogen sich alle zurück, Herbert und Joano in das Zelt zu den Kranken, Jack und Sabine in die Schlafkammern.

Aber Sabine konnte nicht einschlafen. Obwohl sie das Moskitonetz sorgfältig über der Pritsche aufgehängt und rundherum unter dem Schlafsack befestigt hatte, störten sie Grillen und herumschwirrende Insekten, die anscheinend erst nachts zum Leben erwachten.

Schließlich stand sie wieder auf, zog ihren Jogginganzug über den Pyjama und ging nach draußen. Fasziniert blieb sie neben dem Haus stehen. Während die Erde von tiefschwarzer Nacht umhüllt war, glänzte über ihr ein Sternenhimmel, den sie so nah, so klar und so unendlich tief noch niemals gesehen hatte. Und, verloren in diesen Tiefen des Alls sah sie es zum ersten Mal in ihrem Leben das wundervolle, unverwechselbare leuchtende Kreuz des Südens hoch über sich. Trotz der heimlichen Angst vor Ungeziefer setzte sich Sabine auf die Erde und starrte, beglückt von Gedanken und Wünschen und Träumen, hinauf in die unglaubliche Vollkommenheit dieses Sternbildes, des himmlischen Wegweisers.

In der Ferne war der Ruf des Leoparden zu hören. Wenn der alte Pardelkater in den Bergen kein Futter fand, dehnte er die Nahrungssuche bis in die Nähe der Dörfer aus.

Lämmerblöken holte sie in die Realität zurück, ein Kind weinte irgendwo, jemand setzte die Pumpe in Betrieb, Eimer klapperten. Zögernd trennte Sabine sich von dem Blick ins unendliche All und sah sich um. Am Horizont im Osten streifte ein erster rötlicher Hauch die Sandhügel, dann legte von einem Augenblick zum nächsten die Sonne ihre Strahlen auf das Land. Der neue Tag war angekommen.

Sabine erhob sich und ging zurück in ihre Kammer. Fünf Uhr, dachte sie, hier fängt also die Arbeit in der ersten Morgenstunde an. Sie zog sich aus, wusch sich und passte beim Zähneputzen auf, kein Wasser zu schlucken. Aus dem Küchenzelt kam der Geruch von frischem Fladenbrot und aufgebrühtem Tee. In einem kleinen Zelt nebenan stand ein Tisch mit zwei Bänken, und eine Frau stellte Becher und Teller auf das Brett, das als Tisch diente. Sabine sah sich um. Endlich konnte sie bei Tageslicht das Dorf erkennen. Es bestand neben der medizinischen Einrichtung und dem Steinhaus aus runden Lehmhütten, die kreisförmig um den Brunnen in der Dorfmitte angelegt waren. Während die alten Menschen in der Nähe des Brunnens wohnten, lebten die jüngeren Menschen in den äußeren Kreisen und damit in der Nähe der Viehherden. Die gesamte Ansiedlung lag in einem weiten Tal. Kleine Oasen mit Bäumen und Sträuchern durchzogen die Ebene, und Sabine sah, dass die Böden beackert waren und die ersten Frauen dort bereits arbeiteten. Außerhalb der fruchtbaren Flächen bedeckte dorniges Gehölz die Sandflächen, und Hirten trieben die ersten Herden auf diese kargen Weiden.

Auch Jack kam aus dem Haus, und gemeinsam gingen sie hinüber zum Küchenzelt.

»Wie hast du geschlafen?«

»Eigentlich gar nicht«, lachte Sabine, »ich habe das Kreuz des Südens entdeckt und mich im All verloren. Es war überwältigend.«

»Ich weiß«, nickte Jack, »es geht allen so, die zum ersten Mal hier unten sind. Ich war damals auch fasziniert, als ich es zum ersten Mal sah, früher soll es ja am nördlichen Sternenhimmel zu sehen gewesen sein, aber durch die Erdbewegung ist es nach Süden gewandert.«

»Du weißt aber gut Bescheid.«

»Ich habe mich damals ein bisschen darum gekümmert, weil es für viele Menschen ein Wahrzeichen ist und für die Seefahrer von großer Bedeutung.«

»Als Navigationshilfe?«

»Hm. Als europäische Seefahrer in früheren Jahrhunderten die südlichen Meere durchfuhren, sahen sie zuerst ein Symbol des Christentums darin, nach dem sie ihre Routen bestimmen konnten, da es ähnlich wie der Große Wagen auf der Nordhalbkugel das ganze Jahr über sichtbar ist und einen deutlichen Bezug zum Himmelspol aufweist. Vespucci soll sich bereits nach ihm gerichtet haben.«

»Bist du schon öfter hier im südlichen Afrika gewesen?«

»Mein Bruder ist Ingenieur in Namibia. Den besuche ich einmal im Jahr.«

»Dann bist du ja jetzt ganz in seiner Nähe.«

»Na ja, nah ist man hier nirgends. Alles ist irgendwie unvorstellbar weit. Aber ich werde ein paar Urlaubstage bei ihm verbringen, wenn der Einsatz hier beendet ist.«

Sie betraten das Zelt mit dem Tisch und den Bänken. Eine Einheimische kam und goss ihnen Tee in die Becher, dann reichte sie ihnen einen Korb Fladenbrot und eine Schüssel voller grünlich gelber Zitronenmarmelade. Sabine aß nur von dem Fladenbrot. Auf der Marmelade versuchten sich ständig Fliegen niederzulassen, und sie befürchtete, dass die Schüssel im unbewachten Küchenzelt schon die Bekanntschaft zahlreicher Insekten gemacht hatte.

Nach dem Frühstück gingen die beiden Ärzte hinüber in das Krankenzelt. Zwei Pflegerinnen wuschen die Patienten, zwei andere maßen Fieber und fühlten den Puls. Im Behandlungszimmer sortierten Herbert und Joano die Medikamente aus der Kiste, die sie von der Zentrale mitgebracht hatten, in den Medikamentenschrank und fertigten eine Liste mit fehlenden Arzneimitteln an.

»Guten Morgen«, begrüßte Sabine die beiden, »wie war eure Nacht?«

»Wir hatten einen Mann mit schwerem Durchfall, seine Frau hat ihn gebracht. Ich nehme an, er hat eine Darminfektion durch Amöben oder Würmer, ich muss mich später in der Laborkammer drüben in unserem Schlafhaus darum kümmern. In der Frauenabteilung liegt eine Mutter mit ihrem Kind. Der Junge hat sich das Schienbein gebrochen. Ich habe das Bein geschient, wenn die Schwellung abgeklungen ist, müssen wir den Bruch eingipsen. Aber schlimmer als der Junge ist die Mutter dran, meiner Meinung nach hat sie eine Beckeninfektion. Sie klagt über große Schmerzen im Bauchbereich.«

»Was hast du unternommen?« Suchend sah sich Sabine um, anscheinend war die Frau noch nicht behandelt worden.

»Sie ist erst vor einer Stunde gekommen. Wir haben uns zunächst um den Jungen gekümmert. Jetzt liegt sie mit ihm zusammen auf der Pritsche ganz hinten im Zelt, als wolle sie sich verstecken. Und ich glaube, wenn der Junge nicht behandelt werden müsste, wäre sie nicht gekommen.«

»Ich werde mich gleich darum kümmern.«

Aber Herbert schüttelte den Kopf und gähnte: »Bist du nicht heute mit der Besuchstour dran?«

»Ich werde die Frau behandeln und dann abfahren. Jack kann sie dann anschließend versorgen, falls das nötig ist.«

»Okay, Leute, ich leg mich jetzt hin. Wenn ihr mich braucht, komme ich natürlich sofort.«

Sabine bat Joano, den für ihre Fahrt vorgesehenen Fahrer zu benachrichtigen, damit er das Fahrzeug bereitstellte. Sie selbst würde Medikamente, ihren Arztkoffer und selbst gekochten Tee in Flaschen bereitstellen. Auf jeden Fall wollte sie sicher sein, dass alles, was sie mitnahm, in einem einwandfreien Zustand war. Und da sie noch nicht wusste, wie weit man sich in Hygienefragen auf die Einheimischen verlassen konnte, wollte sie sich lieber selbst darum kümmern.

Dann ging sie nach hinten an das Bett der Frau, die ihren Jungen im Arm hielt und schlief. Sabine berührte sie vorsichtig, um sie nicht zu erschrecken, und als die Frau wach war und sich auf den Rücken legte, untersuchte Sabine ihren leicht geschwollenen Bauch und die Genitalien. Sie erkannte sofort, dass diese Frau eine lange verschleppte Gonorrhö hatte. Nach Rücksprache mit Jack, der sie während ihrer Abwesenheit vertreten musste, spritzte sie Penizillin und hoffte, dass die Erreger noch nicht resistent gegen dieses Medikament geworden waren. Dann ordnete sie an, dass das Kind in einem eigenen Bett neben der Mutter liegen sollte. Die Ansteckungsgefahr war für den Jungen sehr groß, und wenn er nicht bereits die Krankheit in sich trug, dann sollte wenigstens vermieden werden, dass er sich hier im Bett der Mutter infizierte.

Eine Stunde später war Sabine abfahrbereit. Sie hatte einen kakifarbenen Leinenanzug und ihre festen Stiefel angezogen und einen breitkrempigen Sonnenhut auf den Kopf gestülpt, den Tee selbst gekocht und in leere Flaschen gefüllt, frisches Fladenbrot eingepackt und das medizinische Gepäck eigenhändig im Jeep verstaut. Joano gab ihr eine Liste mit den Namen erkrankter Menschen mit, in die ihre Vorgänger Diagnosen und Behandlungsmethoden eingetragen hatten, außerdem hatte er eine Landkarte für sie, in die er eigenhändig die Strecke eingezeichnet hatte, und einen Kompass für alle Fälle. Er ermahnte den jungen Fahrer, vorsichtig zu sein und die Doktorin gesund zurückzubringen und nur die vorgezeichneten Strecken zu fahren. »Nicht abkürzen, nicht schneller fahren, nicht einschlafen«, ermahnte er Adhamo, der sich sichtlich auf die Tour freute und zu allen Ermahnungen fröhlich grinste. Und zu Sabine gewandt erklärte Joano: »Ist guter Mann, kommen immer wieder zurück, Madam.«

Sabine nickte nachdenklich und kletterte in den Jeep. Der Platz war äußerst beschränkt, denn die ganze Rückbank war voll gepackt mit Reserverädern, Benzinkanistern und Wasserschläuchen, mit einer Stellage aus Stangen und Zeltplane, die bei Untersuchungen als Sichtschutz diente, sowie mit Spaten und Teppichresten. Als Sabine Joano kurz fragte, wozu denn die Teppichreste seien, winkte er ab: »Wird nicht nötig sein, aber wenn stecken bleiben, Doktor muss schieben unter Räder.«

Na, bravo, dachte Sabine, verabschiedete sich von Jack und Joano und setzte sich neben den Fahrer, ihr eigenes Gepäck unter den Füßen und auf dem Schoß.

Der Jeep, anscheinend ein ausgedientes Militärfahrzeug in völlig desolatem Zustand, war nicht gefedert, und nach kurzer Zeit taten Sabine alle Knochen weh. Und ich habe gedacht, schlimmer als der gestrige lange Marsch in der Hitze kann es hier nicht werden. Ich habe mich geirrt. Diese Tour gibt mir den Rest. Gleichzeitig stellte sie fest, dass man hier mit einem Eselskarren auch nicht weiter gekommen wäre. Die breiten Reifen des Jeeps glitten über den Sand hinweg, die schmalen Karrenräder von gestern wären bis zu den Achsen in dem losen Sand versunken. Kamele müssten wir haben, überlegte sie, oder noch besser einen Hubschrauber.

Nach zwei Stunden erreichten sie ein erstes kleines Dorf. Es bestand aus mehreren Nomadenzelten, die um ein Wasserloch herum aufgestellt waren. Der Fahrer hupte kräftig, und als die Menschen die krächzenden Töne hörten, kamen Frauen und Kinder aus den schattigen Behausungen und scharten sich um den Wagen.

Sichtlich unterernährte Kinder mit anomal dicken Bäuchen und fliegenbedeckten Ekzemen am Körper, Frauen in langen Gewändern, unter denen sie Schwangerschaften, Hautkrankheiten und Abnormitäten versteckten, standen mit erwartungsvollen Augen vor der Ärztin.

Sabine begrüßte sie mit einem Lächeln und reichte jedem die Hand. Sie kannte weder die Namen noch die Sprache und hoffte, mit Freundlichkeit das Vertrauen der scheuen Menschen zu gewinnen. Während Adhamo die Stellage aufbaute, widmete sich Sabine den Kindern. Sie strich schmerzstillende, desinfizierende Wundsalbe auf Ekzeme, träufelte Tropfen in entzündete Augen, tastete dicke Bäuche und hervorstehende Rippen ab und gab den Kindern Becher voller Tee zum Trinken. Und immer wieder ermahnte sie die Frauen, das Wasser aus dem Wasserloch abzukochen, bevor es getrunken wurde. Gleichzeitig wusste sie, dass sie diese Ratschläge mit Sicherheit nicht befolgen würden, denn das kleine Feuer in der Mitte des Dorfplatzes reichte gerade aus, Hirse- oder Reis- oder Maisbrei zu garen, denn Holz war nicht vorhanden, und die wilden Sträucher mit ihren dornigen Ästen würden kaum genug Glut spenden, um zusätzlich noch Wasser zu kochen.

Als die Kinder versorgt waren, kümmerte sich Sabine um die Frauen. Auch ihre Leiden waren denen der Kinder ähnlich. Die, die HIV-positiv erkrankt waren, waren namentlich auf der Liste aufgeführt. Ihnen gab Sabine von den Tabletten, die sie mitgebracht hatte, und den Frauen, deren Männer daran erkrankt waren, gab sie die Tabletten abgezählt in die Hände, denn die Männer waren mit den Viehherden unterwegs oder auf der Jagd. Und zwei, die schwer krank in den Zelten lagen, weigerten sich, eine Frau als Ärztin zu akzeptieren. Sie würden in den nächsten Tagen von Jack oder Herbert untersucht und versorgt werden.

Als Sabine schließlich ihre Hände am Wasserloch wusch und anschließend desinfizierte, waren fast drei Stunden vergangen, und Adhamo drängte zum Aufbruch. Er zeigte auf die Landkarte und auf den Stand der Sonne, und Sabine wusste, dass sie sich beeilen mussten, um die anderen Dörfer ebenfalls zu versorgen.

Der Weg wurde steinig, die Hügel wurden höher und die Abhänge steiler. Hier fuhr Adhamo nur noch bergauf, hinunter rutschte der Jeep einfach in die Tiefe. Zum Glück war der junge Einheimische sehr geschickt und lenkte den Jeep ziemlich sicher durch die Talsohlen, die Abhänge hinauf und hinab, während sich Sabine an das Schaltbrett klammerte, um nicht hinausgeschleudert zu werden. Zweimal mussten sie den Tank nachfüllen, einmal Teppichreste unter alle Räder schieben und ein anderes Mal gemeinsam kleinere Felsbrocken aus dem Weg räumen.

Als Sabine kurz vor Sonnenuntergang verstaubt, verschwitzt, erschöpft, aber zufrieden nach Zarambone zurückkam, setzte sie sich sofort mit Herbert und Jack zusammen, um Bericht zu erstatten und um die Kollegen auf Schwierigkeiten, akute oder gefährliche Krankheitsfälle, Hindernisse und Probleme hinzuweisen.

Nachdem sie sich gewaschen und umgezogen hatte, setzte sie sich im Zelt an den Tisch und begann, lange Listen mit notwendigen Medikamenten, Aufbau- und Heilmitteln aufzustellen. Jack Limon setzte sich zu ihr, unterbrach sie aber mit keinem Wort.

Als sie kurz vor Mitternacht mit den Listen fertig war, nahm sie ihr Handy und rief Jochen Bellmann in Auendorf an. Sie wusste, dass sie die kostbare Akkukapazität ihres Handys, das sie nicht nachladen konnte, weil es keinen Strom gab, vielleicht verschleuderte, aber versuchen wollte sie es trotzdem.

Die Verbindung kam tatsächlich zustande, und wenig später meldete sich ein verschlafener Arzt aus dem Doktorhaus in Auendorf.

»Doktor Bellmann.«

»Hallo, Jochen, hier ist Sabine. Es geht mir gut, ich brauche eine Menge Sachen, bitte schreib sie auf, ich kann nicht lange sprechen, also: Ich brauche Vitamintabletten, jede Sorte, so viel du kriegen kannst, für Kinder in Bonbonform. Hustenmittel, Eisen, Kalzium, Kalium, alles, was man zum Knochenaufbau und gegen Infektionen einnehmen kann. Desinfektionsmittel, diverse Gesundheitstees, Salben und ganz viel Augentropfen und Augensalben. Schicke einfach alles, was kranke Menschen auch ohne ärztliche Hilfe einnehmen können. Hier gibt es so gut wie nichts, aber die Arbeit ist trotz allem zufriedenstellend, man spürt, dass man helfen kann.«

»Himmel, Sabine, das sind ja Schiffsladungen voll.«

»Setz dich mit der Pharmaindustrie in Verbindung, vielleicht gibt es Spenden. Und dann schick die Sachen her. Nimm UPS – du weißt, weltweiter Lieferservice –, das geht am schnellsten, und von Tshabon aus sollen die mit einem Hubschrauber kommen, wir brauchen die Sachen sofort.«

»Na, du hast Nerven, und wie stellst du dir die Finanzierung vor?«

»Was nicht gespendet wird, geht auf meine Rechnung. Jochen, kein Wenn und Aber, ich kann es mir leisten. Hauptsache, die Sachen kommen in den nächsten Tagen hier an.«

»Dann brauche ich die Anschrift.«

Sabine diktierte die genaue Adresse und schloss: »Danke, Jochen, du glaubst nicht, wie nötig hier die Hilfe ist. Bitte beeilt euch. Ich muss Schluss machen, vielleicht brauche ich das Handy noch, und dann ist der Akku leer, Strom zum Aufladen gibt es hier nämlich auch nicht. Also, danke für alles, und macht euch keine Sorgen, uns geht es gut. Ciao!«

Jack Limon hatte bis jetzt geschwiegen, nun stand er auf, streckte sich und legte Sabine die Hand auf die Schulter. »Das kostet ein Vermögen, und du kannst dir das leisten?«

»So ist es.«

»Aber du weißt, es ist nur ein Tropfen auf einem heißen Stein.«

»Aber wenn ich einem einzigen Kind damit helfen kann, dann lohnen sich die Ausgaben.« Sie stand auf und ging in ihre Kammer. »Gute Nacht, Jack, heute bin ich zu müde für das Kreuz des Südens.«

Jack aber setzte sich in die Finsternis vor der Hütte und starrte zum Himmel hinauf. Und immer wieder ging ihm der Satz durch den Kopf: »… und was nicht gespendet wird, geht auf meine Rechnung.« So viel Deutsch war aus seinen Schulzeiten immerhin noch hängen geblieben.

XII

Jack Limon war ein guter Arzt und ein glückloser Mann. Was immer er in die Hände nahm, das ging zu Bruch. Das fing schon beim Studium an. Erst wollte er Jurist werden, doch das Studium war ihm zu trocken, zu unattraktiv, und er hörte mitten im vierten Semester auf. Dann wollte er in die Wirtschaft gehen, weil man dort anscheinend mühelos viel Geld verdienen konnte, aber der nicht aufgeklärte Verlust eines absolut sicheren Geschäftes, für den man ihn verantwortlich machte, brachte ihn um seinen Ausbildungsplatz. Und als er sich dann mit fast dreißig Jahren entschloss, Arzt zu werden, brauchte er drei Anläufe, um den Doktortitel zu erlangen. Aber obwohl er mit Menschen nicht gut umgehen konnte, war er ein guter Arzt. Seine Diagnosen waren fast immer richtig, und die notwendigen Behandlungsmethoden waren es auch.

Aber das Pech verfolgte ihn, denn auch in seiner Ehe hatte er kein Glück. Die junge Frau aus reichem Hause war zwar angetan von seinem Titel, aber nicht von seiner Arbeit. Sie fühlte sich vernachlässigt und verließ ihn nach wenigen gemeinsamen Monaten. Hatte er gehofft, mit ihrem Vermögen eine glänzende Praxis in London eröffnen zu können, so verflog die Hoffnung so schnell, wie seine Frau ihn verließ. Was ihm blieb, war eine Praxisgemeinschaft im Hafenviertel der Millionenstadt, und als sein Kompagnon Insolvenz anmeldete, stand er auf der Straße.

Eine kurzfristige Rettung sah er in seinem Engagement beim Internationalen Ärzte-Einsatz, aber was wurde aus ihm, wenn die vier Wochen zu Ende waren? Er konnte den Einsatz natürlich verlängern, aber wovon sollte er bei dieser ehrenamtlichen Arbeit leben? Seine Reisekosten hierher hatte er von seinem allerletzten Geld bezahlt, und seinen Bruder in Namibia konnte er nur besuchen, wenn der ihm das Flugticket bezahlte. Und was kam danach? Er hatte nicht vor, für längere Zeit im südlichen Afrika zu bleiben. Sein Leben war ihm zu kostbar, um es hier zu ›verschwenden‹, wie er die ehrenamtliche Arbeit heimlich bezeichnete.

Und nun gab es diese Frau, die so einfach bei einer riesigen Bestellung sagen konnte: »… und was nicht gespendet wird, geht auf meine Rechnung.« Eine schöne, kluge, romantische Frau. Eine Ärztin wie er, mit einer gut florierenden Praxis in Deutschland, mit einem Vermögen im Hintergrund und einem Faible für das Kreuz des Südens. Oh ja, romantisch konnte er auch sein, wenn er wollte. Und wie!

Jack Limon machte sich bereit zur Pirsch. Ganz behutsam begann er mit der Annäherung. Zuerst drehte und änderte er den Dienstplan so, dass er möglichst oft mit Sabine Büttner zusammenarbeiten konnte. Das war nicht ganz einfach bei nur drei Ärzten, von denen einer immer ausfiel, weil er Behandlungsfahrten in die fernen Stationen oder Nachtdienst absolvieren musste. Aber gerade dieser Nachtdienst war es, der ihn der Ärztin näherbringen sollte. Sobald sie für die Arbeit eingeteilt war, litt er unter Schlaflosigkeit und tauchte in der Krankenstation auf, um ihr behilflich zu sein. Trat für einen kurzen Augenblick Ruhe im Dienst ein, führte er die romantische Ärztin nach draußen, um mit ihr für das Kreuz des Südens zu schwärmen und gemeinsam von der Unendlichkeit des nächtlichen Himmels zu träumen. Da er sehr behutsam vorging, erregte er keinen Verdacht, und aus der nächtlichen Schwärmerei wurden bald vertrauliche Gespräche.

Und so dauerte es gar nicht lange, da sprach er von seinen Sehnsüchten, eine Arztpraxis mit einem geruhsamen Landleben in idyllischer Umgebung zu verbinden. Und Sabine, die den Mangel an Landärzten in Niedersachsen sehr gut kannte, fiel darauf rein. Sie versuchte, ihm Land und Leute schmackhaft zu machen, beschrieb die Vorteile dieser Arbeit und vergaß, wie mühsam für sie selbst der Anfang in Auendorf gewesen war. Sie schilderte die Heide in glühenden Farben und die Menschen als bodenständige Persönlichkeiten, die ärztliches Wissen durchaus zu schätzen wüssten. Und da Jack Limon ein guter Arzt war, fiel es ihr nicht schwer, ihm die Arbeit in einer Landarztpraxis als attraktiv zu beschreiben.

»Du wirst es nicht bereuen, diesen Menschen zu helfen, sie werden dich sehr schnell akzeptieren, und dann sind sie die treuesten Patienten.«

»Ich verstehe nur nicht, warum so viele Ärzte aus Deutschland auswandern, Sabine.«

»Viele mögen die Arbeit auf dem Lande nicht, denn da muss man Tag und Nacht verfügbar sein. Und vielen sind die neuen Gesetze und die Einkommensgrenzen zu rigoros und einschneidend. Aber ich kann dir versichern, bei uns auf dem Lande spürt man davon kaum etwas.«

»Und ich würde eine Zulassung in Deutschland bekommen?«

»Ich glaube schon.«

»Es wäre eine sehr große Entscheidung für mich. Ich müsste eure Sprache perfekt beherrschen, und ich müsste viel Kapital in so eine Einrichtung stecken.«

»Versuche es doch erst einmal als Partner in einer Gemeinschaftspraxis, die werden bei uns immer häufiger eröffnet.«

Diese Antwort war für Jack der entscheidende Punkt. Darauf hatte er gewartet, darauf hatte er hingearbeitet. Jetzt hieß es, den Strohhalm nicht zu verlieren, an den er sich zu klammern gedachte. »Das wäre ja die ideale Lösung«, schwärmte er, ohne zu verraten, dass er solch eine ›Lösung‹ gerade hinter sich hatte, »so eine Gemeinschaftspraxis ist eine großartige Idee. Du bist wunderbar, Sabine. Und wie sieht so etwas dann in der Praxis aus?«

»Na, das ist doch ganz einfach. Zwei oder drei Ärzte tun sich zusammen, richten eine Praxis ein, schließen einen Vertrag, mieten die Räumlichkeiten, richten sie gemeinsam ein und hängen ihr Schild an die Tür.«

»Und du meinst, es finden sich immer welche, die zusammenarbeiten würden? Man muss sich doch auch verstehen, man muss doch zueinander passen, die Aufgaben sollten sich doch ergänzen. Solch einen Partner oder gleich mehrere zu finden, ist doch nicht einfach.«

»Natürlich nicht, aber hier klappt es doch auch. Wir kannten uns nicht, und trotzdem harmonieren wir in der Arbeit. Guter Wille und eine große Portion Rücksichtnahme sind dazu natürlich notwendig.«

»Ja, so wie hier«, begeisterte sich Jack und blickte schwärmerisch in die Nacht, »so wie bei uns beiden!«

Und bei Sabine schrillten ganz leise und zum ersten Mal die Alarmglocken.

Aber Jack fuhr unbeirrt fort. »Eine gemeinsame Praxis, mit einem Menschen, dem man sich verbunden fühlt, mit dem man die gleichen Interessen, die gleichen Ideale, die gleichen Träume hat.«

Sabine war vorsichtig geworden. »Träume und Ideale und Interessen nützen nicht viel, Jack, da ist die gleiche Einstellung zur Arbeit, zur Hilfsbereitschaft, zum persönlichen Einsatz und zu persönlichem Verzicht sehr viel wichtiger.«

Jack nickte verständnisvoll, dann legte er behutsam seinen Arm um Sabines Schultern, schließlich war die Nacht dunkel, und außer den Sternen konnte keiner zuschauen: »Und wie wäre es mit einer Gemeinschaftspraxis von uns beiden?«

Da schrillten bei Sabine zum zweiten Mal die Alarmglocken. Sie rückte ein Stück von ihm fort und schüttelte den Kopf: »Dafür ist mein Einzugsgebiet als Ärztin nicht groß genug.«

Aber Jack gab nicht auf und rückte auf dem sandigen Boden wieder näher. »Könnte man es nicht ausdehnen, erweitern, neue Dörfer und Patienten hinzugewinnen?«

Sabine stand auf. »Weißt du, Jack, ich habe mich von der Ärztegemeinschaft in einer Klinik getrennt, weil ich allein sein und allein arbeiten möchte. Ich habe nicht vor, diese Eigenständigkeit mit einem anderen Arzt zu teilen.«

Sie wartete seine Antwort nicht ab, sondern ging wieder in die Krankenstation. Ein junges Mädchen, eigentlich war es noch ein Kind, lag in den Wehen, und sie musste nachsehen, wie weit die Geburt vorangeschritten war. Die Mutter hatte das wimmernde Kind in einer Karre hergefahren, nun saß sie neben dem Bett und tupfte ihrer Tochter den Schweiß vom Gesicht. Sabine wusste nach der Untersuchung, dass der Schwangeren eine Steißgeburt bevorstand, und sie musste sich auf lange, schwere Minuten oder gar Stunden vorbereiten. Zärtlich strich sie dem Kind – sie schätzte es auf zwölf oder dreizehn Jahre, weder die Mutter noch das Mädchen selbst konnten das Alter angeben – über das verschwitzte, krause Haar. Sie ahnte, dass dieses Kind, sollte es einen Jungen zur Welt bringen, ein Heim in der Großfamilie haben würde, brachte es aber ›nur‹ ein Mädchen zur Welt, wäre das Schicksal von Mutter und Baby höchst ungewiss. So hatte sich Sabine vorgenommen, das Kind mitsamt dem Baby wenigstens so lange bei sich zu behalten, wie sie selbst in Gaborone war.

Jack Limon war ihr nicht bis zu dem Krankenbett gefolgt. Frauen und schwangere Kinder fielen unter Sabines Aufgaben, und er musste sich erst einmal überlegen, wie er weiter vorgehen sollte. So stand er im Zelteingang, starrte hinauf zu den Sternen und hinein in die weiße Bettenlandschaft und sinnierte: Also, die Gemeinschaftspraxis kam für sie nicht infrage, folglich musste er diese vermögende Frau mit Charme und Komplimenten auf andere Art für sich gewinnen. Schließlich sah er gut aus, war klug und weltgewandt, und mit Frauen wurde er noch allemal fertig, das wusste er genau.

Aber die nächtlichen Stunden vergingen, Sabine half einem kleinen Mädchen, zur Welt zu kommen, tröstete eine schluchzende Großmutter, die um die Zukunft von Tochter und Enkelkind bangte, machte ihren schriftlichen Bericht für die Statistik und kümmerte sich bis zum Tagesanbruch um die anderen Patienten.

Dann übergab sie die Arbeit an Herbert Jenfeld und ging müde hinüber in ihre Kammer. Jack Limon hatte sie total vergessen.

An ihn dachte sie erst wieder, als Herbert Jenfeld am Abend zu ihr sagte: »Ich verstehe nicht, wo Jack bleibt. Der Wagen ist seit mehr als einer Stunde überfällig.«

Auch Joano machte sich Sorgen. Immer wieder entschuldigte er sich, wenn er die Krankenstation verließ und heimlich zum Dorfrand lief, um nach fernen Autolichtern Ausschau zu halten. Aber die Scheinwerfer blieben aus. Gegen Mitternacht machte sich auch Sabine Sorgen. Sie war einerseits froh, nicht schon wieder eine Nacht mit dem angeblich schlaflosen Jack verbringen zu müssen, aber eine Nacht in der Wildnis wünschte sie ihm und dem jungen Adhamo dann doch nicht.

Als sie einmal während der Nacht die Station verließ und nach draußen ging, um etwas frische Luft zu atmen, traf sie auf Herbert und Joano, die sich vor dem Zelteingang unterhielten. An den besorgten Gesichtern sah sie, dass die beiden Männer beunruhigt waren. »Sie werden beim ersten Sonnenstrahl auftauchen«, sagte sie tröstend. »Sicherlich ist das Auto defekt, und in der Nacht konnten sie es nicht reparieren.«

Aber Herbert Jenfeld schüttelte den Kopf. »Joano macht sich Sorgen wegen der Nomaden, die seit ein paar Tagen nördlich von hier durch das Land ziehen. Sie sind auf der jährlichen Wanderung von Namibia rüber ins nördliche Südafrika. Dabei kreuzen sie die Kalahari, und Stammesfehden sind an der Tagesordnung, wenn ein Stamm dem anderen zu nahe kommt. Die Wüste mit den Herden zu durchwandern, ist mit tödlichen Gefahren verbunden, denn wenn ein Stamm dem anderen die spärlichen Wasserstellen wegnimmt, gibt es für Menschen und Tiere kein Überleben. Und wenn Jack und Adhamo in solch eine Stammesfehde geraten sind, sehen wir keine Chance für die beiden.

»Um Himmels willen«, Sabine war entsetzt. »Was können wir denn tun? Wir müssen ihnen doch helfen. Weiß Adhamo denn, dass die Nomaden gerade jetzt wieder unterwegs sind?«

Joano nickte. »Weiß er, immer Sommerende und Winterende. Aber keine Wege zum Rumgehen von großen Herden und Reitern auf schnelle Kamele.«

»Ich dachte, Nomadenvölker gibt es nur in Nordafrika und in Arabien«, wandte Sabine ein.

Joano schüttelte den Kopf. »Nomaden immer da, wo Wüsten sind. Leben in Wüsten, müssen aber ziehen von Wasser zu Wasser, und Wasser ist wenig. Sommer war hier sehr heiß, und Regen kam nich wie andere Jahre.«

»Wenn sie morgen früh nicht kommen, müssen wir sie suchen«, bestimmte Herbert Jenfeld.

»Aber wie denn?«, fragte Sabine ratlos. »Das einzige Fahrzeug haben die beiden, auf Eseln kommen wir nicht weit, und die Patienten hier müssen auch versorgt werden.«

»Vielleicht brauchen die Nomaden einen Arzt und halten sie deshalb fest?«, überlegte Herbert.

Aber Joano schüttelte den Kopf. »Wollen kein weißes Arzt, haben Heiler in Clans, heilen mit Kräuters und Zauber.«

Herbert ging nach draußen und starrte in die Dunkelheit. Sabine folgte ihm. »Wir könnten einen Hubschrauber in Tshabong bestellen, der das Gebiet absucht. Ich habe noch etwas Energie im Handy, ich könnte anrufen.«

»Wenn sie einem räuberischen Clan in die Hände gefallen sind, wären längst alle Spuren verwischt. Ich hoffe immer noch, es ist ein Defekt am Wagen, der sie aufhält.«

»Dann wäre ein Hubschrauber doch besonders wichtig.«

»Unsere Zentrale in Gaborone sieht das nicht gern. Ich weiß das aus einem früheren Einsatz. Man hält es nicht für nötig, auf einen bloßen Verdacht hin so einen teuren Apparat loszuschicken.«

»Aber Geld darf doch keine Rolle spielen, wenn es um Tod und Leben geht.«

»Tod und Leben, wer sagt uns denn, dass es wirklich darum geht? Wir alle sind mit den Risiken dieses Einsatzes vertraut gemacht worden, wir wissen, worauf wir uns einlassen. Warten wir erst einmal ab.«

Entrüstet schüttelte Sabine den Kopf. »Wenn Jack und Adhamo bis morgen Mittag nicht hier sind, bestelle ich den Helikopter auf eigene Rechnung. Ich weiß, dass wir mit Gefahren rechnen müssen, und Jack weiß das auch, aber wenn auch nur die Spur einer Hilfsmöglichkeit besteht, dann setze ich sie ein.«

»Jack Limon scheint dir viel zu bedeuten, Sabine. Ich bin nicht blind.«

Sabine schüttelte ärgerlich den Kopf. »Mir geht es nicht um Jack, mir geht es um zwei Menschen, die vielleicht Hilfe brauchen, und da ist es mir ganz egal, wie sie heißen, welche Hautfarbe sie haben oder welcher Rasse sie angehören.«

Sie sah den Kollegen selbstbewusst an. »Jack ist einsam, er sucht Kontakte und Verständnis, mehr ist das nicht. Und wenn er hier in dieser Einsamkeit ein bisschen Verständnis bei mir sucht, dann habe ich nichts dagegen.«

»Du bist sehr vertrauensvoll, Sabine, wer sagt dir denn, dass es bei Worten bleiben wird?«

»Das musst du schon mir selbst überlassen, ich weiß ziemlich genau, was ich will und was nicht. Jetzt jedenfalls will ich, dass den beiden in der Wildnis Vermissten geholfen wird, und zwar so schnell wie möglich.« Sie sah zu dem nächtlichen Himmel empor. Aber das Kreuz des Südens war hinter einem Dunstschleier verschwunden – war das etwa ein schlechtes Omen?

Aber Sabine schüttelte resolut den Kopf, an Omen glaubte sie nicht. Mit der Sonne wird ein neuer Tag kommen und mit dem Tag die Gewissheit über Jack und Adhamo. Sie ging wieder in die Station zurück.

Zögernd folgte ihr Herbert. Er bewunderte die Ärztin, man merkte, dass sie in einer Unfallklinik gearbeitet hatte, sie erkannte sehr schnell die Situationen kranker Menschen und zögerte nicht lange. Sie packte zu, und zwar sicher und richtig in jeder Beziehung. In menschlicher Beziehung schien sie allerdings leichtgläubig und vertrauensselig zu sein.

Na ja, dachte er, ich werde schon aufpassen. Er sah auf seine Armbanduhr. Noch zwei Stunden bis zum Sonnenaufgang. Diesmal bin ich mit der Patientenfahrt dran, aber womit fahre ich, wenn der Wagen nicht da ist? Und mit wem, wenn Adhamo nicht zurückkommt? Er kennt die Strecken und die Dörfer, ohne ihn und das Auto bin ich – sind wir alle aufgeschmissen.

Er machte sich auf die Suche nach Joano. Am Rande des Dorfes fand er ihn. Er saß dort, wo der Sandweg in die Wüste führte, der Weg, auf dem die beiden Vermissten zurückkommen müssten.

»Du wartest auf Adhamo?«

»Er ist mein Sohn, mein einziger Sohn.«

»Mein Gott, das wusste ich nicht.«

»Es spielt keine Rolle. Keiner von Ärzten weiß das.«

»Was könnte passiert sein?«

»Ein Unglück. Ich fühle ein Unglück, aber nicht wissen, was.«

»Sie werden zurückkommen, Joano, sie kommen ganz bestimmt heute zurück.«

»Ja, vielleicht, aber mit schweres Unglück auf Schulter.«

Die beiden Männer setzten sich in den Sand und starrten in die Dunkelheit. Schließlich unterbrach Herbert Jenfeld die Stille. »Ich muss die Patienten in den westlichen Dörfern heute besuchen. Joano, wie soll ich das machen? Ich kann sie nicht ohne Hilfe und ohne Medikamente lassen.«

»Du wirst gehen mit Füßen.«

»Aber ich kenne die Wege nicht.«

»Junge kann gehen mit dir. Bidhuum, anderer Sohn von anderer Mann kann dir zeigen. Kann auch Auto fahren, aber hat kein Auto, wenn Adhamo nicht kommt mit Auto.«

»Können wir Esel mitnehmen für das Gepäck?«

»Esel ja, aber gehen sehr langsam. Tagelang gehen durch Wüste mit Sand bis an Bauch.«

Ein feiner roter Hauch kündigte im Osten den Morgen an. Wenige Minuten später tauchten erste Sonnenstrahlen den Horizont in gleißendes Licht.

Joano sprang auf. »Ich gehen und suchen Sohn.«

Herbert war ebenfalls aufgestanden. »Joano, warte. Wir brauchen dich hier. Die Ärztin bestellt einen Hubschrauber für die Suche. Wir finden die beiden schneller, als du zu Fuß das könntest.«

»Ich sehr unruhig, ich Angst, ich muss suchen.«

»Bitte, bleib. Wir helfen dir, das verspreche ich, aber lauf jetzt nicht allein in die Wildnis.«

»Ich kenne Wüste und Wasser und Wege.«

»Aber du bist zu Fuß, mit einem Hubschrauber geht es viel schneller. Du kannst mitfliegen, wenn du willst, und dem Piloten Landestellen zeigen, der braucht dich.«

»Wann fliegen?«

»Wir bestellen die Maschine, sie kann mittags hier sein.«

»Ist viel zu spät.«

»Aber wenn du jetzt losgehst, kommst du auch nicht weit. Der Hubschrauber überholt dich, und dann kann er allein nicht landen in dem Treibsand oder in den Geröllbergen, wenn du nicht dabei bist.«

Sabine war nach draußen gekommen. »Was machen wir jetzt, Herbert? Du musst zur Visite los, die Kranken da draußen warten auf dich.«

»Leichter gesagt, als getan – ohne Jeep und ohne Adhamo. Der Junge ist übrigens der einzige Sohn von Joano.«

»Ach Gott, das muss ja schrecklich für ihn sein.« Sie ging zu dem Einheimischen und legte die Hand auf seine Schulter. »Wir finden ihn, wir suchen mit einem Helikopter. Ich telefoniere gleich mit dem Flughafen in Gaborone.«

»Ich will hören Telefon.«

»Komm mit.«

Joano ging in Richtung Krankenstation, und Sabine und Herbert folgten ihm. Außer Joanos Hörweite fragte sie: »Muss ich erst unsere Zentrale anrufen und Bescheid geben?«

»Auf jeden Fall, sie müssen wissen, was los ist.«

»Bitte such mir die Nummer heraus.«

»Wollen wir nicht noch etwas warten?«

»Willst du die beiden etwa im Stich lassen?«

»Nein, natürlich nicht. Aber in der Zentrale wird man uns raten zu warten. Weißt du, hier ticken die Uhren sehr viel langsamer als bei uns in Deutschland. Hier wartet man ab, zögert dann noch ein paar Mal, und erst wenn es gar nicht mehr anders geht, wird jemand etwas tun.«

»Darüber kann es Mittag werden.«

»Und bis die Maschine dann hier ist, wird es dunkel sein und ein ganzer Tag ging verloren.«

»Und wenn ich direkt bei der Polizei anrufe, eine Vermisstenmeldung durchgebe und den Helikopter sofort anfordere?«

»Wird es genauso gehen. Dies ist nicht Deutschland. Ich kenne die Verhältnisse hier, und ganz unrecht haben sie ja nicht. Vieles hat sich schon erledigt durch die Warterei.«

»Wir müssen es versuchen, wir haben es Joano versprochen.«

»Also gut. Hier ist die Nummer unserer Zentrale.«

Aber die Verbindung kam nicht zustande. Mal hörte Sabine ein paar entfernte Stimmen, mal heftiges Rauschen, dann wiederum Klingelzeichen, auf die niemand reagierte, und dann war der Strom verbraucht. »Das war es dann wohl«, erklärte sie enttäuscht. »Und du, Herbert, was ist mit deinem Handy?«

»Ich besitze gar kein Mobiltelefon.«

»Auch das noch. Und was ist mit Jack, weißt du, ob er eins dabeihat?«

»Keine Ahnung.«

»Dann sollten wir in seinem Gepäck danach suchen.«

»Aber wir können doch nicht einfach seine Sachen durchwühlen«, wehrte Herbert ab.

»Es geht doch um Hilfe für ihn, da kann er doch nichts dagegen haben.«

»Wenn du meinst. Aber komm mit, allein will ich nicht seine Sachen durchsuchen.«

»Also gehen wir.«

Joano stellte sich ihnen in den Weg. »Was ist mit Flieger? Wann kommen?«

»Wir müssen ihn anrufen, wir brauchen das Handy von Jack, komm mit und hilf uns suchen.«

»Doktor nix Telefon. Sagen alle Verbindungen zu Ende. Nix Strom, nix Telefon.«

»Weißt du das mit Sicherheit?«

»Mir hat zeigen, Bild schwarz, Ton tot.«

Zwei Träger kamen von draußen und brachten einen Kranken auf einem Brett in die Station. Herbert stellte hohes Fieber fest und ließ ihn auf eine Pritsche in der Männerabteilung umbetten. »Sieht nach einem schweren Malariaanfall aus.«

»Ich dachte, die Menschen hier sind immun gegen Malaria?« Sabine maß Fieber und Blutdruck.

»Nicht immer, die Mücken sollen in diesem Jahr besonders aggressiv sein, erzählte man sich in der Zentrale. Sie sammeln sich an den spärlichen Wasserstellen zu dichten Wolken. Also Vorsicht, auch für uns.«

»Ich habe mich geimpft.«

»Das haben wir alle, das war Vorschrift, aber gegen so aggressive Schwärme haben wir kaum Chancen.«

»Das kann ja noch heiter werden.«

Draußen vor dem Zelt hörte man Stimmen. Joano wurde gerufen, und alle liefen nach draußen. Im gleißenden Sonnenlicht sah man eine Gestalt über entfernte Hügel kommen. Alle, auch die Ärzte liefen der Gestalt entgegen. Und als sie erkannten, wer es war, rannten sie, und dann sahen sie, dass Jack Limon einen Einheimischen auf seinen Schultern heranschleppte. Und als Joano ihn erreichte, ließ er den Bewusstlosen in die Arme des Vaters gleiten und brach selbst im Sand zusammen.

»Schweres Unglück auf Schulter«, murmelte Joano.

XIII

Aus dem Dorf kamen ein paar Einheimische mit zwei Tragen gerannt, um die Verletzten zu holen. Vorsichtig legten sie Jack Limon und Adhamo darauf. Als sich Sabine über den gestürzten Jack beugte, wachte er auf, griff nach ihrer Hand und ließ sie nicht mehr los. So lief sie neben ihm her und sorgte dafür, dass er behutsam getragen und in der Station auf die Pritsche gelegt wurde. Sehr viel schwieriger war der Transport von Adhamo, der von den Oberschenkeln bis zu den Knöcheln beide Beine geschient hatte. Zum Glück für ihn ist er bewusstlos, dachte Sabine und wunderte sich über die seltsame Art der Schienen, denn die bestand aus Rohren, Autositzstangen, Teppichteilen und verschmutzten Lappen.

»Was ist passiert, Jack? Wir haben uns große Sorgen um euch gemacht.«

Jack, noch immer atemlos von der Anstrengung, konnte nur flüstern. »Der Jeep ist eine Geröllhalde hinuntergerutscht. Adhamo hat versucht, ihn zu halten, da ist er ihm über die Beine gerollt. Beide Knie sind gebrochen.«

Er versuchte, etwas ruhiger zu atmen. »Wir sind dann hinter dem Jeep, der sich ein paar Mal überschlagen hat, die Geröllhalde hinuntergerutscht. Adhamo hat schrecklich geschrien, aber ich konnte ihn dort nicht tragen, wir sind immer nur gerutscht, und unten habe ich ihm dann die Beine, so gut es ging, mit Autoteilen geschient. Da war er schon bewusstlos. Wegen der kriegerischen Nomaden mussten wir dann einen großen Umweg machen. Und dann kam die

Nacht, und Adhamo hat mir nach den Sternen die Richtung gezeigt. Und dann ist er bewusstlos geworden, und ich habe eine Pause gemacht, bis es wieder hell wurde. Da sah ich die Hügel vom Dorf und konnte weiterlaufen. Aber jetzt bin ich total fertig. Die Schienen waren am schwersten.«

»Wir werden dich sehr gut versorgen, du bist ein Lebensretter, und die bekommen bei uns immer eine First-Class-Behandlung«, lächelte Sabine. Zum Glück ist ihm nichts passiert, dachte sie erleichtert. Zu zweit und dann ohne Auto hätten wir die Arbeit hier nicht mehr geschafft. Dann schalt sie sich: Du bist ein Idiot, Sabine. Er ist gesund, Gott sei Dank. Lebensretter hin oder her, das Wichtigste ist doch, dass ihm nichts passiert ist.

In der Krankenstation kümmerten sich sofort die Pflegerinnen um die beiden Männer. Herbert und Sabine versorgten zuerst Adhamo. Sie entfernten die provisorischen Schienen und machten Röntgenaufnahmen beider Beine. Die Knie waren so zertrümmert, dass sie beide wussten: Der junge Mann würde nie wieder normal laufen können. Auch Joano, dem sie die Aufnahmen zeigten, schüttelte entsetzt den Kopf, dann brach er in Tränen aus.

Später setzte sich Sabine zu Jack, berichtete ihm von dem Ergebnis und fragte: »Wie ist das denn passiert?«

Jack zuckte die Schultern und schüttelte den Kopf. »Es ging alles so schrecklich schnell. Wir mussten einen großen Umweg fahren und kamen zu einem ziemlich hohen Geröllhügel, weil Adhamo an Spuren im Sand erkannte, dass Nomadenstämme vor uns auf der Piste waren und dass die miteinander gekämpft hatten. Er zeigte auf zwei frische Gräber und rief: ›Nichts wie weg von da‹, gab Gas und fuhr davon, so schnell der Wagen fahren konnte. Plötzlich waren wir oben auf einem felsigen Berg, rundherum ging's nur noch abwärts, und bevor wir begriffen, was los war, kam der Wagen von selbst ins Rollen. Adhamo rief: ›Schnell, springen, sofort‹, und wir sprangen aus dem Jeep. Aber auf der Hälfte des Hügels kam der Wagen zum Stehen, und wir rannten hinunter. Dabei rutschte Adhamo so unglücklich vor den Jeep, dass der wieder rollte und ihm über beide Knie fuhr. Wäre der Berg aus Sand gewesen, hätte das Gewicht die Beine wohl nur in den Sand gedrückt, aber auf dem felsigen Untergrund hat er die Knie regelrecht zermalmt. Der Junge hat entsetzlich geschrien, ist weiter den Hügel runtergerutscht, und dann ist er bewusstlos geworden. Ich habe ihm die Beine geschient, und nach einer Weile kam er wieder zu Bewusstsein. Da habe ich ihn auf die Schultern genommen und bin mit ihm gewandert. Erst bei Tageslicht, dann in der Dunkelheit. Er konnte die Richtung ziemlich genau nach den Sternen bestimmen. Aber dann ist er wieder ohnmächtig geworden, und ich konnte mich allein nicht mehr orientieren. Da habe ich ihn in den Sand gelegt und mich daneben, bis die Sonne aufging und sah, dass das Dorf nicht mehr weit war.«

»Und jetzt seid ihr hier. Gott sei Dank.«

»Es tut mir so leid um den Jungen.«

»Er lebt, das ist die Hauptsache.«

»Er hätte ein besseres Leben verdient. Hier gibt es ja nicht einmal einen Rollstuhl für ihn.«

»Ich werde versuchen, einen zu bestellen.«

»Du bist sehr großzügig, Sabine.«

»Es ist so schwer, an solche Sachen heranzukommen. Wer weiß, ob der Rollstuhl wirklich bei ihm ankommt, wenn ich ihn bestelle.«

»Wenn du es über die Zentrale in Tshabong versuchst, bestimmt, und hier wird der Vater schon dafür sorgen, dass sein Sohn ihn bekommt. Allerdings könnte er in diesem Sand mit Krücken eventuell besser bedient sein.«

»Wenn ich bloß wüsste, wie es hier weitergehen soll. Ohne Jeep können wir die auswärtigen Stationen nicht mehr versorgen. Gerade jetzt, wo die Malaria wieder so um sich greift. Und ein paar Fälle von Typhus haben wir auch wieder.«

»Habt ihr schon mit der Zentrale gesprochen?«

»Wir haben es versucht, wir wollten ja auch einen Hubschrauber für die Suche nach euch anfordern, aber die Leitungen waren gestört, und schließlich hat mein Handyakku den Geist aufgegeben. Hast du eigentlich ein Handy? Wir wollten gerade danach suchen, als wir die Männer hörten, die euch kommen sahen.«

»Natürlich habe ich ein Handy, es ist in meinem Koffer. Komm, ich bin jetzt ausgeruht genug, wir können gleich hinübergehen, und ich versuche zu telefonieren. Wohin und mit wem eigentlich?«

Herbert Jenfeld kam zu ihnen und setzte sich auf die Kante der Pritsche. »Mit wem wollt ihr telefonieren?«

»Wir überlegen, wie es hier weitergehen soll. Ohne Jeep sind wir aufgeschmissen.«

»Ja, das sind wir tatsächlich. Auf jeden Fall sind die Kranken da draußen in den Dörfern aufgeschmissen. Aber ich fürchte, einen Jeep können die aus der Zentrale auch nicht besorgen.«

»Wie ist es mit den Eseln? Zumindest als Lasttiere könnte man sie brauchen.«

»Die könnt ihr vergessen«, erklärte Herbert. »Die versinken bis zum Bauch im Sand, sind viel zu langsam und eher hinderlich als von Nutzen.«

»Und was ist mit Kamelen?«

»Jack, wo sollen wir Kamele herkriegen?« Herbert schüttelte den Kopf.

»Die Nomaden, die im Norden durchziehen, haben Kamele, und die verkaufen auch Tiere. Wenn sie Geld sehen, kann man bestimmt mit ihnen verhandeln.«

»Kamele …« Unschlüssig blickte Sabine von einem zum anderen.

»Die Idee ist gar nicht schlecht. Man kann darauf reiten, und Lasten tragen sie außerdem«, versicherte Jack.

»Und wie kommen wir zu den Nomaden, und wer verhandelt mit ihnen?«, wandte Herbert ein.

»Der Dorfälteste. Wir sagen ihm, er kann sie später behalten, dann wird er alles tun, um uns die Kamele zu besorgen.«

»Und wer hat Geld für die Tiere? So ein Händler will bares Geld sehen, sonst braucht man gar nicht zu verhandeln.«

»Ich habe noch etwas«, schaltete sich Sabine ein.

»Ich habe auch noch ein paar Dollar im Gepäck«, war auch Herbert bereit, seinen Beitrag zu leisten.

Verlegen schüttelte Jack den Kopf. »Ich habe nichts. Ich bin mit dem letzten Pfund hier angekommen.«

»Haben wir sonst noch etwas, was wir tauschen könnten?«

»Vielleicht Medikamente, die bei den Nomaden dringend gebraucht werden?«

»Wir haben doch selbst nicht genug für die Versorgung unserer Patienten.«

»Aber ich habe doch vieles bestellt, es müsste jeden Tag hier eintreffen«, versicherte Sabine.

»Aber noch ist es nicht hier, und solange die Sachen nicht eingetroffen sind, können wir die wenigen Reserven, die wir haben, nicht weggeben.«

»Was ist gravierender: die Kranken nicht zu betreuen, weil wir sie nicht erreichen, oder die Medikamente aufzuheben, weil wir sie nicht verteilen können? Eines ist so wichtig wie das andere, und trotzdem müssen wir Prioritäten setzen«, bestimmte Sabine. »Wir müssen die Kranken erreichen, und das geht nur mit Kamelen. Dann können wir immer noch sehen, wie wir ihnen helfen. Wir müssen ja nicht alle Vorräte weggeben. Wir behalten eine eiserne Reserve hier, und viele Nomaden wollen sowieso unsere Pillen nicht, weil sie an die Heilkraft der Natur und an ihren Voodoozauber glauben.«

»Na gut, versuchen wir es«, stimmte Herbert Jenfeld schließlich zu.

Er war der Älteste und der Einzige, der schon Erfahrungen in Afrika gemacht hatte.

»Wir brauchen Joano, er muss mit dem Dorfältesten sprechen und ihm unsere Situation erklären.«

»Am besten wäre, Joano würde ihn begleiten.«

»Er wird seinen Sohn jetzt nicht allein lassen.«

»Aber er kennt unsere Situation.«

»Und er zeigt uns immer wieder sein großes Verantwortungsgefühl den Kranken gegenüber.«

»Versuchen kann man es ja.«

»Aber zuerst versuchen wir, mit der Zentrale zu sprechen.«

Jack stand auf. »Dann los, ich bin wieder fit. Telefonieren wir, vielleicht geht alles viel leichter, als wir denken.« Sie gingen über den Dorfplatz und hinüber zu dem Backsteinhaus, in dem sie schliefen.

Das Dorf lag still in der Hitze des Mittags. Ein paar alte Ziegen weideten unter verdorrten Akazienbäumen, die Herden waren weit draußen und vom Dorf aus nicht zu sehen. Zwei abgemagerte Hunde stritten am Wassertrog um die letzten Tropfen; erst wenn das Dorf gegen Abend zu neuem Leben erwachte, würde die Pumpe wieder Wasser aus der Tiefe holen.

Jack fand sein Telefon, aber es gab keinen Ton von sich. Er hatte vergessen, es nach dem letzten Gespräch in England abzuschalten. Nun blieb tatsächlich nur der Weg über Joano und den alten Mann, der müde und gebrechlich vor seiner Hütte saß und die Hühner beobachtete, die vor seinen Füßen scharrten. Kamen sie ihm zu nahe, verjagte er sie mit einem Stock, liefen sie zu weit herum, lockte er sie mit Rufen und Maiskörnern wieder zu sich.

Sabine blieb zögernd vor ihrem Schlafhaus stehen. »Eines begreife ich nicht«, fragte sie die anderen beiden Ärzte. »Wir haben doch einen Notstromgenerator hier, und der erzeugt Strom, warum können wir an ihm nicht unsere Telefone aufladen?«

Herbert Jenfeld lachte laut auf. »Sabine, das ist ein uraltes Modell, glaubst du, der hat eine Vorrichtung zum Aufladen von Mobiltelefonen?«

»Aber man könnte es doch versuchen.«

»Ja«, nickte Jack, »versuchen kann man es doch mal. Wo steht der denn?«

»In dem Zelt neben der Krankenstation. Glaubt mir, es ist nicht möglich.«

Aber Jack und Sabine waren schon auf dem Weg. Im Zelt summte der Generator vor sich hin. Hinter ihm an der Rückwand standen Kanister mit Dieselöl, das einen Dieselmotor antrieb, der wiederum den Generator in Bewegung setzte.

»Meine Güte«, staunte Sabine, »was für eine komplizierte Angelegenheit. Wer passt denn auf diese Geräte auf? Wenn der Motor kein Öl bekommt, haben wir in der Station keinen Strom mehr. Alle unsere Geräte fallen dann aus.«

»So ist es«, bestätigte Herbert ihre Sorge. »Deshalb sollten wir hier nichts anrühren. Diese alten Apparate sind so anfällig, dass sie schon bei einem falschen Luftzug ihren Geist aufgeben.«

»Aber wer kümmert sich um sie?«

»Einer der Einheimischen hat die Aufgabe, regelmäßig Öl nachzufüllen, und einmal im Monat kommt ein Ingenieur und kontrolliert die Geräte.«

»Und wenn der einmal nicht kommt oder der Mann vergisst, Öl nachzufüllen, dann können wir hier einpacken.«

»Du sagst es. Deshalb Hände weg vom Generator und seiner Diesel-Amme.«

Jack schüttelte den Kopf: »Himmel, wenn ich das alles vorher gewusst hätte.«

»Man hat uns aber mitgeteilt, dass wir unter primitivsten Verhältnissen arbeiten müssen.« Herbert wandte sich dem Ausgang zu, die anderen beiden folgten widerwillig.

»Etwas anders hatte ich mir eine Arbeit in Botsuana aber doch vorgestellt«, monierte Sabine. »Im Lexikon wurde das Land als ›aufstrebend‹ bezeichnet, mit einem gewissen Wohlstand, mit einem riesigen Wildpark und wachsendem Tourismus, sogar Diamantenminen soll es hier geben. Ehrlich gesagt, von all dem habe ich bis jetzt wenig gesehen.«

»Diese Angaben beziehen sich auf den Norden und den Osten«, erklärte Herbert Jenfeld. »Da oben gibt es das Okavangobecken, ein riesiges einmaliges Sumpfgebiet im Delta des Okavango mitten im Land, mit Urwäldern, Wildherden, Touristensiedlungen, und im Norden gibt es auch Landwirtschaft und Viehzucht mit immensen Exportgeschäften. Außerdem findet man dort und im Osten auch Bodenschätze und Diamanten. Davon lebt das Land, davon profitieren die Menschen in diesen Gebieten. Aber hier spürt man davon nichts. Hier ist die Kalahari, und die Wüste ist nun mal das ärmste Gebiet jedes Landes.«

»Klar«, versicherte Jack Limon, »deshalb hat man uns ja auch hierhergeschickt.«

»Aber dass ich enttäuscht bin, darf ich doch sagen?«

»Natürlich, Sabine, wir müssen eben das Beste daraus machen.« Herbert legte ihr den Arm um die Schulter. »Komm, die Arbeit wartet.«

Die drei Ärzte gingen zurück in die Krankenstation. Jack lehnte es ab, sich noch einmal hinzulegen. Herbert ging zu Joano, um mit ihm über die Verhandlung und den eventuellen Kamelkauf zu sprechen, Sabine und Jack versorgten die Kranken. Aus der Entfernung hörten sie, wie Herbert mit dem Einheimischen sprach. »Wir können die Kranken in den Dörfern nicht mehr versorgen.«

»Armes Leute da draußen.«

»Wir wissen nicht, wie wir zu ihnen kommen könnten, wir haben kein Auto mehr.«

»Verdammtes Auto.« Joano strich seinem Sohn über die Wange. »Verdammtes Jeep. Armes Leute. Doktors müssen gehen mit Füße.«

»Das können wir nicht. Die Wege sind lang, die Medikamente und Hilfsmittel sind zu schwer.«

»Müssen gehen mit nichts.«

»Dann können wir nicht helfen. Wir möchten Kamele kaufen.«

»Nichts hier von Kamele.«

»Doktor Limon sagt, die Nomaden haben viele Kamele.«

»Nomaden nicht Freunde von Bantus. Wir Bantus. Viel Krieg.«

»Wir möchten trotzdem versuchen, ein paar Kamele zu kaufen. Nomaden sind auch Händler, wir bezahlen dafür.«

Joano zuckte mit den Schultern. »Vielleicht ja, vielleicht nein.«

»Wir möchten den Dorfältesten bitten, mit den Nomaden zu verhandeln. Würdest du bitte mit dem alten Mann sprechen, uns versteht er nicht.«

»Ich nicht verlassen diesen Sohn.«

Adhamo, der bei Bewusstsein war, aber keine Schmerzen hatte, weil Doktor Jenfeld ihm starke Schmerzmittel gegeben hatte, nahm die Hand des Vaters und flüsterte ihm zu, den Ärzten zu helfen. Schließlich nickte Joano. »Gut, ich gehen und sagen.«

Herbert Jenfeld begleitete den Bantu bis vor die Hütte des Alten. Dort setzten sie sich zu ihm auf den Boden, und Joano redete auf den Mann ein. Was er genau sagte, verstand Herbert nicht, er sah nur, dass der Alte immer wieder den Kopf schüttelte. Schließlich drehte sich Joano zu dem Arzt um und zuckte mit den Schultern. »Sagt, geht nicht. Nomaden keine Freunde. Nomaden hoch erhoben, Bantu tief unten. Werden nicht geben Kamele. Wollen nicht Geld von Bantu.«

»Und wenn ich mitkomme? Vielleicht reden sie mit einem weißen Mann, vielleicht nehmen sie Geld von mir?«

»Ist möglich und auch nicht«, antwortete Joano und stand wieder auf. Auch der Arzt stand auf, verabschiedete sich mit einer Verbeugung von dem alten Mann und folgte Joano zurück zur Station. »Und was machen wir nun?«

»Doktor müssen reden mit Nomaden. Wenige Mann reden Englisch, vielleicht wissen, was Doktor wollen.« Sie hatten die Pritsche von Adhamo erreicht, und alle sahen ihn neugierig an, konnten ihn aber kaum verstehen, weil er so leise sprach. »Was hat er gesagt?«

Joano erklärte: »Haben gesagt, ist nix gut. Nomaden nicht verhandeln mit Bantu. Haben gesagt, Doktor muss selbst reden mit Nomaden.«

»Du meine Güte, wie stellt er sich das vor?« Zweifelnd sah Sabine ihre Kollegen an.

»Ich würde es versuchen, wenn ich wüsste, wo ich solch einen Clan treffe.« Herbert Jenfeld sah sich unschlüssig um. »Ich habe ja keine Ahnung, wo ich hingehen muss.«

Adhamo mischte sich ein. »Vater muss mitgehen. Vater kennt die Pisten, auf denen sie wandern.«

Aber Joano protestierte. »Ich gehen keinen Schritt weg von dieses Pritsche.«

Aber Adhamo wurde trotz der erneut aufflammenden Schmerzen energisch. »Du musst gehen. Doktor mir Leben gerettet, jetzt wir werden helfen und retten Arbeit von dieses Doktor. Du musst, sonst gehen ich, und wenn mich auf Karre durch Sand schieben.«

»Nomaden keine Freunde, schießen auf sich selbst, schießen auf uns.«

»Nicht alle Feinde. Viele lieben Frieden und das Handel und gutes Geschäfte.«

»Aber gestern hast du Schießen gehört, gestern seid ihr gekommen in Angst.«

»Waren nicht für uns, die Schießen, waren für Nomadenfeinde.«

Joano zögerte. »Heute ist spät. Bald Nacht.«

Adhamo nickte mit schmerzverzerrtem Gesicht. »Morgen gutes Tag, morgen gehen und kaufen Kamele.«

Sabine beeilte sich, dem jungen Mann eine neue Spritze gegen die Schmerzen zu geben. »Ja«, nickte sie unter Tränen, »morgen ist ein guter Tag.« Sie wusste, wie groß die Schmerzen waren, die Adhamo ertragen musste, und wie aussichtslos die Zukunft für ihn werden würde.

XIV

Wie ein riesiger roter Ball stieg die Sonne am nächsten Morgen hinter den Hügeln auf. Nachtschwarz und schwer lagen die Schatten der Hügel noch in den Tälern, während sich auf den Höhen bereits die gleißende Hitze des Tages ausbreitete.

Doktor Herbert Jenfeld und Joano waren seit einer Stunde unterwegs. Der Bantu, nur mit Lendenschurz und Speer bekleidet, lief immer wenige Schritte vor dem Weißen und suchte nach Spuren, um die Begegnung mit Wildtieren zu vermeiden und Karawanen zu beobachten. Er hatte sich am vorhergehenden Abend bei den heimkehrenden Hirten nach den Routen der Nomaden erkundigt und erfahren, dass ein friedfertiger Stamm in nicht allzu weiter Entfernung nach Südosten unterwegs war. Er führte keine Handelsware mit sich, sondern handelte mit Vieh. Esel, Rinder, Ziegen, Pferde und Kamele waren seine Waren. Ein seltener Glücksfall für die Ärzte, wie Doktor Jenfeld sofort festgestellt hatte.

Am späten Vormittag stießen die beiden Männer auf die ersten Spuren im Sand. Hufabdrücke, die der Wind noch nicht verweht hatte, Kot, die Überreste eines Esels, den man wahrscheinlich tot oder schwer verletzt oder krank hatte zurücklassen müssen und den die Geier bis auf die Knochen abgenagt hatten, ein hechelnder, hinkender Hund, der das Tempo der Karawane nicht mithalten konnte, und ein geplatzter Wassersack, vom Sand schon fast zugedeckt, bezeugten die Nähe der Nomaden.

Nachdem Joano und der Arzt zwei Senken durchwandert und einen dritten Hügelkamm erklommen hatten, sahen sie die Karawane unten im Tal. Eine Wasserstelle, an der die Menschen Zelte aufgestellt hatten, karge Palmen und ein paar Akazien, dorniges Gesträuch, an dem Kamele nagten, und Viehherden, die im Umkreis lagerten. Herbert Jenfeld schätzte die Herden auf gut tausend Tiere, von denen die meisten Ziegen waren.

Joano gebot ihm, sich hinter den Hügelkamm zurückzuziehen. »Ich gehen allein. Ich nur ein Mann mit Speer, ich kein Feind. Ich reden wegen kaufen. Dann kommen zu dir, dann, wenn gut, wir gehen beide und kaufen. Vorher nix sehen von weißes Mann. Ist gut so.«

Herbert nickte. Er hatte keine andere Wahl. Er war auf den Bantu angewiesen und fügte sich. Er legte sich in den Sand und beobachtete vom Bergkamm aus Joano, der langsam hinunterlief, von Hunden angebellt wurde und in einer gebotenen Entfernung vorm Lager stehen blieb und die Hände in einer bittenden Pose hochhielt. Ein Nomade löste sich aus der Gruppe von Männern, Frauen und Kindern und kam auf den Fremden zu.

Beide setzten sich in den Sand und begannen zu sprechen. Dann stand der Nomade auf und ging zurück ins Lager, der Bantu durfte ihm folgen. Was dann geschah, konnte Herbert nicht beobachten, Vieh und Sträucher behinderten die Sicht. Aber nach einer Weile kam Joano zurück. Als er Herbert fast erreicht hatte, winkte er und rief: »Kommen.«

Jenfeld stand auf, lief den Hügel hinunter und fragte: »Was ist? Bekommen wir Kamele?«

»Ja. Kaufen ein Hengst, ein Stute, ein Fohlen. Fohlen sehr dünn, Stute kaufen nicht ohne Fohlen. Fohlen krank, nicht mehr wandern mit Karawane.«

»Aber was sollen wir mit einem kranken Fohlen, das nicht mehr laufen kann?«

»Müssen kaufen. Müssen kaufen für gutes Geld. Sonst kein Kamel.«

»Na gut, sehen wir uns die Tiere an.«

»Stute gut, geben Milch, erst für Fohlen, dann für uns.«

Sie hatten den Rand des Lagers erreicht. Ein Nomade kam ihnen entgegen, und Joano stellte vor: »Das sein Mister Doktor, das sein Mister Abduba. Er wollen sehen Geld und Medizin.«

Herbert holte die Geldscheine aus seiner Tasche und zeigte sie dem Nomaden, Joano kramte aus seinem Beutel Salben, Pillen und Verbandsmaterial.

Der Nomade besah sich die Geldscheine, hielt einen nach dem anderen gegen die Sonne, um seine Echtheit zu kontrollieren – was immer er dabei auch sehen mochte –, und wühlte in den Sachen herum, die Joano auf dem Boden ausgebreitet hatte. Schließlich schüttelte er den Kopf, zeigte auf die Medizin und sprach kurz mit Joano.

»Was sagt er?«

»Nix wollen Zeug von weißes Mann. Aber Geld ja. Und wir sollen gehen mit in Lager.«

»Verkauft er die Kamele oder nicht?«

»Erst kommen in Lager.«

»Was sollen wir da?«

»Leute sind krank, ansehen von Doktor.«

Herbert Jenfeld zuckte hilflos die Schultern. Er hatte zwar immer eine kleine medizinische Notausrüstung bei sich, aber ernsthafte Fälle konnte er damit nicht behandeln. Dennoch folgte er den beiden bis zu der Wasserstelle, um die mehr als hundert Menschen lagerten. Kinder und Wäsche wurden in dem Wasserloch gewaschen, an einer anderen Stelle schöpften Frauen mit Töpfen Trinkwasser, und gegenüber wurden Rinder und Dromedare getränkt.

Herbert Jenfeld maß Fieber und Blutdruck, verstrich Salben auf Wunden, bandagierte ein verletztes Bein und stellte zwei schwere Fälle von Malaria fest. Die beiden Männer weigerten sich, seine Medizin zu schlucken, und eine hochschwangere Frau lehnte eine Untersuchung durch den weißen Arzt ebenfalls ab.

Es war später Nachmittag, als Herbert und Joano sich auf den Heimweg machten, die beiden ausgewachsenen Kamele an Stricken hinter sich herziehend, denn die Tiere trennten sich nicht freiwillig von der Herde. Während das Fohlen müde neben dem Muttertier hertrottete, wieherten der Hengst und die Stute ständig und versuchten, umzudrehen und zur Karawane zurückzukehren.

Schließlich änderten die beiden Männer die Taktik: Joano nahm beide Stricke in die Hände und zog die Kamele, während Herbert hinter ihnen herlief und sie mit einem Stock bedrohte, wenn sie umzudrehen versuchten. Als sie weit genug von der Herde entfernt waren und die Kamele nicht mehr zurückwollten, gab es ein neues Problem. Das Fohlen legte sich in den Sand und war nicht mehr zum Aufstehen zu bewegen. Weder die Entfernung zum Muttertier noch vorsichtige Stockhiebe halfen. Das junge Fohlen blieb liegen. Verzweifelt rief Herbert Joano zurück. »Was soll ich machen, das Fohlen läuft nicht mehr mit.«

»Müssen liegen lassen.«

»Dann kommen die Hyänen und töten es.«

»Ist sauberer Tod. Ist Tod von Wüste.«

Joano wollte weiterziehen, aber jetzt bockte die Stute. »Verdammtes Kamele, stur wie Esel«, fluchte Joano und versuchte es mit Stockhieben. Aber die Stute bäumte sich auf und versuchte, sich loszureißen.

»Können wir das Fohlen nicht auf ihren Rücken binden, und dann trägt sie es?«

»Können versuchen. Hier, halten beide Kamele, ich laden auf. Aber sehr fest halten.«

Aber sobald er das Fohlen anhob, um es auf den Rücken der Stute zu legen, bockte das Muttertier und wehrte sich mit Bissen und Hufschlägen.

»Geht nicht, mit Fohlen auf Kamel«, stöhnte Joano und legte das kleine Tier wieder in den Sand. »Vielleicht muss trinken von Milch, dann laufen.« Er hob das Tier wieder auf und stellte es neben die Stute, aber das Fohlen ließ sich wieder fallen, und die Stute trat nach ihm.

»Blödes Kamel, dumm wie Esel«, fluchte Joano erneut. Schließlich packte er das Fohlen, legte es sich über die eigene Schulter und rief Herbert zu: »Weitergehen, wird dunkel, müssen in Dorf.« Und mit ein paar Stockhieben brachte er die Kamele zum Weiterlaufen.

Und dann wurde es doch dunkel, bevor sie das Dorf erreicht hatten. Sternenreich breitete sich der Himmel in wenigen Minuten über ihnen aus, und Herbert war wie immer fasziniert von der scheinbaren Nähe und von der Klarheit des Weltalls. Von hinten rief ihm Joano die Richtung zu, die er einhalten musste, und die Tiere, die bereits eine Wasserstelle witterten, liefen schneller und brauchten nicht mehr angetrieben zu werden. Zweimal fragte Herbert den Bantu, ob er ihn ablösen und das Fohlen tragen sollte, aber beide Male rief Joano zurück: »Nix tragen, Doktor, tragen sich selber, ist noch weites Weg.«

Und so war es dann auch. Erst gegen Mitternacht erreichten sie das Dorf und die Wasserstelle, zu der die Kamele als Erstes drängten.

Alle hatten auf ihre Rückkehr gewartet. Die Dorfbewohner, die Mitarbeiter der Station und sogar ein paar Kranke, die ihre Betten verlassen konnten, standen am Brunnen und klatschten Beifall, als die beiden erschöpft, aber zufrieden zurückkehrten.

Ein paar Männer ließen die Kamele trinken und banden sie dann am Dorfrand an zwei Akazienbäume, wo die Tiere etwas fressen konnten, zugleich aber sicher befestigt waren. Joano legte das Fohlen neben der Stute ab, die es jetzt nicht trat, sondern die sich müde danebenlegte.

Herbert und Joano gingen zu den anderen in die Station. Joano lief sofort zum Bett seines Sohnes und war beruhigt, als er ihn schlafen sah. Herbert ging zu Sabine und Jack, die ihn seit Stunden erwartet hatten. »Wie war es?«

»Schwierig, aber Joano hat gut verhandelt, die Medikamente habe ich fast alle wieder mitgebracht, das Geld bin ich losgeworden.«

»Und wie geht es jetzt weiter?«

»Wir müssen ein paar Männer bitten, uns Sättel zu bauen, damit wir reiten können.«

»Du meine Güte, wie baut man denn Kamelsättel?«

»Ich habe mir bei den Nomaden welche angesehen. Ein paar Stangen und ein paar Decken, mehr braucht man nicht.«

»Aha. Und wie reitet man Kamele und wie treibt man sie an, und wie hält man sie, wenn man absteigen will?« Sabine war entsetzt von dem Gedanken, allein auf dem Rücken eines Trampeltieres durch die Wüste reiten zu müssen.

»Wir müssen das natürlich üben, aber ich denke, der eine oder andere Einheimische versteht etwas davon.«

Sabine nickte. »Ja, schon, aber wir sind drei Tage im Verzug, wir müssen so schnell wie möglich zu den Stationen.«

Jack Limon meldete sich zu Wort. »Wir müssen die Bantus bitten, noch heute Nacht die Sättel zu bauen, dann können wir morgen früh starten. Bidhuum, der zweite Fahrer für den Jeep, versteht was von Kamelen, das hat er heute Nachmittag gesagt, als wir auf euch warteten. Joano muss mit ihm reden. Und dann kann er mit uns reiten und uns zu den Dörfern bringen, die wir besuchen müssen.«

»Aber eins steht fest«, mischte sich Herbert Jenfeld ein, »eine Tagestour wird das nicht. Für einen Besuch müssen wir mindestens zwei Tage einplanen. Und am besten ist, man besucht mehrere Dörfer auf einer Tour.«

»Aber dann ist man ja eine ganze Woche unterwegs«, entsetzte sich Sabine.

Herbert zuckte mit den Schultern. »Ich sehe keine andere Möglichkeit. Wenn ihr wollt, übernehme ich die erste Tour.«

»Kommt überhaupt nicht infrage, du warst heute schon den ganzen Tag unterwegs, du kannst nicht morgen in aller Frühe schon wieder starten. Ich werde reiten.« Jack sah die anderen an. »Einverstanden?«

Sabine nickte ziemlich hilflos. Eine solche Tour traute sie sich einfach nicht zu. Wenn sie wenigstens den Umgang mit den Kamelen vorher lernen könnte. Aber das Reiten war noch nie ihr Hobby gewesen. Die Reitstunden in der Kindheit und die späteren Turniere hatte sie absolviert, weil die Eltern das wollten, und dabei war ein Pferd nur halb so groß wie ein Kamel – jedenfalls kam ihr das so vor …

Jack erriet ihre Gedanken und erklärte: »Ich habe mich heute den ganzen Tag lang erholt, ich werde reiten. Joano soll mir den Führer besorgen, ihr packt mir die Medikamente ein, und dann geht es beim ersten Tageslicht los.«

Aber so schnell ging es dann doch nicht. Die Männer im Dorf hatten zwar die Holzgestelle gebastelt, die als Sattel dienen sollten, und ein paar Frauen hatten aus Palmwedeln Matten geflochten, die daruntergelegt werden konnten, damit das Holz die Kamelrücken nicht scheuerte, aber es gab noch ein anderes Problem:

Die Stute hatte ein dick angeschwollenes Euter und anscheinend große Schmerzen, ließ aber das Fohlen nicht saugen.

Die Frauen aus dem Dorf holten die Ärzte zu Hilfe, und Joano übersetzte: »Kamel mit Schmerzen, nix trinken lassen Baby. Angst vor mehr Schmerzen.«

Ratlos standen die Ärzte daneben und sahen zu, wie zwei Männer die Stute festzuhalten versuchten, während zwei andere das Fohlen an das Euter hielten. Das kleine Tier hatte Hunger, das sah man, aber die Stute biss um sich und trat nach ihrem Fohlen. »So geht das nicht«, rief Sabine schließlich. »Bringt das Fohlen außer Sichtweite, dann soll eine Frau versuchen, die Stute zu melken, vorsichtig und mit eingecremten, weichen Händen. Wartet, ich hole Creme, und dann füllen wir die Milch in Flaschen und geben die dem Fohlen.«

Herbert lachte verhalten: »Ein Kamelfohlen, das aus Flaschen trinkt, wie stellst du dir das vor?«

Aber Sabine war schon unterwegs zur Station. Kurz darauf kam sie zurück mit zwei leeren Wasserflaschen, einer Dose Handcreme und mit einem Karton voller – Kondome. Fassungslos starrten die Ärzte sie an. »Lacht nicht, die Dinger haben wir in Hülle und Fülle, weil die Männer hier sie ablehnen. Ich werde zwei übereinander ziehen, vorn ein kleines Loch hineinschneiden und die Dinger über einen Flaschenhals stülpen. Damit werden wir dieses ausgehungerte Fohlen garantiert aufpäppeln.«

Alle klatschen Beifall, sogar die Einheimischen, als sie sahen, was die Ärztin vorhatte, und eine der Frauen kam und meldete sich zum Melken.

»Ist bestes Frau«, beteuerte Joano, »hat viel Ziegen, kann das gut.«

Sie cremte sich die Hände ein, eine zweite Frau hielt einen kleinen Eimer unter das Euter, und während die Männer vorn die Stute beruhigten, begann die Frau zu melken. Die Stute, die zunächst ängstlich brüllte, beruhigte sich langsam, sie spürte die Erleichterung und stand schließlich ganz still, bis das Euter entleert war.

Mit einem Trichter füllten die Frauen schließlich die Milch in eine der Flaschen, und Sabine ging damit zu dem Fohlen, das hinter einer der Hütten matt im Sand lag, und hielt ihm die Flasche vor das Maul. Zuerst wusste das Tier nicht damit umzugehen, aber Sabine, mit dem Geruch der Stute an den Händen, strich dem Fohlen mehrmals über die Nüstern und hielt ihm dann wieder die Flasche hin. Und es dauerte nur ein paar Sekunden, da hatte das kleine, schwache Tier begriffen, dass mit dieser Flasche sein Hunger gestillt wurde. Die zweite Flasche brachte Sabine in den Kühlschrank der Krankenstation, in dem einige, aber eigentlich viel zu wenige kühl zu haltende Medikamente lagerten. Für zwei Portionen reicht die Milch, dann ist die Stute hoffentlich wieder zurück, dachte sie und bat Jack: »Bitte sorge dafür, dass die Stute in den Dörfern gemolken wird. Die Frauen können die Milch behalten, aber dann musst du sie schnell zurückbringen, das Fohlen wartet hier auf Nachschub.«

»Himmel, an was muss ich noch alles denken«, grinste Jack, »aber für dich tu ich alles – das heißt, natürlich für das Kamel.«

Mit Verspätung machte sich Jack Limon schließlich auf den Weg. Er würde durch eine Savanne nach Westen reiten, in der wenigstens die Kamele dorniges Gestrüpp und damit Futter finden konnten. Zum ersten Mal würde einer der Ärzte auf Nachkommen der äußerst scheuen Buschmänner treffen, von denen bekannt geworden war, dass diese Menschen besonders schwer unter HIV-Infizierungen zu leiden hatten.

Jack hatte sich seinen Schlafsack über das Sattelgestell gelegt und auch das Aufstehen der Stute gut überstanden. »Erst vorne hoch, dann hinten, dann wieder vorne. Man muss sich festklammern, dann übersteht man die Schwankungen«, lachte er und winkte von oben herunter auf die Menschen, die den Start der kleinen Karawane bestaunten. »Beim Absteigen geht es dann umgekehrt.«

Bidhuum, der eigentlich der zweite Jeepchauffeur sein wollte, hatte sich bereit erklärt, die Führung zu übernehmen, und ritt nun vorneweg, den Strick, mit dem Jacks Stute geführt wurde, an seinem Sattelgurt befestigt. Sabine und Herbert sahen der kleinen, schwer beladenen Karawane voller Sorge nach. Sie wussten, dass sie die nächsten Reiter waren, die sich auf die Strapazen dieser Reise begeben mussten.

Am Mittag des nächsten Tages, Sabine war gerade wach geworden, denn sie hatte in der letzten Nacht die Kranken versorgt, schreckte das ohrenbetäubende Knattern eines Helikopters die Menschen aus ihren Hütten. Sabine rannte nach draußen und sah, wie der große Flugapparat den Sand hinter den Hügeln aufwirbelte und dann kurz hinter den Weidezäunen landete.

Sabine und Herbert liefen erwartungsvoll zur Landestelle. Ein Einheimischer in einem Overall ließ eine Falltreppe herunter, und dann stieg Artur Heichinger, der Leiter der Zentrale in Gaborone, aus dem Helikopter. Mit ausgebreiteten Armen kam er auf seine Mitarbeiter zu und umarmte beide, als er sie erreichte.

»Himmel, bin ich froh, Sie zu sehen. Zweimal hat der Pilot sich zwischen Tshabong und Zarambone verflogen, dieses winzige Dorf hier hinter den Sandbergen ist wirklich kaum zu finden. Aber jetzt brauchen wir erst einmal Männer, die den Helikopter entladen, ich habe massenweise Hilfsmittel und Medikamente mitgebracht.« Und an Sabine gewandt: »Wie haben Sie das nur geschafft? Wir haben Berge von Sachen aus Deutschland bekommen. Ich kann vier Stationen damit versorgen. Und stellen Sie sich vor, es wurde alles gespendet.«

Sabine war sprachlos vor Freude. Wie wunderbar, dachte sie, wie wunderbar, Freunde zu haben. Jochen Bellmann hat es tatsächlich geschafft. Aber bevor sie antworten konnte, stieg ein anderer Weißer aus der Maschine, und Heichinger stellte ihn vor. »Das ist Jobst Bürger, unser Ingenieur. Er hat die Chance genutzt, mit uns zu fliegen, so kann er gleich nach dem Generator sehen und nach den anderen technischen Geräten und muss nicht in der nächsten Woche extra herkommen.«

Alle reichten sich die Hände, und Sabine atmete auf. Sie hatte ständig Angst um den Generator gehabt. Es war ja kaum vorstellbar, was passieren würde, wenn das alte Gerät ausgefallen wäre.

Joano rief Männer herbei, die den Helikopter entluden, während er selbst bestimmte, wohin die Kartons, Kisten und Metallbehälter gebracht werden sollten.

Die vier Weißen setzten sich zu einer Besprechung neben das Küchenzelt und ließen sich Tee bringen. Dann fragte Heichinger nach der Arbeit, ihrem Ergehen, nach Problemen und besonderen Ereignissen. Und Herbert und Sabine berichteten. Sie schilderten die großen Probleme und die kleinen Erfolge, die sie mit ihrer Arbeit hatten, und vor allem erzählten sie von dem Verlust des alten Autos und der Strapaze, jetzt mit Kamelen die Arbeit verrichten zu müssen.

»Herr Heichinger«, bat Sabine, »wir brauchen unbedingt einen anderen Wagen. Wir haben nicht die Zeit für die langsamen Kamelritte. Was wir früher an einem Tag erledigen konnten, dafür brauchen wir jetzt mehrere Tage. Unser ganzer Terminplan kommt ins Wanken, weil wir hier nur noch zwei Ärzte sind und einer davon durch den Nachtdienst den nächsten halben Tag auch noch ausfällt. Und dann die Stationen draußen, die auf unsere regelmäßigen Besuche angewiesen sind. Es ist wirklich nicht zu schaffen ohne Auto.«

Nachdenklich schüttelte Heichinger den Kopf. »Wie Sie wissen, arbeiten wir seit Monaten am Limit. Ich spare zwar durch Ihre Hilfe, Doktor Büttner, einen Teil der Kosten für Medikamente ein, die wir umsonst bekommen haben, aber ich weiß wirklich nicht, wie ich den Kauf eines Autos finanzieren soll. Und mit einem billigen Wrack ist Ihnen schließlich auch nicht geholfen.«

»Ich würde mich an den Kosten beteiligen, Herr Heichinger. Wir sind hergekommen, um als Ärzte zu helfen, und nicht, um als Kamelreiter tagelang durch die Wüste zu ziehen.« Sabine ärgerte sich. Sie hatte durch die Medikamentenspenden der Organisation so viel Unkosten erspart, warum zeigte man sich jetzt nicht etwas großzügiger? Sie war bereit zu helfen, aber sie erwartete auch ein gerechtes Maß an Entgegenkommen, wenn es um so notwendige Anschaffungen wie einen Jeep ging, von dem schließlich die Krankenversorgung in weiten Teilen dieses Wüstengebietes abhängig war.

»Ich kann Ihre Sorgen verstehen, Frau Doktor Büttner, aber ich muss auch an die vielen anderen Stationen denken, die ständig auf Unterstützung von der Zentrale angewiesen sind.«

Sabine schüttelte ungeduldig den Kopf. »Wenn wir nicht ein Fahrzeug bekommen, können wir diese Station in kurzer Zeit schließen. Wir Ärzte sind bereit, unsere Zeit und unsere Kraft und unser Wissen in diese Arbeit einzubringen, nicht aber unsere Gesundheit und unsere seelische Kraft. Wir werden nämlich zu Hause auch noch gebraucht.«

Herbert Jenfeld versuchte zu vermitteln. »Sabine, wollen wir nicht erst einmal abwarten, bis Jack zurückkommt, vielleicht war es gar nicht so schlimm, wie wir befürchten.«

»Ich weiß genau, was er sagen wird, nach einem tagelangen Ritt in glühender Sonne, immer die Zeit im Blick, die vergeht, während vor ihm, irgendwo in der Savanne, Menschen vor Schmerzen wimmern und auf ihn warten. Er wird sagen: ›So geht das nicht.‹«

Verärgert stand sie auf und holte frischen Tee aus dem Küchenzelt. »Herr Heichinger, ich mache das nicht mit. Sie müssen Prioritäten setzen, und an erster Stelle muss die Möglichkeit stehen, die Menschen, die unsere Hilfe brauchen, auch erreichen zu können. Selbst Medikamente stehen da an zweiter Stelle, denn zuallererst ist unser Wissen gefragt und unsere Hilfe, selbst wenn sie nur aus Worten bestehen sollte.«

Auch Heichinger wurde jetzt etwas lauter. »Meine Lieben, verstehen Sie doch, mir sind die Hände gebunden. Ich muss ja nicht nur die Kranken versorgen, ich muss mich auch nach den sozialen Verhältnisse in dem von uns betreuten Gebiet richten. Da gibt es eine Großmutter, die elf Enkelkinder allein betreuen muss, weil die Eltern an Aids gestorben sind. Die Frau braucht keine Krankenversorgung, die braucht Lebensmittel, um diese Kinder satt zu machen, und die Kinder brauchen keine Medikamente, sondern Kleidung und ein Dach über dem Kopf. Ich richte Bolzplätze ein, um Jungs von der Straße zu holen, und ich richte Küchen ein, um halb verhungerte Menschen zu sättigen. Ich bin Sozialarbeiter, und die Regierung kontrolliert meine Arbeit. Dass ich Ärzte einsetze, ist nichts weiter als eine Notmaßnahme, die ich erkannt habe. Was wissen Sie schon von den Schwierigkeiten, die ich habe.« Verärgert lief Heichinger hin und her.

Sabine ließ sich nicht beeindrucken. »Ich bewundere Ihre Arbeit und die Geschicklichkeit, mit der Sie Ihre Probleme lösen. Ich aber bin als Ärztin hier, mir sind kranke Menschen anvertraut, und um die kümmere ich mich mit meiner ganzen Kraft. Da interessiert mich ein Bolzplatz wenig, das müssen Sie verstehen.«

Herbert Jenfeld war ebenfalls aufgestanden. »Es hat keinen Zweck, hier über Prioritäten zu streiten, wir müssen alle unsere Arbeit machen, soweit das möglich ist, und wenn es nicht mehr geht, Herr Heichinger, dann müssen wir die Arbeit einstellen. Ich sehe die Probleme, die Sie haben, und ich verstehe Ihre Maßnahmen. Sie müssen aber auch begreifen, dass wir unter Bedingungen, die unsere Arbeit blockieren, nicht arbeiten können.«

»Es gibt Wüstenärzte, die auf ihrem Kamel von Karawane zu Karawane ziehen, um die Kranken zu versorgen, die schaffen es doch auch, meine Lieben.«

»Wir sind weder Wüstenärzte noch Kamelreiter noch Einheimische, die mit den Situationen der Wüste aufgewachsen sind, denn um Einheimische handelt es sich bei diesen Medizinern, die meistens keine studierten Ärzte sind, sondern ihre Heilmethoden den Schamanen abgeschaut haben. Und warum auch nicht. Sie sind den Nomaden willkommen, wir sind es nicht«, erklärte Sabine aufgebracht. »Kaum ein Nomade schluckt unsere Pillen, die Einheimischen hier in den Dörfern aber warten auf uns. Sie vertrauen uns, sie hören auf uns, weil wir sie so erzogen haben. Erzogen in Anführungszeichen, denn bevor wir Ärzte kamen, sind sie mit ihren Krankheiten allein fertig geworden, recht und schlecht natürlich, aber jetzt haben wir sie an unsere Hilfe und an unsere Medikamente gewöhnt, jetzt können wir sie nicht mehr im Stich lassen, zumal es oft genug Weiße waren, die Krankheiten hier eingeschleppt haben.«

Etwas fassungslos über diesen Streit standen sich die drei Weißen gegenüber. Schließlich sagte Herbert: »Schluss jetzt. Die Diskussion hilft uns auch nicht weiter. Herr Heichinger, wir brauchen ein Auto. Wie sind die Chancen?«

»Keine Chance, Doktor Jenfeld.«

Unbemerkt war der Ingenieur hinzugekommen. »Haben Sie Probleme, um was geht es denn?«

»Wir brauchen ein Auto für die Krankenbesuche in den auswärtigen Stationen.«

»Und Sie haben keins?« Etwas ungläubig sah der Mann die anderen an.

»Nein, wir reiten zurzeit auf Kamelen zu den Kranken.«

»Aber das geht doch nicht. Was ist denn mit Ihrem alten Jeep, soll ich ihn mal ansehen?«

»Danke, er liegt in der Wüste und ist nur noch ein Schrotthaufen.«

»Herr Heichinger, in Tshabong gibt es doch einen Händler mit gebrauchten Geländewagen, da ist doch sicher ein brauchbares Stück darunter.«

»Und womit bezahle ich dieses brauchbare Stück?«

Sabine unterbrach ihn. »Ich habe angeboten, die Kosten zu übernehmen.«

»Na also, wenn das kein Angebot ist«, freute sich Jobst Bürger.

»Ich brauche eine Spende sehr viel dringender für einen neuen Generator in Rualambor. Dort gibt es keinen Strom mehr, und was das bedeutet, brauche ich ja kaum zu erzählen.«

Sabine spürte einen kleinen Stich in der Herzgegend, riss sich aber sofort zusammen. Hier legt es einer auf meine Großzügigkeit an, dachte sie. Ich reiche den kleinen Finger, und man will gleich meine ganze Hand. Nein, dachte sie, mit mir nicht.

Alle sahen sie erwartungsvoll an. »Ich bin bereit, die Kosten für einen gebrauchten Jeep zu übernehmen, mehr ist nicht möglich.« Sie sah den Ingenieur an. »Wenn Sie bereit sind, mir so einen Wagen zu beschaffen und den dann hierher zu bringen, bekommen Sie den entsprechenden Scheck von mir. Einen Generator kann ich nicht zusätzlich finanzieren.«

Herbert Jenfeld atmete auf, auch er hatte genau gespürt, worauf dieses Gespräch hinauslief. Spenden sind wunderbar, aber erpresste Spenden darf es nicht geben. Er wusste, dass Sabine großzügig sein konnte, und ahnte auch, dass sie sehr wohlhabend war. Aber er fand es unhöflich und dreist, immer neue Forderungen zu stellen.

Jobst Bürger und Sabine Büttner besiegelten ihr Vorhaben mit Handschlag. »In zwei Tagen haben Sie Ihren Wagen, Frau Doktor«, versprach er, und Sabine holte einen Scheck aus ihrer Schlafkammer. »Hier, es ist eine Anzahlung, den Rest bekommt der Händler, wenn der Wagen hier ist. Und bitte kontrollieren Sie ihn ganz genau, wir sind Laien in dieser Beziehung. Ach ja, ein paar Reserveräder brauchen wir natürlich auch.«

»Sie können sich auf mich verlassen.«

Eine Stunde später startete der Helikopter, einen leicht mürrischen Sozialarbeiter und einen vergnügten Ingenieur an Bord.

Vier Tage später kamen Jack Limon und Bidhuum zurück. Jack glitt von dem Kamel und blieb im Sand liegen. »Ich kann nicht mehr. Ich bin total kaputt. Bitte bringt mich auf einer Trage in meine Kammer«, flehte er Sabine an, die ihm zu Hilfe eilte.

»Mein Gott, was ist denn passiert?«

»Mein Körper ist total zerschunden. Von wenigen Stunden abgesehen habe ich fast eine ganze Woche auf dem Kamel gesessen. Es gibt keinen einzigen Knochen, der mir nicht wehtut. Bitte tragt mich in mein Bett.«

Sabine wusste nicht, ob sie lachen oder weinen sollte. Aber der Mann sah tatsächlich so schlecht aus, dass ihr Mitleid überwog. Sie rief zwei Männer, die Jack auf einer Trage in seine Kammer brachten. Als sie versuchte, ihm beim Ausziehen zu helfen, und ihn untersuchen wollte, rief er entsetzt: »Du doch nicht, Sabine, bitte schick' mir den Herbert her.«

Aber Sabine schüttelte den Kopf. »Das geht nicht, Jack, Herbert ist mit Joano und unserem neuen Jeep unterwegs, vor heute Abend erwarte ich ihn nicht zurück.«

»Ein neuer Jeep? Und mich lasst ihr bis zum Umfallen auf einem Kamel reiten?«

»Wir haben das Auto erst seit zwei Tagen.« Und dann berichtete sie von dem Besuch der Stationsleitung und wie es zu dem Wagen gekommen war. Und während sie ihm die ganze Geschichte erzählte, zog sie ihn aus, kühlte das strapazierte Gesäß mit Umschlägen, salbte delikate Stellen vorsichtig ein und deckte ihn zum Schluss ganz fest zu. »Und jetzt muss ich wieder an die Arbeit, zurzeit bin ich allein in der Station.«

Draußen versorgten die Einheimischen die Kamele, und Sabine hörte, dass sie der Stute die Milch abnahmen und das Fohlen damit fütterten. Gott sei Dank, dachte sie, dass Jochen Bellmann sogar Trockenmilch mitgeschickt hat, damit konnten wir das Tierchen vor dem Verhungern retten, während die Mutter unterwegs war. Aber jetzt bekommt es die gute, fette Stutenmilch wieder, die es braucht.

XV

Jack brauchte vierundzwanzig Stunden, bis er wieder aufstehen konnte. Ruhelos drehte er sich auf dem harten Brettergestell mit dem Strohsack als Matratze hin und her, träumte von den langen Nächten in der Wüste, die er unter freiem Himmel in seinem Schlafsack verbracht hatte, und von der Angst, die Gesellschaft einer Schlange oder eines Skorpions ertragen zu müssen. Nicht einmal das Kreuz des Südens, dem er so nah war wie noch nie in seinem Leben, konnte ihn über die Ängste vor so unliebsamen Mitschläfern hinwegtrösten.

Sabine kümmerte sich rührend um ihn. Alle paar Stunden kam sie und brachte ihm frischen Tee, kühlte seine geschundenen Gesäßmuskeln mit feuchten Tüchern, massierte seinen Rücken und sprach ihm Mut zu. Viel Zeit dafür hatte sie nicht, denn Herbert Jenfeld hatte sich bereit erklärt, während der Ruhephase von Jack die Außenstationen zu betreuen, und war die ganze Zeit unterwegs, sodass Sabine die Krankenstation allein versorgen musste. Und da einige Fälle von akuter Diarrhö mit schweren Blutungen im Dorf aufgetreten waren, deren Ursache sie noch nicht kannte und die deshalb so beunruhigend waren, hatte sie alle Hände voll zu tun. Außerdem gab es zwei schwangere Frauen, die sich weigerten, zur Entbindung in die Station zu kommen, bei denen aber Komplikationen mit den Erstgeburten zu erwarten waren, sodass Sabine immer wieder in die Hütten laufen musste, um zu sehen, wie weit der Geburtsvorgang fortgeschritten war.

Alles in allem, dachte sie, ist der Umgang mit den Einheimischen schwerer, als ich mir das vorgestellt habe. Die Zivilisation lässt sich nicht so einfach auf sie übertragen, wie ich gedacht habe. Sie haben nach wie vor ihre eigenen Traditionen, und sie sind stolz auf ihr Leben. Sie kennen es nicht anders, und sie wollen es nicht anders. Nur wenn wir das erkennen und akzeptieren, können wir ihnen überhaupt etwas näherkommen. Es ist genauso, als müssten plötzlich wir mit und von der Natur leben. Vier Wochen mit ihnen zusammen zu sein, ist viel zu kurz. Vor lauter Betreuungsarbeit kommen wir gar nicht dazu, ihre Gedanken und Gefühle kennenzulernen. Eigentlich ist alles, was wir tun, auch wenn es im Augenblick hilfreich aussieht, oberflächlich. Man müsste wirklich mit ihnen leben und die Bedingungen annehmen, unter denen sie existieren, um eine Ahnung von ihrem Dasein zu bekommen. Aber, wer hat dafür schon Zeit –

Öfter als erwartet dachte sie an Jack, der so selbstlos und hilfsbereit die Strapazen der Kamelreise auf sich genommen hatte, um kranken Menschen in der Wildnis zu helfen. Ihre anfängliche Skepsis seinen Plänen gegenüber verflüchtigte sich wieder, und sie begann, die kurzen, gemeinsamen Augenblick zu genießen, erzählte ihm kleine Erlebnisse aus der Heide und fragte ihn nach seinem Leben in London. Langsam stellte sie fest, dass er ein liebenswerter, aber auch ein bedauernswerter Mann war, und aus ihrem Bedauern wurde Mitleid und aus dem Mitleid langsam Zuneigung.

Sabine war eine starke Frau. Ihre Stärke war aus Enttäuschungen und Verlusten gewachsen und half ihr über persönliche Rückschläge hinweg. Dennoch sehnte sie sich nach menschlichem Halt, nach Zweisamkeit und gegenseitigem Vertrauen, nach Liebe und Zärtlichkeit. Und so begann sie, ihre freien Minuten mit Jack zu teilen und ihm ihre Zuneigung zu zeigen.

Jack war überrascht. Er wusste nicht, wie er sich verhalten sollte. Er wollte diese kleinen Beweise einer Zuneigung genießen, wagte aber kaum, sie zu erwidern. Er hatte in den ersten Gesprächen ihrer gemeinsamen Abende gespürt, wie empfindlich Sabine reagierte, wenn er ihr zu nahekam – nur mit Worten –, aber das genügte schon. So war er zurückhaltend und vorsichtig und ließ sich erst einmal nur verwöhnen.

Aber die Zeit seiner Rekonvaleszenz verging wie im Fluge, und nachdem er sich einen Tag und eine Nacht lang erholt hatte, wartete die Arbeit wieder auf ihn. Mehr Arbeit als zuvor, denn Joano fiel in der Station aus. Er musste sich um seinen Sohn kümmern, der sehr verzweifelt war, unter großen Schmerzen litt und inzwischen zu Hause in der Hütte lebte, weil die Betten für akute Fälle gebraucht wurden. Bidhuum, der als Chauffeur für Adhamo eingesprungen war, brachte Herbert Jenfeld täglich zu den Kranken, und in der Station vom Zarambone häufte sich die Arbeit.

Nach einigen Gesprächen hatten die drei Ärzte beschlossen, dass Herbert weiterhin täglich in die Dörfer fuhr, während Sabine und Jack sich die Arbeit in der Station teilten. Sie machten abwechselnd von Mittag bis Mitternacht und von Mitternacht bis Mittag Dienst und sahen sich nur noch in den kurzen Augenblicken, in denen einer dem anderen die Arbeit übergab. Für beide war es eine Erleichterung, nach zwölf Stunden Arbeit zwölf Stunden Ruhe zu haben, dennoch half einer dem anderen bei schwierigen Fällen, und die gab es täglich.

Aber wenn dann um Mitternacht endlich etwas Ruhe herrschte, blieben sie für eine Weile zusammen unter dem Kreuz des Südens, genossen die Stille, die Gemeinsamkeit, die Nähe des anderen und dehnten dieses Zusammensein immer weiter aus. So kam es, dass bei dem Zusammensein aus kleinen, versehentlichen Berührungen Zärtlichkeiten wurden und aus den Zärtlichkeiten gegenseitiges Verlangen. Jack war ein rücksichtsvoller Liebhaber, und Sabine genoss seine behutsame Art, sie zu verführen. Sie hatten ein paar Decken neben dem Eingang zur Station in den Sand gelegt, so konnten sie hören, wenn drinnen nach einem Arzt verlangt wurde oder wenn es im Dorf unruhig wurde. Da lagen sie dann nebeneinander, schauten hinauf in die Weite des Himmels und lauschten auf die leisen Töne der Wildnis, die nie verstummten.

Sabine schmiegte sich eng an Jack und dachte an den Abschied, der ihnen in einer knappen Woche bevorstand. Er hatte sich entschlossen, zu seinem Bruder nach Namibia weiterzureisen, und sie zögerte, ihn zu bitten, sie nach Deutschland zu begleiten.

Sanft glitten ihre Finger über seine nackte Brust. »Ich werde dich und diese nächtlichen Stunden sehr vermissen«, flüsterte sie. Er zog sie enger an sich. »Du fehlst mir jetzt schon, wie soll das bloß weitergehen?«

Sie drehte sich zu ihm um, ihr Atem streifte seine Brust, und er küsste sie auf die Stirn. Ihr Haar duftete nach frischer Seife und nach Wüstensand. Ein Duft, den er nie vergessen würde. »Es ist nicht richtig«, stöhnte er, und sie fragte leise: »Was ist nicht richtig?«

»Dieses Abschiednehmen. Wir kennen uns kaum, und schon trennen sich unsere Wege.«

»Die Welt ist so klein geworden, Jack, wir werden uns wiedersehen.«

»Aber wann und wie? Ich liebe dich, aber die Welt, die uns trennt, ist unüberwindlich groß.«

»Ich liebe dich auch, wir müssen eben Geduld haben.«

»Geduld und Liebe sind nicht miteinander vereinbar. Bei mir jedenfalls nicht.«

»Wie meinst du das?«

»Meine Liebe fordert Taten, Bestätigungen, Ergebnisse. Meine Liebe will dich, und du tendierst zur Geduld.«

»Ich möchte, dass wir Zeit haben, uns aneinander zu gewöhnen.«

»Bei Tausenden von Kilometern zwischen uns, wie stellst du dir das vor?«

»Nimm die Entfernung als Prüfung an. Dann wird sich zeigen, wie groß die Liebe zwischen uns ist. In diesen romantischen Nachtstunden ist es leicht, von Liebe zu reden, was aber bleibt im täglichen Leben davon übrig?«

»Wie kann man nur so skeptisch sein?«

»Ich bin nicht skeptisch, nur vorsichtig. Wir haben beide schlechte Erfahrungen hinter uns.«

»Aber man muss an neue, schönere Erfahrungen glauben, sonst kann man doch gleich die ganze Zukunft vergessen.«

»Jack, ich habe zweimal ganz fest an die Liebe geglaubt und habe sie zweimal verloren, das lässt sich nicht so leicht vergessen.«

»Ich weiß, ich habe Ähnliches hinter mir, aber ich habe den Mut zu einem neuen Anfang.«

»Ich habe den Mut noch nicht, Jack. Ich brauche noch ein bisschen Zeit, oder sagen wir, ich brauche noch etwas Geduld. Und in der Zwischenzeit können wir uns treffen, du wirst nicht immer in Namibia bleiben, und ich bin auch reisefreudig. Warum sollten wir uns nicht hin und wieder sehen und dann feststellen, was aus dieser Liebe geworden ist?«

Jack wurde ungeduldig. Er wollte unbedingt die Nähe zu Sabine erhalten. Er wollte sie nicht fortlassen, sie konnte seine Zukunft sein, und daran wollte er festhalten. Die Reise zu dem Bruder war für ihn nur eine Ausrede, um sie glauben zu machen, er käme auch allein zurecht, in Wirklichkeit aber wollte er sie an sich binden, bei ihr bleiben, diese feste Stütze in seinem Leben erhalten. Sie war so stark, so zärtlich, so verständnisvoll – nur diesen letzten Schritt hatte sie ihm bis jetzt vorenthalten. Sie hatte ihn nicht gebeten, sie zu begleiten. Wie viel Zeit blieb ihm noch? Drei, höchstens vier Nächte konnten sie noch allein unter diesem Sternenhimmel verbringen, dann drohte die Trennung.

Und die würde endgültig sein, das spürte er.

Er schmiegte sich wieder enger an sie. Aber Sabine entzog sich ihm und stand auf. »Sei nicht böse, Jack, aber ich muss jetzt ins Bett. In einer Stunde fängt der neue Tag an, und ich habe noch keine Minute geschlafen.«

Jack wusste, dass es keinen Zweck hatte, Sabine zu irgendetwas zu überreden. So stand er ebenfalls auf. »Ist gut, meine Liebe, ich muss auch an die Arbeit. Schlaf schön und träume ein bisschen von mir. Wir sehen uns später.«

Die nächste Nacht hätte er gern besser vorbereitet. Romantischer müsste das alles werden, überlegte er. Aber hier gibt es einfach nichts, was man dafür brauchen könnte: keinen Alkohol, keine Kerzen, keine Blumen, einfach nichts. Ärgerlich sah er sich um. Mitschleppen konnten wir nichts, vorgesorgt hat hier auch keiner, wie um alles in der Welt soll da eine romantische Stimmung aufkommen? Die Sterne, das Kreuz des Südens? Allein die Entfernung zwischen Himmel und Erde sorgte dafür, dass die Gefühle verblassten. Der erste Rausch, das A und O der Bewunderung, waren vorbei, was blieb, war eine kühle Nacht, in der man sich verloren vorkam.

Jack war enttäuscht: von der Situation, von dem Milieu und von der Trostlosigkeit, mit der sie eigentlich jeden Tag kämpfen mussten. Sein Enthusiasmus für den ehrenamtlichen Einsatz war längst verflogen und seine Hoffnung auf irgendeine Änderung in seinem Leben eben auch. Blieb ihm der Traum von einem gemeinsamen Leben mit der wohlhabenden Ärztin an seiner Seite. An meiner Seite?, überlegte er. Schön wäre es. Der Abschied steht vor der Tür, also muss ich etwas tun. Jetzt, sofort, aber was? Nicht einmal ein romantisches Essen kann man in dem Küchenzelt bestellen. Außer Fladenbrot und Maismehlbrei und Wurzeln und Antilopenfleisch ist kaum etwas anderes auf dem Speiseplan, und sogar Tee und Kaffee werden knapp. Was also kann ich Sabine bieten? Nichts, außer meinem Körper, und ich fürchte, den will sie nicht.

Aber dazu kam es nicht mehr. Herbert Jenfeld wurde am Mittag des nächsten Tages halb tot in die Station gebracht. Bidhuum kam in rasendem Tempo in das Dorf. Hühner, Kinder und Ziegen stoben entsetzt auseinander, und es grenzte an ein Wunder, dass es keine Verletzten gab. Eine Wolke von Sand umgab den Jeep, als er mit kreischenden Bremsen vor der Krankenstation hielt. Jack und auch Sabine, die den Nachmittag damit verbrachte, die Abschlussberichte der gemeinsamen Arbeit zusammenzustellen, stürzten nach draußen.

Bidhuum schrie und weinte, und keiner konnte ihn verstehen. Das war aber auch nicht nötig, denn was die Ärzte sahen, war deutlicher als Worte: Im Fond des Jeeps lag Herbert Jenfeld – zusammengekrümmt und bewusstlos. Während die Ärzte und zwei Gehilfen versuchten, ihn aus dem Wagen zu heben, kam Joano angerannt, und er verstand endlich, was Bidhuum schrie. »Eine Mamba hat gebissen, eine vier Meter lange Baummamba hat ihn in Schulter gebissen. Ist fast tot, der Doktor«, rief er den Ärzten zu.

Sie schleppten den Bewusstlosen auf den Operationstisch, und während Jack versuchte, den Verletzten zu entkleiden, lief Sabine zum Kühlschrank, um ein Gegenmittel zu suchen. Mit Entsetzen stellte sie fest, dass es kein Mittel gegen Mambagift gab. Oh Gott, dachte sie, was machen wir jetzt? Klar, Mambas sind hier im Süden eher selten, damit rechnet man nicht, aber nun ist es doch passiert. Er stirbt uns unter den Händen weg. Sie lief zum OP-Tisch und half Jack beim Ausziehen. »Wir haben kein Gegenmittel«, schluchzte sie entsetzt.

»Wir müssen die Stelle weitgehend herausschneiden, vielleicht retten wir ihn damit.« Sabine griff zu der Äthermaske, Jack legte die Instrumente neben sich auf einen Tisch. Für sterile Vorsichtsmaßnahmen blieb keine Zeit. Hier ging es um Sekunden. Als sie Herberts Oberkörper entkleidet hatten, sahen sie die Bissstelle über dem Armansatz oben im Schultergelenk. Aber was noch schlimmer war, der Arm, die Schulter, der halbe Oberkörper waren dunkelblau angeschwollen und steinhart.

Jack schüttelte den Kopf und Tränen traten ihm in die Augen. »Da können wir nichts mehr machen, Sabine«, flüsterte er und wischte sich über die Augen.

Sabine und die beiden Pflegerinnen sahen ihn entsetzt an. »Natürlich müssen wir was machen. Los, Jack, vielleicht verliert er den Arm, aber wenn wir …«

Eine der Pflegerinnen schüttelte den Kopf. »Herz steht still, Doktor«, flüsterte sie.

Und so starb Herbert Jenfeld vor ihren Augen, und keiner hatte helfen können.

Alle waren wie gelähmt. Fassungslos sah Sabine vom einen zum anderen. »Was machen wir denn jetzt? Er kann doch hier nicht so liegen bleiben.« Und vorsichtig begann sie, ihn wieder anzuziehen.

Als Jack sich von dem ersten Schock erholt hatte, half er ihr. Dann holte eine der Pflegerinnen ein weißes Tuch und bedeckte ihn. Jack räumte die Instrumente, die er für eine Operation herausgelegt hatte, wieder fort. Eine andere Pflegerin nahm die Schüssel, um die Sachen neu zu sterilisieren. Den beiden Frauen liefen die Tränen über die Wangen, auch Sabine konnte sich nicht mehr beherrschen.

Dann kam Joano. Der Tod des Arztes hatte sich im Dorf sehr schnell herumgesprochen. Auch Joano kämpfte mit den Tränen. Dann sagte er energisch: »Müssen in Erde. Zu heiß zum Warten.«

»Aber wir brauchen doch einen Sarg«, flüsterte Sabine erschrocken.

»Nichts Sarg, Doktor, weißes Tuch genug.«

Fassungslos sah Sabine die Männer an. »Und wir müssen seinen Tod doch melden, wem melden wir denn, dass er tot ist?«

»Ich habe keine Ahnung. Ich weiß nur, dass er tatsächlich nicht hier in der Hitze liegen bleiben kann.« Jack, genauso verstört wie Sabine, riss sich zusammen. »Wir stellen einen Totenschein aus und unterschreiben ihn beide. Dann müssen wir ihn hier beerdigen.« Und zu Joano gewandt: »Dürfen wir ihn neben euren Toten begraben?«

»Ich werden sagen Ältestem.« Damit verließ er die Krankenstation, und die beiden Ärzte setzten sich neben den Leichnam, jeder in der Erinnerung an den toten Freund versunken.

Dann kam Joano zurück und nickte. »Männer machen Grube, Frauen sammeln Gras. Bringen wir ihn hin.«

Nach einer knappen Stunde legten sie Doktor Herbert Jenfeld in die mit Gras ausgelegte Grube hinter dem Dorf. Er fand seine letzte Ruhe zwischen den Gräbern der Menschen, denen er bis zum letzten Augenblick geholfen hatte. Jack Limon hielt eine kurze Ansprache und würdigte die Arbeit des Freundes. Sabine betete ein Vaterunser und endete mit den Worten »Gott sei mit dir, lieber Herbert«. Die betroffenen Dorfbewohner, die die Sprache nicht verstanden, nickten zu diesen Worten, und die Pflegerinnen, bei Missionaren ausgebildet, bekreuzigten sich und weinten.

Wie sich später herausstellte – Joano hatte lange und in Ruhe mit Bidhuum sprechen müssen, bis dieser in der Lage gewesen war, das Unglück zu beschreiben –, hatten sie morgens in einem der Dörfer unter einem Baum geparkt, um den Wagen im Schatten abzustellen. Dann hatte der Arzt die Kranken versorgt, und als sie wieder in den Wagen einsteigen wollten, hatte der Doktor mit dem Arm einen langen dicken Ast weggeschoben, der bis in den Wagen hineinhing. Aber der Ast war kein Holz gewesen, sondern eine vier Meter lange Baummamba, die sofort zugebissen hatte. Der Doktor hatte in seiner Tasche nach einem Gegenmittel gesucht, aber nichts gefunden. Dann hatten der Arzt und Bidhuum versucht, die Bissstelle mit einem Messer herauszuschneiden, aber dabei hatte der Doktor dann das Bewusstsein verloren, und Bidhuum allein wusste sich nicht zu helfen. So hatte er den Arzt in den Fond des Jeeps gezerrt und war mit ihm zurück in ihr Dorf gerast. Zweimal hätte er ihn fast verloren, dann hatte er ihn mit Stricken festgebunden, und dann waren sie endlich hier angekommen. »Bidhuum jetzt weinen«, sagte Joano, selbst noch sehr ergriffen, »aber nicht konnten kommen schneller, sonst beide tot und Auto auch.«

Sabine und Jack begleiteten ihn zu Bidhuum und trösteten den jungen Mann. »Joano, sag ihm, er hat alles richtig gemacht. Er konnte seinem Doktor nicht mehr helfen. Eine Mamba ist tödlich, und wir haben kein Gegengift, weil diese Schlangen hier sehr selten sind.«

Zwei Tage später brachen Sabine Büttner und Jack Limon auf, um zurück nach Tshabong zu fahren, wo die Ablösung sie erwartete.

Diesmal ersparten sie sich den Fußmarsch und den Transport mit den Eselskarren. Sie hatten diesen neuen Jeep, und Bidhuum konnte sie fahren. Damals – war es tatsächlich erst vier Wochen her? – hatte man den alten Jeep nicht für die weite Strecke benutzen können, jetzt wollten sie sich selbst und den neuen Ärzten den Weg angenehmer machen. In Tshabong übergaben sie ihre Arbeit den neuen Ärzten, und dann brachte sie das alte Postflugzeug zurück nach Gaborone.

Nach einem abschließenden Gespräch mit Artur Heichinger von der Zentrale »Internationaler Ärzte-Einsatz« und den Formalitäten, die mit dem Tod von Herbert Jenfeld zusammenhingen, war die Arbeit für Jack Limon und Sabine Büttner in Botsuana beendet. Jobst Bürger, der Ingenieur der Zentrale, brachte sie zum Flughafen.

Beim Abschied bat Sabine ihn: »Ich möchte, dass Adhamo in Zarambone einen Rollstuhl bekommt. Er wird nie wieder laufen können, und ich habe dem Vater so einen Stuhl versprochen. Könnten Sie ihn besorgen?«

Bürger nickte. »Selbstverständlich, an was für einen Stuhl haben Sie gedacht?«

»Ich weiß nicht, was schlagen Sie vor?«

Bürger überlegte. »Der Wüstensand ist ein Problem. In dem tiefen Sand ist ein Stuhl nicht zu gebrauchen. Ich rate zu einem ganz normalen Rollstuhl, den jeder schieben kann und mit dem sich der junge Mann im Dorfgebiet mit dem festen Boden auch selbst fortbewegen kann. Außerdem sollte er ein Paar Krücken bekommen.«

Sabine nickte. »Da haben Sie recht. Würden Sie denn beides besorgen und bei Ihrem nächsten Flug nach Zarambone mitnehmen? Ich möchte Ihnen das Geld übergeben, ich fürchte, wenn ich es in der Zentrale hinterlege, Sie wissen selbst, wie es ist, dann gibt es so viele wichtigere Anschaffungen, für die das Geld gebraucht wird. Aber ich hab dem Vater den Stuhl für seinen Jungen versprochen, und ich halte meine Versprechen.«

»Selbstverständlich besorge ich Krücken und Rollstuhl, Sie können sich auf mich verlassen.«

»Danke. Bitte warten Sie einen Augenblick.« Sie hatten den Airport erreicht, und Sabine lief hinüber in die Wechselstube, um mit einem Scheck die notwendigen Dollar abzuheben. Die eigentliche Währung war zwar Pula, aber vieles konnte mit Dollar bezahlt werden. Dann übergab sie Jobst Bürger den Umschlag mit dem Geld. »Bitte kaufen Sie einen guten Stuhl und Krücken, wenn er schon nicht mehr wird laufen können, dann soll er wenigstens sehr gut ausgerüstet sein.«

Wenig später verabschiedeten sich die beiden Ärzte voneinander.

»Wir sehen uns wieder«, beschwichtigte Sabine den bedrückten Freund. »Wir sehen uns ganz bestimmt wieder. Du hast meine Adresse, und du kannst mich jederzeit anrufen oder besuchen.«

»Danke, Sabine, ich hätte mir mehr Zeit für uns erhofft, es sollte nicht sein. Vor allem hätte ich mir hier einen Abschied zu dritt gewünscht. Mit dem Verlust von Herbert müssen wir wohl beide erst noch fertig werden. Lass es dir gut gehen und vergiss mich nicht. Ich werde sehr oft an dich denken, das weiß ich jetzt schon.« Sie umarmten sich, dann trennten sich ihre Wege. Die Maschinen nach Namibia und Deutschland wurden aufgerufen.

XVI

Zwanzig Stunden später landete Sabine in Hannover. Es war ein schöner, warmer Frühsommertag. Sabine ging hinüber in das Parkhaus und holte ihren Wagen aus der Garage. Wenig später war sie auf der Autobahn in Richtung Soltau und dann auf der Landstraße nach Auendorf unterwegs. Sie freute sich auf ihr Zuhause und war doch sehr bekümmert. Die Not der Menschen in Botsuana, die unglaublich ärmlichen Verhältnisse in Zarambone, die mehr als bescheidene Hilfe, die sie als Ärzte hatten leisten können, und dann der schreckliche Tod von Herbert Jenfeld bedrückten sie sehr. Nur langsam kehrten die Erinnerungen und die Strapazen in ihr Bewusstsein zurück. Die Zeit, die ihr dort wie eine Ewigkeit erschien, war um so vieles zu kurz gewesen. Hätten sie länger bleiben sollen, intensiver helfen können, viel mehr tun müssen?

Ach Gott, sie seufzte, dabei haben wir doch getan, was wir konnten, warum habe ich jetzt das fatale Gefühl, versagt zu haben? Enttäuscht zu sein? Sie dachte an die primitiven Hütten aus Ästen und Fellen und Lehm, in denen die Menschen dort lebten, an die kärgliche Nahrung, mit der sie auskommen mussten, an die Angst vor der Dürre, die für ihre Tiere den Tod bedeuten würde. Jeden Tag gingen die Frauen zu dem Weiher, um den Wasserrückgang zu kontrollieren, und dabei bedeutete dieses kleine Gewässer Leben oder Tod für das gesamte Dorf. Selbst die Pumpe, die so oft versagte, war keine Sicherheit.

Ich muss mich mit einer Hilfsorganisation in Verbindung setzen, die Pumpen in den Dörfern bauen. Gute Pumpen, überlegte sie, Pumpen, die tief genug nach Wasser suchen. Ja, sie seufzte noch einmal, nächstes Mal kümmere ich mich um das Wasserproblem. Dennoch, ihre Bedrückung wich ein wenig, dennoch haben wir gute Arbeit geleistet. Wir haben keinen Kranken verloren. Wir konnten zwar nicht alle heilen, aber helfen konnten wir immer. Keiner ist gestorben. – Bis, ja, eben bis auf Herbert. Furchtbar, dass er umgekommen ist. Tränen verschleierten wieder ihre Augen. Aber diesmal wischte Sabine sie energisch fort und sah nach draußen. Die Sonne schien, die Wiesen waren grün geworden, und die Birken mit ihren frischen Blättern bogen sich im Wind. Es wurde Sommer. Und die Trauer wich der Freude über das Nachhausekommen. Afrika und das wunderschöne Kreuz des Südens, das war nun vorbei.

In der Ferne winkte der runde Feldsteinturm der St. Johanniskirche von Auendorf, und die Mühle von Immenburg, die im Jahr vorher vom Feuer zerstört worden war, grüßte mit ihren neuen Flügeln über die Heidehügel. Ja, sie war zu Hause angekommen.

Sabine schaltete das Radio aus, Verkehrsnachrichten brauchte sie nun nicht mehr. Sie hatte früh am Morgen von Frankfurt aus ihre Ankunft zu Hause durchgegeben und erfahren, dass in Haus und Praxis alles in Ordnung war. So konnte sie beruhigt heimkehren und sich auf das Wiedersehen freuen.

Lotti hatte das Gartentor bereits geöffnet und Jochen Bellmann seinen Wagen aus dem Carport gefahren, damit sie hineinfahren konnte. Mit fröhlichem Gebell kam Ronca als Erste aus dem Haus gestürmt.

Kein Mensch kann sich so freuen wie ein Hund, dachte Sabine, ließ sich von Ronca anspringen und übers Gesicht lecken und sah dabei hinüber zu Jochen Bellmann, der würdevoll in seinem weißen Kittel, das Stethoskop um den Hals, in den Garten kam, um sie zu begrüßen, während seine Frau Ina und Lotti abwartend in der Tür stehen blieben. Helga würde sie später begrüßen, sie musste sich um die Patienten kümmern.

»Hi, Afrika-Queen, herzlich willkommen zu Hause. Wie ist es dir ergangen?«

»So und so, Jochen, wir haben gelacht und geweint, aber das erzähle ich euch, wenn wir drinnen sind.«

Lotti kam und holte die Reisetasche aus dem Kofferraum, und Ina wartete an der Tür, bis sie Sabine begrüßen konnte. Sabine bedankte sich auch bei ihr für die Vertretung und bat dann: »Bitte seid nicht böse, aber ich muss zuerst unter die Dusche. Ich bin seit mehr als zwanzig Stunden unterwegs, und in Afrika hatten wir nur eine Dusche, bei der ein Mädchen mit einer Gießkanne Wasser über uns ausschütten musste. Das Wasser war verdammt knapp.« Und zu Lotti gewandt: »Wenn es Ihnen recht ist, können wir in einer halben Stunde essen. Es duftet köstlich.«

Lotti lächelte glücklich, wie gut, dass sie das Lieblingsgericht von der Frau Doktor in den Ofen geschoben hatte, nachdem die morgens ihre Ankunft angekündigt hatte. Als sie die Reisetasche nach oben bringen wollte, winkte Sabine ab. »Die kommt, so wie sie ist, in die Waschküche, Lotti, da drinnen ist nicht ein einziges Kleidungsstück, das nicht verschwitzt, schmutzig und voller Wüstensand ist.«

Sabine zog im Flur die schweren Stiefel aus, mit denen sie auch die Rückreise hatte überstehen müssen, weil sie einfach keinen Platz in der Tasche dafür gefunden hatte, dann lief sie leichtfüßig nach oben, während Jochen und seine Frau wieder in die Praxis gingen, um die letzten Patienten zu versorgen.

Sabine genoss ihr Haus, die frische Luft des Frühsommertages und die wunderbare Ordnung, die hier herrschte. Wie anders war das alles in Afrika gewesen. Wir waren fernab vom Leben und ihm doch so nahe wie sonst nirgendwo, überlegte sie und zog sich aus, um nicht noch letzte Sandreste im Zimmer zu verteilen. Dann aber genoss sie die wunderbare warme Dusche mit ihrem Wasserreichtum und die köstlich duftende Seife. Man muss einfach vier Wochen in Armut leben, um den Reichtum eines gepflegten Hauses wieder zu erkennen und zu genießen, überlegte sie, aber sobald ich weiß, wie ich es anfangen muss, schicke ich eine Wasserpumpe nach Zarambone. Und zwar eine, die so tief bohrt, dass die Menschen dort selbst bei größter Dürre genug Wasser haben.

Köstlich erfrischt, wenn auch sehr müde, denn sie hatte auf dem Rückflug nicht schlafen können, zu viele Erinnerungen an Zarambone waren durch ihren Kopf gewirbelt, kam sie zum Essen nach unten. Als sie den für drei Personen gedeckten Tisch sah, bat sie Lotti: »Ich möchte euch von Afrika erzählen, und deshalb wäre es schön, wenn wir alle zusammen essen würden.« Sie lachte Lotti an: »So, wie ich Sie kenne, reicht das Essen, und ich brauche meine Geschichte nicht zweimal zu erzählen.«

Als die letzten Patienten versorgt und die Praxisräume geschlossen waren, kamen Jochen, Ina und Helga herüber und nahmen nach der freudigen Begrüßung von Helga und Sabine Platz. Lotti servierte eine klare Brühe mit Markklößchen und Omelettstreifchen, Forellen mit Mandelblättchen, Rehrücken mit Preiselbeeren in Birnenhälften und zum Dessert flambierte Erdbeeren auf Cognacschaum. Es schmeckte köstlich, aber Sabine aß nur wenig und in kleinen Häppchen, sie durfte ihren Magen nicht strapazieren, denn nach der ärmlichen Versorgung in Afrika musste er sich erst wieder langsam an die deutsche Küche gewöhnen.

Sabine tröstete Lotti, die darüber traurig war: »Wissen Sie, ich habe vier Wochen lang in der Hauptsache von Fladenbrot, Maisbrei und Früchten gelebt, da muss ich jetzt vorsichtig sein. Aber ich esse gern heute Abend und morgen Mittag noch davon.«

»Hat man euch so schlecht verpflegt?«, fragte Jochen bestürzt.

Sabine zuckte mit den Schultern. »Wir mussten mit dem auskommen, was uns die Menschen dort angeboten haben, und es war immer das Beste von dem, was sie selbst hatten. Wir mussten auch sehr vorsichtig sein, um ihren Stolz nicht zu verletzen, denn mehr als diesen bescheidenen Stolz besaßen sie nicht.«

Und dann erzählte sie von ihrem Einsatz, von den Ängsten und Gefahren, von den Freuden und Erfolgen und von dem Tod Herbert Jenfelds. Vor allem aber bedankte sie sich für die großartigen Medikamentenspenden, die Jochen organisiert hatte. »Du glaubst gar nicht, was für einen Segen du über uns ausgeschüttet hast. Wir waren so hilflos, als wir mit leeren Händen helfen sollten, und plötzlich hatten wir alles, was wir brauchten. Trotzdem«, versicherte sie, »haben wir vorsichtig gewirtschaftet. Die Reserven, die wir für die nachfolgenden Ärzte angelegt haben, reichen bestimmt noch ein halbes Jahr.«

Jochen Bellmann nickte. »Dann werden wir in einem halben Jahr eine neue Aktion in die Wege leiten. Die Pharmafirmen waren unglaublich entgegenkommend, als wir sie anriefen, und auch die Organisation des Transportes hat reibungslos geklappt. Ich hatte fast den Eindruck, die Firmen und Apotheken, die wir angesprochen haben, waren froh, etwas Hilfreiches auf die Beine zu stellen.«

»Du sprichst immer von ›wir‹, Jochen, wer hat dir denn geholfen?«

»Alle Ärzte im Klinikum haben sich stundenweise an die Telefone gesetzt und die Firmen angerufen, die sie kannten, so kam das alles ganz schnell zusammen. Und der Flughafen in Bremen hat nicht gezögert, uns zu helfen.«

Sabine versicherte dankbar: »Ich werde allen, die geholfen haben, einen persönlichen Brief mit einer ausführlichen Beschreibung der Lage in diesem Teil Botsuanas schicken, damit sie erfahren, wie wichtig ihre Hilfe war. Es gibt nämlich auch andere Teile des Landes, die durch den Tourismus im Okawango-Delta, durch Bergbau, Diamantenminen und Viehzucht ziemlich wohlhabend sind. Da wird dann von einem glänzenden wirtschaftlichen Aufschwung des Landes berichtet. Aber dort, wo wir waren, herrscht blanke Armut.«

Nach dem gemeinsamen Essen legte sich Sabine hin und schlief bis zum nächsten Morgen durch. Als der Wecker klingelte, schreckte sie hoch und wusste zunächst nicht, wo sie sich befand. Aber als Ronca ihr fröhlich das Gesicht leckte, erkannte sie sofort, dass der Alltag sie wieder im Griff hatte. Schnell stand sie auf und lief unter die Dusche, um einen klaren Kopf zu bekommen, denn Jochen und seine Ina wollten an diesem Morgen nach Norderney fahren und dort noch ein paar Ferientage anhängen, bevor sie im Klinikum mit der eigenen Arbeit wieder anfingen.

Das gemeinsame Frühstück glich einem Arbeitsessen, denn Jochen und Ina berichteten von einzelnen Patienten und von ein paar Unfällen, sagten aber, dass alles im Rahmen des Normalen geblieben sei und Helga alle Unterlagen gespeichert habe, sodass Sabine sie jederzeit abrufen könne. Zum Schluss fragte Sabine noch: »Jochen, hast du zwischendurch einmal etwas von der Reiterin gehört, der ihr den Fuß gerettet habt?«

Jochen schmunzelte, als er Sabine ansah. »Ich glaube, der Beate Hoffmann geht es bestens. Wie ich hörte, kümmert sich der Reitlehrer höchstpersönlich um die Patientin, und die junge Frau will, wenn sie bei uns entlassen wird, im Paracelsus-Sanatorium eine Reha-Kur anschließen. Und wie ich weiß, ist Lindenberg nicht weit von Oberlohe entfernt.«

Sabine schluckte, hatte ihr Herz da wieder einen unnötigen Schlag gemacht? Na ja, dachte sie enttäuscht, der Reitlehrer und die Schülerin! Dann wandte sie sich wieder ihrem alten Freund zu. »Jochen, vielen, vielen Dank noch einmal für die Arbeit, die ihr hier geleistet habt.«

Jochen Bellmann sah sie prüfend an. »Und du? Hast du alles gehabt, was du suchtest?«

»Ja, vor allem die Entfernung zwischen Auendorf und Afrika, die habe ich gebraucht.«

Er umarmte sie liebevoll, »dann wünsche ich dir hier wieder ein zufriedenes Leben, und wenn du Hilfe brauchst, wir sind immer für dich da.«

Ein freundschaftlicher Kuss für Ina und ein letztes Winken, dann fuhr der Wagen auf die Straße und um die nächste Kurve. Sabine ging zurück ins Haus, zog den weißen Kittel an und öffnete die Praxisräume. Der Alltag hatte sie eingeholt.

Mittags rief sie im Frauenheim in Hamburg an, um sich zu erkundigen, wie es Monika von Lüdemann ging. Schwester Else meldete sich, und Sabine war froh, zunächst mit der Heimleiterin sprechen zu können. Sie stellte sich noch einmal vor und fragte dann: »Wie geht es Frau von Lüdemann, hat sie sich eingewöhnt?«

»Ach, Frau Doktor, schön, dass Sie wieder zurück sind. Ich glaube, der Monika geht es jetzt gut. Wir hatten am Anfang Probleme, vor allem weil Sie als einzige Bezugsperson so schnell und so weit fort waren. Aber dann hat sie sich gefangen, und jetzt geht es ihr eigentlich recht gut.«

»Ich weiß, dass ich sie sehr schnell allein lassen musste, aber mein Einsatz in Afrika war fest geplant, den konnte ich nicht mehr verschieben.«

»Ja, ich weiß, und ich habe auch versucht, ihr das zu erklären. Aber zwischen dem Verstand und dem Herzen gibt es oft eine große Kluft. Sie hat es begreifen, aber nicht akzeptieren können. Aber so nach und nach hat sie sich dann sehr gut eingefügt. Und jetzt ist sie, glaube ich, ganz gern bei uns.«

»Und wie geht es ihr gesundheitlich?«

»Wir haben einen Hausarzt, der die jungen Frauen und ihre Kinder regelmäßig untersucht, der ist ganz zufrieden mit dem Verlauf der Schwangerschaft.«

Trotzdem war Sabine noch immer sehr besorgt. »Glauben Sie, dass die Suizidgefahr gebannt ist?«

»Da brauchen wir uns, glaube ich, keine Sorgen mehr zu machen, Frau Doktor.«

»Hat irgendjemand herausgefunden, dass sie bei Ihnen ist?«

»Nein, soviel ich weiß, denn die eingehenden Telefonanrufe und Postzustellungen gehen über mein Büro, und da ist mir nichts aufgefallen.«

»Und, hat sie sich darüber geäußert, wer der Vater des Kindes ist?«

»Nein, mit keinem Wort.«

»Könnte ich Frau von Lüdemann denn jetzt einmal sprechen?«

»Das ist schlecht. Die Monika arbeitet stundenweise in der Kinderkrippe, und dort ist gerade Essenszeit. Da möchte ich sie nicht gern herausholen.«

»Ich verstehe, würden Sie ihr bitte ausrichten, dass ich zurück bin und mich heute Abend noch einmal melde?«

»Das mache ich gern. Sie wird sich freuen. Übrigens, die Frauen und jungen Mütter haben keine eigenen Telefonanschlüsse in ihren Zimmern. Wir möchten die Kontrolle behalten, und wir möchten auch vermeiden, dass die Frauen und vor allem die kleinen Kinder gestört werden. Das ist eine Schutzmaßnahme, die wir eingerichtet haben, nachdem wir am Anfang schlechte Erfahrungen mit Anrufen zu den unmöglichsten Zeiten gemacht haben. Sie verstehen das bitte?«

»Selbstverständlich, ich rufe dann gegen acht Uhr noch einmal an.«

Helga schloss die Praxis, und Sabine aß von dem übrig gebliebenen Abendessen des Vortages, das Lotti nur unter Protest noch einmal aufgewärmt hatte. »Ich hätte wirklich ohne Mühe etwas anderes für Sie gekocht, Frau Doktor, was Feines, Leichtes, was Ihrem Magen bestimmt bekommen wäre.«

»Ich weiß, Lotti, aber ich habe mich sehr auf die Forelle und den Rehrücken gefreut, ich wollte wirklich gern etwas mehr davon essen.«

»Na ja, wenn Ihr Magen wieder mitmacht, dann brate ich noch einmal eine Rehkeule ganz allein für Sie. Zum Glück haben wir genug Vorräte in der Tiefkühltruhe.«

»Aber Lotti, doch nicht für mich allein. Wenn, dann muss sie so groß sein, dass Ihre Familie auch in den Genuss kommt. Wie geht es eigentlich Ihrem Sohn? Was macht der Fahrradclub?«

»Ach, Frau Doktor, den Jungs geht's prima. Die haben alle Hände voll zu tun. Jetzt kommen wieder die Touristen, und dann läuft der Laden. Toll, dass Sie den Club damals gegründet haben, etwas Besseres konnte den Jungs gar nicht passieren. Nur –«

»Was ist, Lotti?«

»Na ja, jetzt langweilen sich die Mädchen. Ich bin ja nicht betroffen, ich hab ja kein Mädel, aber die Frauen sind unglücklich, weil die Mädels so gelangweilt hier im Dorf herumsitzen und zu Hause nur schlechte Laune verbreiten.«

»Ach, Lotti«, lächelte Sabine erleichtert, »wenn es weiter nichts ist, für die Mädchen finden wir auch noch eine Lösung. Ich muss mich nur erst mal wieder hineinfinden in die dörflichen Probleme, dann wird mir schon etwas einfallen.«

»Das wäre ein Segen, Frau Doktor.«

Kurz nach acht Uhr abends rief Sabine noch einmal in Hamburg an. In der Zentrale meldete sich eine Mitarbeiterin, die aber sofort bereit war, Monika von Lüdemann ans Telefon zu rufen.

Nach wenigen Augenblicken sagte Monika: »Oh, hallo, Frau Doktor. Ich habe Ihren Anruf schon erwartet. Sind Sie gut wieder in Auendorf gelandet?«

»Das bin ich, und meine erste Nachfrage galt Ihnen. Wie geht es denn?«

»Ach, ganz gut. Ich habe mich hier eingewöhnt. Es ist ja ein sehr ruhiges Leben im Vergleich zu den Turbulenzen von früher.«

»Ja, das mag sein. Aber die Ruhe wird Ihnen und dem Baby guttun. Schwester Else sagte mir, Sie hätten an Ihre Eltern geschrieben, damit sie die Suche nach Ihnen einstellen.«

»Ja, ich habe ihnen geschrieben, dass es mir gut geht, dass ich einfach mal ein paar Monate Ruhe brauche und dass sie sich keine Sorgen machen müssen.«

»Das ist gut. Aber wo Sie sich aufhalten, haben Sie nicht erwähnt.«

»Nein, überhaupt nicht. Schwester Else war so nett und hat meinen Brief einer Freundin, die nach Schweden reiste, mitgegeben, und die hat ihn von Uppsala aus als Einschreiben abgeschickt. Meine Eltern werden denken, ich sei in Schweden, und das lenkt von Deutschland ab.«

»Und, haben Sie etwas von dem Vater Ihres Kindes gehört?«

»Nein, niemand weiß, wo ich bin, und so soll es auch bleiben.«

»Na ja, ich bin da nicht ganz Ihrer Meinung. Ein Mann sollte wissen, dass er Vater wird, und er sollte sich auch dazu bekennen. Denken Sie doch mal an die Zukunft. Das Kind wird nach seinem Vater fragen, und er sollte sich auch nicht vor seinen Verpflichtungen drücken dürfen.«

»Frau Doktor Büttner, ich habe mich entschlossen, das Kind zu bekommen, aber ich werde es sofort nach der Geburt zur Adoption freigeben. Ich kann nicht mit einem illegitimen Kind meine Zukunft verbauen.«

Sabine zögerte einen Augenblick mit der Antwort, dann sagte sie ganz ruhig: »Warten wir es ab.« Sie wusste, dass Mutterliebe ganz plötzlich bei der Geburt eintreten konnte, und wenn Monika das Baby erst einmal im Arm hielt, konnten sich die Gefühle sehr schnell ändern.

Auch Monika wartete einen Augenblick, dann sagte sie: »Ich bin so froh, dass Sie wieder hier sind. Darf ich Sie vielleicht ab und zu anrufen?«

»Natürlich, ich freue mich. Am besten rufen Sie mich abends an, dann ist der Trubel in der Praxis vorbei.«

»Haben Sie etwas von Francesca gehört, Frau Doktor?«

»Nein, ich bin erst gestern zurückgekommen, da war noch keine Zeit, hier die Augen und die Ohren aufzusperren«, sie lachte, »aber die Neuigkeiten kommen schneller, als man sie dann erwartet.«

»Ich freue mich jedenfalls, dass Sie mich angerufen haben. Vielen Dank.«

»Wir bleiben in Verbindung, und Sie können mich jederzeit erreichen, Monika.«

Sabine beendete das Gespräch. Sie war beruhigt. Monika schien den ersten Schock über die Schwangerschaft überwunden zu haben. Sie war jetzt am Ende des fünften Monats, vielleicht konnte sie sie in den verbleibenden Monaten noch davon überzeugen, sich mit dem Vater des Kindes in Verbindung zu setzen und dann von der Adoption abzusehen. Nach wie vor war Sabine davon überzeugt, dass der Graf wissen musste, was er angerichtet hatte. Und dann sollte er sich auch nicht vor der Verantwortung drücken. Er war ein gut situierter Mann, er war erfahren und dominant, ihm sollte das Leben eines Kindes wichtiger sein als sein Ruf in der Gesellschaft. »Wie kann man nur so kleinlich sein«, schimpfte Sabine laut vor sich hin und setzte sich mit der Patientenkartei an ihren Schreibtisch. Sie musste wissen, was in den Wochen ihrer Abwesenheit in der Praxis passiert war. Gab es neue Patienten, wie ging es den alten inzwischen, gab es Neugeborene, deren Mütter sie besuchen musste? Sabine wollte so schnell wie möglich in die gewohnte Routine zurückfinden, aber als sie auf die Karteikarte von Beate Hoffmann stieß, war es mit der Konzentration vorbei, und die Gedanken schweiften zum Reiterhof in Oberlohe und zu dem verflixt gut aussehenden Johannes Hegenbach, der ihr Herz zu rasanten Schlägen verführte. Aber die kann ich mir abgewöhnen, dachte sie enttäuscht. Da trifft man endlich einmal auf einen akzeptablen Mann, und dann interessiert der sich für seine Reitschülerin. Natürlich, selbst mit einem kaputten Fuß kann man noch wunderbar reiten, dachte sie enttäuscht.

XVII

Wenige Tage später wurde Sabine sehr früh aus dem Schlaf gerissen. Das Telefon klingelte, und auf dem Wecker war es kurz nach fünf, als sie zum Hörer griff. »Doktor Büttner«, meldete sie sich.

»Frau Doktor, hier gibt es einen Unfall«, klang es atemlos durch die Leitung. »Ich bin Waldarbeiter Paulsen, und wir haben eben den Forstmeister gefunden, er ist mit dem Hochsitz umgestürzt, mit dem über sechs Meter hohen Sitz vom Ammersgrund.«

»Um Himmels willen, wie geht es ihm?« Sabine war sehr erschrocken, denn die Ansitze waren in diesem unübersichtlichen Gelände überdurchschnittlich hoch.

»Das wissen wir nicht, er liegt unter der Jagdkanzel.«

»Ich komme sofort. Bewegen Sie ihn nicht, aber räumen Sie vorsichtig das Holz weg. Und als Erstes rufen Sie das Krankenhaus in Soltau an, die sollen sofort einen Krankenwagen und einen Notarzt schicken. Und dann die Feuerwehr von Auendorf, falls schwere Balken weggeräumt werden müssen. Wie viel Männer sind Sie?«

»Wir sind zu fünft.«

»Dann stellen Sie an jede Kreuzung einen Mann, damit wir den Ammersgrund finden. Ich fahre hier in fünf Minuten los, aber ab Lindenberg kenne ich den Weg auch nicht.«

»Ja, wird gemacht. Aber können wir denn gar nichts tun?«

»Nur, was ich gesagt habe, auf keinen Fall den Forstmeister bewegen.«

»Soll ich den Grafen anrufen?«
»Warum den Grafen?«
»Na ja, der Ammersgrund liegt im gräflichen Wald.«
»Ja, wenn Sie meinen, aber erst alles andere.«
»Geht klar, Frau Doktor, und bitte machen Sie schnell.«
»Ich bin schon unterwegs.«

Sabine zog nur den Jogginganzug an, das ging am schnellsten. Dann griff sie nach ihrem Arztkoffer und dem Sack mit technischen Geräten. Eine aufblasbare Trage, Gurte und eine Hebevorrichtung für schwere Gegenstände lagen immer im Kofferraum. Der Sprechstundenhilfe legte sie einen Zettel mit ihrem Einsatzort hin, und Ronca musste im Haus bleiben, bis Lotti kam und sich um den Hund kümmerte.

Es regnete in Strömen. Wie eine graue Wand versperrte der Regen jede Sicht. Vorsichtig fuhr sie um die Kurven der nassen Straßen. Mein Gott, was hat Jürgen denn bloß gemacht? So einfach fällt doch ein Hochsitz nicht um, und ständig werden die Ansitze auf ihre Sicherheit hin kontrolliert. Und dann Ammersgrund, der liegt doch gar nicht in seinem Revier? Dann fiel ihr ein, dass der Forstmeister seit einem halben Jahr auch für die Wälder des Grafen zuständig war. Hoffentlich hat er sich nicht zu schwer verletzt, aber mehr als sechs Meter, das ist verdammt hoch.

Vierzig Minuten später hatte sie den Ammersgrund erreicht – ein breites, unübersichtliches Tal mit kleinen Erhebungen, moorigen Tümpeln und einem schmalen Bach. Ein ideales Wildrevier, in dem die Tiere Wasser und Futter in Hülle und Fülle fanden.

Die Waldarbeiter standen gut platziert an den wichtigsten Kreuzungen, und Sabine hatte, ohne zu halten, den Weg gefunden. Aber sie war die Erste, ein Krankenwagen sei noch nicht gekommen, wurde sie unterwegs informiert.

Sie fuhr so dicht wie möglich an den Unfallort heran. Zwei Männer bemühten sich, Bretter, Bohlen und Balken beiseitezuschaffen. Einer kam auf sie zu, als sie ausstieg. »Gott sei Dank, dass Sie da sind, ich bin Gert Paulsen, ich habe Sie angerufen.«

»Wie geht es dem Forstmeister?«

»Keine Ahnung, kommen Sie schnell mit.« Sabine griff nach ihrem Koffer und stolperte hinter ihm her durch Gestrüpp und dornige Ranken. Dann sah sie Jürgen Albers unter letzten Brettern liegen, die Beine unwirklich verdreht, die Arme weit ausgebreitet und das Gesicht im Morast vergraben. Mein Gott, wenn er sich nicht das Genick gebrochen hat, dann ist er im Schlamm erstickt, dachte sie entsetzt. Vorsichtig tastete sie sich Schritt für Schritt näher, um die Bretter, die noch über ihm lagen, nicht zu berühren. Die Männer hoben behutsam letzte Balken hoch, und endlich hatte sie den Mann erreicht. Vorsichtig hob sie seinen Kopf aus dem Schlamm, reinigte zuerst den Mund, dann die Nase und die Augen und tastete die Schädelknochen ab. Offene Wunden fand sie nicht. Dann setzte sie zur Mund-zu-Mund-Beatmung an. Sie hielt mit Daumen und Zeigefinger seine Nase zu, umschloss mit den eigenen Lippen seinen Mund und presste ihre Luft in schnellen, kurzen Atemstößen in ihn hinein. Im Sekundenrhythmus wiederholte sie alles und kontrollierte mit den Augen, ob sich sein Brustkorb hob oder senkte. Es war ein ekliges, schlammigschmutziges Bemühen, aber sie wagte keine Herzmassage, um den Brustraum nicht zu bewegen. Sie wusste ja noch nicht einmal, ob und wie die Wirbelsäule den Sturz überstanden hatte. Nach einer Weile, die Sabine wie eine Ewigkeit erschien, hob sich der Brustkorb, und sie spürte, einem warmen Hauch ähnlich, den ausfließenden Atem des Verletzten. Erschöpft richtete sie sich auf und sah die beiden Männer, die fassungslos neben ihr standen und zugesehen hatten, triumphierend an. »Er atmet wieder, schnell jetzt, räumen Sie die letzten Bretter weg, damit ich ihn untersuchen kann.«

Behutsam knöpfte sie die Uniformjacke auf, soweit sie heranreichte, untersuchte den Brustkorb, horchte nach dem Herzschlag, der langsam kräftiger wurde, und tastete vorsichtig die Knochen ab. Beide Beine schienen gebrochen zu sein, auch die Schultern waren verrenkt. Die Rippen schienen den Sturz unbeschadet überstanden zu haben, aber die Wirbelsäule konnte sie nicht untersuchen. Sie hätte den Mann umdrehen müssen, und das wagte sie nicht, denn sie hätte ihn leicht noch schwerer verletzen können.

In der Ferne war ein näherkommendes Auto zu hören. »Das ist der Graf«, flüsterte der Waldarbeiter, »den Jeep kenne ich.«

Zwei Minuten später hielt der fremde Wagen am Waldrand. Albert von Rebellin stieg aus und kam über den moorigen Boden zu ihnen gelaufen. »Himmel, was ist denn hier los? Wie kann der Mann mit dem Hochsitz umkippen, das gibt es doch gar nicht? Wie geht es ihm?« Erst jetzt wandte er sich der Ärztin zu, die, nass bis auf die Haut, neben dem Verletzten kniete. »Was ist passiert? Es ist doch hoffentlich nichts Ernstes?«

»Nach einem Sturz aus mehr als sechs Metern Höhe unter einer Masse von Holz begraben zu sein, ist nichts Ernstes?«, fragte Sabine zynisch und wischte sich den Schlamm aus dem eigenen Gesicht.

»Die Frau hat ihm das Leben gerettet. Er war schon tot und hat nicht mehr geatmet«, versicherte Gert Paulsen dem Grafen. »Zehn Minuten hat sie ihm ihre Luft in den Mund geblasen, dann hat er wieder selbst geatmet.«

»Und dann fing auch erst sein Herz wieder an zu klopfen«, versicherte der zweite Arbeiter, der bis jetzt etwas verschüchtert im Hintergrund gestanden hatte.

»Und jetzt? Wo bleibt der Krankenwagen, und wo bleibt die Feuerwehr? Wir können ihn doch nicht hier im Regen liegen lassen. Haben Sie keine Trage dabei und keine Decken, Frau Doktor?«

Sabine, überaus verärgert über die Arroganz des Grafen und selbst ziemlich erschöpft von der Beatmung, erklärte: »Ich habe alles dabei, aber wir dürfen ihn nicht bewegen. Ich befürchte, dass er sich die Wirbelsäule verletzt hat, da kann jede Bewegung den Zustand verschlimmern.«

»Trotzdem, so kann er hier nicht liegen. Wenn wir ihn nicht wegbringen, wer soll's dann tun? Es scheint ja keiner zu kommen.«

»Ich warte auf den Krankenwagen und die Sanitäter, die kennen die Griffe, um ihn anzuheben und umzubetten. Aber Sie könnten ja Ihren Regenmantel über ihn ausbreiten, dann wäre er wenigstens etwas geschützt.« Sie selbst zitterte vor Kälte in ihrem nassen Jogginganzug und wischte sich die feuchten Haare aus dem Gesicht.

Wortlos zog der Graf seinen Regenmantel aus und legte ihn über den Förster. Dann drehte er sich zu den Waldarbeitern um. »Wie konnte das passieren? Die Hochsitze werden doch regelmäßig auf ihre Sicherheit hin geprüft.«

Gert Paulsen deutete auf eine überwucherte Stelle im Boden. »Ich will Ihnen mal was zeigen, Herr Graf. Sehen Sie das da? Das sind die Beine vom Hochsitz, wo er mal gestanden hat.«

Die beiden Männer gingen hinüber zu der Stelle, auf die der Arbeiter zeigte. »Seh'n Sie das? Alle vier Beine wurden direkt überm Boden glatt durchgesägt, so glatt, dass niemand die Sägestellen sah. Das war 'ne glatte Sabotage, Herr Graf.«

Fassungslos berührte der Graf die Schnittstellen im hohen Gras. »Aber wer macht denn so etwas? Hat der Förster Feinde?«

»Nee, ich denke mal, das hat Ihnen gegolten, Sie benutzen doch sonst immer diesen Hochsitz, Herr Graf.«

»Verdammt noch mal, wer will denn was von mir? Und dann auf so eine verbrecherische Art.«

»Ich denke mal, das waren radikale Wildschützer, die kennen keine Gnade.«

»Aber was soll das? Wir hegen und pflegen das Wild, und die Hochsitze brauchen wir doch vor allem, um die Tiere zu beobachten.«

»Ich hab' aber so was schon aus anderen Ländern gehört, Herr Graf.«

»Herr Gott, das kann ich mir einfach nicht vorstellen.«

»Wir sollten mal alle Hochsitze kontrollieren, wer weiß, was man da noch findet.«

Aus der Ferne war das Martinshorn eines Unfallwagens zu hören. »Na endlich, da kommt hoffentlich Hilfe.« Der Graf ging zu dem Verletzten und der Ärztin zurück, die dem Förster eine Halsstütze umgelegt hatte und die Hände massierte, um ihm etwas Wärme zu spenden. Dann kamen der Arzt und zwei Sanitäter mit Decken, Gurten und einer Krankentrage herüber. Einer der Sanitäter zog seine Jacke aus und legte sie der Ärztin um die Schultern. »Sonst sind Sie die nächste Patientin«, versicherte er entschieden.

Sabine erklärte ihre Bemühungen und ihre Befürchtungen und half, den Verletzten auf eine aufgeblasene Stützmatte und dann auf die Trage zu heben. Der Graf debattierte mit den Waldarbeitern. Die Feuerwehr und auch die Polizei aus Auendorf waren eingetroffen, und man diskutierte über eine Anzeige gegen Unbekannt wegen versuchten Mordes. Der Krankenwagen fuhr ab, und Sabine folgte ihm im eigenen Wagen. Sie wollte und musste wissen, wie es Jürgen Albers erging, schließlich hatten sie sich einmal recht nahe gestanden.

Während der Forstmeister in die Notaufnahme gebracht wurde, bot man Sabine trockene Kleidung und einen Becher Kaffee an. Dann ging sie ebenfalls in die Notaufnahme, um zu erfahren, wie es um Jürgen Albers stand. In die Behandlungsräume selbst durfte sie nicht.

Die Meldungen über sein Ergehen kamen nur spärlich nach draußen. Er sei noch immer bewusstlos, hieß es einmal, später versicherte ihr ein Arzt, dass er eine Gehirnerschütterung, aber keine Schädelfraktur habe. Erst gegen Nachmittag, sie hatte inzwischen längst ihre Praxis benachrichtigt und die Behandlung ihrer eigenen Patienten für heute abgesagt, erklärte ihr der behandelnde Professor, und auch nur, weil sie als Notärztin fungiert hatte: »Herr Albers hat eine Oberschenkelfraktur, einen Becken- und einen Schulterbruch. Die Wirbelsäule konnten wir noch nicht röntgen, wir wollen vorerst größere Bewegungen vermeiden.«

»Aber was heißt vorerst? Wollen Sie warten, bis Verzerrungen oder gar Brüche stagniert sind?« Sabine kannte sich aus. Schließlich hatte sie jahrelang in dem Unfallklinikum von Großbresenbek gearbeitet.

Aber der Mediziner wollte sich nicht auf eine Diskussion einlassen. »Wir tun, was wir können. Der Patient braucht jetzt vor allem Stabilität und Ruhe, wir müssten ihn zu oft umbetten und hin und her transportieren.« Damit drehte er sich um und ging zurück in seine Behandlungsräume.

Endlich beobachtete Sabine, wie Jürgen Albers auf die Intensivstation gebracht wurde. Entschlossen, sich um ihn zu kümmern, folgte sie dem Bett durch die Korridore bis zur Glastür, die den Intensivbereich von den übrigen Stationen trennte. Als sie sich als Ärztin auswies, durfte sie hinein. Sie bekam eine grüne Kittelschürze, eine Haube und Gummischuhe, die sie anziehen musste, und durfte dann dem Bett folgen. Nachdem der bewusstlose Patient an Apparate und elektrische Überwachungsleitungen angeschlossen war, durfte sie sich zu ihm setzen. Sie nahm seine Hand, streichelte sie vorsichtig und sprach leise mit ihm. Er atmete regelmäßig, und auch auf den beiden Monitoren gab es keine Abweichungen. Gott sei Dank, dachte sie, als sie die Aufzeichnungen beobachtete, innere Verletzungen hat er anscheinend nicht.

Etwas später hörte sie Stimmen auf dem Flur, und gleich darauf betraten eine Krankenschwester und in ihrem Gefolge der Graf und seine Tochter den kleinen Raum. Francesca, die sich über den Patienten stürzen wollte, wurde im letzten Augenblick von ihrem Vater zurückgerissen.

»Um Himmels willen«, rief die Schwester entsetzt, »keine Berührungen, keine Erschütterungen, der Patient braucht unbedingte Ruhe. Bitte nicht anfassen und nicht reden, sonst müssen Sie draußen warten.«

»Aber ich bin quasi seine Verlobte, ich will bei ihm sein, ich will ihn halten und lieb haben, ich will –«

Der Graf mischte sich ein. »Du hast gehört, was die Schwester sagt, Francesca, halte dich zurück.« Dann erst wandte er sich an Sabine. »Guten Tag, Frau Doktor. Wie geht es dem Förster? Er hat uns ja einen ganz schönen Schrecken eingejagt.«

Sabine hatte sich erhoben, als die Besucher eintraten. »Es geht ihm schlecht, wie Sie sehen. Alles andere wird Ihnen der behandelnde Arzt erklären.« Sie ärgerte sich über den arroganten Mann, der sie weder am Unfallort noch hier groß beachtete. »Ich bin nicht befugt, über die ärztlichen Befunde mit Fremden zu sprechen.«

»Was heißt hier Fremde?«, fiel Francesca ein. »Wir sind so gut wie verlobt. Wenn es einer wissen sollte, dann ich. Und mein Vater natürlich.«

»Dann sprechen Sie am besten selbst mit dem behandelnden Arzt, Frau von Rebellin.«

Die Schwester wurde ungeduldig. »Das hier ist eine Intensivstation, das ist alles zu laut und zu unruhig, es ist am besten, Sie verlassen jetzt alle den Raum.«

»Kommt nicht infrage, ich bleibe, und ich bleibe, bis es meinem Verlobten wieder gut geht, ganz gleich, wie lange das dauert.«

»Francesca, sei vernünftig. Es kann Monate dauern, bis der Mann wieder gesund ist, wenn er überhaupt jemals wieder gesund wird. Also komm jetzt mit, die ganze Angelegenheit hat mich sowieso schon viel zu viel Zeit gekostet.«

Sprachlos hörte Sabine dieser Diskussion zu. Wie kann ein Mann derart anmaßend über einen todkranken Menschen sprechen, der einem Anschlag zum Opfer gefallen ist, der eigentlich ihm selbst gegolten hat?, dachte sie empört.

Aber Francesca hörte nicht auf den Grafen. »Vater, ich bleibe, ich gehöre hierher. Er ist der Mann meiner Träume, ich gehöre an seine Seite, wenn er erwacht.«

Der Graf schüttelte den Kopf. »Der Mann deiner Träume! Francesca, ein Mann, den du dann vielleicht ein Leben lang im Rollstuhl schieben wirst. Sei vernünftig, Kind.«

»Ich bin kein Kind mehr, ich bin eine erwachsene Frau, und ich tue das, was mein Herz mir befiehlt, und nicht, was deine Vernunft verlangt.«

Fassungslos hörte Sabine sich die Debatte an. Auf der einen Seite bewunderte sie die junge Frau, die so besessen war von ihrem Verlangen und so unvernünftig, was das Wohl des Patienten betraf. Aber als sich Francesca jetzt über den Forstmeister beugte, ihn vorsichtig küsste und sein Gesicht streichelte, drehte sie sich um und verließ den Raum. Sie hatte hier nichts mehr zu suchen. Sowieso merkte sie, dass ihr Francescas Gerede über die Verlobung einen Stich in der Herzgegend verpasst hatte. Die hätte ihn mal so im Schlamm küssen sollen, wie ich es heut Morgen getan habe, dachte sie wütend und auch enttäuscht. Verlobt! Also verlobt ist sie mit ihm. Sagt sie jedenfalls!

Auf dem Flur traf sie den Oberarzt und bat ihn: »Bitte benachrichtigen Sie mich weiterhin über seinen Zustand. Ich habe ihn erstversorgt, und ich möchte gern wissen, wie es ihm geht.«

»Aber Sie können doch noch etwas bleiben, Frau Kollegin.«

»Nein, danke. Da drinnen ist so viel Besuch, da möchte ich nicht auch noch zur Unruhe beitragen.«

»Verdammt noch mal, ich werde sofort für Ruhe sorgen.« Damit verschwand der Oberarzt hinter der Glastür, die zur Intensivstation führte.

An der Rezeption nahm Sabine ihren inzwischen gereinigten und getrockneten Jogginganzug in Empfang, zog sich um, bedankte sich für einen zweiten Becher Kaffee und ging hinaus zu ihrem Wagen. Sie setzte sich hinein, atmete tief durch und startete. Als sie den Wagen wendete, sah sie den Grafen allein aus dem Portal kommen. Im noch immer strömenden Regen fuhr sie heim nach Auendorf.

Lotti und Helga erwarteten sie schon an der Haustür. Die Nachricht vom Unfall des Forstmeisters hatte sich überall in den Dörfern herumgesprochen. Er war zwar kein besonders beliebter Dorfbewohner, dafür war er zu introvertiert, aber er war ein geachteter, korrekter Zugezogener, der zwar mit niemandem Freundschaften schloss, aber überall als hilfsbereit und gerecht bekannt war.

Sabine erzählte kurz, was vorgefallen war und dass noch niemand wüsste, wie es mit ihm weitergehen würde, dass sich aber der Graf und seine Tochter persönlich um ihn kümmerten.

»So, so, das Komtesschen«, sagte Lotti nur und fragte dann, ob die Ärztin etwas essen möchte.

»Nein, danke, Lotti, ich muss unbedingt noch ein paar Hausbesuche machen. Wenn ich mich heute schon nicht um die Patienten hier kümmern konnte, muss ich wenigstens noch nach den bettlägerigen Kranken in ihren Häusern schauen. Ich zieh mich nur um.«

Eine halbe Stunde später kam sie geduscht und umgezogen wieder herunter, nahm ihren Arztkoffer, den Helga gereinigt und neu gefüllt hatte, und rief den beiden Frauen zu: »Wir sehen uns morgen früh, ich weiß nicht, wie lange ich jetzt unterwegs bin.«

Müde setzte sie sich wieder in den Wagen. Das würde ein langer Tag werden.

Als sie schließlich Lisbeth aufsuchte, um im Auenkrug noch eine Kleinigkeit zu essen und die Wirtin nach ihrem verletzten Fuß zu fragen, läuteten die Glocken die zehnte Stunde ein. Im Auenkrug herrschte Hochbetrieb, einziges Thema war der verletzte Forstmeister, und wie das so ist, wenn sich Männer im Krug treffen und Bier und Korn kräftig fließen, wurden die Geschichten immer weitschweifiger und großartiger.

Lisbeth nahm Sabine gleich in Empfang und führte sie in ihre private Wohnstube. »Komm bloß hier herein, da drinnen zerreißen sie sich die Mäuler über deine Heldentaten, da kannst du nicht in Ruhe essen. Was soll ich dir denn bringen?«

»Ach, Lisbeth, irgendeine heiße Suppe. Ich habe heute den ganzen Tag nur gefroren, und ich habe keine Lust, zu Hause noch zu kochen. Lotti hat wahrscheinlich etwas vorbereitet, aber ich bin zu müde, um noch in der Küche herumzustehen.«

»Ich hab' noch Hühnerbouillon mit kleinen Nudeln, die ist fix und fertig.« Und durch die Küchentür rief sie: »Einmal Nudelsuppe.« Dann setzte sie sich zu Sabine an den Tisch. »Nun erzähl mal, was wirklich passiert ist. Hier wird kein Mensch mehr schlau aus dem Gegröle.«

Sabine schilderte mit kurzen Worten, was im Ammersgrund passiert war, sagte aber nichts über die Untersuchungen im Krankenhaus. »Es geht ihm sehr schlecht, aber Einzelheiten darf ich als Ärztin nicht sagen, das musst du verstehen.«

»Aber wird er denn durchkommen?«, fragte die Wirtin besorgt.

»Ich weiß es nicht.«

In der Wirtshausstube wurde es immer lauter. »Meine Güte, warum schreien sie denn so?«

»Ach, weißt du«, lächelte die Wirtin, »Männer und ihre Körnchen. Je länger der Abend, umso grandioser die Geschichten. Du weißt doch, mit jeder Stunde wird der Karpfen, den sie gefangen haben, um einen halben Meter größer, und das Geweih vom Hirschen, den sie angeblich geschossen haben, wird alle halbe Stunde gewaltiger, nicht selten ist es dann ein Zwanzigender, den sie gejagt haben.«

»Aber Zwanzigender gibt's doch gar nicht.«

»Ach«, lachte die Wirtin, »nach den entsprechenden Bieren und Körnern gibt es alles. Hör mal zu.« Sie öffnete die Tür ein wenig, und Sabine konnte verstehen, was gerade am Stammtisch erzählt wurde: »Erinnert ihr euch noch ans Küheschubsen?«

»Küheschubsen?«

»Klar doch, damals, als wir auf die Weide geschlichen sind und Kühe geschubst haben?«

»Ja, als die Kuh dem Kurt den Hintern aufgeschlitzt hat?«

»Quatsch, das war doch 'n Jungbulle.«

»He«, kam eine Stimme aus dem Hintergrund, »was ist das, Küheschubsen.«

»Wer will das wissen?«

»Der Zugezogene aus dem Emsland.«

»Erzähl's ihm, erzähl's ihm«, klang es von allen Seiten.

»Na, die Kühe schlafen doch im Stehen, und wenn man sich nachts auf die Weide schleicht, dann kann man sie mit 'nem kräftigen Schubs umschmeißen. Dann fallen sie um, flach wie 'ne Flunder, und dann liegen sie ganz steif da vor Schreck, und dann fangen sie an zu zappeln, und dann springen sie auf, schütteln sich und schlafen weiter.«

»Ja«, fiel ein anderer ein, »und eines Nachts haben sie sich mit der Weide vertan und sind bei den Jungbullen gelandet. Und die haben sich das nicht gefallen lassen. Und dann hat ein Bulle dem Kurt den Hintern aufgeschlitzt. Der musste dann mit 'nem blutenden Hintern zum Arzt. Aber damals war der Doktor noch da. Stellt euch vor, der wäre nachts bei der Ärztin gelandet.«

Brüllendes Gelächter folgte der Geschichte.

»Nischt gegen unsere Doktorin«, kam es aus einer anderen Ecke. »Ihr hättet heute mal sehen sollen, wie die den verschlammten Förster geküsst hat. Erst hat sie ihm die Nase zugehalten, und dann hat sie ihn geküsst, zigmal, hat der Paulsen erzählt. Und sie konnte gar nicht wieder aufhören.«

»Quatsch, die hat ihn doch nicht geküsst, die hat Mund-zu-Mund-Beatmung gemacht, so heißt das, steht doch in jedem Erste-Hilfe-Buch.«

Lisbeth schloss die Tür. »Ich glaube, das reicht.«

»Himmel, ist das hier jeden Abend so?«

»Nein, nur bei großen Ereignissen, und einen Förster, der mit dem Hochsitz umfällt, den gibt's halt nicht alle Tage.«

Sabine nickte müde. »Hoffentlich überlebt er's.«

XVIII

An diesem Abend wurde es spät. Sabine war sehr aufgewühlt, sie merkte, dass ihr der Unfall von Jürgen Albers doch sehr naheging. Da spielten Gefühle in ihrem Unterbewusstsein mit, die sie noch längst nicht unter Kontrolle hatte. Gefühle, die von bitterer Enttäuschung bis zu tiefem Mitleid reichten. Nur Liebe, die spielte keine Rolle mehr. Aber woran liegt das?, dachte sie verletzt. Bin ich so unattraktiv, dass die Männer sich von mir abwenden? Erst dieser Oberarzt, der kurz vor unserer Hochzeit sein Vergnügen bei Lernschwestern suchte, dann Jürgen, dem das Fräulein Komtess mehr bedeutet als unsere angebliche Liebe, danach der gut aussehende Reitstallbesitzer, der sich zu seiner Pferdefreundin hingezogen fühlt. Und dann Jack Limon in Botsuana, na ja, der suchte Anschluss, aber wohl mehr an meine Praxis und meine Finanzen als an mich. Sie holte sich ein Glas Rotwein aus der Küche und setzte sich vor den Kamin, in dem noch immer ein kleines Feuer die Regenfeuchtigkeit des Tages zu vertreiben suchte.

Was mache ich falsch?, dachte sie und schüttelte traurig den Kopf. Bin ich zu eingebildet oder zu stolz? Oder bin ich zu selbstbewusst? Aber Selbstbewusstsein und Stolz gehören heute zum Leben, sonst kommt man nicht weit. Genauso ist es mit dem Fleiß und mit Engagement. Ohne Fleiß kein Preis, heißt es in diesem selbstgefälligen Sprichwort, aber etwas Wahres ist schon dran.

Mögen die Männer keine fleißigen, selbstbewussten, engagierten Frauen? Ist es das, was sie letztlich abstößt? Wollen sie nur das Heimchen am Herd? Blödsinn, schalt sie sich selbst. Die Zeiten sind seit hundert Jahren vorbei. Ich bin stolz auf mein Können, auf meine Bildung, auf meine Leistungen. Ohne mich und mein Wissen wäre Jürgen Albers jetzt tot, im Morast erstickt, elendig umgekommen. Ich kam wirklich in allerletzter Minute.

Sabine holte sich ein zweites Glas Rotwein. Der Alkohol tat ihr gut, er löste ihre verkrampfen Gedanken und Gefühle. Sie dachte an ihre Arbeit und auch an die Erfolge, die sie gehabt hatte. Und oft hingen Menschenleben mit diesen Erfolgen zusammen. Das war es doch, was sie wollte, wovon sie ein Leben lang geträumt hatte. Menschen retten – oder?

Gibt es da noch etwas anderes, was ich will? Was ich erhoffe? Was ich brauche? Und sie dachte an den Schäfer und seine Henriette und seine Luuva, wie glücklich die drei waren. Die Geborgenheit, die sie in ihrer kleinen Gemeinsamkeit fanden, die Ruhe, den Frieden – es muss wunderbar sein, eine solche Vertrautheit zu genießen, nichts, aber auch gar nichts kann so etwas ersetzen.

Sie zog die Beine auf den Sessel, legte die Stirn auf die Knie, und schüttelte enttäuscht den Kopf.

Ich brauche keinen Erfolg und keine Anerkennung, ich brauche Arme, die mich umfangen, wenn ich müde bin, ich brauche Worte, die mich trösten, wenn ich traurig bin, und Hände, die mich halten.

Sabine nahm einen letzten Schluck. Kein Stolz, kein Fleiß, kein Erfolg und kein Selbstbewusstsein können die Gemeinsamkeit einer glücklichen Familie ersetzen, dachte sie verzagt, ist es das, was ich will?

Wie schön muss es sein, an einem Abend wie diesem nach Hause zu kommen und mit Liebe erwartet zu werden. Wenn da jemand wäre, der das Feuer im Kamin für mich entzündet, die Haustür für mich aufmacht und die Flasche Wein für mich öffnet. Wie schön muss es sein, zu zweit vor dem Kamin zu sitzen, Erlebnisse auszutauschen, von Wünschen und Plänen und Hoffnungen zu reden. Was mir bleibt, ist die Gesellschaft von Ronca.

Müde brachte sie ihr Glas in die Küche, streichelte die Hündin, die sich schon in ihren Korb gelegt hatte, und ging zu Bett. In dieser Nacht träumte sie von Kühen und von einem Hochsitz, der Kühe schubste.

Am nächsten Tag wurde im Wartezimmer viel über die Ereignisse des Vortags diskutiert, und auch Sabine wurde immer wieder von ihren Patienten nach dem Zustand des Forstmeisters gefragt.

»Stimmt es, dass er schon tot war, als Sie ihn gefunden haben?«

»Nein«, lächelte sie. »So schlimm war es nicht.«

»Aber der Paulsen hat das gesagt.«

»Ich glaube, der Herr Paulsen übertreibt ein wenig.«

»Und wie geht's denn nun dem Förster?«

»Ich weiß es nicht, da müssen Sie im Krankenhaus anfragen.«

»Aber Sie haben ihm doch das Leben gerettet.«

»Ich konnte ihn nur mit der Ersten Hilfe versehen, mehr nicht.«

»Und was wird nun aus seinem Revier?«

»Irgendjemand hat gesagt, er muss im Rollstuhl sitzen, dann kann er sich doch nicht um seinen Wald kümmern?«

»Das weiß man doch noch gar nicht, das mit dem Rollstuhl.«

»Und wer kümmert sich um sein Pferd, das muss doch geritten werden?«

»… und um die Hunde und was er sonst noch an Viehzeug hat.«

»Aber er hat doch die Grete, die wird sich schon um alles kümmern.«

»Quatsch, die kann doch gar nicht reiten.«

»Die schicken bestimmt 'nen neuen Förster.«

»Na, hoffentlich, die Waldarbeiter wissen doch gar nicht, was sie ohne ihn machen sollen.«

»Hoffentlich ist der 'n bisschen freundlicher. Mit dem Albers konnte man ja kaum mal ein Wort reden. So stumm, wie der immer war.«

»In den Krug ist er auch nicht mehr gekommen.«

»Nee, der ist in die andere Richtung geritten, dahin, wo das Schloss steht.«

»Soll er doch, wenn die Gespräche mit dem Fräulein für ihn wichtiger sind als die mit uns Bauern.«

»Sind doch alles nur Vermutungen.«

»Nee, nee, was Wahres ist da immer auch dran.«

Selten wurde im Wartezimmer so viel und so heftig debattiert wie an diesem Tag. Sabine hielt sich möglichst aus den Gesprächen heraus. Sie versorgte ihre Patienten und war höflich, aber reserviert, wenn sie nach dem Zustand des Forstmeisters gefragt wurde. Außerdem wusste sie selbst nicht, wie es ihm ging.

Am späten Nachmittag, Helga hatte gerade die Praxis geschlossen, fuhr der Graf draußen vor. Auch der noch, dachte Sabine müde und erinnerte sich an seinen Besuch, damals, als sie sich um Monika von Lüdemann gekümmert hatte und er unbedingt wissen wollte, wo die junge Frau geblieben war. Sie erinnerte sich, dass er zwar höflich, aber recht anmaßend gewesen war, und auch gestern, im Wald und im Krankenhaus, hatte er sie wie ein fünftes Rad am Wagen behandelt. Hochmütig und herrisch, dachte Sabine und öffnete die Haustür, als es klingelte.

»Guten Abend, Frau Doktor. Darf ich eintreten?«

»Bitte.« Sie reichte ihm nicht die Hand, er hatte das gestern auch nicht getan. Zu gern hätte sie ihn diesmal im Sprechzimmer empfangen und nicht in ihrem Wohnzimmer, so wie damals, als er hier war. Aber Lotti putzte die Praxisräume, und dort konnte sie wirklich nicht mit ihm reden. Was wollte er überhaupt?

Sie führte ihn in ihre Wohnhalle. »Bitte, nehmen Sie Platz, was kann ich für Sie tun?«

Und genau wie damals sah er sich in der Halle um und erklärte: »Schön und gemütlich haben Sie es hier.«

»Ich brauche eine angenehme Atmosphäre, wenn ich abends mit meiner Arbeit fertig bin.«

»Ja, das kann ich verstehen.« Er setzte sich. »Ich komme wegen des Forstmeisters.«

»Wie geht es ihm?«

»Unverändert. Er ist nicht bei Bewusstsein. Ich war bis eben im Krankenhaus.«

»Und was sagen die Ärzte?«

»Ja, deshalb bin ich hier. Die Ärzte sagen gar nichts. Ich sei, auch wenn ich so etwas wie sein Arbeitgeber sei, kein Verwandter, und sie seien nicht befugt, mit Fremden über einen Patienten zu sprechen.«

»Das sind die Vorschriften.«

»Aber er hat doch sonst niemanden, der sich um ihn kümmert.«

»Die Forstverwaltung wird sich um ihn kümmern.«

»Eigentlich wollte ich Sie fragen, ob Sie nicht nach ihm schauen könnten.«

»Auch ich bin nicht mit ihm verwandt.«

»Aber man hat mir gesagt, Sie seien so gut wie verlobt gewesen.«

»Das ist Ihre Tochter doch jetzt auch.«

»Aber die möchte ich so weit wie möglich aus der Sache heraushalten.«

»Aus der Sache? Bezeichnen Sie diesen furchtbaren Unfall als ›eine Sache‹?«

»Nein, natürlich nicht, aber Francesca ist jung, und sie ist verliebt, und sie weiß noch gar nicht, was sie will. Sie soll sich nicht an einen Mann binden, der ihr Vater sein könnte.«

»Und sie soll sich nicht an einen Mann binden, der vielleicht ein Leben lang im Rollstuhl sitzen muss, das sagten Sie gestern zu ihr.«

»Ja, und das ist auch heute meine Meinung. Hört sich vielleicht ein bisschen krass an, ist aber wahr.«

»Krass ist nicht der richtige Ausdruck, ich würde es brutal nennen.«

»Wollen Sie mich nicht verstehen, oder können Sie es nicht, Frau Doktor?«

»Ich verstehe Sie sehr gut, aber was hat das alles mit mir zu tun?«

»Um ehrlich zu sein, ich möchte dem Mann helfen, aber ich weiß nicht, wie.«

»Und wie meinen Sie das?«

»Also, ich denke vor allem, das Krankenhaus ist nicht der richtige Ort für Herrn Albers. Er muss in eine Klinik, die auf Schwerverletzte mit Wirbelsäulenproblemen spezialisiert ist.«

»Woher wissen Sie, dass er Rückenwirbelverletzungen hat?«

»Sie haben gestern im Wald gesagt, er darf nicht bewegt werden, weil sie so etwas befürchten.«

»Das ist richtig.«

»Frau Doktor, warum sind Sie so abweisend, so zurückhaltend? Liegt Ihnen denn gar nichts an der Genesung des Mannes?«

»Selbstverständlich mache ich mir große Sorgen, aber ich bin nicht gewillt, die mit Ihnen zu diskutieren.«

»Aber warum denn nicht? Bin ich Ihnen so unsympathisch?«

»Ich versuche, höflich zu sein, was ich bei Ihnen gestern nicht beobachten konnte.«

»Mein Gott, ich war schockiert und erschrocken, und dann bin ich immer wortkarg. Wie kann ich das wieder gut machen? Bitte entschuldigen Sie.«

Ohne auf seine Entschuldigung einzugehen, erklärte Sabine: »Ich würde Ihnen raten, die Unfallklinik Großbresenbek aufzusuchen, den Fall zu schildern und zu fragen, ob man sich der Sache annehmen würde.«

»Sie haben dort einmal gearbeitet.«

»Es ist die beste Klinik für Wirbelsäulenverletzte, die ich kenne.«

»Haben Sie noch Verbindungen dorthin? Könnten Sie nicht eventuell …?«

Sabine schüttelte den Kopf. »Ich werde mich nicht in den Fall einmischen. Fragen Sie nach Doktor Jochen Bellmann, er wird sich um alles Weitere kümmern.«

»Danke. Und meine Entschuldigung nehmen Sie nicht an?«

»Noch nicht.«

»Was heißt noch nicht?«

»Ich werde feststellen, wie Sie sich bei unserer nächsten Begegnung verhalten.«

»Dann wird es eine nächste Begegnung zwischen uns geben?«

»Das weiß ich nicht. Guten Abend, Herr Graf.« Diesmal reichte sie ihm die Hand. Unhöflichkeit muss man ja nicht mit Unhöflichkeit beantworten, dachte Sabine und begleitete den Besucher zur Haustür.

Verärgert fuhr Albert von Rebellin zurück nach Schloss Schwanenwyk. Draußen wurde es dunkel, und er dachte mit Missmut an den bevorstehenden Abend. Das fing schon damit an, dass es kalt war im Schloss. Ein paar Regentage, dachte er, und ich kann die Feuchtigkeit bis in die Knochen spüren. Hoffentlich hat der Butler für ordentliche Feuer in den Kaminen gesorgt, sonst kann er was erleben. Dann schüttelte von Rebellin den Kopf. Blödsinn, überlegte er, William kann ja auch nichts dafür. Wenn die Knechte ständig feuchtes Holz in die Kamine packen, kann man kein vernünftiges Feuer entfachen. Auch das war ein Grund, den Forstmeister zu engagieren. Es klappt einfach nicht mit der Rodung, und ständig kommt nasses Holz bei uns in die Öfen. Die Aufsicht musste in kompetente Hände gelegt werden, den Waldarbeitern konnte man einfach keine Eigenständigkeit zumuten.

Und nun liegt der Mann im Krankenhaus, und wer weiß, ob er jemals wieder arbeiten kann. Und dabei habe ich Himmel und Hölle in Bewegung setzen müssen, um die Forstverwaltung davon zu überzeugen, dass ich endlich einen Fachmann in meinen Wäldern brauche. Und dann fällt er mit dem Hochsitz um.

Wütend gab er Gas. Da sagt der Paulsen, das sei Sabotage, und der Anschlag hätte vermutlich mir gegolten. So ein Blödsinn, wer sollte mich denn umbringen wollen? Ich bin ein gerechter Arbeitgeber, ich kümmere mich um meine Leute, ich verschwende keine Zeit für unnützes Palaver, aber ich höre zu, wenn einer Probleme hat, und ich helfe, wo es nötig ist. Und sonst? Ich habe einen großen Freundeskreis, ich bin großzügig, und ich gebe, wenn ich um parteiliche oder karitative Spenden gebeten werde.

Also, wer sollte mich umbringen wollen? Die Wildschützer? Blödsinn, ich bin Mitglied im WWF, ich engagiere mich für bedrohte Tiere weltweit und bin mindestens einmal im Jahr in Gland in der Schweiz zur Konferenz. Wenn hier einer Tiere schützt, dann bin ich es. Und das gilt für meine Rehe genauso wie für den Pandabären in China oder den Eisbären von der Hudson Bay. Klar, er schüttelte missmutig den Kopf, klar müssen kranke Tiere erlegt werden, und wenn die Population überhandnimmt und der Wald darunter leidet, muss der Wildbestand reduziert werden, aber das weiß doch jedes Kind. Deshalb bringt man doch keinen Jäger um.

Und nun liegt dieser Jürgen Albers im Krankenhaus, und keiner weiß, wie es mit ihm weitergeht.

Sehr hilfsbereit war diese Ärztin ja nicht gerade. Er dachte an sein Gespräch mit Sabine Büttner und an ihre Begrüßung. Er hatte sehr wohl gemerkt, wie reserviert sie sich ihm gegenüber verhielt. Das war schon damals so, als ich sie wegen Monika von Lüdemann um Hilfe bat. Da war sie auch nicht bereit, die kleinste Sympathie zu zeigen. Na schön, damals war die Rede von Abtreibung, daran war Francesca schuld, aber mir gegenüber war sie genauso distanziert wie heute, und dabei habe ich Monika doch nur helfen wollen. So wird Hilfe belohnt. Man sollte wirklich die Finger davonlassen und sich nur um eigene Probleme kümmern.

Er dachte wieder an sein kaltes Schloss. Wie gemütlich das bei der Ärztin war. Warm, behaglich – so richtig schön. Nicht gerade groß, aber wozu braucht man ein Wasserschloss, wenn man sich eigentlich nur ein bisschen wohlfühlen will?

Schlecht gelaunt fuhr er über die alte Zugbrücke und durch das Torhaus bis vor das Eingangsportal. Wie immer öffnete William, der Butler, sofort die Tür, verbeugte sich und nahm ihm Tweedjacke und Mütze ab, während einer der Knechte den Wagen in die Garage fuhr.

»Wünschen Sie Tee, Herr Graf?«

»Ja, mit einem ordentlichen Schuss Rum, ich bin bis auf die Knochen durchgefroren. Ist meine Tochter schon da?«

»Die Komtess befindet sich im Salon und telefoniert.«

»Ich möchte sie in der Bibliothek sehen.«

»Jawohl, Herr Graf.«

Wenige Minuten später servierte ihm William den Tee, kurz danach kam Francesca in die Bibliothek. »Du willst mich sprechen, Daddy?«

»Ja. Warst du bis jetzt im Krankenhaus?«

»Ja, natürlich.«

»Natürlich ist gar nichts. Wie geht es dem Förster?«

»Schlecht. Er ist immer noch bewusstlos. Ich fahre auch gleich wieder hin.«

»Das wirst du nicht. Ich will nicht, dass du dich in eine Sache vertiefst, die für dich aussichtslos ist.«

»Ich sehe das etwas anders, Daddy. Ich liebe den Mann, und ich gehöre an seine Seite. Es ist meine Pflicht, ihm in diesen schweren Stunden beizustehen.«

»Was die Liebe anbelangt, fehlt es dir an Erfahrung, und was deine Pflicht angeht, so ist die hier an meiner Seite.«

»Ich bin volljährig, Daddy, ich bin kein Kind mehr. Ich weiß, was ich zu tun habe.«

»Du bist kein Kind mehr, das stimmt, aber du weißt noch lange nicht, was gut für dich ist. Als Erstes wirst du lernen, einem Haushalt vorzustehen, und zwar hier unter der Aufsicht von Frau Magdalena. Der Aufenthalt in der Schweiz hat dir viel Zeit weggenommen. Eine Zeit, die dir dein Dickkopf eingebrockt hat. Du musst eine Menge dieser verlorenen Zeit nachholen.«

»Ich habe Haushaltsführung im Internat gelernt, es langt mir. Wozu hat man Personal?«

»Um es zu beaufsichtigen, und dafür muss man alles, was man verlangt, auch selber machen können. Alles, das ist bei der Wirtschafterin genauso wie beim Gärtner, bei der Reinmachefrau ebenso wie bei der Köchin. Nur wenn du alles kannst, kannst du alles beaufsichtigen und fordern.«

»Nein, Daddy, ich unterstütze dich gern bei der Verwaltung der Güter und helfe bei deinen Geschäften, aber in die Küche oder in die Bügelstube stelle ich mich nicht.«

»Ich wünsche, dass du eines Tages eine angemessene Ehe eingehst, da brauchst du dich nicht um die Geschäfte deines Mannes zu kümmern, sondern nur um eine perfekte Haushaltsführung.«

»Daddy, so eine altmodische Einstellung habe ich dir weiß Gott nicht zugetraut. Wo lebst du denn? Die Zeiten haben sich geändert und zwar grundsätzlich.«

»Aha? Und in welcher Beziehung?«

»Als Erstes suche ich mir den Mann und die Kreise, aus denen er kommt, selbst aus. Zweitens soll meine Ehe eine Partnerschaft mit Gleichberechtigung sein, und drittens habe ich den Mann meiner Zukunft bereits gefunden.«

»Da irrst du dich gewaltig. Ich verbiete dir ab sofort, diesen Forstmeister zu sehen. Der Mann ist unter anderem mein Angestellter und kein Umgang für dich. Ich wünsche, dass du in dieser Beziehung ganz klare Grenzen ziehst.«

»Ich denke nicht daran, Daddy.« Sie stand auf und ging zur Tür. »Bevor du über mich bestimmst und Jürgen Albers als unpassend bezeichnest, solltest du bei dir selbst anfangen, klare Grenzen zu ziehen.«

»Was fällt dir ein?«

»Grenzen zwischen Jung und Alt zum Beispiel, Grenzen zwischen Mann und Mädchen, zwischen Souveränität und Abhängigkeit.«

»Was soll das heißen?«

»Muss ich dich an die Pflichten eines Gastgebers erinnern und an das Vertrauen meiner Freundinnen und deren Eltern in dich als Hausherrn?«

»Ich weiß nicht, was du meinst.«

»Dann denk einmal nach, Daddy.« Und mit diesen Worten verließ Francesca die Bibliothek.

Kopfschüttelnd blieb der Graf zurück. Was meint sie bloß damit, überlegte er. Gastgeberpflichten und vertrauensvolle Gäste? Spielt sie etwa auf die äußert peinliche Geschichte mit Monika von Lüdemann an? Da haben sich die

Mädchen wirklich nur Dummheiten geleistet. Und jetzt wirft Francesca mir falsches Verhalten vor. So ein Blödsinn. Hätten sie auf mich gehört, wären uns viele Probleme erspart geblieben. Aber nein, statt mich einzuweihen, rennen sie zu diesem Förster und dann zu dieser Ärztin. Die muss ja wirklich einen fabelhaften Eindruck von mir haben, kein Wunder, dass sie so reserviert ist.

XIX

Zwei Tage nach dem Besuch des Grafen stand Francesca von Rebellin im Wartezimmer der Landärztin. Als Helga sie nach ihren Wünschen und dem Krankenschein fragte, erklärte sie: »Ich bin nicht als Patientin hier, ich möchte Frau Doktor Büttner privat sprechen.«

»Tut mir leid, Fräulein von Rebellin, aber Frau Doktor ist noch mitten in der Sprechstunde. Da müssen Sie etwas warten.«

Schulterzuckend setzte sich Francesca zwischen die wartenden Patienten und griff nach einer Zeitschrift. Missmutig blätterte sie die Seiten um. Nach einer Weile stand sie auf, holte sich aus dem Wasserspender einen Becher Wasser und hörte sich die leisen Gespräche der Wartenden an. Da wurde über eine Rauferei im Auenkrug geredet, über Touristen, die die Reitwege nicht beachteten, über einen Jungen, der beim Paddeln auf der Aue fast in den Sog vom Mühlenbach geraten war, und vom Forstmeister wurde auch geredet. Aber da tuschelten die Leute so leise, dass sie nichts verstand. Als ihr das alles zu langweilig wurde, erklärte sie Helga: »Ich setze mich draußen in meinen Wagen, bitte rufen Sie mich, wenn die Ärztin Zeit hat.«

Nach einer halben Stunde winkte sie Helga wieder herein. »Frau Doktor ist jetzt so weit.« Dann führte sie die junge Frau in das Sprechzimmer.

Sabine wusch sich die Hände und begrüßte sie anschließend. »Was kann ich für Sie tun?«

»Ich möchte Sie sprechen, können wir uns irgendwo ungestört unterhalten?«

»Selbstverständlich, bitte nehmen Sie Platz, hier stört uns keiner.«

»Ich komme wegen des Forstmeisters. Wie Sie ja wissen, sind wir so gut wie verlobt, und ich mache mir große Sorgen um ihn.«

»Ja, das weiß ich. Wie geht es ihm denn inzwischen?«

»Er war gestern für kurze Zeit bei Bewusstsein.«

»Na, das ist doch ein großer Fortschritt.«

»Ja, das weiß ich auch, aber er hat mich nicht erkannt, und dann ist er auch ganz schnell wieder eingeschlafen.«

»Sie müssen etwas Geduld haben.«

»Die habe ich ja auch. Aber als ich heute ins Krankenhaus kam, war er fort.«

»Was heißt das, er war fort?«

»Ich kam in sein Zimmer, und das Bett war leer.«

»Und, haben Sie sich erkundigt, wo er ist? Vielleicht hat man ihn in ein anderes Zimmer verlegt?«

»Nein, er hat das Krankenhaus verlassen. Der Arzt, mit dem ich schon einmal über ihn reden konnte, hat einfach gesagt, er habe das Krankenhaus verlassen.«

»Aber ein schwer kranker Mann kann nicht aufstehen und fortgehen.«

»Nein, eben nicht. Nachdem ich einer Schwester einen Zwanziger in die Schürzentasche geschoben habe, hat sie gesagt, er sei verlegt worden. Aber kein Wort darüber, wohin und warum.«

Na, Gott sei Dank, dachte Sabine. »Dann ist er vielleicht in eine Spezialklinik gebracht worden?«

»Ich weiß es nicht, ich weiß nur, dass mein Vater dahintersteckt. Er will mich von Jürgen trennen, das hat er schon angedeutet. Jetzt macht er das wahr.«

»Aber wenn es für den Verletzten besser ist, in einer Spezialklinik behandelt zu werden, dann ist das doch nur gut für ihn.«

»Ja, schon, aber ich will bei ihm sein, ich will ihn trösten und ihm zeigen, dass ich immer für ihn da bin. Und genau das will mein Vater verhindern.«

»Und was erwarten Sie von mir?«

»Dass Sie herausfinden, wohin man den Forstmeister gebracht hat.«

»Das kann ich nicht.«

»Natürlich können Sie das. Sie wollen es nur nicht.«

»Was wollen Sie damit sagen?«

»Dass Sie mit meinem Vater unter einer Decke stecken.«

»Also, hören Sie mal. Wie kommen Sie denn auf diese absurde Idee?«

»Mein Vater war vorgestern hier. Glauben Sie ja nicht, ich weiß das nicht. Hier spricht sich immer alles herum.«

»Was erlauben Sie sich? Ihr Vater war hier und wollte einen Rat von mir.«

»Genau, und am nächsten Tag hat man Jürgen fortgeschafft.«

»Damit habe ich nichts zu zun.«

»Ich glaube Ihnen nicht. Mit Monika haben Sie das damals genauso gemacht. Seitdem ist sie wie vom Erdboden verschluckt. Aber mit Jürgen passiert das nicht. Dafür werde ich sorgen.«

»Ich halte unser Gespräch für beendet, Frau von Rebellin, guten Tag.«

Sabine öffnete die Tür, aber Francesca rührte sich nicht. »Ich gehe nicht, bevor ich nicht weiß, wo der Forstmeister ist.«

»Seien Sie nicht albern. Wenn ich Ihnen sage, ich weiß es nicht, dann ist das so.«

»Sie können mir viel erzählen, ich glaube Ihnen kein Wort. Und denken Sie bloß nicht, Sie könnten sich an meinen Vater heranmachen, indem Sie sich mit ihm gegen mich verbünden. Ich weiß das zu verhindern, Frau Doktor. Sie werden sich noch wundern.«

Sabine verließ das Sprechzimmer. Draußen rief sie Helga zu: »Die Dame im Sprechzimmer möchte gehen. Bitte sorgen Sie dafür, dass sie den Ausgang findet.«

Schockiert und erschrocken ging Sabine in ihre Wohnung. Was fiel diesem Mädchen ein, sie zu bedrohen und zu beschimpfen? Wie kommt sie bloß auf die Idee, ich könnte mit ihrem Vater gemeinsame Sache machen? Dieser Graf ist unsympathisch und unausstehlich, er ist der Letzte, mit dem ich mich gegen irgendwen verbünden würde. Um einen solchen Menschen kann man nur einen großen Bogen machen. Sie seufzte. Eins hat er aber anscheinend gemacht, er hat Jürgen in eine Spezialklinik gebracht. Ob er mit Jochen Bellmann gesprochen hat? Ach, egal, es geht mich nichts mehr an.

Aber die Gleichgültigkeit, zu der sie sich zwingen wollte, war gar nicht einfach zu praktizieren. Denn schon in der Küche empfing sie Lotti mit den Worten: »Stellen Sie sich vor, die Grete hat gesagt, sie musste einen Koffer mit Kleidung und Schlafanzügen und mit dem kompletten Kulturbeutel und allem, was man so im Krankenhaus braucht, fertig machen, die Sachen würden heute noch abgeholt.«

Sabine nickte. »Er liegt im Krankenhaus, da braucht man solche Sachen.«

»Aber die Grete hat im Krankenhaus in Soltau angerufen, weil sie noch ein paar Einzelheiten wissen wollte, aber da ist er nicht mehr.«

»Dann wurde er wohl inzwischen in eine Spezialklinik gebracht.«

»Aber als sie das wissen wollte, hat man ihr keine Auskunft gegeben. Wissen Sie denn, wo er ist, Frau Doktor?«

»Nein, Lotti, ich weiß es auch nicht. Könnte ich denn jetzt vielleicht mein Essen haben?«

»Ja, natürlich, und entschuldigen Sie. Aber die Grete macht sich natürlich Sorgen.«

»Das kann ich verstehen.« Sabine nahm sich ein Glas Wasser und setzte sich an ihren Esstisch in der Halle. Langsam wurde ihr das alles zu bunt. Sie bedauerte sehr, was geschehen war, und Jürgen tat ihr außerordentlich leid, aber sie hatte getan, was sie konnte, und mehr wollte er selbst ja auch nicht, sonst hätte er sich ihr gegenüber anders verhalten. Stattdessen sah er nur die junge, unbekümmerte, dreiste, kleine Komtess und war mit fliegenden Fahnen zu ihr übergelaufen. Ein erwachsener Mann, den alle für verschlossen und introvertiert hielten, machte diesem jungen Ding den Hof.

Natürlich war Sabine eifersüchtig, aber sie war auch stolz genug, sich über diese Enttäuschung hinwegzusetzen, damals, als sie davon erfuhr. Aber das war vor Botsuana gewesen, inzwischen hatte sie erfahren, wie nebensächlich solche Gefühlsausbrüche werden konnten, wenn man es mit wirklichen Problemen zu tun hatte.

Sie wandte sich dem Essen zu und dachte an Jochen Bellmann, der es geschafft hatte, zusammen mit seinem Ärzteteam eine Wasserpumpe für Zarambone zu kaufen und in das Dorf am Rande der Wüste zu schicken. Ein Spezialteam aus Tshabong hatte zusammen mit Jobst Bürger, dem Ingenieur, versprochen, die Pumpe in Zarambone zu installieren.

Auf einen Mann wie Jochen ist eben immer Verlass, dachte sie und erinnerte sich daran, wie er sie umworben und wie sie ihn abgelehnt hatte, weil er einfach nicht ihr Typ war. Vielleicht war das der größte Fehler meines Lebens. Mit Jochen an meiner Seite hätte ich nun all die Geborgenheit, die ich mir wünsche, den Schutz, den Trost und den Rückhalt, den jede Frau braucht. Nun hat er seine Ina, eine Frau, die ihn liebt, so wie er ist, rundlich, untersetzt, unsportlich, mit dieser hohen Stirn und mit diesen lieben Händen, denen ich nicht erlaubt habe, mich zu streicheln.

Lotti servierte das Essen, blieb am Tisch stehen und sah sie fragend an.

»Nichts, Lotti, es gibt nichts zu sagen. Ich weiß nicht, wo der Forstmeister ist. Ich weiß nur, dass er eine Spezialbehandlung braucht, für die nicht jedes Krankenhaus geeignet ist.«

Lotti nickte. »Ich versteh' schon, es ist ja nur, weil meine Schwester sich Sorgen macht. Ein Revierförster aus der Nachbarschaft ist jetzt im Heidehaus und kümmert sich provisorisch um alles. Aber der ist verheiratet, und wenn er für immer dableiben sollte und die Familie nachkommt, verliert Grete ihre Stellung.«

»Ach, Lotti, das täte mir sehr leid. Es war so ein schrecklicher und so ein unnützer Unfall.«

»Man sagt, die Aktion habe dem Grafen gegolten.«

»Das weiß man nicht.«

»Die Polizei sucht Zeugen. Alle Hochsitze im Wald vom Grafen sollen angesägt sein.«

»Wie schrecklich. Was da alles noch hätte passieren können.« Sabine griff nach ihrer Serviette, ein Zeichen für Lotti, dass Sabine allein sein und essen wollte.

»Guten Appetit, Frau Doktor«, wünschte sie und ging zurück in die Küche. Ist sie nun so kalt, oder tut sie nur so, weil sie ihre Enttäuschung über den untreuen Forstmeister immer noch nicht überwunden hat?, dachte Lotti und versorgte Ronca mit Futter, bevor sie sich selbst an den Tisch setzte, um zu essen.

Sabine hatte neben ihrer routinemäßigen Arbeit viel zu tun in diesem Frühsommer. Eine verheerende Zeckenplage kündigte sich an. Die Tiere verbreiteten sich rasend schnell von Süddeutschland nach Norden hin, und die Menschen waren trotz vieler Warnungen noch nicht darauf vorbereitet und ließen sich nicht impfen. Die freiwillige Feuerwehr musste zwei Hornissennester ausräuchern, dabei waren zwei Männer gestochen worden. Ein Saisonarbeiter hatte nachts im Rausch seine Matratze angezündet, sodass Frau und Kinder mit Rauchvergiftung behandelt werden mussten. Und die Patienten aus dem Paracelsus-Sanatorium kamen wieder häufiger zu ihr, weil der Direktor gewechselt hatte und der neue Mann härtere Maßnahmen bei denen einführte, die, wie er meinte, nur aus Frust und Langeweile die Betten blockierten. Und nun kamen auch noch diese unangenehmen, persönlichen Probleme dazu. Wenn ich nur jemanden hätte, mit dem ich darüber reden könnte, eine Mutter meinetwegen oder eine allerbeste Freundin, dachte sie oft, wenn sie abends müde ins Bett ging und vor lauter wirren Gedanken nicht einschlafen konnte. Aber meine Mutter würde mir auch nichts nützen, die hatte nie Zeit für mich und war immer die Grande Dame an der Seite meines Vaters. Er war ihr Ein und Alles, nicht ich.

Ein paar Tage nach dem Besuch des Grafen bekam sie einen Blumenstrauß über Fleurop geschickt. Auf der Begleitkarte stand nur das Wort ›Danke‹. Zwei Tage später bekam sie einen Brief mit nur fünf Worten: ›Sie werden sich noch wundern.‹ Absender: Francesca von Rebellin.

Danach machte sie sich an ihrem ersten freien Nachmittag auf den Weg zu Henriette. Die Schwedin, die hier als Heilerin mit besonderen Begabungen galt, und ihr Gefährte, der alte Schäfer, waren die einzigen Personen, zu denen sie tiefes Vertrauen hatte.

Der Weg über die Hügel zur versteckten Hütte am Gehöckel tat ihr gut. Die Birken hatten ihr Laub voll entfaltet, Glockenblumen, Mohn und Margeriten blühten am Wegrand, und die Luft war voller Gezwitscher. Wildkaninchen huschten über den Weg und ärgerten Ronca, die nicht hinterherrennen durfte. In der Ferne sah sie Wanderer mit Rucksäcken und Spazierstöcken. Eine Schulklasse war unterwegs, ebenso die ersten Kutschen mit Touristen. Henriettes Hütte verschwand fast unter der weißen Blütenpracht unzähliger Holundersträucher, und ein Imker hatte seine Bienenstöcke ganz in der Nähe aufgestellt.

Henriette arbeitete in ihrem Garten, und Luuva lag in einer Hängematte und spielte mit ihren Füßchen. Wie friedlich das hier ist, dachte Sabine und band Ronca draußen an einen Baum, bevor sie die Gartenpforte öffnete.

»Hallo, ihr zwei, darf ich hereinkommen?«

Henriette richtete sich überrascht auf. »Ja, natürlich, dass man dich auch wieder einmal zu sehen bekommt.«

»Ich habe viel zu tun, aber heute hab' ich es zu Hause nicht mehr ausgehalten. Ich hatte Angst, der Sommer ist da, und ich habe ihn verpasst.«

»Komm rein und bring den Hund mit. Du weißt, ich liebe Ronca.«

»Ich weiß, aber sie ist so wild, und wenn sie Luuva in der Hängematte sieht, will sie mit ihr spielen, und das artet dann in einen Unfall aus.«

»Na, wie du meinst, aber erst einmal bekommt sie ein Leckerli und einen Napf mit Wasser. Und du, magst du einen Tee? Ich habe ganz junge Schafgarbe getrocknet, er schmeckt nach Sommer, Sonne und nach mehr.«

»Danke, gern.« Wie schafft Henriette es nur immer wieder, mit wenigen Worten alle trüben Gedanken zu vertreiben?, dachte sie und spielte mit Luuva, die ihr entzückt die Ärmchen entgegenstreckte. Hinter der Hütte grasten vier Ziegen auf einer eingezäunten Wiese, und ein paar Hühner scharrten im Sand.

Dann kam Henriette mit einem Tablett. Tee dampfte in der Kanne, ein paar Brote mit Butter und Honig und eine Schale mit frischem Quark luden zum Essen ein.

»Wie hast du das so schnell gezaubert?«, lächelte Sabine die Freundin an. »Jetzt merke ich erst, dass ich genau auf Honigbrote und frischen Quark Appetit habe.«

Henriette lachte. »Ich hab's dir an der Nasenspitze angesehen. Aber ich seh' da noch etwas anderes, Sabine, was ist passiert?«

»Wieso? Was siehst du?«

»Trauer! Angst auch! Was ist los?«

»Ich brauche einfach einmal jemanden zum Reden.«

»Wegen Jürgen? Ich weiß, was passiert ist.«

»Nicht wegen Jürgen. Er war vielleicht der Auslöser, aber es geht um mehr.«

»Dann rede.«

»In meiner Praxis wimmelt es von Menschen, aber ich habe keinen, mit dem ich reden könnte. Du und der Schäfer, ihr seid die Einzigen, und euch sehe ich zu selten.«

»Du hattest Verehrer, aber keine Freunde, ich habe das beobachtet. Warum hast du keine Freunde, Sabine?«

»Die, die ich hatte, habe ich in Großbresenbek zurückgelassen. Und hier? Du weißt, was aus meiner Freundschaft mit dem Förster geworden ist.«

»Der Mann brauchte Jugend, Frische, Verspieltheit, Spannkraft. So ist es mit den Männern, aber das weißt du selbst.«

»Um ehrlich zu sein, ich weiß nicht mehr, ob ich hier noch am rechten Platz bin.«

»Natürlich bist du das.«

»Für die Heidjer mit Sicherheit, aber für mich selbst?«

»Wovor hast du Angst, Sabine?«

»Mein Leben rauscht vorbei, und es vergisst mich ganz einfach.«

»Unsinn. Du bist eine wunderbare Frau, du musst einfach Geduld haben.«

»Aber meine Lebensjahre haben keine Zeit für Geduld. Ich möchte so gern eine Familie haben, Menschen, die mich in die Arme nehmen, wenn ich müde nach Hause komme. Meine biologische Uhr läuft, Henriette, vier, fünf Jahre noch, dann ist es zu spät, um noch eine Familie zu gründen.«

»Wolltest du das schon immer?«

»Nein, für mich stand all die Jahre der Beruf an erster Stelle.«

»Er war die Erfüllung deines Lebens.«

»Und nun ist er es nicht mehr.«

»Es ist nie zu spät, Lebenswege zu ändern.«

»Aber wie? Was soll ich tun, um sie zu ändern?«

»Warte noch ein bisschen«, verträumt schaute Henriette hinüber zu den Heidehügeln. Sabine wurde ganz still, sie wusste, dass die Heilerin hin und wieder in die Zukunft schauen konnte. Henriette schloss die Augen. »Hab' Geduld«, flüsterte sie. »Starke Arme werden dich umfangen, du kennst sie schon, aber du siehst sie noch nicht. Hab' Geduld, Sabine.«

Nach einer Weile des Schweigens öffnete sie wieder die Augen und schaute Sabine an. »Du wirst es schwer haben, dein Glück zu finden, es fällt einem nicht so einfach in den Schoß, aber es ist auf dem Weg, mein Liebes.«

»Und mehr sagst du nicht?«

»Mehr weiß ich nicht.«

Sabine schüttelte den Kopf. »Ich möchte dir so gern glauben, Henriette.«

»Du musst mir glauben.«

XX

Nachdenklich machte sich Sabine auf den Heimweg. Starke Arme, dachte sie, starke Arme, die ich kenne …

Ich kenne keine starken Arme. Da ist Jochen, und der ist vergeben. Dann Jack Limon, der mich irgendwann besuchen will, aber der hat keine starken Arme, dem muss eher ich unter die Arme greifen als er mir. Sie musste lachen, als sie an den vom Kamelritt zermürbten Engländer dachte. Die Bauern hier aus der Heide kommen wohl kaum infrage und die Patienten vom Paracelsus-Sanatorium auch nicht. Von denen halte ich mich fern, soweit das möglich ist. Der vorherige Direktor hat sich beim Gemeinderat beschwert, weil seine Patienten zu mir und nicht zu den Sanatoriumsärzten liefen, um behandelt zu werden. Das hätte mich damals fast die Praxis gekostet, den Fehler mache ich nicht noch einmal. Und der gut aussehende Reitstallbesitzer von Oberlohe, der mein Herz zu Sprüngen verführte? Der tröstet inzwischen die Dame mit dem zertretenen Fuß. Dann war da noch der Zuckerrübenfabrikant aus Uelzen, den die Flöhe gebissen hatten und der mir ein paar Sommermonate lang den Hof gemacht hat, der aber, nachdem er den Forstmeister als Rivalen akzeptiert hatte, nichts mehr von sich hören ließ.

Sabine schüttelte den Kopf, als sie Bilanz gezogen hatte. Nein, Henriette, dachte sie, da sind keine starken Arme auf dem Weg zu mir. Du irrst dich ganz gewaltig.

Kurz vor dem Garten ließ sie Ronca von der Leine. Hier durfte die Hündin frei laufen, und sie warf ihr Stöcke zu, die sie holen sollte. So konnte sie sich noch richtig austoben, bevor es dunkel wurde.

Drinnen setzte sich Sabine an ihren Schreibtisch. Sie hatte noch Papiere zu ordnen, musste Eintragungen in die Kartei machen und die persönliche Post anschauen. Wie immer hatte Lotti sie auf die Schale neben dem Telefon gelegt. Viel ist es ja nicht mehr, was da mit dem Postboten kommt, dachte sie, ein paar Rechnungen, etwas Reklame, das ist alles, die meisten Nachrichten laufen heute übers Internet und als E-Mails. Umso überraschter war sie, einen Brief von Monika von Lüdemann zu bekommen. Sie öffnete ihn sofort und las:

Liebe Frau Doktor Büttner,

heute überrasche ich Sie mit einer angenehmen Nachricht. Stellen Sie sich vor, der Vater meines Kindes bekennt sich zu meinem Baby. Er war bei meinen Eltern, hat sich für sein Fehlverhalten entschuldigt und will für mich und sein Kind sorgen. Er wird mich nicht heiraten können, aber er will uns ein Leben lang unterstützen und für alles aufkommen, was wir brauchen. Er weiß, dass mein Ruf für alle Zeit beschädigt ist, und er will es gutmachen, indem ich Zeit meines Lebens versorgt sein werde.

Heiraten will ich ihn auch nicht, er ist wirklich zu alt für mich, insofern tut es mir nicht weh, aber dass ich in aller Zukunft finanziell sorgenfrei bin, ist eine große Beruhigung für mich. Meine Eltern haben sein Angebot akzeptiert, und ich fahre morgen früh zurück. Sie schicken mir einen Wagen, und ich werde bei ihnen leben, bis mein Kind geboren ist. Was ich dann mache, muss ich mir noch überlegen, ich hoffe aber, meine Eltern werden mich in meinen Plänen unterstützen. Ich glaube, ich behalte mein Baby und gebe es nicht zur Adoption weg. Es gibt heute viele allein erziehende Mütter, und warum soll ich nicht dazugehören? Vielleicht nehme ich einen anderen Namen an, das würde mir in Dänemark vieles erleichtern, mal sehen. Ich bedanke mich noch einmal von ganzem Herzen bei Ihnen, und ich hoffe, wir bleiben in Kontakt. Eine Freundin wie Sie finde ich vielleicht nie wieder.

Herzlichst,

Ihre Monika von Lüdemann

PS: Mit gleicher Post erstatte ich Ihnen die Unkosten, die Sie durch mich hatten, zurück. Tausend Dank.

Verblüfft und erleichtert legte Sabine den Brief zur Seite. Dann hat es also in letzter Zeit eine Verbindung zwischen Monika und ihren Eltern gegeben? Na, mir soll es recht sein, ich freue mich, dass sie das Baby behält, sie wird sich schon durchsetzen, die Monika. Aber den Namen des Vaters hat sie auch jetzt nicht verraten.

Hm, dann hat sich der Graf also zu seiner Verantwortung bekannt.

Für Sabine war und blieb der Graf der Vater des Kindes. Sie erinnerte sich noch sehr genau an das Gespräch mit ihm, als er Monikas Adresse von ihr haben wollte. Alles, was er gesagt hatte, war eindeutig auf ihn bezogen. Und dafür verachtete sie ihn. Nun ist er also zur Vernunft gekommen, der Herr Graf, es hat ja lange gedauert, und eine verzweifelte junge Frau hat es fast das Leben gekostet. Aber nun scheinen sich die Wogen zu glätten.

Sabine schüttelte den Kopf. Alte Männer und junge Mädchen, es ist immer das gleiche Problem. Na ja, verbesserte sie sich, so alt ist er nun auch wieder nicht, ich schätze, er ist zwischen fünfzig und fünfundfünfzig, aber im Vergleich zu Monika, die gerade einmal zwanzig ist, ist er ein alter Mann.

Erleichtert legte sie den Brief zur Seite und ging zu Bett.

Am nächsten Morgen musste sie zum Gemeinderat. Es ging um Kinderschutzimpfungen, und wie immer musste der Gemeinderat die Ärztin unterstützen und Räumlichkeiten zur Verfügung stellen. Außerdem sollten ehrenamtlich tätige Frauen dafür sorgen, dass auch wirklich alle Mütter in den vier Dörfern ihre Kinder zur Impfung brachten.

Als Sabine das Amt verließ, stieß sie beinahe mit Graf von Rebellin zusammen, der gerade zur Tür hereinkam. Er grüßte höflich, und Sabine erwiderte den Gruß. Dann fiel ihr der Blumenstrauß ein, und sie drehte sich noch einmal um. »Vielen Dank für die Blumen, Herr Graf«, erklärte sie höflich und wollte weitergehen, aber Graf von Rebellin blieb stehen. »Halt, halt, ich hoffe, ich habe Ihren Geschmack getroffen.«

»Danke, ja, Blumen sind immer schön, da braucht man keinen besonderen Geschmack zu entwickeln.«

»Wie Sie sicherlich gemerkt haben, wurde der Forstmeister verlegt.«

»Ja, Ihre Tochter hat mich unterrichtet. Sie war übrigens sehr empört.«

»Ich will diese Verbindung unterbinden.«

»Aber weshalb? Herr Albers ist doch ein sehr netter Mann.«

»Ich habe andere Pläne für meine Tochter«, erwiderte er unzugänglich und wollte weitergehen.

Diesmal hielt ihn Sabine auf. »Hat Ihre Tochter nicht das Recht, selbst zu entscheiden?«

»Meine Tochter ist ein unreifes, verzogenes, mutterloses Mädchen, die weiß noch lange nicht, was gut für sie ist«, erwiderte er anmaßend.

Sabine zuckte mit den Schultern. Warum sollte sie sich in die Querelen zwischen Vater und Tochter einmischen. Sie wollte weitergehen. Aber der Graf stellte sich ihr in den

Weg. »Sie haben ihr doch hoffentlich nicht verraten, wo der Förster ist?«

»Wie sollte ich? Kein Mensch hat mir gesagt, wohin Jürgen Albers verlegt wurde.«

»Aber Sie wissen es?«

»Ich kann zwei und zwei zusammenzählen. Übrigens, herzlichen Glückwunsch.«

»Wofür?«

Sabine lächelte, sie konnte sich nicht zurückhalten: »Zur Vaterschaft natürlich.«

Verblüfft sah der Graf sie an. »Wozu?«

»Zur bevorstehenden Vaterschaft.«

»Moment mal, das möchte ich nicht hier zwischen Tür und Angel diskutieren. Kann ich Sie zu einem Kaffee drüben im Auenkrug einladen? Ihr Glückwunsch kommt ziemlich spät.«

»Ich habe erst gestern davon erfahren. Aber den Krug sollten wir meiden, ich nehme an, Sie wollen nicht zum Mittelpunkt des Dorftratsches werden.«

»Jetzt verstehe ich überhaupt nichts mehr. Dann setzen wir uns in meinen Wagen.«

»Danke, nein, ich muss zurück in meine Praxis.«

»Dann komme ich mit. So einen späten Glückwunsch lasse ich nicht im Raum stehen, da habe ich Klärungsbedarf.«

»Dann kommen Sie mit.« Sabine ging zu ihrem Wagen, lud ihn ein, Platz zu nehmen, und fuhr zurück zum Heidehaus.

Im Wartezimmer bat sie die Patienten um einen Augenblick Geduld und ging mit dem Grafen in ihre Wohnung. »Also, was möchten Sie geklärt haben?«

»Den seltsamen Glückwunsch. Immerhin ist meine Tochter schon gute neunzehn Jahre auf der Welt.«

»Ich habe gestern einen Brief von Monika von Lüdemann bekommen. Sie ist sehr glücklich und sieht nun wieder Perspektiven für die Zukunft.«

»Dann geht es ihr also gut? Das freut mich.«

»Sie hat mir geschrieben, der Vater ihres ungeborenen Kindes habe sich zu der Vaterschaft bekannt, sorge für sie beide, und sie habe sich mit den Eltern versöhnt.«

»Das freut mich. Das Mädel war wirklich in einer fatalen Situation, da muss man doch helfen, wenn man kann.«

»Sehr großzügig, Herr Graf, aber warum haben Sie so lange gewartet? Die junge Frau stand kurz vor dem Suizid.«

»Unsinn, so schnell bringt man sich nicht um. Sie sehen ja selbst, alles wendet sich zum Guten.«

»Aber zu einer Heirat können Sie sich nicht entschließen?«

»Warum sollte ich?« Jetzt lachte er und schüttelte den Kopf, »Sie sind entzückend, Frau Doktor, wollen Sie mich unter die Haube bringen?«

»Ich denke, es wäre der natürlichste Weg.«

»Aber jetzt verstehe ich gar nichts mehr.«

»Warum wollen Sie eine junge Mutter mit dem Kind allein lassen? Denken Sie doch einmal an die Zukunft der beiden.«

»Und was geht mich die Zukunft dieser jungen Mutter an?«

»Das fragen Sie noch?«

»Natürlich, oder rede ich in Rätseln?«

»Ein Kind sollte in einer Familie aufwachsen, dazu gehören Mutter und Vater.«

»Und was habe ich mit dieser Familie zu tun?«

»Als Vater fragen Sie noch?« Sabine schüttelte ungläubig den Kopf.

»Wie bitte?«

»Sie haben mich schon verstanden.«

»Sagen Sie mal, verehrte Frau Doktor, halten Sie mich etwa für den Vater?«

»Natürlich! Ihre Tochter und Monika waren sehr deutlich, als sie von dem Fest in Ihrem Schloss erzählten, und von dem sogenannten Ausrutscher.«

Der Graf brach in schallendes Gelächter aus. »Das ist ja nicht zu fassen. Die Monika und ich, mein Gott, was für eine Zumutung.«

Blass geworden starrte ihn Sabine an. »Stimmt das etwa nicht?«

»Nein, natürlich nicht, ich bin doch kein Kinderschänder. Und Sie glauben das auch noch. Es ist nicht zu fassen.«

»Warum wurde dann so ein Geheimnis aus der Vaterschaft gemacht?«

»Himmel, es ist in meinem Haus passiert, damals, während eines ausgelassenen Festes. Welcher Gastgeber möchte das schon zugeben? Mein Ruf hätte eine mächtige Schramme abbekommen, und die konnte ich mir nicht leisten.«

»Aber dass man Sie als Mädchenverführer ansieht, das konnten Sie sich leisten?«

»Kein Mensch hat mich als Mädchenverführer angesehen. Ich kenne den Mann, der damals zu tief ins Glas geschaut und sich dann vergessen hat. Ein hochanständiger, sehr ehrbarer Familienvater aus dem Hochadel. Ich musste ihn in Schutz nehmen, das war meine Pflicht als Gastgeber. Wir haben da so unsere Gesetze.«

»Na, feine Gesetze sind das! Ich bitte um Entschuldigung für meinen Irrtum, aber ich verabscheue dieses Getue um eine Ehrbarkeit, die gar keine ist, wenn man hinter die Kulissen schaut. Und jetzt muss ich mich um meine Patienten kümmern. Guten Tag, Herr Graf.«

»Streng und konsequent wie immer, Frau Doktor. Ich muss mir erst noch überlegen, ob ich Ihre Entschuldigung annehme. Guten Tag.«

Ohne sich noch einmal umzudrehen, verließ er das Haus und ging die Dorfstraße entlang zurück zum Gemeindeamt, wo er seinen Wagen geparkt hatte. Er war einerseits belustigt, andererseits aber außer sich vor Wut. Da sieht diese Ärztin in mir den Verführer einer fast Minderjährigen und den verantwortungslosen Casanova, der seine Männlichkeit nicht im Griff hat und ein junges Mädchen beinahe in den Selbstmord treibt. Und ich habe keine Ahnung von dem Ruf, der sich hier aufgebaut hat, dachte er wütend. Wie konnten sich Francesca und Monika nur so dämlich äußern, als sie Hilfe bei der Ärztin suchten? Na, dachte er verärgert, Francesca kann sich auf eine nette Aussprache freuen.

Was ihn aber noch mehr ärgerte, war die Tatsache, dass eine Frau wie Sabine Büttner ihn so verdammt schlecht einschätzte. Sie ist doch eine kluge Frau, sie ist doch gebildet und erfahren, sie kann doch nicht einfach aufgrund seltsamer Aussagen einen Mann wie mich dermaßen verkennen. Ich habe diese Frau grundsätzlich unterschätzt. Sie ist viel reservierter und resoluter, als ich gedacht habe. Kein Wunder, wenn sie mich wie einen verantwortungslosen Don Juan behandelt.

Er hatte seinen Wagen erreicht, setzte sich hinein und startete. Mit durchdrehenden Reifen fuhr er vom Dorfplatz und verstaubte mit dem aufspritzenden Sand die frisch gedeckten Tische vor dem Auenkrug. Wütend drohte ihm Lisbeth mit der Faust. »Ich wusste schon immer, du bist ein rücksichtsloser Draufgänger«, rief sie laut hinter ihm her.

Als Rebellin sich seinem Schloss näherte, hielt er für einen Augenblick an. Wie kalt und grau es aussieht, dachte er, ich muss etwas ändern, damit mehr Farbe in die Gegend kommt. Vielleicht sollte ich es weiß streichen lassen, so wie das Wasserschloss von Ahrensburg oder das von Glücksburg. Dazu die Fensterrahmen in Weiß-Blau oder Weiß-Grün? Und die Zufahrt müsste auch freundlicher werden.

Vielleicht mit Blumenkästen auf den Zaunsockeln? Wie schön der blühende Garten bei der Ärztin ausgesehen hat, erinnerte er sich. Dann zuckte er die Schultern. Blödsinn, für wen denn? Wenn wir Feste feiern, dann zur Jagdsaison im Herbst und Winter, dann ist sowieso alles grau in grau.

Missmutig fuhr er weiter und hielt erst im Schlosshof an. Erdrückend ist es hier, dachte er und sah sich um. Die grauen Mauern, die kleinen Fenster, die Türme an den vier Ecken und das Kopfsteinpflaster – mit einem Seufzer stieg er aus und dachte an die kühlen Räume, die allzu leicht feucht und muffig wirkten. Jetzt im Sommer geht es ja, aber in zwei, drei Monaten, ist es nicht mehr zum Aushalten. Er blickte durch das Torhaus zurück auf die Ställe und Remisen, die jenseits des Wassergrabens auf der anderen Seite der Landstraße angesiedelt waren. Sie lagen im Schein der Nachmittagssonne. Meine Pferde haben es besser als ich, dachte er unzufrieden und ging zum Eingangsportal. Als er die kühle, dunkle Halle betrat, dachte er unwillkürlich an die sonnendurchflutete Wohnstube der Ärztin, die in den goldgelben Naturfarben der Hölzer vor ihm lag und Wärme versprach, obwohl kein Kaminfeuer brannte.

Als der Butler kam, übergab er ihm das Jackett, ließ sich beim Stiefelausziehen helfen und zog die warme Hausjoppe an. Ich muss mich anziehen, um nicht zu frieren, wenn ich nach Hause komme, dachte er unzufrieden und bestellte Tee mit Rum in die Bibliothek. Dort setzte er sich an den Schreibtisch und begann mit der Büroarbeit. Einen ganzen Stapel von Papieren hatte ihm der Verwalter vorgelegt. Da ging es vor allem um die Zucht der Oldenburger, um die Bewirtschaftung des Waldes und um neue Richtlinien in der Biolandwirtschaft. Vor Richtlinien und Gesetzen und Vorschriften sieht man bald keinen Ackerboden mehr, schimpfte er in Gedanken vor sich hin und griff zurück zu den Papieren, die mit der Pferdezucht zu tun hatten. Die Zucht der Oldenburger war sein Hobby und machte einen großen Teil seines Einkommens aus. Nachdem das Gerücht vom derben, knochigen Pferd ein für alle Mal weggezüchtet war, waren Oldenburger vor allem in den Kreisen der Springreiter äußerst beliebt. Und er galt als einer der erfolgreichsten Züchter dieser wunderbaren Pferderasse. Erst im letzten Jahr hatte er vier Hengste und fünf Zuchtstuten in die USA verkauft. Noch heute kamen Dankesbriefe aus Kentucky.

Rebellin zündete sich eine Pfeife an und setzte sich in den Sessel, als William ihm den Tee brachte.

»Die Köchin hat Marmorkuchen gebacken«, erklärte der Butler, »sie meint, ganz frisch schmeckt er am besten.«

»Danke, ist Francesca im Hause?«

»Jawohl, Herr Graf.«

»Dann schicken Sie sie her.«

»Jawohl, Herr Graf.«

Wenig später betrat die Komtess die Bibliothek. »Du wolltest mich sprechen, Daddy?«

»Setzt dich, ich muss mit dir reden. Ich habe heute erfahren, dass ihr, du und deine schwangere Freundin, mich als Vater des zu erwartenden Babys vorgeführt habt.«

»Wer hat das gesagt?«

»Das spielt keine Rolle. War das so oder nicht?«

»Nicht so direkt. Wir hatten Angst. Hätten wir einen Pferdeknecht als Vater angegeben, hätten wir keine Hilfe erwarten können.«

»Stattdessen setzt ihr meinen Ruf aufs Spiel? Ich dachte, ich höre nicht richtig.«

»Aber Daddy, wir wussten doch, du stehst über den Dingen.«

»Es ist unglaublich, ich fasse es nicht.«

»Warum regst du dich denn so auf, es ist doch alles längst vorbei?«

»Da irrst du dich gewaltig. In den Dörfern halten sich Gerüchte lange, wenn nicht sogar für immer.«

»Daddy, sei nicht so kleinlich. Monika hat mir geschrieben, dass der Vater sich zu dem Kind bekannt hat und dass sie sich mit den Eltern versöhnen konnte, es ist doch alles in Ordnung.«

»Nichts ist in Ordnung. Mir ist diese üble Nachrede erst heute zu Ohren gekommen, und ich gedenke, dagegen vorzugehen.«

»Willst du mich jetzt an den Pranger stellen? Monika ist ja inzwischen weit weg.«

»Du wirst zu dieser Frau Doktor Büttner gehen und die Sache richtigstellen.«

Francesca sprang auf. »So ist das also, die hat uns verpetzt, das konnte ich mir fast denken, dass die den Mund nicht halten kann. Ich denke gar nicht daran. Sie hat uns sowieso nicht geholfen, sie hat nur Monika versteckt, und das gegen unseren Willen. Diese Frau mischt sich überall ein, und überall spielt sie den Mittelpunkt.«

»Diese Frau ist Ärztin, und sie mischt sich ein, wenn es zu einem Unfall kommt. Sie hat dir geholfen, als du mit dem Pferd gestürzt bist, sie hat dem Forstmeister geholfen, als er mit dem Hochsitz umgefallen ist, und sie hat letzten Endes deiner Freundin geholfen.«

»Seit wann verteidigst du diese Person, Daddy?«

»Von verteidigen kann keine Rede sein, höchstens von Richtigstellung. Du fährst morgen früh hin und entschuldigst dich.«

»Nur, wenn du mir verrätst, wohin ihr den Forstmeister gebracht habt.«

»Was heißt hier ›ihr‹?«

»Na, du und diese Wichtigtuerin.«

»Lass deine spitzen Bemerkungen. Ärzte haben ihn verlegt, und das ist gut so.«

»Dann geh' selbst und rette deinen guten Ruf, Daddy. Und wenn du schon einmal dabei bist, kannst du ihren guten Ruf gleich mit retten.«

»Was soll der Blödsinn?«

»Nun, die Dame ist nicht gerade als Kostverächterin bekannt. Erst war sie mit dem Förster liiert, dann mit einem Zuckerrübenmann aus Uelzen, dann kam sie ins Gerede wegen dem Hansi Hegenbach, und nun stehst du anscheinend auf ihrem Speiseplan, Daddy.«

Wütend sprang der Graf auf. »Wie kannst du es wagen, mich und diese Ärztin in einem Atemzug zu nennen? Wie kannst du es wagen, mich und diese Frau zu diffamieren? Wir haben nichts, aber auch gar nichts miteinander zu tun, abgesehen von zwei Unfällen, bei denen ich ihre Hilfe brauchte.«

»Und warum dann ein Blumenstrauß von beinahe fünfzig Euro?«

»Was soll das heißen?«

»Es bedeutet, dass ich nicht blind bin, Daddy.«

»Spionierst du mir nach?«

»Ich weiß noch nicht, ob es sich lohnt, aber ich werde es herausfinden.«

»Wage nicht, dich in meine Privatangelegenheiten zu mischen. Es könnte sein, dass du dann in Kürze eine ziemlich lange Reise antreten wirst.«

»Willst du mich in die Pampa schicken? Das wäre einmal etwas anderes, drei Internate habe ich ja schon hinter mir. Aber jetzt bin ich volljährig, Daddy, jetzt klappt das nicht mehr so ohne Weiteres.«

»Das werden wir sehen. Und jetzt mach', dass du rauskommst, bevor ich mich vergesse.«

»Ich habe keine Angst vor dir, Daddy. Wenn du mich schlagen willst – bitte. Aber ich weiß mich zu rächen.«

»Du wagst es, mir zu drohen?«

»Denk', was du willst, aber lass mich in Ruhe.«

»Ich lass dich in Ruhe, wenn du dich bei der Ärztin für die Lügerei entschuldigt hast.«

»Gut, ich bin morgen in aller Frühe in Auendorf. Mal sehen, was sie sagt, sie wird sich bestimmt bei dir melden.

Und glaube ja nicht, dass ich euch freie Hand lasse. Ich habe nämlich eine Ehre zu verteidigen, die Ehre meiner Mutter, falls du das vergessen solltest.«

»Raus!«

Mit einem gewaltigen Krach flog die Tür zu.

Und am nächsten Morgen, als Sabine Büttner zu Hausbesuchen aufbrechen wollte, waren alle vier Reifen ihres Landrovers zerstochen.

XXI

Sabine war fassungslos. Sie stand noch vollkommen bestürzt im Carport, als im Büro das Telefon klingelte. Da Helga noch nicht eingetroffen war, lief sie hinein und nahm den Hörer ab.

Eine weinende Frau rief: »Frau Doktor, kommen Sie schnell, meine Mutter ist von einer Ratte gebissen worden, die hängt noch an ihrem Bein fest.«

»Wer sind Sie, und wo wohnen Sie?«

»Ich bin die Bertha Bruckner, und wir wohnen in Immenburg neben der Mühle. Schnell, bitte beeilen Sie sich.«

»Ich bin schon unterwegs. Ihre Mutter soll sich ganz still verhalten, schlagen Sie nicht auf das Tier ein, es wird sonst noch aggressiver.«

»Ja, ja, das haben wir schon gemerkt.«

Sabine legte den Hörer auf und rief die Polizeiwache an. Oh Gott, hoffentlich ist da schon jemand, dachte sie. Dann hörte sie die Stimme von Piet Bollmann, dem alten Polizeimeister, der eigentlich nur noch auf seine Pensionierung wartete. »Hier Polizeistation Auendorf.«

»Herr Bollmann, hier ist Doktor Büttner, ich brauche Ihre Hilfe. Wir haben einen Notfall in Immenburg. An meinem Wagen sind alle vier Reifen zerstochen, und ich muss sofort nach Immenburg, können Sie mich fahren? Ich brauche dort sowieso männliche Hilfe.«

»Himmel, so früh am Morgen, was verlangen Sie von mir?«

»Bitte, Herr Bollmann, es ist ein Notfall, bitte helfen Sie mir.«

»Und um was geht's denn da in Immenburg? Hat wieder ein Kerl seine Frau verprügelt?«

»Nein, es geht um Leben und Tod. Ich erzähle es Ihnen unterwegs, aber es ist furchtbar dringend.«

»Gut, ich bin schon unterwegs.«

»Und Sie holen mich ab?«

»Ja, natürlich, ich fahr' doch nicht ohne Sie.«

Sabine legte den Hörer auf, schrieb eine Notiz für Helga, die jeden Augenblick kommen musste, und holte ihren Arztkoffer, der noch draußen neben dem Carport stand. Dann lief sie auf die Straße, um dem Polizeiwagen entgegenzulaufen. Als der Wagen mit Martinshorn und Blaulicht neben ihr hielt, kam eine Nachbarin von gegenüber aus dem Haus. »Ich hab gesehen, wer an Ihrem Auto war, Frau Doktor, ich hab's genau gesehen.«

Sabine, erschrocken von dem Krach und den Rufen, winkte der Frau nur zu. »Wir müssen zu einem Notfall, wir kommen später zu Ihnen. Danke.« Dann stieg sie zu Bollmann in den Wagen, und er brauste in einem Tempo, das sie dem alten Mann gar nicht zugetraut hätte, in Richtung Immenburg davon.

»Also, was ist passiert?«

»Eine alte Frau wurde von einer Ratte angefallen, und das Biest hat sich in ihrem Bein festgebissen. Wir müssen erst das Tier beseitigen, dann der Frau helfen, und dann feststellen, ob die Ratte krank ist.«

»Womöglich Tollwut?«, stotterte Bollmann erschrocken.

»Ich weiß es nicht, aber das Festbeißen hört sich bedrohlich an.«

»Lieber Himmel, ich will keine Tollwut hier haben. Ich will meine Ruhe und meine Pension und kein Drama in den letzten paar Wochen.« Trotz seiner Wünsche nach Ruhe und Pension fuhr er mit halsbrecherischer Geschwindigkeit über die Landstraße, schnitt die Kurven und hoffte, Blaulicht und Martinshorn würden die Straße für ihn freimachen. Zum Glück war so früh am Morgen noch kaum Verkehr, und die wenigen Fahrzeuge, die unterwegs waren, fuhren vor Schrecken fast in die Gräben, als Bollmann sich ihnen näherte.

Endlich hatten sie Immenburg erreicht. Sie brauchten nicht nach dem Hof der Bruckners zu fragen, eine Menschenmenge hatte sich vor dem Hof versammelt, und alle winkten dem Polizeifahrzeug zu, um ihm die Einfahrt zu zeigen.

Mit aufspritzendem Sand unter den Reifen hielt Bollmann mitten auf dem Hof, und Sabine, die sich während der ganzen Fahrt an das Armaturenbrett geklammert hatte, sah mit Erstaunen, dass dem alten Bollmann der Schweiß über das Gesicht lief. »So, schneller ging's nicht, jetzt sind Sie dran.«

Sabine sprang aus dem Wagen, griff nach ihrem Koffer und rief dem Polizisten zu: »Bitte kommen Sie mit, vielleicht brauche ich Sie.«

Unwillig lief der Mann hinter ihr her. »Aber der Arzt sind Sie.«

»Ich weiß, ich brauche Sie ja auch nur zum Beseitigen der Ratte.«

»Ja, ja, ausgerechnet«, stöhnte er, folgte ihr aber dann doch ins Haus.

Vom Keller her hörten sie Stimmen. Sabine ging zur Kellertreppe. Unten sah sie zwei Frauen im Schein einer Petroleumlampe. Die eine, in eine Decke gehüllt, saß leichenblass auf einem Stuhl und weinte lautlos vor sich hin, die andere stand mit einem dicken Knüppel in der Hand hinter ihr und redete beruhigend auf die Sitzende ein.

»Hallo, Frau Bruckner.«

»Oh, Gott, endlich sind Sie da. Meine Mutter war schon zweimal ohnmächtig.«

»Wir kommen jetzt runter, verhalten Sie sich ganz ruhig. Wo ist die Ratte?«

»An der Wade. Meine Mutter wollte Sauerkraut aus dem Fass holen, da ist sie von hinten an das Bein gesprungen.«

»Das Wichtigste ist jetzt, dass alles ganz ruhig bleibt. Haben Sie besseres Licht hier im Keller?«

»Nein.«

»Na gut, ist vielleicht sogar besser, wir erschrecken das Tier nicht mit grellem Licht. Kommen Sie, Herr Bollmann, aber leise.«

»Soll ich hier etwa auf das Biest schießen?«, flüsterte der Mann erschrocken.

»Nein, ich versuche, es zu betäuben. Wichtig ist Ruhe, auch bei allen Bewegungen.«

»Haben Sie so was denn schon mal gemacht?«

»Nein, aber ich weiß, dass man so ein Tier jetzt nicht erschrecken darf.«

»Und was soll ich tun?«

»Stellen Sie sich hinter die Frau auf dem Stuhl und halten Sie sie fest, damit sie nicht noch einmal umkippt«, und zu Frau Bruckner gewandt fügte sie hinzu: »Sie gehen jetzt leise nach oben. Legen Sie den Knüppel griffbereit auf die unterste Stufe.«

»Aber ich möchte bei meiner –«

»Es ist zu eng für uns alle, ich passe auf Ihre Mutter auf, und der Polizeimeister hält sie fest. Machen Sie oben den größten Tisch frei, den Sie haben, ein paar Decken und ein sauberes Laken drauf, ich muss Ihre Mutter darauflegen und behandeln können.«

»Ja, wenn Sie meinen.« Unentschlossen ging die Bäuerin rückwärts die Treppe hinauf, den Blick ließ sie nicht von der alten Frau, die von den Armen des Polizisten umfangen wurde. Sabine nahm ein Päckchen Gaze und eine kleine Flasche mit Äther aus ihrem Koffer, streifte einen dicken Gartenhandschuh über die linke Hand, und zog vorsichtig den langen Rock der alten Frau hoch, um einen Blick auf die

Ratte werfen zu können. Das Tier hatte sich oberhalb vom Knöchel in der Achillesferse festgebissen. Ein großes Tier mit glänzenden Augen, Schaum vor dem Maul und bebenden Flanken. Die hat genauso viel Angst wie wir, dachte Sabine, dann griff sie zu dem Gazepäckchen, träufelte Äther darauf und näherte sich von hinten dem Tier. Mit einer blitzschnellen Bewegung hielt sie der Ratte die stinkende Gaze vor den Kopf und ergriff mit der linken Hand das zappelnde, und dann sehr schnell leblose Tier.

»Donnerwetter«, war alles, was der schwitzende Bollmann sagen konnte.

»Ich brauche eine Kiste. Wir müssen sie in ein Labor schicken.«

»Ich habe einen Käfig für streunende Tiere im Wagen.«

»Dann holen Sie den schnell und schicken Sie ein paar Männer herunter, die die Frau vorsichtig nach oben tragen.«

Erst jetzt merkte Sabine, dass sie am ganzen Körper zitterte. Sie wagte es nicht, einen einzigen Schritt mit dem leblosen Tier in der Hand zu machen. Die Ratte wiegt mindestens zwei Kilo, dachte sie, aber ich habe keine Ahnung, ob mein Äther stark genug war, um sie zu töten. Ich halte sie lieber fest, bis sie im Käfig steckt.

Gleich darauf polterten mehrere Männer in den Keller. Das Grauen stand ihnen ins Gesicht geschrieben, als sie die Ärztin mit der Ratte in der Hand sahen. Dann rief einer »Bravo«, und alle klatschten Beifall.

»Am besten ist es, Sie tragen die Frau mit dem Stuhl nach oben, und schön festhalten, sie hat einen Schock.«

Endlich erschien Bollmann mit dem Käfig, und Sabine konnte das unheimliche Tier hineinlegen. »Gut verschließen, Herr Bollmann, ich weiß nicht, ob sie tot ist. Ich muss mich jetzt zuerst um die Frau kümmern, und achten Sie bitte darauf, dass sich niemand dem Käfig nähert. Dieser Schaum vor dem Maul bedeutet nichts Gutes.«

»Auch das noch«, murmelte Bollmann und brachte den Käfig hinaus in seinen Wagen, den er sorgfältig verschloss.

Auf dem Hof machten die wildesten Gerüchte die Runde. Als ein paar Frauen in das Haus drängten, um der Bäuerin beizustehen, bat Sabine zwei Männer, die Frauen von ihren ›Besuchen‹ abzuhalten. »Wir haben hier eine schwer kranke Frau, die behandelt werden muss, sorgen Sie dafür, dass wir hier drinnen ungestört sind.« Und an den Polizeimeister gewandt fügte sie hinzu: »Bitte rufen Sie einen Krankenwagen, die alte Dame muss klinisch behandelt und dann beobachtet werden. Ich kann hier nur eine Notversorgung vornehmen.«

Sabine ging zu der Frau, die man auf den Küchentisch gebettet hatte, und besah sich die Wunde. Sie blutete kaum, aber das Bein war bis zum Knie hinauf rot und geschwollen. Sie desinfizierte die Wunde und legte einen Verband an, dann sah sie die jüngere Frau an, die neben dem Tisch stand und die Hände der Mutter streichelte. »Frau Bruckner, ihre Mutter muss zur Beobachtung ins Krankenhaus. Bitte packen Sie die notwendigen Sachen für sie ein, und jetzt muss das Bein gekühlt werden. Ich brauche Handtücher und kaltes Wasser.«

»Ja, natürlich, wird meine Mutter denn wieder ganz gesund?«

»Ich hoffe es, aber sie braucht eine professionelle Behandlung, ich kann sie nur behelfsmäßig versorgen. Vor allem muss man feststellen, ob die Ratte krank war und ob sie Ihre Mutter infiziert hat. Das kann man alles nur in einem Krankenhauslabor machen, deshalb kann ich ihr auch keine Spritze gegen irgendetwas geben, weil ich nicht weiß, was ihr wirklich fehlt. Verstehen Sie, was ich meine?«

»Ja, schon, aber glauben Sie auch, es könnte Tollwut sein?«

»Ich weiß es nicht, Frau Bruckner.« Sabine wickelte feuchte Tücher um die Wade, beruhigte mit leisen Worten die noch immer unter Schock stehende Frau.

Gemeinsam mit Bollmann wartete sie, bis der Krankenwagen gekommen und wieder abgefahren war. Frau Bruckner begleitete die Mutter nach Soltau, und eine Nachbarin erklärte sich bereit, für Haus und Hof zu sorgen.

Als sie endlich selbst auf der Rückfahrt waren, bat Sabine den Polizisten: »Bitte, Herr Bollmann, das Tier muss in ein veterinärmedizinisches Labor, es ist sehr dringend. Und dann sollten Sie alle Polizeiämter der Umgebung und alle Revierförster im Kreisgebiet informieren und fragen, ob irgendwo Tollwut ausgebrochen ist. Wir wollen niemanden verängstigen, aber wir dürfen auch nichts versäumen.«

»So ein Mist, aber Sie haben ja recht, Frau Doktor.«

Als sie in Auendorf vor dem Arzthaus angekommen waren, fragte er: »Und was ist nun mit Ihrem Wagen?«

»Sehen Sie selbst, alle vier Reifen sind zerstochen. Aber dafür haben wir jetzt keine Zeit. Zuerst muss die Ratte ins Labor, dann kommt mein Wagen an die Reihe.«

»Und wenn wieder ein Notfall eintritt?«

»Dann rufe ich Sie wieder an, Herr Bollmann.«

»Ach, nein, einmal am Tag so ein Fall, der reicht mir.«

Zum ersten Mal an diesem Tag konnte Sabine lachen, als sie sagte: »Mir geht's genauso, Herr Bollmann.«

Sabine ging ins Haus, duschte und zog von Kopf bis Fuß frische Kleidung an. Die gebrauchten Sachen steckte sie in einen Plastiksack und schnürte ihn fest zu. Als sie Lotti sah, bat sie: »Bitte, Lotti, diese Sachen müssen sofort im Garten verbrannt werden. Ich weiß nicht, ob ich mit dem Tier in

Berührung gekommen bin und ob es krank war, es ging alles zu schnell, um auf so etwas zu achten. Aber ich bin lieber vorsichtig. Also, nichts berühren, nur verbrennen.«

Dann ging sie in die Praxis. Im Wartezimmer saßen nur wenige Leute, so konnte sie in Ruhe mit der Arbeit beginnen. Aber sie hatte kaum den ersten Patienten versorgt, als die Nachbarin zur Tür hereinplatzte und rief: »Frau Doktor, wegen Ihres Autos, ich weiß, wer das war.«

»Hallo, Frau Breitner, danke, dass Sie aufgepasst haben.« Sabine nahm die Frau mit in ihre Wohnung, es war nicht nötig, dass die Patienten hörten, was die Frau zu sagen hatte, und dass wenig später das ganze Dorf Bescheid wusste. »Was glauben Sie denn, wer es war?«

»Also, die Person habe ich nicht direkt gesehen, es war noch ein bisschen dämmerig, und Ihr Carport steht ja auch etwas versteckt, aber das Auto von dem Halunken kenne ich genau. Es war der Van vom Grafen.«

»Was?«

»Genau. Der hat doch so eine olivgrüne Farbe und vorn an der Kühlerhaube ein silbernes Hufeisen. Und genau das Auto stand hier schräg gegenüber. Und dann ist eine Person im Lodenmantel mit hochgezogener Kapuze und in Gummistiefeln aus Ihrem Garten gekommen, eingestiegen und davongefahren.«

»Das kann doch nicht wahr sein. Und Sie glauben, es war der Graf?«

»Ja klar, mein Mann arbeitet doch auf dem Schloss als eine Art Hausmeister, und er hat schon ein paar Mal erzählt, wie pingelig der Graf sich mit seinem Van verhält. Den darf kein anderer fahren, nicht einmal sein Chauffeur. Den fährt er immer selbst, sogar zum Waschen in die Waschstraße von Fallingbostel fährt er ihn persönlich.«

»Ich weiß nicht, was ich dazu sagen soll, Frau Breitner. Ich danke Ihnen jedenfalls für Ihre Beobachtung.« Und im Stillen dachte Sabine, ja, ja, den Nachbarn entgeht gar nichts. Aber in diesem Fall ist es gut für mich. Dann rief sie im Schloss Schwanenwyk an. Es meldete sich ein Sekretär.

»Ich möchte dringend den Herrn Grafen sprechen«, erklärte sie kurz angebunden.

»Es tut mir leid, Frau Doktor, der Herr Graf ist nicht im Hause.«

»Dann richten Sie ihm bitte aus, dass ich, wenn ich bis heute Abend nichts von ihm höre, die Polizei einschalte.«

»Darf ich fragen, warum, Frau Doktor?«

»Das werde ich dann mit dem Grafen besprechen.«

»Jawohl, Frau Doktor, ich sage es ihm, sobald er wieder im Schoss ist.«

Zwei Stunden später hielt der Polizeimeister vor ihrem Haus.

»Wir haben heute den ersten Tollwutfall in der Samtgemeinde, Frau Doktor.«

»Oh Gott, wie schrecklich. Und? Was müssen wir tun?«

»Also, ich habe alle alarmiert: Die Förster, die Polizeiwachen, die freiwilligen Feuerwehren und natürlich die Gemeindeämter, die werden jetzt die notwendigen Maßnahmen ergreifen: Warnschilder müssen aufgestellt, die Einwohner müssen informiert werden und die Touristen, damit sie ihre Hunde an der Leine halten. Auf dem Brucknerhof müssen alle Tiere in Quarantäne, und ich glaube, Sie müssen alle Leute impfen, Frau Doktor.«

»Ich setze mich sofort mit dem Gesundheitsamt in Verbindung. Haben Sie inzwischen auch von anderen Fällen gehört?«

»Nein, keiner hat Tollwut gemeldet.«

»Hoffentlich kann der Fall noch eingedämmt werden.«

»Es kommt eine Menge Arbeit auf uns zu, Frau Doktor.«

»Ja, ich weiß.«

»Was ist denn nun mit Ihrem Auto?« Piet Bollmann ging an ihr vorbei zum Carport. »Alle Reifen sind zerstochen. Wollen Sie eine Anzeige erstatten?«

»Frau Breitner glaubt gesehen zu haben, wer es war, ich möchte versuchen, das privat zu klären.«

»Aber Sie brauchen doch Ihr Auto jeden Tag.«

»Ich habe eine Werkstatt informiert, die Männer kommen mit vier neuen Reifen, montieren sie noch heute Abend und bauen eine Alarmanlage ein. Ich wollte nur, dass Sie die kaputten Reifen noch vorher sehen.«

»In Ordnung, ich stehe zur Verfügung, wenn Sie Hilfe brauchen.«

XXII

Albert von Rebellin hatte ganz andere Sorgen. Als der Verwalter, wie an jedem Morgen, zum Tagesbericht kam, stand die Wildschweinplage an oberster Stelle. »Herr Graf, wir werden in diesem Jahr keinen Mais ernten, wenn nichts gegen die Tiere unternommen wird«, schimpfte Tim Reves und zog einen Notizzettel aus der Jackentasche. »Die vier Hektar am Großen Bogen sind total zerwühlt, die Felder vom Birkenhang sehen aus, als wären Panzer hindurchgefahren, und die zwei Hektar drüben zum Lichtenmoor hin zeigen auch schon erste Spuren. Gerade jetzt, wo die Kolben anfangen zu wachsen, ist die Gefahr der Vernichtung am größten.«

»Was schlagen Sie vor?«

»Abschießen.«

»Die Schweine haben vom 1. Februar bis zum 31. Juli Schonzeit.«

»Das ist ja das Dilemma, Herr Graf, kann man da keine Ausnahmegenehmigung beantragen?«

»Ausgeschlossen.«

»Um sie durch Lärm und Schreckschüsse zu vertreiben, brauchen wir eine ganze Armee von Leuten, und in der nächsten Nacht wären sie schon wieder da.«

»Ich weiß. Ernten Sie den gesamten Mais jetzt.«

»Jetzt? Wo er gerade anfängt, Früchte zu tragen? Er braucht noch mindestens zwei Monate bis zur Ernte.«

»Wollen Sie die Schweine loswerden oder nicht?«

»Ja, natürlich.«

»Dann entziehen Sie ihnen die Futterquellen.«

»Aber –«

»Kein ›Aber‹, wir machen aus dem Mais Silage für den Winter und retten dadurch wenigstens einen Teil unseres Viehfutters. Und am Ende der Schonzeit veranstalten wir eine Treibjagd nach der anderen, bis die Plage behoben ist.«

»Und die Felder?«

»Werden umgepflügt und bleiben als Brachflächen liegen. Dann haben die Jäger später bessere Sicht.«

»Wir haben große Verluste dadurch.«

»Sehen Sie einen anderen Weg?«

»Nur einen illegalen.«

»Vergessen Sie ihn, es bleibt bei meiner Anordnung. Was gibt es sonst noch?«

»Die Hengstfohlen müssen zur Körung nach Delmenhorst.«

»Wie viele sind es in diesem Jahr?«

»Achtzehn, Herr Graf.«

»Sehr gut. Ich fahre diesmal mit. Wann geht es los?«

»Ende Juli. Aber da ist noch etwas, Herr Graf.«

»Ja?«

»Sie fahren doch sonst immer in Ihrem Van.«

»Ja, und?«

»Der Van steht nicht mehr in der Garage.«

»Was?« Der Graf war aufgesprungen. »Wo soll er denn sonst sein, wenn nicht in der Garage?«

»Der Chauffeur hat's mir gesagt, als er hörte, dass ich auf dem Weg zu Ihnen bin. Ich glaube, er hat sich nicht getraut, es Ihnen selbst zu sagen.«

»Haben Sie nachgesehen?«

»Selbstverständlich, der Platz in der Garage ist leer.«

»Verdammt noch mal, wo soll der Wagen denn sein? Ich habe die Schlüssel hier in der Schublade, und niemand ist berechtigt, ihn zu benutzen.« Er zog die Schublade seines Schreibtisches auf und tastete nach dem Schlüsselbund. Als er nichts fand, zog er die Schublade ganz heraus und durchsuchte sie bis in die hinterste Ecke. »Das gibt es doch nicht, die Schlüssel fehlen. Kein Mensch hat den Schlüssel für meine Schreibtischschubladen. Der ist immer an meiner Uhrkette befestigt, und die trage ich von morgens bis abends hier in der Tasche.« Er klopfte an seine Westentasche, in der der kleine Schlüssel auch heute steckte.

»Von morgens bis abends, Herr Graf, und nachts?«

»Liegt der Schlüssel auf meinem Nachttisch.«

Und wer hat nachts Zugang zu Ihrem Nachttisch?«

»Na hören Sie mal, kein Mensch natürlich, und außerdem schläft mein Hund Luna neben meinem Bett, die würde jeden umbringen, der sich in meine Nähe wagt.«

»Und wenn es ein sehr vertrauter Mensch ist, der zu Ihnen kommt?«

»Kein Mensch hat nachts etwas in meinem Schlafzimmer verloren, das weiß sogar mein Hund. Haben Sie etwa einen Verdacht?«

»Nein, Herr Graf.«

»Lassen Sie den Hof und alle Gebäude absuchen, irgendjemand hat sich einen schlechten Scherz erlaubt.«

»Die Suche haben wir schon hinter uns. Vom Van fehlt jede Spur.«

»Unglaublich. Verständigen Sie die Polizei.«

»Jawohl, Herr Graf.«

Tim Reves verabschiedete sich und ließ den Grafen allein. Wütend ging von Rebellin in seinem Büro auf und ab. Wer zum Kuckuck hat meinen Van gestohlen? Er klingelte nach dem Butler. »William, bringen Sie mir Jacke und Stiefel. Ich muss meinen Van suchen.«

»Wie bitte?«

»Sie haben richtig gehört. Mein Van ist verschwunden.«

»Jawohl, Herr Graf.« Gleich darauf kam der Butler mit Jacke und Schuhen zurück, half dem Grafen in seine Stiefel, hielt ihm die Jacke hin und bemerkte leise: »Aber wir haben doch keine Diebe hier, Herr Graf.«

»Das habe ich auch bis heute gedacht, William.« Verärgert verließ von Rebellin das Haus und lief hinüber zum Wirtschaftshof, auf dem sich die Remisen, die jetzt zu Garagen umgebaut worden waren, befanden. Er suchte in den Ställen, in den Scheunen, in den Personalunterkünften und schließlich im Park nach seinem Wagen. Umsonst. Als es vom Torhaus Mittag läutete, ging er zurück – wütend, enttäuscht und ratlos.

Magdalena hatte den Tisch für ihn gedeckt und fragte, wann sie servieren dürfe.

»In fünf Minuten, ich komme sofort.« Rebellin zog die Jacke und die Stiefel wieder aus, wusch sich die Hände und ging in das Esszimmer. Erstaunt blieb er am Tisch stehen. »Warum ist hier nur für eine Person gedeckt?«

»Das Fräulein Francesca ist nicht anwesend, Herr Graf.«

»Wieso nicht anwesend? Ich habe befohlen, dass wir immer gemeinsam zu Mittag essen. Morgens kann sie meinetwegen trödeln oder auch die Zeit verschlafen, aber mittags wünsche ich sie zu sehen. Das weiß sie ganz genau.«

»Tut mir leid, Herr Graf, aber das Fräulein Francesca ist nicht im Hause. Und da ihr Bett heute Nacht unbenutzt war, denke ich, sie hat auswärts genächtigt.«

»Ohne sich abzumelden, ohne mir Bescheid zu sagen?«

»Das Fräulein Francesca war gestern Abend sehr verärgert, Herr Graf, sie war gar nicht ansprechbar, und nachdem das Zimmermädchen gemeldet hatte, dass das Bett unbenutzt ist, habe ich in ihrem Zimmer nachgesehen und festgestellt, dass große Teile ihrer Garderobe und zwei Koffer fehlen.«

»Verdammt noch mal, und außerdem fehlt mein neuer Wagen. Das darf doch nicht wahr sein.«

»Herr Graf, Francesca ist sehr selbstständig geworden, nachdem sie aus Davos zurückgekommen ist.«

»Ja, den Eindruck habe ich auch. Hätten Sie eine Ahnung, wohin sie gefahren sein könnte?«

»Nein, Herr Graf, ich weiß nur, dass sie viele Freundinnen hat.«

»Ich lehne es ab, nach einer Stecknadel im Heuhaufen zu suchen und mich von ihr an der Nase herumführen zu lassen. Kümmern Sie sich darum.«

»Jawohl, Herr Graf. Darf ich jetzt das Essen servieren?«

»Ja, danke.« Verärgert setzte sich der Graf an den Tisch. So, so, die Tochter ist also mit meinem Wagen abgehauen. Soll ich die Meldung bei der Polizei rückgängig machen? Nein, er schüttelte den Kopf, sie sollen ruhig suchen. Gestohlen ist gestohlen, vielleicht tut ihr so ein Denkzettel ganz gut.

Als er so weit mit seinen Gedanken war, ließ er sich das Essen schmecken. Es gefiel ihm zwar gar nicht, allein am Tisch zu sitzen, aber die Jägerklöße, die Magdalena servierte, waren ausgezeichnet, und auch das Lammragout machte der Köchin alle Ehre. Auf ein süßes Dessert verzichtete er wie immer und ließ sich stattdessen Käse und Kaffee servieren. Als er mit einer zweiten Tasse Kaffee hinüber in sein Büro ging, klingelte das Telefon. Am Apparat war sein Sekretär, der sich vielmals entschuldigte, weil er den Herrn Grafen in der Mittagsstunde störe, aber er habe eine sehr ungeduldige Frau Doktor Büttner am Apparat, die den Herrn Grafen unbedingt und jetzt sofort zu sprechen wünsche.

»Stellen Sie durch«, erklärte von Rebellin unwirsch und wartete.

»Hallo«, meldete er sich, als es in der Leitung knackte, »Rebellin.«

»Hier ist Doktor Büttner, Herr Graf, ich möchte einen Schaden melden.«

»Um was geht es, und was habe ich damit zu tun?«

»An meinem Wagen wurden heute Morgen sämtliche Reifen zerstochen. Eine Nachbarin ist der Meinung, Sie gesehen zu haben.«

»Sind Sie verrückt geworden? Was habe ich mit Ihren Reifen zu tun?«

»Nun, Ihr Wagen wurde unzweifelhaft erkannt. Es handelt sich um einen olivgrünen Van mit einem Hufeisen an der Kühlerhaube. Soll ich Ihnen auch die Nummer durchgeben? Ich habe bis jetzt von einer Anzeige bei der Polizei abgesehen, weil ich der Meinung bin, wir könnten das unter uns klären.«

»Was gibt es da zu klären, wenn Sie so sicher sind?«

»Nun, ich musste vier neue Reifen montieren lassen, die Monteure mussten aus Soltau kommen, ich hatte keine Möglichkeit, Hausbesuche zu machen, und ich musste die Polizei um Hilfe bei einem Notfall bitten.«

»Und was wollen Sie von mir? Ich habe mein Haus heute noch nicht verlassen, also kann ich kaum bei Ihnen gewesen sein.«

»Dann sollten Sie feststellen, wer mit Ihrem Wagen unterwegs ist, Herr Graf. Ich möchte zumindest meine Unkosten ersetzt haben, wenn ich schon meinen Zeitverlust in keiner Weise aufholen kann.«

»Tut mir leid, ich fühle mich absolut unschuldig. Übrigens, zu Ihrer Kenntnisnahme, Frau Doktor, ich habe meinen Wagen heute Mittag als gestohlen gemeldet. Damit wäre die Sache wohl für mich erledigt.«

»Keinesfalls, Herr Graf, ich werde Anzeige erstatten.«

»Tun Sie das.« Er legte den Hörer auf.

Unglaublich, dachte er wütend. Wie kommt die Frau auf die abstruse Idee, ich könnte ihre Reifen zerschneiden. Hält sie mich für einen Halunken, der nichts Besseres zu tun hat, als Reifen zu zerstechen? Dann wird sie also jetzt Anzeige erstatten, soll sie, ich habe meine Zeugen, die wissen, dass ich den ganzen Tag hier gewesen bin. Aber mein Wagen?

Sollte Francesca etwa auf die Idee gekommen sein, in Auendorf Reifen zu zerstören? Aber weshalb? Das ist doch Blödsinn. Wir haben uns gestern gestritten, sie ist abgehauen, sie hat mal wieder ihren Dickkopf durchgesetzt. Aber worüber haben wir eigentlich gestritten?

Richtig, dachte er, wir haben über diese Ärztin gestritten. Sie sollte hinfahren und sich für ihre Lügerei über meine angebliche Vaterschaft entschuldigen. Sie war sauer auf die fremde Frau, und ich habe die Ärztin in Schutz genommen. Ja, und dann hat sie angedroht, zu verschwinden und vorher die Ärztin zu besuchen. Ja, sie hatte sogar gesagt, die Frau würde sich bei mir melden. Verdammt, Francesca hat die Reifen zerstochen, sie hat es sogar angedeutet.

Hm, überlegte er, was mache ich nun? Irgendwie hänge ich tatsächlich in der Sache mit drin. Ich muss mich entschuldigen, da bleibt mir kaum etwas anderes übrig. Er rief seinen Sekretär. »Erkundigen Sie sich, was die Reifen für einen Geländewagen kosten. Es handelt sich um einen Reifenhändler in Soltau.«

»Und um was für einen Wagen, Herr Graf?«

»Keine Ahnung. Ein Händler hat heute vier neue Reifen nach Auendorf geliefert und montiert, den müssen Sie finden. Und dann überweisen Sie die Kosten für die Reifen und die Montage.«

»Jawohl, Herr Graf.«

»Und rufen Sie die Polizei an, ich ziehe meine Anzeige zurück.«

»Selbstverständlich, Herr Graf.«

Gegen Abend rief Francesca an. »Hi, Daddy, hattest du dein Date mit der Ärztin?«

»Francesca, wo bist du?«

»In der Pampa, Daddy, das wolltest du doch.«

»Komm sofort nach Hause, und wehe, mein Van hat einen Kratzer abbekommen.«

»Dein armer Wagen, Daddy, wie es mir geht, interessiert dich wohl nicht?«

»Dich lass ich von der Polizei suchen.«

»So ein Unsinn, Daddy. Spar' dir die Unkosten. Mir geht es blendend. Und deinem Autochen übrigens auch.«

»Du kommst sofort zurück.«

»Nein, ich bin froh, fort zu sein. Ich werde nicht mit ansehen, wie du das Versprechen meiner Mutter mit Füßen trittst.«

»Welches Versprechen trete ich mit Füßen?«

»Na, denk' mal nach. Aber sei sicher, ich gebe so schnell nicht auf.«

»Rede keinen Blödsinn. Komm nach Hause, und wir diskutieren über deine Probleme.«

Sie lachte schallend in den Hörer. »Die Probleme hast du, Daddy, nicht ich. Du hast Mama versprochen, nie wieder in deinem Leben einer anderen Frau einen Platz an deiner Seite einzuräumen. Und jetzt flirtest du mit dieser Ärztin.«

»Bist du verrückt? Diese Ärztin ist mir so egal wie die Eule im westlichen Turm.«

»Aber was meinen Förster angeht, da steckt ihr unter einer Decke.«

»So ein Blödsinn.«

»Dann halte dich von ihr fern. Und such' mich nicht, ich bin schon viel zu weit weg. Dein Wagen läuft fantastisch, Daddy.«

»Ich lasse deine Kreditkarte sperren, wenn du nicht sofort nach Hause kommst.«

»Zu spät, Daddy. Ciao. Ciao.« Damit war das Gespräch beendet.

Am nächsten Tag bekam Sabine Büttner wieder einen Blumenstrauß geschenkt. Diesmal aber nicht durch Fleurop, sondern durch einen Reiter, der sein Pferd am Gartentor festband und wartete, bis der letzte Patient die Praxis verlassen hatte.

Der Strauß bestand aus Mohn und Margeriten, aus Wegwarte und Schafgarbe, aus Kornblumen und Rainfarn, aus allem, was Wald und Wiesen um diese Jahreszeit zu bieten hatten, aber einige Stängel hatten beim Reiten ihre Blüten eingebüßt, und andere waren zerknickt.

Etwas verdutzt beobachtete Sabine den Reiter vom Büro aus. Dann siegte die Höflichkeit, und sie ging hinaus. »Herr Graf, was kann ich für Sie tun?«

»Neulich sagten Sie, Blumen seien immer schön, ganz egal, was für welche es sind.«

»Ja, das sage ich heute auch. Ist der Strauß für mich?«

»Ja, natürlich.« Er reichte ihr die Blumen. »Ich habe nicht gewusst, dass es ein so langer Ritt sein würde, und da ich kreuz und quer durch den Wald geritten bin, um die Strecke abzukürzen, haben sie ein bisschen gelitten.«

Sabine drückte die zerknitterten Blumen an sich. »Ich werde sie gut pflegen, dann erholen sie sich.« Fragend sah sie ihren Besucher an. »Ist der Strauß so etwas wie eine Friedenspfeife?«

»Hm! Ich wollte mich entschuldigen. Meine Tochter hat ziemlich viel Unsinn verzapft, und ich muss den jetzt ausbaden.«

»Ich verstehe nicht ganz?«

»Na ja, erst hat sie Sie in den Glauben versetzt, ich hätte ihre Freundin geschwängert, und jetzt hat sie meinen Wagen benutzt, um Ihre Reifen zu zerstechen. Da mussten Sie ja glauben, ich sei ein Mädchenschänder und ein Reifenvernichter.«

Sabine lachte. »Und dabei sind Sie die Unschuld in Person.«

»Ich hoffe, Sie glauben mir.«

»Warum sollte ich nicht?

Unschlüssig sah er sich um. Und Sabine, die ihn beobachtete, lächelte leise vor sich hin. »Besucher, die als Reiter hier ankommen, sollten ihr Pferd hinter dem Haus am Gartentor festbinden. Da findet das Tier Gras, und Wasser gibt es auch. Wenn Sie am Zaun entlanggehen, können Sie das Tor nicht verpassen.« Sie nickte ihm zu, drehte sich um und ging zurück ins Haus. In der Küche stellte sie die Blumen in einen Krug, füllte einen Eimer mit Wasser und ging in den Garten.

Langsam kam der Graf am Zaun entlang, Reiter und Pferd wirkten müde und gingen sehr langsam. »Wir sind so weite Wege nicht mehr gewohnt«, erklärte der Graf und band sein Pferd am Pfosten fest. »Haben Sie oft reiterlichen Besuch?«

Sabine schüttelte den Kopf. »Schon lange nicht mehr. Der Forstmeister kam ab und zu vorbei.« Sie stellte dem Pferd den Wassereimer hin und klopfte ihm den Hals. »Wie heißt es?«

»Titus.«

»Ein schöner Name, ein kaiserlicher Name.«

»Meine Zuchthengste tragen alle Namen römischer Kaiser.«

»Ihr Titus ist verschwitzt. Leider habe ich kein Stroh, um ihn abzureiben. Ich werde eine Decke holen.«

»Ach nein, das ist nicht nötig. Ich habe ihn nicht angetrieben, aber wir sind zum großen Teil abseits der Wege geritten, und das war ziemlich anstrengend für ihn.«

»Das hätte der Forstmeister aber nicht gern gesehen.«

»Wie geht es ihm, haben Sie etwas von ihm gehört? Ich bekomme ja keine Auskunft, wenn ich anrufe.«

»Es geht ihm besser. Die Wirbelsäule ist nicht verletzt, er wird sich bald erholen.«

»Gott sei Dank. Der Anschlag hat mir gegolten, das weiß ich inzwischen.«

»Ja, ich habe davon gehört. Aber kommen Sie doch herein, wir müssen uns ja nicht auf einem Sandweg unterhalten.«

»Kann Titus hier allein stehen? Ich meine, gibt es keine Hunde oder Wanderer, die ihn beunruhigen?«

»Hier kommt höchstens ein Schäfer mit seiner Herde durch, und dafür ist es inzwischen zu spät. Es wird ja schon dunkel. Wir können uns auf die Bank setzen, da haben Sie ihn im Auge.«

»Danke, ja, etwas Sitzen würde mir jetzt auch gut tun.«

Sabine verteilte ein paar Kissen auf der Bank. »Haben Sie Zeit für ein Glas Wein, oder müssen Sie gleich zurückreiten?«

»Wenn es Ihnen nichts ausmacht, würde ich mich gern für einen Moment ausruhen, und dann rufe ich meinen Verwalter an, damit mich ein Stallbursche mit dem Pferdetransporter hier abholt. Ein Glas Wein wäre wunderbar.«

Sabine holte eine Flasche Bordeaux, zwei Gläser und ein Windlicht aus der Küche und stellte alles auf den Tisch. »Würden Sie die Flasche öffnen?« Sie legte ihm den Flaschenöffner hin und setzte sich ans andere Ende der Bank. Während er mit der Flasche beschäftigt war, beobachtete sie ihn. Er sieht gar nicht mal so übel aus, dachte sie. Für sein Alter, sie überlegte einen Augenblick, – also Mitte fünfzig ist er mindestens, das hat Jürgen einmal angedeutet –, hat er sich ganz gut gehalten. Dass die Haare und der Dreitagebart grau werden, das steht ihm sogar. Dann sah sie wieder zum Pferd hinüber, denn die Flasche war geöffnet.

»Darf ich einschenken?«

»Ja, bitte.«

Der Graf füllte erst einen Schluck in sein Glas und probierte, dann füllte er beide Gläser. »Es ist genau das, was ich jetzt brauche«, erklärte er lächelnd, und es war das erste Mal, dass Sabine ihn lächeln sah. Es gefiel ihr.

»Schön haben Sie es hier, und dann diese Blumenpracht in Ihrem Garten. Und ich bin hundert Mal vom Pferd gestiegen, um diesen Strauß zu pflücken.«

»Na, na, hundert Mal, ist das nicht etwas übertrieben?«

»Na ja, beim letzten Mal kam es mir so vor.«

»Sehen Sie, und das zählt. Nicht nur Blumen sind immer schön, auch die Gesten, mit denen sie geschenkt werden, können schön sein. Manchmal jedenfalls.«

»Sie nehmen also meine Entschuldigung an?«

»Ja.«

»Dann bin ich beruhigt.«

»Sagen Sie jetzt aber nicht, Sie waren meinetwegen beunruhigt?«

»Ich lebe gern in Frieden mit meinen Mitmenschen. Und wenn mein Ruf hier ruiniert wäre, würde ich das nicht gern sehen.«

»Sie sind sehr selten in dieser Gegend.«

»Ja, meine Ländereien liegen jenseits der Rodau, da bin ich eher zu Hause als in diesem Gebiet.« Er sah auf seine Armbanduhr. »Ich werde jetzt meinen Verwalter anrufen, damit mich jemand abholt. Sonst wird es Mitternacht, bis ich zu Hause bin.«

»Möchten Sie drinnen telefonieren?«

»Nein, danke, ich habe das Handy bei mir.« Er wählte eine Nummer, dann meldete sich Tim Reves. »Hallo, Herr Reves, schicken Sie bitte den Pferdetransporter nach Auendorf, ich möchte abgeholt werden.«

»Jawohl, Herr Graf. Ist etwas passiert?«

»Nein, ich möchte mir nur den Rückritt in der Dunkelheit ersparen.«

»Selbstverständlich, Herr Graf. Und wohin in Auendorf?«

»Zum Doktorhaus.« Er klappte das Handy zusammen und steckte es wieder ein. »Praktisch sind diese Dinger wirklich«, lächelte er und sah Sabine an. »Darf ich Sie einladen, mich einmal auf Schwanenwyk zu besuchen?«

»Im Augenblick nicht, wir haben seit heute einen Fall von Tollwut in der Gegend, ich habe alle Hände voll zu tun.«

»Um Himmels willen, ist ein Mensch infiziert?«

»Vielleicht eine alte Frau. Wir müssen Vorsichtsmaßnahmen ergreifen.«

»Gut, dass ich das weiß, ich muss meine Leute auch alarmieren, so etwas kann rasend schnell um sich greifen.«

»Die Polizei hat alles Nötige angeordnet. Sicher sind Ihre Leute inzwischen informiert worden.«

»Ja, das stimmt, ich war ja den ganzen Nachmittag unterwegs. Da wird mir das entgangen sein. Aber irgendwann werden Sie doch Zeit für einen Besuch haben?«

»Ich denke schon.«

»Das würde mich freuen.«

Das sind ja ganz neue Töne, dachte Sabine verwundert, er kann sogar nett sein. Sie schwiegen eine Weile. Irgendwo in den Bäumen trillerte ein Vogel. Der Graf lauschte mit einem lächelnden Gesicht. »Das ist ja eine Nachtigall. Mein Gott, die habe ich seit Ewigkeiten nicht mehr gehört.«

»Gibt es bei Ihnen keine?«

»Nein, schon lange nicht mehr. Wir haben sehr viele Eichhörnchen in den Wäldern rund um das Schloss, da werden die Vogelnester geplündert, und irgendwann ziehen sich die Singvögel dann zurück und brüten nicht mehr in der Nähe. Aber die Eichhörnchen mag ich auch nicht vertreiben, sie sind sehr zutraulich.«

Sie plauderten noch eine Weile, dann fuhr vor dem Haus ein Jeep mit einem Pferdeanhänger vor. Der Graf band sein Pferd los und brachte es zurück zur Straße, und während Tim Reves Titus auf den Hänger führte, bedankte sich der Graf für den Abend. »Es war sehr schön bei Ihnen, Frau Doktor. Ich wünschte, wir könnten das bald wiederholen. Und übrigens, Ihre Reifen hat mein Sekretär bereits bezahlt. Ich möchte schließlich nicht in Ihrer Schuld stehen.«

»Danke, Herr Graf.«

»Ich habe Sie schon einmal gebeten, diesen ›Grafen‹ wegzulassen. Könnten Sie nicht einfach Albert zu mir sagen?«

»Vielleicht – vielleicht beim nächsten Mal.«

XXIII

Seit dem Besuch des Grafen waren vier Wochen vergangen. Vier Wochen, in denen der Hochsommer Einzug in der Heide gehalten hatte. Das Land war trocken, und die Schafe mussten weite Strecken zurücklegen, um genügend Futter zu finden. Die Waldbrandgefahr wuchs täglich, und die freiwilligen Helfer, die Tag und Nacht auf den Feuerwachtürmen Ausschau nach eventuellen Bränden halten mussten, wurden von Tag zu Tag ungeduldiger. Nicht dass sie sich einen Brand gewünscht hätten, aber die Langeweile in der Hitze da oben in den Türmen zermürbte sie.

Doch die Trockenheit war nicht der einzige Missklang dieses Hochsommers. Die alte Frau Bruckner hatte zwar gerettet werden können, aber das Land litt unter den Folgen der Tollwut. Es gab keine neuen registrierten Fälle – wobei der Rat der Samtgemeinde nicht sicher sein konnte, ob nicht einzelne Fälle der Krankheit bei Tieren verschwiegen wurden –, aber die Touristen blieben trotzdem weg. Überall an den Bezirksgrenzen wiesen rote Schilder auf die Gefahr hin, und kaum ein fremdes Auto bog von den Durchgangsstraßen ab in die Gebiete, die als gefährdet eingestuft waren. Alles, was die Menschen in den vergangenen Monaten aufgebaut hatten, versank im Nichts: Die Kutschfahrten mussten eingestellt werden, der Fahrradverleih verebbte, der Auenkrug und seine Gästezimmer blieben leer, und die Hofläden mit ihren Angeboten an Heidschnuckenfellen, Honig, frühen Kartoffeln, frischem Gemüse und Eiern aus

Freilandhaltung mussten schließen, weil kein Fremder kam, um die Sachen zu kaufen, denn seit Wochen war nicht ein einziger Reisebus durch die Dörfer der Samtgemeinde gefahren.

Die Menschen litten also nicht nur unter der Sonne und der Trockenheit, sie litten an Depressionen, Verzweiflung, Lethargie und Unlust, die vor allem die jungen Menschen stark getroffen hatte. Die arbeitslosen Burschen, die ohne die Kutschfahrten und ohne den Fahrradverleih mit dessen Einkünften tatenlos die Tage verbummeln mussten, wurden wieder auffällig, die Bauern, die während der Woche außerhalb der Dörfer Saisonarbeit verrichteten, weil ihre Höfe schon lange keine Erträge mehr abwarfen, langweilten sich an den Wochenenden im Dorfkrug und wurden – alkoholisiert – ihren Frauen gegenüber gewalttätig. Und die Frauen selbst verkrochen sich in tiefe Verzagtheit, weil die mühsame Arbeit in Haus und Hof und Garten keine Erfolge zeigte und weil sie Angst vor ihren Männern hatten.

Das Rad der Hoffnungslosigkeit und der Sorgen drehte sich unaufhaltsam, und Sabine Büttner hatte alle Hände voll zu tun. Es waren nicht nur Sommerkrankheiten und kleinere Unfälle, die sie versorgen musste, es waren vor allem die seelischen Probleme, die ihre Zeit beanspruchten. Immer öfter kamen Frauen zu ihr und beweinten ihr Leid.

Die Zeit war ernster geworden, und manchmal dachte sogar Sabine: Mein Gott, ich stehe genau wieder da, wo ich vor einem Jahr angefangen habe. Ich habe zwar das Vertrauen der Heidjer gewonnen, aber helfen kann ich immer noch nicht. Ich muss mir wirklich bald was für die jungen Mädchen und Jungen einfallen lassen.

Als sie an diesem Morgen in die Praxis kam, war das Wartezimmer genauso leer wie in den ganzen letzten Tagen. Helga nutzte die Zeit ohne wartende Patienten und putzte die Schränke gründlich, Lotti hatte sich ebenfalls in den Hausputz geflüchtet, und selbst Ronca lag lustlos im Garten und erhob sich höchstens, wenn sie einen neuen Schattenplatz brauchte.

Draußen fuhr ein Wagen vor. Ein Mann in einem hellgrauen Anzug stieg aus. Trotz der Hitze kam er korrekt gekleidet mit schwarzen Schuhen und Krawatte durch den Garten. Kurz darauf stand er im Wartezimmer. Sabine, die die Zeitschriften auf dem Tisch sortiert hatte, sah auf. Für einen Augenblick erkannte sie ihn nicht, dann aber legte sich ein Lächeln des Erkennens über ihr Gesicht:

»Jürgen Albers, du bist wieder da?«

»Hallo, Sabine, darf ich stören?«

»Ja, natürlich, komm wir gehen hinüber in meine Wohnung. Ich habe dich kaum erkannt. Sonst hattest du immer eine Uniform an, in Zivil bist du mir fremd.«

»Ich komme mir selbst fremd vor, das kannst du mir glauben.«

»Wo kommst du her, wo willst du hin?«

»Ich bin ein Durchreisender.«

Ja, dachte Sabine, zu mir gehörst du schon lange nicht mehr, und etwas reservierter sagte sie: »Dann hoffe ich, du hast ein gutes Ziel vor dir.«

»Das weiß ich noch nicht. Ich bin gekommen, um mich bei dir zu bedanken. Du warst mein Schutzengel und hast mir das Leben gerettet.«

»Ich habe meine Pflicht getan. Und, ehrlich gesagt, ich hatte wenig Hoffnung, dich zurückzuholen, du warst schon ziemlich weit weg, wenn du weißt, was ich meine.«

»Ja, das weiß ich, deshalb bin ich dir sehr dankbar, dass du nicht aufgegeben hast.«

Sabine lächelte. »Ich kann ziemlich hartnäckig sein.«

»Ja, Gott sei Dank.«

Sie setzten sich in der Wohnhalle vor den Kamin. Lotti kam und wollte wissen, was sie anbieten könne. Fragend sah Sabine den Forstmeister an. »Hast du Zeit, kannst du zum Essen bleiben?«

»Ich habe noch eine ziemlich weite Fahrt vor mir. Aber ein kalter Tee oder ein Limonensaft täten gut.«

»Also tatsächlich auf der Durchreise. Erzähl, wo kommst du so früh am Morgen her?«

»Sie haben mich heute in Großbresenbek entlassen. Ich habe noch vier Wochen Zeit für eine Kur, und dorthin bin ich unterwegs.«

»Und wo wirst du hinfahren?«

»Doktor Bellmann, von dem ich dich herzlich grüßen soll, hat mich in die Berge geschickt.«

»Also in den Harz?« Sabine konnte sich den Zynismus nicht verkneifen. Aber Jürgen Albers ging nicht darauf ein. »Nein, Sabine, in die sehr hohen Berge. Meine Lunge hat durch den Sturz und durch drei gebrochene Rippen ziemlich gelitten, ich muss sehen, dass ich wieder vernünftig atmen kann. Ich werde in die Schweiz fahren.«

Bei Sabine klingelten Alarmglocken, aber sie störten sie nicht mehr. »Dann nehme ich an, du bist auf dem Weg nach Davos?«

»So ist es.«

»Nun, dann wissen wir ja auch, wo das Fräulein Komtess sich derzeit aufhält. Der Graf wird sich freuen zu erfahren, wo seine Tochter ist.«

»Bitte, Sabine, so ist das nicht.«

»Du brauchst dich nicht zu rechtfertigen, Jürgen. Ich hoffe, du erholst dich und wirst wieder richtig gesund. Und was machst du danach?«

»Ich weiß es noch nicht, das Forstamt in Hannover hat noch nichts entschieden.«

»Der Graf wollte den Kontakt zwischen dir und seiner Tochter unterbinden.«

»Deshalb bin ich auch ziemlich sicher, dass ich meine alte Stelle nicht zurückbekomme.«

»Das könnte der Fall sein.«

»Und wie geht es dir? Wie geht es dem Schäfer und der Henriette und der kleinen Luuva?«

Na ja, dachte Sabine, er nennt mich in einem Atemzug mit seinen alten Freunden, da ist also keine Ausnahme mehr zu erwarten. »Wir leiden alle unter der Hitze und der Trockenheit.«

»Hoffentlich gibt es keine Waldbrände.«

»Die Leute sind sehr besorgt.«

Das Gespräch flaute ab. Jürgen sah auf seine Uhr. »Ich muss weiter, Sabine, ich wünsche dir alles Gute für die Zukunft. Wir sehen uns bestimmt bald einmal wieder.«

»Wie du meinst.« Sie stand auf, reichte ihm die Hand und nickte ihm zu. »Fahr' vorsichtig und missachte nicht die Warnungen deines Schutzengels.«

»Danke für alles.« Er ging, drehte sich aber am Gartentor noch einmal um und winkte.

Sabine erwiderte den Gruß nicht. Das war es also, dachte sie, als der Wagen davonfuhr. Sie hatte nicht vor, dem Grafen von der Begegnung zu berichten, was ging sie das Zerwürfnis zwischen Vater und Tochter an. Außerdem hatte sie seit vier Wochen nichts mehr von den beiden gehört. Die Reifenrechnung war bezahlt, der Schaden behoben, die Sache erledigt.

Zwei Tage später erhielt sie einen Brief aus Namibia. Der Postbote – ein leidenschaftlicher Sammler – bat sie um die Briefmarke, sonst wäre ihr der Brief zwischen den kleinen Warenproben und den Reklameblättern kaum aufgefallen. Es dauerte einen Augenblick, bis sie sich an den Absender erinnerte. Meine Güte, dachte sie, diese Wochen damals, das war wie in einem anderen Leben. Sie öffnete den Umschlag und las, was Jack Limon ihr geschrieben hatte.

Liebste Sabine,

ich darf Dich doch noch so nennen? Du fehlst mir sehr, und ich denke oft, wenn ich das Kreuz des Südens betrachte, an unsere gemeinsamen, stillen und doch so wunderschönen Stunden. Leider ist mir außer dem Anblick der Sterne nichts davon geblieben. Aber auch Erinnerungen können schön sein, und manchmal richten sie mich sogar auf.

Ich bin noch immer, wie Du an dem Absender erkennst, hier bei meinem Bruder. Er hat erreicht, dass die Leitung des Werkes der Einstellung eines ständigen Arztes zustimmte, und nun bin ich hier Werkarzt in einem großen Unternehmen. Es ist gut, wieder eine regelmäßige Arbeit zu haben, und auch mit dem Verdienst ist alles in Ordnung. Leider aber nicht mit der Freizeit oder mit einem Urlaub. Ich werde also in nächster Zeit keine Möglichkeit haben, Dich wiederzusehen, was mich sehr betrübt.

Wie geht es Dir? Ich beneide alle Männer, die Dir nahe sein dürfen, und ich bin furchtbar eifersüchtig. Aber ich sehe auch ein, dass eine Verbindung zwischen uns, bei der Entfernung, nicht von Dauer sein kann. Glaube mir, das tut mir von Herzen leid.

Aber nun ist es so, dass die Frau meines Bruders eine entzückende Schwester hat und alles daransetzt, uns beide zu verbinden. Was ihr gelingt, wie ich gestehen muss. Die kleine Jeanine ist zwar erst zwanzig Jahre alt, aber ein liebes Mädchen und eine junge Frau, die mich zu verwöhnen weiß. Etwas, zu dem wir uns nie entschließen konnten, ist für sie eine Selbstverständlichkeit (Du weißt, was ich meine?), und nun ist sie schwanger, und wir werden heiraten. Ich möchte, dass Du das weißt, denn ehrlich waren wir immer miteinander. So soll es auch diesmal sein.

Dennoch, die Stunden unter dem Kreuz des Südens gehören uns beiden ganz allein, und ich werde Jeanine diese romantischen Augenblicke vorenthalten, denn irgendwie kann ich auch sehr treu sein. Ich denke oft an Dich und die Zeit mit Dir,

Dein Jack Limon

Sabine faltete den Brief zusammen. Sie war enttäuscht, aber auch zufrieden. Die Zeit heilt nicht nur alle Wunden, sie verwandelt auch Romantik in Gelassenheit und Sehnsucht in Vernunft. Es ist gut, dass er einen neuen Anfang machen kann, dachte sie und legte den Brief in ihren Schreibtisch.

Draußen war es sehr schwül. Mehrere Patienten warteten in der Praxis mit Kreislaufproblemen und Unwohlsein. Alle sprachen über das Wetter und waren der Meinung, dass es heute noch zu einem Gewitter kommen würde. Auch Sabine litt unter dem Wetterumschwung. Die Kleidung fühlte sich feucht an, und ein ziehender Kopfschmerz, den sie sonst gar nicht kannte, machte ihr zu schaffen. Während einer kleinen Pause hörte sie den Wetterbericht ab. Die Meteorologen warnten vor einer Gewitterfront mit schweren Sturmböen und starken Regenfällen. Es wäre eine Erlösung für alle, dachte sie und beeilte sich, die letzten Patienten zu behandeln. Außerdem forderte sie alle auf, direkt nach Hause zu gehen, und teilte ihnen die Wetterwarnung mit. Da am Mittwochnachmittag die Praxis geschlossen blieb, schickte sie auch Helga und Lotti fort. »Es ist besser, Sie kümmern sich um Ihr Zuhause und kommen früh genug heim, wenn das Gewitter wirklich zuschlagen sollte.«

Dankbar fuhren die beiden Frauen mit ihren Rädern davon. Helga hatte es nicht weit, sie wohnte beim Bürgermeister in Auendorf, aber Lotti hatte gut sechs Kilometer zu radeln und war froh, früh genug abfahren zu können.

Gegen drei Uhr kam Piet Bollmann vorbei, hochrot im Gesicht und vollkommen verschwitzt. Bevor er etwas sagen konnte, nahm Sabine seinen Arm. »Kommen Sie, setzen Sie sich, ich muss zuerst Ihren Blutdruck messen, Herr Bollmann, vorher brauchen Sie mir gar nichts zu sagen.«

»Aber ich –«

»Pst, erst der Blutdruck«, und nachdem sie ihn gemessen hatte, forderte sie Bollmann auf: »So, jetzt trinken Sie ein Glas Wasser und nehmen diese Tablette. Ich möchte nicht, dass Sie umkippen, wenn Sie heute noch gebraucht werden. Ihr Blutdruck ist viel zu hoch.«

»Nee, umkippen will ich nicht, Frau Doktor, aber eigentlich bin ich Ihretwegen hier. Haben Sie die Wetterberichte gehört?«

»Ja, natürlich.«

»Ich bringe Ihnen Durchfahrtsscheine für die gesperrten Wege in der Heide. Falls Sie irgendwo hinmüssen, will ich Ihnen Umwege ersparen.«

»Glauben Sie, es wird schlimm?«

»Kommen Sie mal mit.« Er ging voraus in den Garten. »Da, sehen Sie, was auf uns zukommt?«

Erschrocken starrte Sabine auf eine schwefelgelbe Wolkenwand, die sich von Westen her über das Land schob.

»Überall ist von Klimaveränderung und von schwersten Unwettern die Rede. Wenn man das da betrachtet, weiß man, was damit gemeint ist«, erklärte der Auendorfer Polizeichef.

Sabine beobachtete gebannt die unheimliche Wolkenwand. »So etwas habe ich noch nie gesehen. Das sieht ja grauenhaft aus.«

»Ist in Ihrem Haus alles gesichert? Ich meine Reetdächer sind besonders gefährdet.«

»Ich habe die nötigen Blitzableiter, darauf habe ich beim Umbau geachtet, und auch die Versicherung bestand darauf.«

»Na schön, und sonst? Es kann gut sein, dass Sie Ihr Haus allein lassen müssen, wenn Sie gebraucht werden. Sind die Türen und die Fenster wasserdicht?«

»Ich schließe gleich zusätzlich alle Fensterläden.«

»Gut, und wenn Sie wegmüssen, drehen Sie die Sicherungen raus und stellen Sie die Telefone ab. Sie haben ja Ihr Handy für unterwegs.«

»Ja, wird gemacht, und danke für die Warnungen.«

Das Gesicht von Piet Bollmann hatte seine natürliche Farbe wiedererlangt. Sabine nickte ihm zu. »Geht's jetzt besser?«

»Ja, danke.«

»Sie dürfen sich nicht so aufregen, Herr Bollmann, es bekommt Ihrem Blutdruck nicht, und wir brauchen Sie noch. Versprochen?«

»Leichter gesagt als getan, Frau Doktor. Aber jetzt muss ich weiter.« Er setzte sich wieder in sein Auto, fuhr die Dorfstraße hinauf, und von unterwegs hörte Sabine, wie er die Wetterwarnung durch einen Lautsprecher verbreitete.

Sie ging zurück in ihr Haus, verschloss die Fenster und die Läden, kontrollierte die Hintertür und legte auf der Innenseite ein paar Tücher hinter die Schwelle, denn es war die Wetterseite, und sie war nicht sicher, ob die Schwelle einen Sturzregen aushalten würde.

Dann kontrollierte sie den Inhalt des Arztkoffers, legte alle Hilfsgeräte, Decken, Seile, die Digitalkamera, ihre Regenkleidung und die Gummistiefel, zwei Taschenlampen und zwei geladene Handys auf die Rückbank und breitete hinten eine Decke für Ronca aus. Sie würde die Hündin nicht allein im Haus zurücklassen.

Immer wieder betrachtete sie die schwefelgelbe Wolkenwand, die sehr langsam, aber unaufhaltsam näherkam. In der Ferne war erstes Donnergrollen zu hören. Ein Frösteln lief ihr über den schweißnassen Rücken. Zweimal hörte sie, wie der Polizeimeister durch das Dorf fuhr und erneut seine

Warnungen durchgab, dann wurde es ganz still. Kein Mensch war auf der Straße unterwegs. Sabine hatte sich einen Stuhl in den Flur neben die Haustür gestellt, so konnte sie die Straße beobachten und gleichzeitig den Rundfunk und die Telefone hören. Aber niemand rief an. Die Donner wurden lauter, und die Sonne verschwand hinter der Wolkenwand.

Doch plötzlich schrillten die Alarmsirenen der freiwilligen Feuerwehr, und mit der Stille war es vorbei. Die Männer hasteten zu ihrem Spritzenhaus, sprangen auf die Wagen und brausten davon. Wenig später kam Piet Bollmann vorbei und rief ihr zu: »Das Paracelsus-Sanatorium hat's erwischt, aber die haben genug eigene Ärzte, bleiben Sie lieber hier in Bereitschaft.« Und schon war er wieder weg.

Auf einmal fegte die erste Sturmböe durch das Dorf. Der Wetterhahn auf der Kirchturmspitze drehte sich wild um die eigene Achse, eine Sandwolke wirbelte durch Häuser und Gärten, Sabines Sonnenblumen an der Wand des Carports, die noch gar keine Zeit zum Erblühen gehabt hatten, knickten um, als sei eine tödliche Sense durch die fünfzehn Stängel gefahren.

Der nächsten Sturmböe fielen ihre Wäschespinne im hinteren Garten und alle Stangen des Bohnenbeetes zum Opfer. Trockene Äste krachten von den Straßenbäumen, und eine Sandwolke kam auf sie zu. Schnell sprang sie auf und schloss die Haustür, bevor sich der Sand in den Flur ergoss.

Der Donner wurde lauter, der Sturm heftiger, und dann legte sich die Gewitterfront wie eine schwarze Hülle über Auendorf. Blitze von allen Seiten zuckten durch die Finsternis, das Donnergrollen verstummte überhaupt nicht mehr, und der Sturm zerrte an Häusern, Bäumen, Überlandleitungen und Verkehrsschildern.

Plötzlich flog mit lautem Krachen das Dach vom Carport davon. Ronca hatte sich zitternd unter dem Tisch in der Wohnhalle verkrochen, und Sabine rannte nach draußen, um den Wagen aus der Garage zu fahren, bevor die Dachbalken daraufprallten.

Auf dem kurzen Weg vom Haus zum Wagen musste sie sich zweimal an Bäumen festklammern, um nicht fortgeweht zu werden.

Und dann kam der Anruf vom Pfarrhaus. Der Organist hatte beobachtet, wie ein Teil des Kirchendachs zerbrach, und war auf die Empore gestiegen, um seine Orgel mit ein paar Planen vor dem erwarteten Wolkenbruch zu schützen. Dabei war ein zweites Teil vom Kirchendach herabgestürzt und hatte den Mann unter sich begraben. Jetzt war der Pfarrer dabei, den Mann aus den Trümmern zu bergen, und er war ganz allein. »Kommen Sie schnell, Frau Doktor«, keuchte er in sein Handy, »hier kann jeden Augenblick noch mehr einstürzen, und weder Polizei noch Feuerwehr sind zu erreichen.«

»Ich bin schon unterwegs«, rief Sabine in ihr Telefon, zog alle Stecker aus den Wänden, ergriff Ronca am Halsband, verschloss die Haustür und stemmte sich gegen den Orkan, um den Wagen zu erreichen. Sie musste um den ganzen Wagen herumlaufen, bevor sie eine Tür fand, die sie gegen den Sturm aufstemmen konnte. Dann zog sie die verängstigte Hündin in das Auto und setzte sich selbst hinter das Steuer. Der ganze Wagen schwankte, als sie rückwärts auf die Straße fuhr. Gott sei Dank ist man in einem Auto sicher, dachte sie, als die Blitze von allen Seiten aus den Wolken krachten. Sie machte die Scheinwerfer an und fuhr langsam die Dorfstraße entlang. Überall flogen Äste, Teile von Reetgarben aus beschädigten Dächern unf Stoffreste von Fahnen und Sonnenschirmen über die Straße. Zweimal musste sie einer umgebrochenen Straßenlaterne ausweichen und einmal zwei Schafen, die vollkommen verwirrt vom Sturm über den Weg gepeitscht wurden.

Sabine hatte Angst vor Gewittern, es fiel ihr schwer, das vor sich selbst zuzugeben. Aber sie war nicht so stark, wie sie glaubte und wie andere sie sahen. Schon als Kind war sie bei jedem Gewitter unter einen Tisch geflüchtet, und ihrem Vater, der sie mit Gewalt abhärten wollte, entwischte sie, bevor ein Gewitter überhaupt losbrach. Jetzt aber war sie ganz allein, und an ein Entwischen war nicht zu denken.

Wenn es doch nur regnen würde, dachte sie, wenn der Regen fällt, ist das Schlimmste vorbei. Aber die Wolken hingen wie festzementiert über der Samtgemeinde und schienen sich nicht zu rühren. Und von allen Seiten blitzte es – das war am unheimlichsten.

Langsam fuhr Sabine mit ihrem vom Sturm gebeutelten Wagen bis in die Dorfmitte und suchte nach einem Platz, auf dem sie ihn abstellen konnte, ohne dass er von entwurzelten Bäumen oder Dachziegeln der umstehenden Häuser getroffen werden würde. Schließlich stellte sie ihn mitten auf dem Platz ab, hier, so schien es ihr, war noch der sicherste Ort, es sei denn, der Sturm schöbe den Wagen beiseite. Der Hund tat ihr leid. Ronca war auf die Fußmatten der hinteren Sitze gekrochen und schaute mit verwirrten und erschrockenen Augen zu Sabine auf. »Lass gut sein, Ronca, ich kann dir nicht helfen. Bleib brav unten liegen, ich komme so schnell wie möglich zurück«, flüsterte sie, strich dem Hund über den Kopf, ergriff ihren Koffer und stemmte die Wagentür auf. Sofort entriss ihr der Sturm die Tür, knallte sie gegen den Wagen und schlug sie wieder zu. Schließlich gelang es Sabine, auf der anderen Seite auszusteigen, und schon drängte der Sturm sie über den Platz, zerrte an ihrer Kleidung, entriss ihr fast den Arztkoffer und ließ den aufgewirbelten Sand des Platzes gegen ihre Beine trommeln.

Endlich hatte sie das Kirchenportal erreicht. Aber es gelang ihr nicht, eine der Flügeltüren zu öffnen. Der Durchzug, der durch die großen Dachlücken fegte, und der Sturm vor dem Portal verhinderten das Öffnen mit brutaler Gewalt. Sabine drängte sich um die Mauern herum, sie wusste, dass hinter der Kirche eine kleine Tür war, die zur Sakristei führte. Die bot dem Sturm keinen so großen Widerstand, und tatsächlich schaffte es Sabine, durch sie in die Kirche zu gelangen.

Im Kirchenschiff sah es wüst aus. Mörtel und Gips und Kalkbrocken waren von der Decke heruntergekommen und bedeckten die Bänke und die Böden. Der Teppich vor dem Altar war mit Glassplittern übersät. Anscheinend sind auch Buntglasscheiben zu Bruch gegangen, dachte Sabine und sah hinauf zu der Empore, auf der sie die Orgel wusste.

»Pastor Benrath, Pastor Benrath?«, rief sie und wartete auf eine Antwort. Aber alles blieb still. Sie lief hinüber zur Treppe, die zur Orgelempore hinaufführte und rief noch mehrmals nach dem Pfarrer. Aber außer dem Heulen des Sturms und dem krachenden Donner war nichts zu hören. Hin und wieder löste sich irgendwo ein Stück vom Gebälk und polterte in die Tiefe, sonst war alles still. Keine Männerstimmen, keine Geräusche, die von Aufräumarbeiten zeugten. Langsam und voller Angst stieg Sabine die schmale Treppe nach oben. Je höher sie kam, umso heftiger blies der Sturm durch offene Dachflächen.

Es war dunkel, und Sabine beleuchtete mit ihrer Lampe die einzelnen Stufen, weil sie nicht wusste, wie stark die Treppe beschädigt war. Oben angekommen, richtete sie den schmalen Strahl ihrer Taschenlampe auf die Empore. Ein Bild der Verwüstung bot sich ihr. Balken und Dachziegel waren heruntergestürzt, Teile der Orgel auseinandergerissen, der Sturm zerrte an einer Plane, die an einem Teil des Orgelprospektes festhing, und immer wieder zerfetzten Blitze das Dunkel und ließen den Donner ohrenbetäubend in das Kirchenschiff krachen.

Dann sah sie ihn. Der Pfarrer lag bewusstlos unter der Orgelbank. Eine mehr als drei Meter lange Orgelpfeife war aus ihrer Verankerung gerissen, in die Tiefe gestürzt und hatte den alten Mann am Kopf getroffen.

Sabine lief zu ihm, kniete nieder und sprach mit ihm, indem sie ihm mit der Hand leicht auf die Wange klopfte. Aber der Mann rührte sich nicht. An der Blutlache erkannte sie, dass er ziemlich viel Blut verloren hatte. Aber sein Herz schlug noch. Als sie die Halsschlagader kontrolliert hatte und sicher war, dass der Herzschlag kräftig war, verband sie die schwere Wunde am Hinterkopf, zog den Mann dann unter der Orgelbank hervor und bettete ihn in eine Seitenlage, damit er nicht erstickte, falls er erbrechen musste. Dann sah sie sich nach dem Organisten um. Wenn der Pfarrer hier vorn umgefallen ist, dann muss sich auch der Verschüttete hier befinden, überlegte sie. Sie suchte weiter, zog die Plane von dem Gestänge, an dem sie noch immer hing und vom Sturm hin und her geschleudert wurde, und kroch in das Gebälk. Sie zwängte sich zwischen Orgelbank und Spielschrank hindurch, drückte sich hinter dem Pfeifenwerk an der Gebläseanlage vorbei und suchte mit der Taschenlampe jeden kleinsten Hohlraum ab. Dann sah sie, dass der Strom noch eingeschaltet war. Sie wollte gerade zu dem Schalter greifen, als sie, unter Balken begraben, zwei Beine in Männerkleidung sah. Sie wuchtete drei Balken zur Seite, dann sah sie den Organisten auf dem Boden liegen, er hatte den Stecker der Starkstromleitung in der Hand. Der Mann war tot.

Einen Augenblick kämpfte Sabine mit Übelkeit. Sie atmete ein paar Mal tief ein und aus, dann ging es ihr wieder besser. Dass hier jede Hilfe zu spät kam, erkannte sie sofort. Der Mann hatte einen tödlichen Stromschlag erlitten. Vorsichtig und mit zitternden Beinen zog sie sich zurück. Sie wagte weder den Mann noch das Stromkabel noch den Knopf zum Abschalten der Stromzufuhr zu berühren. Das ist jetzt Sache der Feuerwehr. Ich riskiere einen Kurzschluss oder einen Brand, wenn ich hier etwas berühre – oder meinen eigenen Tod, dachte sie und kämpfte erneut mit Übelkeit.

Endlich hatte sie die Empore wieder erreicht. Im gleichen Augenblick öffneten mit einem explosionsartigen Knall die Wolken ihre Schleusen, und Hagelkörner, so groß wie Golfbälle, prasselten durch das offene Dachgebälk in das Kircheninnere. Sabine zerrte die Plane über den noch immer bewusstlosen Pfarrer und hockte sich neben ihn. Schwefelgelb war der Himmel über ihr, und es roch nach verbranntem Holz und Gummi und nassem Reet. Hin und wieder hörte sie in der Ferne Sirenen heulen, aber der Lärm der auf das Dach prasselnden Hagelkörner übertönte alles andere.

XXIV

Auch Graf von Rebellin hatte seit den frühen Morgenstunden den Wetterbericht verfolgt. Um zehn Uhr rief er den Verwalter, die Haushälterin und den Butler in sein Büro und ordnete Vorsichtsmaßnahmen für den Tag an.

»Wie Sie wahrscheinlich selbst gehört haben, ziehen Unwetterfronten auf uns zu. Ich möchte, dass alle nötigen Vorsorgen so früh wie möglich getroffen werden. William und Magdalena, Sie kümmern sich um das Schloss: Türen, Fenster, Dachluken, Kellereingänge, alles, was gesichert werden muss, erledigen Sie bitte mit Ihren Leuten.«

Mit einem Kopfnicken verabschiedete er die beiden. Dann wandte er sich dem Verwalter zu. »Sie, Reves, gehen mit mir die erforderlichen Sicherheitsvorkehrungen für den Gutshof durch.«

»Jawohl, Herr Graf. Ich schlage vor, alle Herden in die Ställe zu treiben, um sie vor orkanartigen Winden und vor Hagel oder sintflutartigen Regengüssen zu schützen. Die meisten Weiden liegen zwischen Hunte und Aue, da kann es leicht zu Überschwemmungen kommen. Der ausgetrocknete Boden nimmt so schnell nicht genug Wasser auf.«

»Ist es möglich, die Tiere in aller Eile herzuholen? Sind sie nicht zu weit verteilt?«

»Wenn wir gleich damit anfangen, schaffen wir es. Die Unwetterwarnungen beziehen sich auf den späten Nachmittag. Wenn ich die Männer jetzt losschicke, sind die Pferde, die Rinder und die Schafe in zwei bis drei Stunden in den Ställen.«

»Die Schafe auch?«

»Ja, wir haben mehr als zweihundert Lämmer dabei, die sind einem Unwetter noch nicht gewachsen.«

»Gut. Und sorgen Sie dafür, dass in den Scheunen und Stallungen alles in Ordnung ist. Das Futter für die Tiere sollte bereitliegen, wenn sie reinkommen, denn sie werden unruhig durch den unerwarteten Heimtrieb sein, und das Wetter spüren die auch.«

»Selbstverständlich, Herr Graf.«

»Alle landwirtschaftlichen Maschinen sollen in den Scheunen oder unter den Vordächern abgestellt werden.«

»Wird gemacht, Herr Graf.«

»Dann gehen Sie jetzt und schicken Sie Ihre Leute an die Arbeit. Wir beide bleiben in Kontakt. Meine Handynummer haben Sie ja. Also dann, bis später.«

Er sah auf seine Uhr. Es war kurz nach zehn. Ich werde mit dem Wagen eine Runde drehen, dann kann ich gleich feststellen, ob das mit den Tieren auf den entfernten Weiden klappt, dachte er und ging auf den Hof zu seinem Jeep. Noch immer wütend, dachte er an seine Tochter, die mit dem neuen Van unterwegs war und gar nicht daran dachte, ihm seinen Wagen zurückzubringen.

Die Sonne prallte fast senkrecht auf den Schlosshof. Die Hitze innerhalb der geschlossenen Mauern war beinahe unerträglich.

Von einem Augenblick zum anderen spürte der Graf, wie sich der Schweiß in seinem Gesicht sammelte und den Rücken herunterlief. Er stieg in den Jeep, kurbelte alle Fenster herunter und startete. Erst mal aus den Mauern heraus, dachte er und fuhr über die uralte Zugbrücke und über den Damm zur Landstraße. Fern im Nordwesten sah er eine Wolkenbank. Die ist noch weit weg, es könnte mit dem Vieheintrieb klappen, überlegte er und fuhr hinüber zu seinen Wäldern, die einen großen Teil seines Vermögens ausmachten und die er trotzdem vor Feuer und Hagel nicht schützen konnte. Langsam kurvte er über die Waldwege. Wir müssten viel mehr Schneisen einziehen, überlegte er. Aber es ist schade um jeden einzelnen Baum, der diesen Schneisen zum Opfer fallen würde. Und wenn es zu einem Gipfelbrand kommen sollte, helfen uns die Schneisen auch nichts.

Es waren Überlegungen, die er in jedem Sommer, wenn die Hitze und die Waldbrandgefahr zu groß wurden, anstellte. Und wie in jedem Jahr fand er auch an diesem Tag keine Lösung. Im Wald war es drückend heiß. Man hat kaum Luft zum Atmen, dachte er und wendete den Wagen, um wieder aufs freie Feld zu kommen. Erste kleine Windwehen flogen über das Land und wirbelten Sandwolken hoch. Der Graf hielt an, um für einen Augenblick auszusteigen und tief durchzuatmen. Dann beobachtete er wieder den Himmel. Ich glaube, das Unwetter zieht weiter nördlich an uns vorbei, überlegte er etwas erleichtert. Wenn wir Glück haben, streift es nur unsere Ländereien im Nordwesten. Aber es zieht ziemlich genau in Richtung Moordorf, Immenburg und Lindenberg, ja, und Auendorf wird wohl auch betroffen sein.

Das Land hier war flach und übersichtlich. Albert von Rebellin wendete den Jeep und fuhr zu einem in der Nähe stehenden Hochsitz am Waldrand. Von da oben kann ich das alles besser übersehen, dachte er, griff nach seinem Fernglas, kontrollierte die Stabilität des Hochsitzes und kletterte auf der schmalen Leiter nach oben. Er dachte für einen Augenblick an den Forstmeister und an die Sabotage aller seiner Hochsitze, bevor er sich oben auf die Bank setzte. Die Polizei hatte nie herausgefunden, wer die Jagdkanzeln beschädigt hatte. Aber da der materielle Schaden gering war – seine Waldarbeiter hatten sie einfach mit den verkürzten Standpfählen wieder eingesetzt –, hatte er von weiteren polizeilichen Maßnahmen abgesehen.

Die schwarzgraue Wetterwand mit sich auftürmenden schwefelgelben Wolkentürmen kam näher. Sehr weit entfernt hörte er den Donner. In den Wolken zuckten unablässig Blitze. An vier verschiedenen Stellen stiegen Rauchwolken in den Himmel. Da haben die Blitze schon zugeschlagen, dachte er. Es sieht furchterregend aus – wen es wohl getroffen hat? In deren Haut möchte ich jetzt nicht stecken. Er überlegte, wen er in den Dörfern persönlich kannte. Na ja, die Bürgermeister, den Samtgemeinderat, den Landrat, die – In diesem Augenblick klingelte sein Handy.

»Hallo?«

»Herr Graf, hier ist William. Herr Graf, der Direktor vom Paracelsus-Sanatorium ist auf der anderen Leitung. Im Sanatorium hat der Blitz eingeschlagen, die Feuerwehr ist schon da und hat den Brand unter Kontrolle, Aber er sagt, der Qualm hat alle Etagen durchzogen, und das Löschwasser hat auch viel verdorben. Und nun fragt er, ob er Patienten bei uns unterbringen kann.«

»Selbstverständlich, sofort. Sagen Sie Magdalena, sie soll den Ostflügel öffnen und die Zimmer herrichten. Ich bin schon auf dem Weg nach Hause. Bei uns scheint das Unwetter vorbeizuziehen. Bis gleich.«

»Jawohl, Herr Graf.«

Wozu hat man so ein großes, leeres Schloss?, dachte von Rebellin und sah noch einmal in die Runde. Aber von den Dörfern war nichts mehr zu sehen, alles verschwand hinter einer Regenwand, wie er sie noch nie erlebt hatte. Vorsichtig kletterte er die steile Leiter nach unten und ging zu seinem Fahrzeug. Allein im Ostflügel stehen zwanzig Zimmer zur Verfügung, überlegte er, die Zimmer werden nur drei bis vier Mal im Jahr zur Jagdsaison oder zu größeren Familienfesten gebraucht, aber sie sind stets gepflegt und sauber, jetzt können sie endlich einmal für einen guten Zweck geöffnet werden.

Der Graf fuhr auf dem kürzesten Wege zurück. Es wurde dämmerig, weil die Sonne hinter der Regenfront verschwunden war. Schon von Weitem sah er die erleuchteten

Fenster im Ostflügel. Endlich mal Leben im Gemäuer, dachte er und freute sich. Das ist wie ein richtiges Nachhausekommen.

Aber die Freude hielt nicht lange an. Auf dem schmalen Damm zum Schloss drängten sich die Autos, ein Knecht musste auf der engen Zugbrücke den Verkehr regeln, und auf dem Hof fand er selbst kaum noch Platz zum Parken.

Da die meisten Patienten des Sanatoriums mit den eigenen Wagen zur Kur gekommen waren, verlangten sie jetzt, auch mit den eigenen Wagen in die provisorische Unterkunft gefahren zu werden. Diejenigen, die selbst fahren konnten, hatten zwar den Weg nach Hause angetreten, diejenigen aber, die bettlägerig waren, mussten von Pflegern und Ärzten gefahren werden. Und das war nicht ganz einfach, denn mit den wertvollen Automodellen der wohlhabenden Patienten konnte nicht jeder Pfleger umgehen. Auch im Schloss herrschte ein chaotischer Zustand. William und Magdalena versuchten mithilfe der Hausmädchen, die Herrschaften in den Zimmern zu verteilen, aber da gab es Patienten, die trotz des Durcheinanders auf Einzelzimmern bestanden oder mit gewissen Personen nicht in einem Zimmer untergebracht werden wollten. Dann waren da die Köche, die nun in der Küche des Schlosses das Abendessen für die Patienten zubereiten wollten. Dann beanspruchten die Ärzte Sprechzimmer und Behandlungsräume. Und den Chef vom Ganzen, Professor Bernhausen, dem alles über den Kopf wuchs, gab es auch noch.

»Mein lieber Graf, gut, dass Sie kommen, wie werde ich bloß mit dem ganzen Durcheinander fertig? Erst das Unwetter, dann der Blitzeinschlag, jetzt die verstörten, aufgebrachten Patienten, und die Feuerwehr war auch nicht sehr rücksichtsvoll. Mit dem Löschwasser haben sie größte Schäden angerichtet.«

»Lieber Professor«, versuchte von Rebellin ihn zu beruhigen. »Alles wird sich richten. Jetzt sind Ihre Leute erst einmal hier. Sie haben ihre Betten, sie haben ihre Ärzte, sie werden gleich ein Abendessen bekommen, und mit ein paar Beruhigungsmitteln sollte es Ihren Leuten doch gelingen, eine gewisse Ordnung sicherzustellen.«

»So ein Schrecken aber auch. Die Erde bebte, als der Blitz einschlug. Und alle haben geschrien vor Angst. Zum Glück hatten wir einen Evakuierungsplan, der regelmäßig geübt wird. Alle Patienten und Mitarbeiter wurden in Sicherheit gebracht, bevor die freiwillige Feuerwehr anrückte. Aber dann kam auch noch ein Löschzug aus einer anderen Samtgemeinde, und damit fing das Durcheinander an. Die Auendorfer waren ja noch vorsichtig, aber die Fremden haben das Wasser nur so in die Räume gepumpt.«

»Aber sie haben das Feuer gelöscht, und nur das zählt«, versuchte der Graf den Mann zu beruhigen und bot ihm ein Glas Cognac an.

Aber der Professor winkte ab. »Nein, nein, danke, nur keinen Alkohol jetzt, das verträgt mein Herz nicht mehr.«

Als langsam eine gewisse Ordnung im Schloss eintrat, ging Albert von Rebellin wieder nach draußen. Ihn beunruhigten die fernen Feuer, die er gesehen hatte, und der sintflutartige Regen, der noch immer auf das betroffene Gebiet prasselte. Er hatte zwar keine Patronatspflichten mehr, wie das früher für den Adel selbstverständlich war, aber es beunruhigte ihn zu wissen, dass sich gar nicht weit von ihm entfernt Menschen in Gefahr befanden. Er setzte sich wieder in den Jeep und startete in Richtung Moordorf.

Aber weit kam er nicht, sehr schnell hatte er die Unwettergrenze erreicht, und die Scheinwerfer waren kaum noch in der Lage, die Regenfront zu durchbrechen. Er fuhr sehr langsam, denn umgestürzte Bäume blockierten die Straßen, demolierte Überlandleitungen versperrten das Durchkommen, und eine Zentimeter hohe Schicht aus Hagelkörnern verwandelte die Wege in Rutschbahnen. Zuerst versuchte von Rebellin, über Wald- und Heidewege weiterzukommen, musste aber bald erkennen, dass es ein Durchkommen nach Moordorf nicht gab. So wendete er und versuchte, die Richtung nach Auendorf einzuschlagen. Hier war es nicht viel besser, aber es gab ein paar Abkürzungen quer durch die Heide, die er benutzte und die ihn langsam näher an Auendorf herankommen ließen. Feuer gab es anscheinend nicht, denn den Schein hätte er durch die Regenwand hindurch gesehen.

Er erreichte das Dorf vom hinteren Ende aus und sah als Erstes das Haus der Ärztin. Der Carport war eingestürzt, aber das Auto fehlte. Das Haus sah unbeschädigt aus. Klar, dass sie im Einsatz ist, dachte er und fuhr weiter. Dann blockierte ein umgestürzter Baum die Straße, und er kam nicht weiter. Er griff nach seinem Regenmantel und stieg aus.

In dichten grauen Schnüren prasselte der Regen auf ihn ein, immer wieder von Sturmböen gepeitscht. Es war ein mühsames Vorwärtskommen, aber nach einiger Zeit erreichte der Graf den Dorfplatz. Die Häuser sahen unbeschädigt aus, aber nirgends brannte Licht. Anscheinend ist der Strom ausgefallen, überlegte er und kämpfte sich weiter voran. Außer dem prasselnden Regen war nichts zu hören. Keine Sirenen, keine Alarmglocken, es war einfach nur still. Wie leblos, dachte er, und sein Blick fiel auf den Wagen der Ärztin, der mitten auf dem Platz stand. Die Scheiben waren beschlagen. Er ging näher heran und sah die Hündin der Ärztin ängstlich auf dem Boden zusammengekauert liegen. Die Türen waren nicht verschlossen. Er öffnete eine und versuchte, mit dem Hund zu sprechen. »Hast du denn genug Luft hier drinnen?«, fragte er beruhigend. Zuerst knurrte Ronca ihn an. Dann drängte sie gegen die Tür, und bevor er sich versah, war sie herausgesprungen und lief davon. Wie dumm, dachte er, jetzt muss ich auch noch den Hund suchen. Doch erleichtert sah er, dass die Hündin zur Kirche lief und gleich danach hinter der Kirche verschwand. Er lief schnell hinterher, um sie nicht aus den Augen zu verlieren. Als er den Friedhof hinter der Kirche betrat, überfiel ihn ein Bild des Grauens. Überall waren Gräber durch die Wassermassen zerstört, die Erde der terrassenförmig angelegten Grabreihen war zum Teil weggespült, Särge, sonst tief im Erdboden versenkt, waren zum Teil bloßgelegt, und überall lagen Ziegel, Balken und Bretter des Kirchendachs herum. Ronca sprang winselnd an einer kleinen Tür hoch. Mühsam stemmte der Graf sie auf. Die Hündin stürmte hinein. Drinnen sah es verheerend aus. Überall lagen Dachpfannen, Mörtel und Kalk waren von den Wänden gerieselt, Glassplitter bedeckten alles, und Regenwasser sammelte sich auf den Bänken und am Boden in großen Pfützen. Der Setter war im Hintergrund verschwunden. Hier drinnen war es schon fast dunkel, und nur mühsam folgte der Graf der Hündin. Dann kam er an eine zerstörte Treppe, die zur Empore hinaufführte. Winselnd stand der Hund am Fuß dieser Stiege. Von oben kam eine Stimme: »Ist da jemand?«

Ronca bellte und wedelte mit der Rute, und die Stimme fragte erneut: »Hallo? Ist da jemand?«

»Ja, ich bin's, Rebellin. Sind Sie die Ärztin? Sind Sie da oben verletzt?«

»Nein, aber ich habe hier einen schwer verletzten Pfarrer und einen Toten. Könnten Sie bitte Hilfe holen?«

»Es ist keiner da, das Dorf ist wie ausgestorben. Wie sind Sie denn da hinaufgekommen?«

»Als ich kam, war die Treppe noch in Ordnung.«

»Gibt es noch eine andere Treppe?«

»Nein, ich habe alles abgesucht.«

»Dann muss die Feuerwehr her, aber ich habe keine Ahnung, wo ich die suchen soll.«

»Dazu haben wir keine Zeit. Der Pfarrer verblutet mir, ich kann die Kopfwunde nicht abbinden, und der Druckverband nützt nichts mehr.«

»Was ist ihm denn passiert?

»Er hat nach seinem Organisten gesucht und dabei eine zentnerschwere Orgelpfeife auf den Kopf bekommen.«

»Ach, mein Gott. Und wie kann ich Ihnen helfen?«

»Ich habe Seile im Wagen und eine aufblasbare Trage, wenn wir die Seile hätten, könnten wir sie hier oben befestigen und den Mann auf der Trage herunterlassen.«

»Und das trauen Sie sich zu?«

»Nur mit Ihrer Hilfe natürlich. Wir basteln einen Flaschenzug. Ich weiß, wie das geht. Im Wagen ist auch die Luftpumpe für die Trage, und Gurte finden Sie da auch.«

»Na gut, bin schon unterwegs. Hoffentlich schaffen wir das.«

Ronca hatte sich am Fuß der Treppe niedergelassen und wandte keinen Blick von der Empore.

Albert von Rebellin lief nach draußen, holte die Seile, die Trage, Gurte, eine zweite Taschenlampe und die Luftpumpe. Gott sei Dank ist sie so gut vorbereitet, dachte er und lief zurück in die fast dunkle Kirche. Noch immer tobte der Regensturm über dem Dorf, und kein Mensch war zu sehen. Alles war unverändert. »Ich bin zurück, ich habe alles gefunden. Ich werde zuerst die Lampe irgendwo anbinden, damit wir Licht haben.« Als er einigermaßen erkennen konnte, wo sich die Ärztin aufhielt, rief er: »Ich werfe jetzt das Ende eines Seils nach oben. Versuchen Sie, es zu fangen.«

Es gelang beim vierten Versuch. Sabine band das Seilende um einen standfesten Balken und holte mit dem Seil all die anderen Gegenstände hinauf, die sie für die Trage und den provisorischen Flaschenzug brauchte.

»Ich wünschte, mich könnten Sie auch hochziehen«, rief der Graf von unten, »aber ich weiß, ich habe ein paar Kilo zu viel. Haben Sie eigentlich versucht, mit dem Handy Hilfe zu holen?«

»Natürlich, aber es gibt keine Verbindung, durch den Stromschlag sind anscheinend alle Frequenzen gestört.«

»Welcher Stromschlag?«

»Der Organist hat den Stecker noch in der Hand, ich wage weder den Mann noch die Stromleitung zu berühren.«

»Das ist richtig. Bleiben Sie ihm bloß fern.«

»Ich blase jetzt die Trage auf, damit ich den Pfarrer darauf festschnallen kann. Binden Sie bitte unten die restlichen Seile an das Tauende, damit ich auch die hochziehen kann, und dann sage ich Ihnen von oben, wie wir das mit dem Flaschenzug machen.«

»Alles klar.« Und während die Ärztin oben mit der Pumpe hantierte, zog der Graf die Seile nach oben und versuchte immer wieder, mit seinem eigenen Handy irgendeinen Kontakt herzustellen. Aber auch sein Gerät blieb stumm. Zwischendurch ging er nach draußen, aber auch dort funktionierte das Gerät nicht. »Verdammt«, schimpfte er, »wenn man euch braucht, versagt ihr einfach.« Dann lief er einmal um die Kirche herum in der Hoffnung, irgendeinen Menschen zu treffen, der ihnen helfen könnte, aber bei dem orkanartigen Sturm verließ keiner sein Haus.

Ich sollte vielleicht irgendwo in ein Haus laufen und Hilfe holen, aber das dauert zu lange, überlegte er, und die wenigen Männer, die hier noch wohnen, sind sowieso alle mit den Feuerwehren unterwegs. Ich muss wieder in die Kirche, die Ärztin braucht mich.

Gerade als er wieder zurücklaufen wollte, kam ein Polizeiwagen auf den Dorfplatz gerast. Von Rebellin winkte mit beiden Armen, und der Polizist sah ihn und hielt mit quietschenden Bremsen neben ihm.

»Na endlich«, rief der Graf in den Wagen, »ich dachte schon, hier lebt kein Mensch mehr.«

»Herr Graf, was machen Sie denn hier?«

»Ich versuche, Ihren Pfarrer zu retten.«

»Was? Wo ist der denn?«

»In der Kirche, mit der Ärztin, die hat ihn gefunden, aber wir können ihn nicht herausbringen, weil die Treppe zur Empore eingestürzt ist.«

»Und was macht der Pfarrer in der Kirche?« Piet Bollmann stieg schnell aus seinem Wagen und eilte mit dem Grafen zur Rückseite der Kirche.

»Na, was macht wohl ein Pfarrer in der Kirche? Da gehört er schließlich hin.«

»Aber doch nicht bei solchem Unwetter.«

»Er hat seinen Organisten gesucht, der die Orgel schützen wollte, und der ist auch da drin, aber leider tot, wie die Ärztin sagte.«

»Was ist denn hier eigentlich los?« Und dann blieb Piet Bollmann wie erstarrt stehen, als er den zerstörten Friedhof sah, die Särge, die aufgespülten Gräber, und dann zur Kirche hinaufblickte und vergeblich diesen Teil vom Kirchendach suchte.

»Ja, sieht schlimm aus«, bestätigte der Graf, »und mitten drin die Ärztin mit einem toten und einem schwer verletzten Mann.«

Die beiden Männer betraten die Kirche. »Und wie haben Sie die drei gefunden?«

»Durch den Hund, der ist hierhergelaufen.«

Von der Empore rief Sabine: »Mann, wo bleiben Sie denn so lange?«

»Frau Doktor, ich habe Hilfe mitgebracht. Der Polizeimeister ist hier.«

»Na, Gott sei Dank. Ich bin fertig mit dem Flaschenzug. Wenn Sie beide jetzt unten die Tauenden festhalten und langsam nachgeben, lass ich die Trage von oben herunter.«

Zuerst hoben sie mit den Seilen von unten die Trage hoch, damit Sabine sie über das Emporengeländer heben konnte. Dann glitt die luftgefüllte Gummimatte mit dem festgeschnallten Pfarrer langsam über das Geländer nach unten. Staub, Holzsplitter, Mörtel und Glassplitter flogen mit, und zweimal dachte der Graf, das Geländer würde das Gewicht nicht aushalten und unter den Seilen zerbrechen. Als die Trage unten angekommen war, rief Sabine: »Und jetzt holen Sie mich bitte auf die gleiche Weise. Ich schnalle mich hier oben ans Seilende, und Sie lassen mich bitte heruntergleiten.«

Nach wenigen Minuten war auch Sabine im Kirchenschiff, die Kleidung verstaubt, zerrissen und nass, denn der Regen peitschte nach wie vor durch das zerstörte Dach.

Ronca tobte um sie herum. Sabine beruhigte den Hund und bedankte sich bei den beiden Männern. Dann kontrollierte sie die Trage mit dem bewusstlosen Pfarrer. »Er muss so schnell wie möglich in meine Praxis. Ich muss den Kopf untersuchen und röntgen und die Blutung zu stillen versuchen. Er verliert zu viel Blut, so kann ich ihn nicht bis in ein Krankenhaus bringen. Würden Sie mir helfen?«

»Natürlich.« Piet Bollmann ergriff die Schlaufen am Fußende der Trage, Sabine und der Graf nahmen die seitlichen Schlaufen. So trugen sie den Verletzten in Sabines Auto. Der Graf und die Ärztin nahmen in diesem Wagen Platz, der Polizist fuhr im Polizeiauto hinterher.

Der Sandweg hatte sich in einen fließenden Bach verwandelt. Bei dem umgestürzten Baum mussten sie ausweichen und über einen Hof fahren. Wieder zurück auf der Straße, fragte sich Sabine besorgt, wie sie ihr Haus am Ende der Straße wohl vorfinden würde.

Aber das Haus hatte dem Unwetter standgehalten. Der Carport war zwar eingestürzt, sein Dach weggeflogen, aber das Haus schien unbeschädigt. Zu dritt schleppten sie die Trage mit dem schwer Verletzten in die Praxisräume und betteten ihn auf den Behandlungstisch. Dann erklärte Piet Bollmann: »Ich muss weiter, ich glaube, jetzt kommen Sie ohne mich zurecht.«

»Haben Sie ein Funkgerät im Wagen?«

»Natürlich.«

»Dann versuchen Sie bitte, einen Krankenwagen hierher zu bestellen. Ich kann den Mann nur notversorgen. Er muss in ein Krankenhaus.«

»Wo denken Sie hin, Frau Doktor, hierher ist kein Durchkommen. Es kann Tage dauern, bis ein Wagen Auendorf erreicht. Ich werde mich bemühen, aber ich fürchte, mit dem Pfarrer müssen Sie allein fertig werden. Aber das schaffen Sie schon.« Beruhigend klopfte er ihr auf die Schulter: »Und den Grafen haben Sie ja auch noch.« Dann lief er zurück zu seinem Wagen und fuhr davon.

XXV

Graf von Rebellin und Sabine Büttner blieben allein zurück. Draußen war es dunkel. Sabine zündete ein paar Kerzen an, dann versuchte sie, ihr eigenes Notstromaggregat in Betrieb zu bekommen. Nach einigen Versuchen gelang es ihr.

»Sie sind wohl mit allem versorgt«, stellte der Graf amüsiert fest, denn trotz der katastrophalen Lage, in der sie sich befanden, bewunderte er heimlich den Mut und die Entschlossenheit der Ärztin.

»Ich wusste, worauf ich mich in einem abgelegenen Heidedorf einlasse. Ein Stromaggregat gehört zu der wichtigsten Ausrüstung in einer Landarztpraxis.«

Von Rebellin sah sich um. »Für die Praxis eines einzelnen Arztes sind Sie wirklich komplett eingerichtet. Ich kenne so umfangreiche Installationen für alle Arten von Untersuchungen nur aus großen Gemeinschaftspraxen.«

»Gerade weil ich allein bin, brauche ich so viele Geräte.«

»Ich verstehe.« Er sah aus dem Fenster und dann auf seine Uhr. Der Regen hing wie ein schwarzer Vorhang vor den Scheiben und trommelte unaufhaltsam auf das Reetdach. Sabine hatte ihren nassen und verschmutzten Regenmantel ausgezogen und nahm ihren weißen Kittel vom Haken.

»Wenn ich jetzt fahre, werden Sie dann allein mit dem Verletzten fertig? Ich habe nämlich das Schloss voller Sanatoriumspatienten, um die müsste ich mich auch endlich kümmern.«

Sabine war der Schrecken anzusehen. Blass geworden zuckte sie mit den Schultern. »Ich werde nicht allein mit dem schweren Mann fertig, aber ich kann Sie auch nicht bitten, mir zu helfen.« Sie begann, dem Pfarrer Schuhe, Strümpfe und Hose auszuziehen.

»Warum können Sie mich nicht bitten?« Fasziniert sah der Graf ihr zu.

»Weil Sie, wie Sie sagten, wichtige Gründe haben, nach Hause zu fahren.«

»Ich würde es auf eine Bitte ankommen lassen, ich würde Ihre Bitte nicht unterschätzen.«

»Dann bitte ich Sie, mir bei der Behandlung des Pfarrers von Auendorf zu helfen.« Sabine spürte sehr genau, dass der Graf mit ihr spielte, aber sie wollte nicht darauf eingehen, dazu war die Lage zu ernst. Sie brauchte wirklich Hilfe, wenn sie den Mann röntgen und danach untersuchen wollte.

»Gut, ich bleibe so lange, bis die Untersuchung abgeschlossen ist. Aber warum fangen Sie mit den Füßen an, wenn Sie den Kopf untersuchen wollen?«

»Ich muss ihn auf den Röntgentisch legen, und da ist es besser, wenn er so wenig wie möglich bekleidet ist. Ich muss ja nicht nur den Kopf untersuchen, ich weiß nicht, ob da nicht auch andere Verletzungen sind. Als ich ihn fand, war er bereits bewusstlos.«

Von Rebellin half ihr, den Mann zu entkleiden. Als der nur noch die Unterhose anhatte, fuhr ihn Sabine auf dem Behandlungstisch in den Röntgenraum und stellte den Tisch neben dem Röntgengerät ab. Nachdem sie die Bremsen an den Rädern festgeklemmt hatte, ging sie zur anderen Seite der großen Apparatur und bat: »Wenn Sie bitte auch hierherkommen könnten, dann ziehen wir den Pfarrer mit dem Tuch, auf dem er liegt, auf den Röntgentisch. So wird er am wenigsten bewegt.«

Jetzt erst löste sie den Druckverband vom Kopf. Sogleich floss mit jedem Pulsschlag ein kleiner Strahl neues Blut auf den Tisch. Sabine legte einen kleinen Druckverband an, wischte das Blut fort und richtete die Kamera auf die verletzte Stelle. Dann bat sie: »Kommen Sie, wir gehen für einen Augenblick nach nebenan.« Dort bediente sie die Apparatur und wechselte die belichtete Platte gegen eine neue aus.

»Würden Sie mir jetzt helfen, den Pfarrer umzudrehen? Ich muss eine Aufnahme von der anderen Seite machen.«

Mit Mühe gelang es den beiden, den Mann in eine andere Lage zu bringen.

»Das hätten Sie allein tatsächlich nicht geschafft«, bestätigte der Graf und wischte sich mit einem Taschentuch das feuchte Gesicht ab. In allen Räumen steckte noch die Schwüle des Tages, aber bei dem Regen war es unmöglich, ein Fenster zu öffnen.

Sabine bedeckte den Verletzten mit einem Tuch und entwickelte die beiden Aufnahmen.

»Na, wie sieht es aus?«

»Er hat eine Fraktur hinter dem linken Ohr. Dabei ist eine große Ader getroffen worden. Deshalb dieses unaufhörliche Bluten.«

»Und? Können Sie ihm helfen?«

»Ich muss versuchen, die Ader abzuklemmen, aber dann hat ein Teil des Gehirns keine Blutzufuhr mehr.«

»Was bedeutet das?«

Sabine zuckte mit den Schultern. »Ich weiß es nicht, aber gut sieht es nicht aus. Kommen Sie, wir müssen ihn wieder auf den Behandlungstisch legen.«

Mit vereinten Kräften zogen sie das Laken mit dem Mann vom Röntgentisch herüber auf die Liege, Sabine löste die Bremsen und rollte das Bett zurück in ihren Behandlungsraum. Unter der Lampe sah sie sich die Wunde genauer an. Dann begann sie mit den Vorbereitungen für den Eingriff.

Der Graf sah ihr eine Weile zu. »Macht es Ihnen etwas aus, wenn ich draußen warte, Sabine?« Bei der Erwähnung ihres Namens zuckte sie für einen Augenblick zusammen, arbeitete aber unbeirrt weiter.

»Sie können gern nebenan warten, ich wäre natürlich dankbar, wenn Sie mir hier die Instrumente reichen könnten.«

»Als OP-Schwester?«

»Ja, sozusagen.«

»Aber ich habe doch keine Ahnung, was ich Ihnen geben muss.«

»Ich lege alles in einer Reihe nebeneinander hier auf diesen Tisch, und Sie geben mir die Sachen einfach der Reihe nach.«

»Himmel, und wenn ich umkippe?«

»Sie kippen nicht um, Herr Graf.«

»Albert, bitte.«

»Na gut, es muss auch schnell gehen, und da ist ein kurzer Name praktischer als ein Adelstitel.« Während des Gesprächs hatte Sabine Scheren, Zangen, Tupfer, Klemmen, Pinzetten, Nadeln und Fäden aus sterilisierten Behältern genommen und nebeneinander aufgereiht. »Jetzt müssen wir ihn auf die rechte Seite drehen, damit ich hinter dem linken Ohr arbeiten kann.« Dann bedeckte sie den Verletzten mit grünen Tüchern, die nur den Kopf freiließen, und bat den Grafen: »Kommen Sie, wir müssen uns sterilisierte Kittel anziehen, die Hände waschen und Handschuhe überziehen.«

Als Sabine eine Stunde später die Blutung gestillt, die Wunde vernäht und einen neuen Druckverband angelegt hatte, waren beide mit Schweiß überströmt und am Ende ihrer Kräfte.

»Entschuldigen Sie bitte, aber ich brauche jetzt einen Cognac, sonst kippe ich wirklich um.«

Erschrocken sah sie den Grafen an. »Kommen Sie, ich habe Cognac nebenan in meiner Wohnung.« Sie nahm ganz einfach seine Hand, führte ihn in ihre Wohnhalle und setzte ihn auf das Sofa. Er sah so blass aus, dass sie tatsächlich Angst hatte, er könnte umfallen. Dann holte sie die Karaffe mit dem Cognac aus ihrer Bar und stellte zwei Gläser dazu. »Bitte, bedienen Sie sich.«

»Und Sie, Sabine?«

»Ich muss noch die Liege sichern, damit mir der Patient nicht hinunterfällt, wenn er zu Bewusstsein kommt.«

»Soll ich helfen?«

»Nein, nein, ich schraube nur zwei kleine Geländer an die Seiten der Liege, dann kann nichts passieren.«

»Er ist schon so lange bewusstlos.«

»Ja, er liegt in einem leichten Koma, aber das ist gut so, er hat keine Schmerzen, denn ich hätte nicht gewagt, ihn bei dem Eingriff zu anästhesieren.«

»Wie haben Sie ihn eigentlich gefunden, da oben in der Kirche, da geht man doch bei einem solchen Unwetter nicht freiwillig hin.«

»Er hat mich angerufen und um Hilfe gebeten. Sein Organist wollte die Orgel mit Planen abdecken, und als der nicht zurückkam, hat er ihn gesucht und gefunden. Aber weil der sich nicht rührte, hat er es mit der Angst zu tun bekommen und mich angerufen.«

»Und Sie sind natürlich gleich zur Kirche gefahren.«

»Das ist meine Pflicht.«

»Und dann?«

»Dann habe ich den bewusstlosen Pfarrer mit der schweren Orgelpfeife quer über dem Kopf gefunden. Und den Organisten habe ich dann auch noch gefunden, aber für den kam jede Hilfe zu spät.«

Sabine ging zurück in ihre Praxis, montierte die kleinen Geländer an die Behandlungsliege und schob das Bett so, dass sie den Verletzten vom Wohnzimmer aus sehen konnte. Dann schaltete sie das Notstromaggregat aus und stellte ein paar Kerzen auf. »Ich muss Strom sparen«, erklärte sie dem Grafen, »ich weiß nicht, was noch auf mich zukommt.«

»Für heute ist Schluss mit der Arbeit und mit der Pflicht, Sabine.«

»Das sagen Sie, wer weiß, wer mich noch braucht, die Nacht ist lang.«

Albert von Rebellin goss ihr Cognac in das zweite Glas und hielt es ihr hin. »Bitte, trinken Sie, es wird Ihnen gut tun.«

»Danke, eine Stärkung kann ich jetzt wirklich gebrauchen, aber dann koche ich uns Kaffee, damit wir wieder munter werden.«

»Kaffee ohne Strom in der Küche?«

»Ich habe noch einen alten Herd aus früheren Zeiten. Dem genügen ein paar Holzscheite.«

»Nichts da. Jetzt wird erst einmal tief durchgeatmet.« Damit zog er Sabine neben sich auf den Diwan und reichte ihr das Glas. Sabine schwenkte die tiefgoldene Flüssigkeit in ihrem Glas und sah verträumt hinein. »Was für ein Wetter«, stellte sie fest, trank den Cognac in einem Zug aus und lehnte den Kopf in das Polster.

»Was für eine Nacht«, ergänzte Albert. »Auf uns, Sabine, wir haben eine gewaltige Aufgabe bewältigt.«

»Ja, danke«, murmelte Sabine, dann war sie eingeschlafen.

Graf von Rebellin stand vorsichtig auf, hob ihre Beine auf das Sofa, deckte sie mit einem Plaid zu, setzte sich so hin, dass er ihren Kopf auf seinen Schoß betten konnte, und bewachte bis zum Morgengrauen die Ärztin und ihren bewusstlosen Patienten. Dann schlief auch er ein.

Als Lotti um sieben Uhr morgens kam, fand sie auf der Couch einen schlafenden Grafen mit einer schlafenden Ärztin in seinen Armen, einen schlafenden Pfarrer auf der Behandlungsliege im Wartezimmer und einen schlafenden Hund unter dem Tisch.

Der Regen hatte nachgelassen, und so lief Lotti als Erstes mit Ronca in den verwüsteten Garten. Sein Anblick trieb ihr Tränen in die Augen, denn seit ihren Anfängen hier im Doktorhaus vor über einem Jahr hatte sie täglich in dem Garten gearbeitet. Jetzt war alles verwüstet, und Schlamm bedeckte den Boden, wo vorher Blumenrabatten und Beerenbüsche, Kräuterbeete und Gemüseflächen ihr ganzer Stolz gewesen waren. Traurig ging sie zurück und nahm jetzt erst wahr, welchen Anblick ihr die Wohnhalle bot. Wieso schlafen der Graf und die Ärztin denn hier auf der Couch?, dachte sie verwundert. Und was macht der Graf überhaupt hier, und warum liegt die Ärztin in seinen Armen? Sie kann den arroganten Mann doch gar nicht leiden. Und dann der Pfarrer mit dem dicken Kopfverband auf dieser Liege in der Tür zum Wartezimmer? Lotti schüttelte den Kopf. Überall fand sie heruntergebrannte Kerzenstummel, auf dem Couchtisch stand eine fast leere Cognackaraffe, daneben zwei Gläser. Haben die hier etwa eine Orgie gefeiert?, dachte sie entsetzt und schloss schnell alle Türen. Das muss niemand sehen, überlegte sie, nicht einmal Helga, die jeden Augenblick kommt – wenn sie überhaupt kommt, denn das Durchkommen auf den Straßen ist wirklich schwierig. Ich musste mein Rad mehr tragen, als dass ich damit fahren konnte, dachte sie und überlegte, ob sie den Herrn Grafen wecken durfte.

Doch das übernahm in diesem Augenblick Ronca, die sich aufgeregt über die Couch beugte und mit freudigem Winseln begann, ihrer Herrin das Gesicht abzulecken.

Lotti zog sich schnell in die Küche zurück. Die Frau Doktor ist sicher nicht erfreut, wenn sie feststellt, dass ich dieses Tête-à-Tête hier gesehen habe. Dennoch, einen kleinen Spalt ließ sie die Tür offen, die Neugier besiegte den Anstand.

Sabine bewegte sich etwas, hatte aber Probleme mit fremden Armen, einem Plaid, und zu viele Beine waren da auch. Sie rieb sich die Augen, befühlte ihren Kopf, der schmerzte, und richtete sich mit einem tiefen Seufzer vorsichtig auf.

Ihr taten alle Glieder weh. Hatte sie so verrenkt auf dem Diwan gelegen, dass sie nicht mehr wusste, wie sie aufstehen sollte? Und dann starrte sie dem Grafen von Rebellin mitten in die Augen, denn auch er war wach geworden und musste sich etwas besinnen, wo er eigentlich war.

»Guten Morgen«, flüsterte er und fuhr sich mit beiden Händen über das Gesicht, als müsse er eine Fata Morgana fortwischen.

»Du meine Güte«, erwiderte Sabine und befreite sich von dem Plaid, den überflüssigen Armen und Beinen und stand auf. »Bin ich etwa eingeschlafen?«

»Es sieht ganz so aus«, erwiderte Albert und stand ebenfalls auf, zog sein Jackett glatt und die Krawatte gerade. »Aber ich kann Ihnen garantieren, außer dem Schlaf war da nichts.«

»Und wie konnte das passieren?«

»Viel zu viel Arbeit, totale Erschöpfung und ein Gläschen Cognac, das reicht dann für einen totenähnlichen Schlaf.«

»Totenähnlich? Mein Gott, was ist mit dem Pfarrer?« Sabine lief nach nebenan. Der Verletzte lag ruhig auf der Liege, atmete gleichmäßig, war aber nicht bei Bewusstsein. Gott sei Dank, dachte sie, er lebt noch. Sie schob die Liege zurück in das Behandlungszimmer und kontrollierte den Verband. Die Blutung hatte anscheinend aufgehört. Sabine atmete erleichtert auf.

Helga kam herein. »Guten Morgen, Frau Doktor«, dann verstummte sie, der Anblick der Ärztin war zu verwirrend. Der zerknitterte Arztkittel, die zerzausten Haare und dann die schmutzigen, mit trockener Erde verkrusteten Gummistiefel, als sei die Ärztin gerade erst durch dicken Morast gelaufen. Helga schüttelte verlegen den Kopf, so kannte sie ihre adrette Chefin wirklich nicht. »Was ist denn passiert, Frau Doktor?«

Sabine schüttelte den Kopf. »Das frage ich mich auch gerade. Ich weiß nur, dass ich den Pfarrer in der Kirche gefunden habe, dann haben der Polizist und der Graf geholfen, ihn hierher zu bringen, dann habe ich seine Kopfwunde versorgt, und dann bin ich eingeschlafen. Vor Erschöpfung, glaube ich, denn ich hatte stundenlang in der Kirche gesessen und auf Hilfe gewartet. Ja, so ist es gewesen.«

»Ach Gott, wie schrecklich. Soll ich Lotti rufen, damit sie Ihnen hilft?«

»Nein, danke, ich geh' jetzt erst einmal unter die Dusche und ziehe mich um. Sie sind ja hier und können aufpassen. Ich glaube kaum, dass heute Patienten kommen.«

»Ja, natürlich, die Wege sind eine einzige Schlammpiste, und überall liegen Bäume, Strommasten und Dachziegel herum. Da bleibt man am besten zu Hause.«

Sabine nickte, dann überlegte sie einen Augenblick. »Helga, ist der Duschraum für die Patienten in Ordnung?«

»Selbstverständlich.«

»Dann schicke ich den Grafen von Rebellin hinein. Der ist nebenan und hat mir hier geholfen, den Pfarrer zu retten. Er braucht auch eine Dusche – nur damit Sie sich nicht wundern.«

»Nein, natürlich nicht«, erkläre Helga höchst erstaunt und begann damit, das Chaos der nächtlichen Arbeit ihrer Chefin und des Herrn Grafen zu beseitigen. Warum sollte man sich auch wundern, wenn ein allseits unbeliebter Mann hier nächtliche Hilfsdienste verrichtet hatte?

Sabine ging zurück in ihre Wohnung, um dem Grafen die Dusche anzubieten. Aber der Mann war fort, genauso wie sein Regenmantel, den er am Abend so achtlos über einen Stuhl geworfen hatte. Die Decke auf der Couch war ordentlich zusammengefaltet, ein paar Kissen waren aufgeschüttelt, und die Cognackaraffe stand wieder in der kleinen Bar. Hatte das der Graf gemacht, oder war Lotti hier schon am Werk gewesen?

Sabine ging in die Küche. »Guten Morgen, Lotti. Wann sind Sie denn schon gekommen?«

»Wie immer um sieben Uhr, Frau Doktor.«

»Dann haben Sie einen seltsamen Anblick in der Halle gehabt.«

»Ja, Frau Doktor.«

»Und? Was haben Sie dabei gedacht?«

»Nichts, Frau Doktor.«

»Also, Lotti, jetzt tun Sie so, als sei es alltäglich, dass ich mit einem Mann zusammen auf der Couch liege.«

»Das geht mich nichts an, Frau Doktor.«

»Ich weiß. Aber das war eine Ausnahme. Wir haben die halbe Nacht hindurch zusammen versucht, dem Pfarrer das Leben zu retten, und dann bin ich erschöpft eingeschlafen und der Graf anscheinend auch.«

»Ja, natürlich, das kann passieren, Frau Doktor.«

»Und der Graf, wo ist er jetzt?«

»Ich weiß es nicht, Frau Doktor, ich war die ganze Zeit in der Küche, um ein schönes Frühstück anzurichten.«

»Hm – also, Sie brauchen nur für mich das Frühstück zu machen, der Graf ist anscheinend gegangen.«

»Ohne sich zu verabschieden?«

»Ohne sich zu verabschieden!«

XXVI

Schloss Schwanenwyk hatte sich in ein Sanatorium mit chaotischem Innenleben verwandelt. William, der Butler, versuchte mit allen Kräften, für Ordnung zu sorgen, aber dem Durcheinander war er nicht gewachsen. In der Nacht waren auch die letzten Patienten aus dem Paracelsus-Sanatorium eingetroffen, die zunächst behauptet hatten, in ihren kaum beschädigten Zimmern bleiben zu können. Dann erfuhren sie aber, dass den anderen Patienten ein ganzes Schloss zur Verfügung stand, hatten sofort erklärt, Wasser, Rauch und Schmutz im Sanatorium nicht mehr ertragen zu können, und waren den anderen ins Schloss gefolgt. Das hatte eine Überbelegung des Ostflügels zur Folge, und William war gezwungen, auch den Westflügel zu öffnen. Und das alles, ohne den Grafen um Rat oder um Erlaubnis fragen zu können.

Der Westflügel aber war den Festivitäten der Schlossbewohner vorbehalten, und so kam es, dass nun die Ballsäle, der große Speisesaal, die Gemäldegalerie, die Damensalons und der große Wintergarten mit seinen Terrassen von den Sanatoriumspatienten vereinnahmt worden waren. Die Haushälterin war außer sich. Die Verantwortung für all die kostbaren Möbel, Bilder, Teppiche, Paravents, Silberleuchter und Dekostoffe in den Händen wildfremder Menschen zu wissen, die den Umgang mit edlen Hölzern, feinsten Stoffen, zartesten Stickereien und echten Spiegeln aus Venetien bestimmt nicht gewohnt waren, lehnte sie entschieden ab. »Ich wasche meine Hände in Unschuld, ich bin nicht mehr zuständig für das Chaos im Schloss«, erklärte sie dem Butler und zog sich in die Vorratskammern zurück, zu denen nur sie die Schlüssel besaß und die sie wohlweislich von innen zusperrte.

Die Köchin drohte mit der Kündigung, weil die Sanatoriumsköche sie aus der Küche verdrängten, die Mamsell meldete sich krank, weil sie den Protesten der überarbeiteten Zimmermädchen nicht mehr gewachsen war, und der Verwalter versuchte verzweifelt, den Grafen zu erreichen, weil sein Gutshof mit parkenden Autos vollgestellt war.

In dieses Chaos kam der Graf an diesem Morgen zurück, müde, weil er kaum geschlafen hatte, kreuzlahm, weil er so seltsam verschlungen auf der Couch gelegen hatte, und hungrig, weil er weder Abendessen noch Frühstück gehabt hatte. Da die Zufahrt zum Schloss mit parkenden Autos verstopft war, musste er zu Fuß gehen, und weil er von der Rettungsaktion in der Kirche und von der medizinischen Arbeit in der Arztpraxis verschmutzt und sogar blutbefleckt war, wollte er durch die Hintertür in sein Schloss und auf schnellstem Wege in seine Gemächer eilen. Leider glückte ihm das nicht. Einer der fremden Köche erkannte ihn und hielt ihn auf. »Herr Graf, Ihre Vorratsräume sind verschlossen, wir brauchen dringend Lebensmittel, wir müssen etwa zweihundert Personen verköstigen, und das können wir nicht ohne Ihre Hilfe.«

»Dann sprechen Sie mit der Haushälterin oder mit der Mamsell, ich kann mich um solche Dinge nicht kümmern.«

»Aber Ihre Angestellten sind wie vom Erdboden verschwunden, Herr Graf, so geht das doch nicht. Sie haben uns hier ein Asyl angeboten, das muss doch auch die Verpflegung beinhalten.«

»Moment mal, mein Herr, ich habe Ihren Patienten eine Unterkunft für die Nacht angeboten, ein Bett sozusagen, aber kein Bleiberecht mit Vollpension.«

»Aber der Herr Professor hat gesagt –«

»Es interessiert mich nicht, was der Herr Professor Ihnen gesagt hat. Hier gilt mein Wort, und zwar nur mein Wort. Und wieso müssen Sie zweihundert Patienten verpflegen? Ich habe nur Zimmer für knapp hundert Gäste.«

»Wir mussten die später nachgekommenen Patienten auf provisorischen Liegen in Ihren Festsälen unterbringen.«

»Was? Wer hat den Westflügel geöffnet?«

»Aber für den Herrn Professor war es selbstverständlich, dass Sie allen unseren Patienten eine Bleibe einräumen, da hat er darauf bestanden, dass die Säle geöffnet wurden.«

»Das ist ja unglaublich. Ohne meine ausdrückliche Erlaubnis hat kein Mensch im Westflügel irgendetwas zu suchen.«

»Um so eine Erlaubnis einzuholen, war keine Zeit, und außerdem wusste niemand, wo Sie zu finden sind. Und wie ist das jetzt mit den Vorräten, Herr Graf? Sie werden doch nicht erlauben, dass unsere Patienten in Ihrem Schloss hungern müssen.«

Außer sich vor Ärger, erklärte der Graf ihm: »Da draußen stehen mindestens hundert Autos, steigen Sie ein und kaufen Sie Ihre Vorräte, die meisten Straßen in Richtung Verden, Syke und Nienburg sind passierbar, an ihnen ist das Unwetter vorbeigezogen. Guten Tag, mein Herr.« Wütend drehte er sich um und wollte zur Galerie hinauf, um seine Räume zu erreichen.

Aber bereits auf dem ersten Treppenabsatz kam ihm Professor Bernhausen wild gestikulierend und rufend entgegen. »Herr Graf, mein Gott, Herr Graf, wo waren Sie denn? Ich habe die halbe Nacht nach Ihnen gesucht.«

»Ich habe verletzten Menschen geholfen, wie es meine Pflicht war.«

»Aber Ihr Schloss war voller Hilfe suchender Menschen, Sie hätten doch –«

»Wollen Sie mir vorschreiben, um wen ich mich zu kümmern habe, Professor?«

»Nein, nein, natürlich nicht. Aber es ist nur so, dass hier alles sehr ungeordnet verläuft. Wie soll das denn jetzt weitergehen?«

»Ich schlage vor, Sie setzen sich sofort mit anderen Sanatorien oder Krankenhäusern oder Pflegeheimen in Verbindung und bringen Ihre Patienten noch heute in kompetenten, dafür geeigneten Anstalten unter.«

»Also nein, wenn ich das Wort Anstalt schon höre. Wir haben doch keine senilen, geistig verwirrten, demenzkranken Patienten zu versorgen. Wir pflegen wohl situierte, deprimierte, gestresste Herren und Damen, denen wir eine angenehme Erholung bieten wollen, damit sie wieder gesund werden und in den Vollbesitz ihrer Kräfte kommen.«

»Dann, Herr Professor, ist es ja noch viel einfacher, Ihre Damen und Herren unterzubringen. Es gibt hier in der Umgebung nämlich wundervolle Hotels mit großartigen Wellnessangeboten, da dürfte es eine Kleinigkeit sein, Ihre wohlhabenden Patienten als Gäste unterzubringen. Ihre Köche könnten dort die Küchenführung übernehmen und Ihre Ärzte die medizinische Betreuung, und alle wären wundervoll versorgt. Ich werde meinen Butler bitten, Ihnen sofort bei den telefonischen Vereinbarungen zur Verfügung zu stehen. Und jetzt entschuldigen Sie mich, ich möchte mich umkleiden und dann frühstücken.«

»Ach ja, Herr Graf, frühstücken würde ich auch –«

Albert von Rebellin drehte sich nicht noch einmal um. Als er endlich seine Zimmer erreicht hatte, bot ihm der Butler mit hochrotem Kopf seine Hilfe an. »Frische Kleidung liegt bereit, Herr Graf. Soll ich Ihnen das Frühstück hier servieren? Im Speisesaal werden Sie kaum essen wollen, da herrscht, wie im ganzen Schloss, das Chaos.«

»William, wie konnte es zu diesem Chaos kommen?«

»Es kamen immer mehr Leute, und wir wussten nicht mehr, wie wir mit ihnen fertig werden sollten. Und da Sie gesagt hatten, die Sanatoriumspatienten könnten hier unterkommen, konnten wir uns auch nicht dagegen wehren. Und von Anfang an haben die Ärzte bestimmt, was gemacht werden soll, Herr Graf.«

»Es war mein Fehler, fortzufahren. Aber ich habe es als meine Pflicht angesehen, in der Unwetterregion die Zustände zu kontrollieren, und da bin ich dann auch hängen geblieben. Da wurde meine Hilfe nämlich tatsächlich gebraucht.«

»Ja, Herr Graf, so etwas habe ich mir schon gedacht.«

»Dann holen Sie mir jetzt etwas zu essen, William, und helfen Sie dann dem Professor, Hotels anzurufen, damit wir die vielen Gäste so bald wie möglich irgendwo anders unterbringen können, selbstverständlich irgendwo, wo sie besser und komfortabler untergebracht werden als hier.«

»Jawohl, Herr Graf.«

Als Albert von Rebellin endlich allein war, ging er sofort in sein Schlafzimmer. Trotz seines Reichtums war es ein sehr schlichter, nüchterner Raum mit einer spartanischen Einrichtung. Die Wände waren weiß gestrichen, die Vorhänge aus dunkelblauem Wollstoff und die Möbel aus gewachstem Kiefernholz. Einziger Luxus war der große Schafwollteppich auf dem auf Hochglanz polierten Holzfußboden.

Von Rebellin zog sich schnell aus, wobei er seine Sachen achtlos auf einen Stuhl warf, ehe er in das angrenzende Bad ging. Zehn Minuten stand er unter der heißen Dusche, dann ließ er das Wasser allmählich eiskalt werden. Seine Muskeln entspannten sich, und zum ersten Mal seit mehr als zwölf Stunden fühlte er sich körperlich wieder wohl. Nach dem Abtrocknen zog er die bereitgelegte Kleidung an und ging in sein Arbeitszimmer. Auch dieser Raum war von spartanischer Einfachheit. Hier bestimmte rötliches Kirschbaumholz die Farbgebung von Bücherschrank und Schreibtisch, von Vorhängen und Polstern, und nur zwei Sessel neben dem Kamin sorgten für einen Hauch von Gemütlichkeit. Albert ging zu der eingebauten Bar im Bücherregal und goss sich einen Brandy ein. In langsamen Schlucken genoss er die Schärfe, die langsam durch seinen Hals floss und sich in seinem Magen ausbreitete.

William kam mit dem Frühstück, und der Graf ließ es sich am Kamin servieren. Zum Glück spürte man hier oben im Mittelteil des Schlosses wenig von dem Trubel, der unten herrschte.

»Haben Sie mit dem Professor gesprochen?«

»Ja, Herr Graf, der Herr Professor ist außer sich. Er könne seinen armen, geplagten Patienten nicht in so kurzer Zeit einen zweiten Umzug zumuten, und er habe erwartet, hier einige Zeit verbleiben zu können. Wenigstens so lange, bis die jetzigen Patienten ihre derzeitige Kur beendet hätten.«

»Und wie sind Sie verblieben?«

»Er wartet auf Sie in der Bibliothek. Ich hatte Mühe, ihn abzuschütteln, als er das Frühstück sah, wollte er unbedingt mitkommen, um mit Ihnen zu speisen und zu diskutieren.«

»Das hätte mir gerade noch gefehlt.«

»Das dachte ich auch, Herr Graf.«

»Ich möchte in einer halben Stunde den Verwalter hier oben sehen. Bringen Sie ihn möglichst unbeobachtet herauf, und dann machen wir einen gemeinsamen Schlachtplan, wie wir diese häusliche Katastrophe beenden.«

»Jawohl, Herr Graf. Der Herr Professor deutete an, dass die Geschäftsleitung des Sanatoriums, die ihren Sitz in Bremen hat, auf dem Wege hierher sei, vielleicht sorgen diese Herren dann für Ordnung.«

»Das werden sie müssen, William, dafür werde ich sorgen.«

Das Gespräch verlief besser, als der Graf befürchtet hatte. Die Sanatoriumsgeschäftsleitung sah ein, dass die Patienten im Schloss nicht so komfortabel untergebracht werden konnten, wie sie es aufgrund ihrer Vermögensverhältnisse erwarten durften, und man hatte bereits in der Nacht, in zwei zur Sanatoriums-Gesellschaft gehörenden Häusern, nach einem Ausweg gesucht. So wurde beschlossen, dass die Patienten innerhalb von vierundzwanzig Stunden Schloss Schwanenwyk verlassen und nach Oldenburg und Bremen verlegt werden würden. Das bedeutete eine Erleichterung in absehbarer Zeit, bis dahin aber das Durchleben eines Chaos. Und dazu hatte Albert von Rebellin keine große Lust. Er wollte raus, weg von den fremden Menschen. Er sehnte sich nach Ordnung und Überschaubarkeit, nach Ruhe und nach – ja, wonach eigentlich? Er wusste es selbst nicht, alles sollte nur anders sein, als es im Augenblick war. Und eigentlich ist es gar nicht so sehr die Schuld dieser fremden Menschen, die sich in meinem Schloss breitgemacht haben, sondern meine ganze augenblickliche Situation, die mich mürbe macht. Was ist los mit mir?, dachte er und lief mit langen Schritten in seinem Zimmer hin und her.

Ich werde mit Tim Reves sprechen, überlegte er, die Rinder und die Pferde und wahrscheinlich auch die Schafe können wieder auf die Weiden. Und in Zukunft gehört es zu seinen Aufgaben, jeden Morgen und jeden Abend die Wetterprognosen für die Landwirtschaft abzuhören. Das Klima verändert sich, die Folgen haben wir gestern zu spüren bekommen. So ein Unwetter habe ich noch nicht erlebt, und es wird wieder kommen. Gestern hatten wir Glück, dass der Orkan an uns vorbeigezogen ist, aber wenn er hierhergekommen wäre, hätten wir im wahrsten Sinn des Wortes im Regen gestanden. Dann hätten wir die Tiere nicht schnell genug hereinholen und die wertvollen Maschinen nicht sicher unter den Dächern und in den Scheunen abstellen können. Das bedeutet, das Vieh muss näher am Stall weiden, wir müssen also die Ländereien umfunktionieren. Das bedeutet auch, dass wir in diesem Herbst gewaltige Arbeit vor uns haben. Ich werde alles mit Reves besprechen. Heute noch. Am besten jetzt gleich.

Als er sich dazu entschlossen hatte, ging es ihm besser. Er zog seine Reitkleidung an, verließ das Schloss, ohne dem Professor oder anderen Sanatoriumsgästen begegnet zu sein, und lief über die Zugbrücke und den kleinen Damm hinüber in den Wirtschaftshof. Auch hier herrschte ein großes Durcheinander. Der Hof war in großen Teilen mit edlen Limousinen zugeparkt, und die Knechte hatten Mühe, mit ihren Traktoren zu arbeiten oder die Tiere zurück auf die Weiden zu treiben.

Als der Graf seinen Verwalter sah, nahm er ihn zur Seite: »Reves, wir müssen in Zukunft öfter mit solchen Wetterkapriolen rechnen. Das bedeutet, wir müssen uns umstellen. Die Tiere müssen näher an den Ställen weiden, und in den Scheunen müssen immer Plätze für unsere Landmaschinen frei sein.«

»Ja, ich verstehe. Ich habe im Radio gehört, dass es in der Nähe von Hamburg sogar einen Tornado gegeben haben soll.«

»Das Wetter spielt verrückt, und wir sind schuld daran.«

»Na, ich denke mal, Herr Graf, wir mit unserer Landwirtschaft haben da keine allzu große Schuld. Die muss man wohl eher bei der Industrie suchen.«

»Eins kommt zum anderen, und dann explodiert das Wetter. Wir müssen auf jeden Fall einiges ändern. Machen Sie mir bitte Pläne für die Umstellungsmöglichkeiten in der Landwirtschaft, und zwar so, dass wir schon im Herbst damit anfangen können.«

»Jawohl, Herr Graf. Dann werden wir sehr viel verändern müssen.«

»Das weiß ich. Ich weiß aber auch, dass wir so früh wie möglich damit anfangen sollten. So, und jetzt werde ich mal meinen Wagen suchen, hoffentlich finde ich ihn zwischen all den Nobelkarossen.«

»Ich habe ihn in die westliche Remise fahren lassen. Er ist wieder sauber und voll getankt.«

»Danke, Reves. Ich fahre in das Unwettergebiet, da sah es gestern schrecklich aus. Vielleicht werde ich gebraucht. Mein Handy habe ich bei mir, falls irgendwelche Fragen auftauchen. Ob es allerdings funktioniert, weiß ich nicht. Da drüben war gestern absolute Funkstille.«

»Ich denke, ich komme klar, Herr Graf. Hoffentlich verschwinden die Limousinen bald, damit man sich hier wieder bewegen kann.«

»Die Gäste reisen im Laufe des Tages ab.«

»Das ist gut so. Die Tiere werden ungeduldig. Sie wollen bei dem Wetter wieder raus auf die Weiden.«

»Das ist verständlich. Bis später also.«

Der Graf fuhr ab. Die Straßenverhältnisse waren unverändert schlecht, aber er kannte Schleichwege und kam gut durch. In Moordorf und in Immenburg waren die Menschen mit Aufräumarbeiten beschäftigt. In Lindenberg war die Brücke über die Aue weggerissen, und der kleine Fluss war zu einem reißenden Gewässer angewachsen, sodass Graf von Rebellin einen weiten Umweg über Sandersholm einschlagen musste, und als er schließlich Auendorf erreichte, war er von dem Chaos erschüttert. Auf dem Friedhof versuchten Frauen, die freigelegten Särge zu ordnen und Männer bemühten sich, mit der fortgeschwemmten Erde neue Gräber anzulegen. Im Dorf selbst war kein Mensch zu sehen. Na ja, überlegte von Rebellin, sie wollen zuerst ihre Angehörigen wieder bestatten. Es ist schon eine Katastrophe, wenn nicht einmal die Toten ihre Ruhe behalten. Für einen Augenblick dachte er an andere Katastrophen mit ähnlichen Verheerungen durch Erdbeben oder Tsunamis, aber wir sind hier in Mitteleuropa und weder in den Subtropen noch in Asien, da rechnet man einfach nicht mit einem solchen Desaster.

Er überlegte, ob er aussteigen und seine Hilfe anbieten sollte, ließ es dann aber doch. Er wusste, wie die Heidjer reagieren würden. Er gehörte nicht dazu, also würden sie seine Hilfe nicht wollen. Gerade das Bestatten von Toten war eine intime und diffizile Angelegenheit, da war man lieber unter sich. Langsam fuhr er weiter, unzufrieden mit sich selbst, weil er helfen wollte, aber nicht wusste, wie und wo. So ist das, wenn man anders ist als die anderen, dachte er. Es hat seine Vorteile, es hat aber auch seine Nachteile, man ist isoliert und gehört meistens nicht dazu.

Der Graf fühlte sich ausgesperrt, und je älter er wurde, umso deutlicher spürte er diese Isolation. Im Schloss fiel es nicht so auf, da gab es eine Menge Leute, die einfach zu ihm als Dienstherren gehörten, aber selbst dort wurde das Alleinsein bedrückend. Erst der Tod seiner Frau vor vier Jahren, dann diese verdammte Flucht seiner Tochter, die gleichzeitig die Jugend aus dem Schloss mit fortgenommen hatte, die sonst wenigstens hin und wieder die Mauern belebte. Und dann die Freunde, die auch immer seltener seinen Einladungen folgten. Vor allem bei den Schleppjagden werden es immer weniger, überlegte er. Die Älteren haben Angst vor Reitunfällen, die Jüngeren entwickeln andere Interessen, einige haben die Arbeit auf dem Lande satt und sind in die Städte gezogen, andere ziehen die Sonne Spaniens vor und sind ausgewandert, und den meisten ist die Landluft zu unattraktiv geworden.

Er strich sich mit beiden Händen durch das Haar, als müsse er die depressiven Gedanken vertreiben. Himmel, wo bin ich denn, dachte er wütend. Ich liebe das Land und das Wetter und meine Arbeit und mein Leben hier draußen, und auch die Einsamkeit liebe ich. Wirklich?

XXVII

Sabine stand am Fenster und sah hinaus in ihren zerstörten Garten. Die langstieligen Malven und Levkojen, die Sonnenblumen die am Carport gestanden hatten, die Rosenbüsche an der Hauswand und der blaue Rittersporn hinter der Gartenmauer, alle lagen verletzt und gebrochen im Schmutz. Schade, dachte sie, nach einem Jahr Arbeit und Pflege können wir von vorn anfangen. Dann schüttelte sie den Kopf. Was soll's, es gibt Schlimmeres.

Ich müsste ins Dorf fahren und dort nach Patienten suchen, aber ich kann hier nicht fort. Der Pfarrer liegt im Massageraum und dämmert vor sich hin, und außerdem muss ich abrufbereit sein. Wenn man mich braucht, dann sucht man mich zuerst hier im Haus. Lotti ist zwar gekommen, aber sie möchte so schnell wie möglich wieder nach Hause und dort die Schäden beseitigen, und Helga war auch sehr ungeduldig, weil sie zu Hause gebraucht wurde. Ich werde die beiden jetzt heimschicken.

Sie drehte sich um, ging zurück in ihre Praxis und schaute nach dem Pfarrer, der ruhig auf der Liege schlummerte und durch die beiden Gitter vor dem Herunterfallen geschützt war. Lotti traf sie hinten im Küchengarten, wo sie damit beschäftigt war, ein paar Möhren, Zwiebeln, den letzten Salat und ein paar Kräuter aus dem Schlamm zu retten. »Lotti, lassen Sie das nur, wir kümmern uns später darum. Wenn Sie möchten, können Sie jetzt nach Hause fahren, da werden Sie dringender gebraucht. Die Arbeit hier läuft uns nicht davon. Und nehmen Sie Helga auch gleich mit.«

»Aber dann sind Sie ganz allein, Frau Doktor.«

»Ich komme schon zurecht. Ich muss sowieso hierbleiben, weil ich den Pfarrer nicht allein lassen kann, und sollten Patienten kommen, was ich kaum glaube, dann werde ich schon damit fertig.«

»Na gut, dann mache ich noch schnell das Futter für Ronca fertig, und dann fahre ich heim.«

Wenige Minuten später fuhren Lotti und Helga davon. Ronca hatte ihr Futter nicht angerührt und sich wieder unter dem Esstisch verkrochen. Sie hatte das Unwetter noch nicht überwunden. Bei dem kleinsten Geräusch zitterte sie am ganzen Körper und war nicht zu bewegen, ihren Platz unter dem Tisch zu verlassen. Genau wie ich, dachte Sabine und erinnerte sich, dass auch sie sich als kleines Mädchen bei Gewittern immer unter einem Tisch versteckt hatte. Sabine kroch neben die Hündin, streichelte sie und sprach beruhigend auf sie ein, als draußen ein Auto anhielt und Schritte auf dem Plattenweg im Vorgarten zu hören waren. Wer kann das sein?, fragte sich Sabine und dachte daran, dass sie seit gestern Abend kein Motorengeräusch mehr gehört hatte, weil Autos nicht durchkamen. Neugierig schaute sie unter dem Tisch hervor in den Flur, auf dem jetzt Männerstiefel knirschenden Sand auf den Fliesen breittraten.

»Hallo, ist hier niemand?«

Diese Stimme kannte sie seit gestern sehr gut. »Doch, ich bin hier, ich beruhige meinen Hund, kommen Sie nur herein.«

Der Graf trat in die Wohnhalle und sah sich um. »Und wo bitte beruhigen Sie Ihren Hund?«

»Hier, unter dem Tisch, aber ich komme jetzt, sie zittert nicht mehr.«

Von Rebellin beugte sich herunter und reichte ihr die Hand. »Kommen Sie, ich helfe Ihnen.«

Sabine stand auf, strich sich ihren Kittel und die Haare glatt und sah ihn fragend an. »Wie sind Sie hergekommen?

Wie sind die Straßenverhältnisse jetzt, und wie sieht es bei Ihnen im Schloss aus?«

»So viele Fragen auf einmal! Die Straßen sind weiträumig unpassierbar, ich habe Schleichwege benutzt, und in meinem Schloss herrscht das Chaos. Ich bin geflüchtet. Nein, nein«, wehrte er ab, als Sabine ihn verständnislos ansah, »ich bin gekommen, um zu sehen, wie es Ihnen und unserem Patienten geht.«

»Hier ist alles unverändert. Er ist noch nicht bei Bewusstsein, und ich kann das Haus nicht verlassen und im Dorf nach dem Rechten schauen, weil ich nicht weiß, ob ich hier gebraucht werde.«

»Im Dorf wird noch nicht aufgeräumt. Im Augenblick sind alle Leute auf dem Friedhof, um ihre Verstorbenen neu zu begraben. Eine schreckliche Situation für die Angehörigen.«

»Ja, grauenhaft. Und warum herrscht in Ihrem Schloss das Chaos, Herr Graf?«

»Bitte, Frau Doktor, ich bin Albert.«

»Ach ja, wir wollten ja die Förmlichkeiten weglassen. Dann bin ich aber Sabine.«

»Einverstanden, Sabine. Im Schloss hat sich das gesamte Paracelsus-Sanatorium einquartiert. Patienten, Köche, Ärzte und die Geschäftsleitung.«

»Einfach so?«

»Sie hatten einen Blitzeinschlag und ein Feuer und haben mich gefragt. Und ich habe gesagt, sie könnten kommen. Aber ich habe nicht mit beinahe zweihundert Menschen gerechnet, mit einem Dauerwohnrecht und mit der Übernahme der Hausordnung.«

»Meine Güte. Und nun?«

»Ich habe der Geschäftsführung klar gemacht, dass mein Hilfsangebot nur kurzfristig gilt, nun müssten sie sich nach Hotelunterkünften und anderen Heimen umsehen.«

»Ja, natürlich, und werden sie es tun?«

»Ich hoffe es. Und bis dahin bin ich geflohen. Zu Ihnen, wie Sie sehen.«

»Ja. Und was kann ich für Sie tun? Haben Sie Hunger? Kann ich Ihnen etwas anbieten?«

»Ach, es genügt schon, hier zu sein. Es ist so ruhig, so unkompliziert und trotz des ganzen Desasters so gemütlich hier, Sabine.«

»Nun, in Ihrem Schloss möchte ich jetzt auch nicht wohnen. Sie können gern hierbleiben, ich habe ein annehmbares Gästezimmer, wenn Sie das wollen.«

»Danke«, er schüttelte den Kopf, »ich werde nachher zurückfahren, aber es ist schön, erst einmal hier zu sein. Darf ich mich setzen?«

»Natürlich, entschuldigen Sie, nehmen Sie Platz, ich schaue nur einmal nach meinem Patienten.«

»Ich komme mit. Aber ich sollte mir vielleicht die Stiefel ausziehen, hier sieht es immer so sauber aus.«

»Das ist Voraussetzung für eine Arztpraxis. Warten Sie, auf dem Flur habe ich einen Stiefelknecht, ich hole ihn.«

»Danke, das ist nicht nötig. Ich ziehe die Stiefel draußen aus.«

»Herrenschuhe zum Wechseln habe ich allerdings nicht.«

»Ich habe dicke Wollsocken an, die reichen mir. Auf Herrenbesuche sind Sie also nicht eingestellt.«

»Nein, warum sollte ich?«

»Nun, eine Frau wie sie, charmant, gut aussehend, tüchtig und dann so allein? Das ist doch ungewöhnlich.«

»Ungewöhnlich? Für mich nicht, ich habe mich jedenfalls daran gewöhnt.«

Amüsiert beobachtete Albert die verlegen gewordene Ärztin. Mein Gott, dachte er, sie kann noch rot werden, wie zauberhaft, und ein leises, prickelndes Gefühl des Verlangens erfasste ihn. Ein Gefühl, das er seit Jahren verloren zu haben glaubte. Auf leisen Socken ging er neben ihr her und dachte für einen kurzen Augenblick: Himmel, was mache ich hier? Und dann spürte er, dass er einfach nur glücklich war. Glücklich und zufrieden.

Der Pfarrer dämmerte vor sich hin. Sabine wechselte den Kopfverband, und ganz selbstverständlich half ihr der Graf dabei. Dann betteten sie den Mann wieder auf die Liege, Sabine kontrollierte Herzschlag und Blutdruck, befestigte die Gitter an der Liege und schloss die Fensterläden. Draußen regnete es wieder.

»Wie ungemütlich«, Sabine schüttelte sich. »Ich werde Feuer im Kamin machen. Nach der Hitze der letzten Tage empfindet man den Wetterumschwung doppelt stark.«

»Ich werde Ihnen helfen, wo finde ich Holz?«

»Draußen neben der Küchentür unter dem Dach ist es an der Wand gestapelt. Der Korb steht daneben.«

Als der Graf gegangen war, dachte Sabine: Was soll das werden? Seit wann ist der herrische Mann so zahm und hilfsbereit? Er scheint sich hier tatsächlich wohlzufühlen. Aber wohin soll das führen? Er kann ja gern ein paar Stunden hier sein, aber dann wird er hoffentlich auch wieder abfahren.

Albert kam zurück und wollte das Holz im Kamin stapeln. Aber Sabine kam ihm zuvor. »Doch nicht so, Albert. Zuerst kommt Papier in den Ofen, dann kleine Späne darüber, und wenn die brennen, packen wir die ersten kleinen Scheite vorsichtig darauf. Haben Sie denn im Schloss keine Kamine?«

Verlegen schüttelte Albert den Kopf. »Freilich haben wir Kamine, aber ich muss gestehen, ich habe in meinem Leben noch kein Kaminfeuer angefacht.«

Sabine konnte sich ein Grinsen nicht verkneifen. »Na ja, wenn man immer jemanden hat, der das für einen macht, dann kann man das auch nicht lernen. Aber jetzt wissen Sie, wie es geht.«

»Jetzt weiß ich, wie es geht.« Er sah sich um, »haben Sie so etwas wie einen Brandy oder noch etwas von dem Cognac? Draußen ist es richtig ungemütlich.«

»Natürlich.« Sie holte aus ihrer kleinen Bar die Cognacflasche und ein Glas. »Groß ist meine Auswahl nicht. In der Küche hat Lotti noch eine Flasche Heidjer-Korn, den braucht sie manchmal für die Soße. Wenn es Wild gibt, da hat sie so ihre kleinen Kniffe.«

»Und wer ist Lotti?«

»Meine gute Seele. Sie sorgt für mich wie eine Mutter, das heißt, meine Mutter könnte nicht mit ihr konkurrieren.«

»Und warum nicht?«

»Meine Mutter war immer eine feine Dame, sie war lieb und nett, aber Küchenarbeit kannte sie nicht.«

»Sie sprechen in der Vergangenheit von ihr?«

»Ich habe meine Eltern vor ein paar Jahren bei einem Flugzeugabsturz verloren.«

»Das tut mir leid.«

»Danke.«

Er nahm die Flasche und wollte eingießen. »Trinken Sie nicht mit mir?«

»Ich habe noch einen leeren Magen, da vertrage ich keinen Alkohol, aber ich werde jetzt in die Küche gehen und Lottis vorbereitetes Essen kochen, es reicht bestimmt für zwei.«

»Das wäre wunderbar. Ich habe zwar gefrühstückt, aber das ist nun auch schon ein paar Stunden her.« Eigentlich interessierte ihn das Essen gar nicht, ihm ging es darum, Sabine zu beobachten, ihre Nähe in sich aufnehmen – ich fühle mich wie ein trockener Schwamm, der nach Wasser lechzt, überlegte er, was ist bloß los mit mir? So nahm er sein Glas, folgte ihr auf leisen Socken, setzte sich bescheiden in der Ecke auf einen Küchenstuhl, trank hin und wieder einen kleinen Schluck und beobachtete Sabine.

Sie fühlte diese Blicke sehr genau und versuchte, der Intensität durch leichtes Geplauder den Ernst zu nehmen. »Ihrem Koch haben Sie vermutlich auch noch nicht zugesehen?«

»Nein. Er würde das als eine Zumutung betrachten. Warum fragen Sie?«

»Sie beobachten mich so genau.«

»Ja, ich finde es interessant, Ihnen zuzuschauen, ich wusste gar nicht, wie viele Handgriffe nötig sind, um ein einzelnes Essen zuzubereiten. Kochen Sie immer auf einem Kohleherd?«

»Nein, nur wenn kein Strom vorhanden ist. Und wie Sie wissen, sind unsere Stromleitungen schwer beschädigt.«

»Ja, richtig, aber wenn man drinnen in Ihrem Haus ist, vergisst man das Chaos draußen.«

»Das ist auch gut so. Es holt uns schnell genug wieder ein.«

Sabine stellte das Geschirr auf ein Tablett, legte die Bestecke dazu und stellte eine Flasche Mineralwasser und eine Bierflasche darauf.

»Es riecht gut, was gibt es denn?« Der Graf war aufgestanden und beugte sich über den Herd.

»Lotti hat einen Eintopf mit weißen Bohnen und geräucherter Mettwurst vorbereitet. So ein Eintopf lässt sich am schnellsten aufwärmen, und für den Abend hat man dann auch noch einen Rest.«

»Den ich Ihnen jetzt wegesse.«

Sabine lachte. »Ich werde es überleben.« Sie ging nach nebenan und deckte den Tisch. Ronca hatte sich beruhigt und ihre Höhle unter dem Tisch verlassen. Der Graf streichelte sie, und dann lief sie in die Küche und fraß endlich ihr Futter.

Sabine füllte den Eintopf in eine Terrine und stellte sie auf den Tisch. »Bitte, nehmen Sie Platz, wir sollten essen, bevor etwas dazwischenkommt.« Sie füllte ihm die Suppe in den Teller und reichte ihm das Bier. »Bitte, bedienen Sie sich.«

Bevor er sich sein Bier nahm, schenkte er das Tafelwasser in ihr Glas, sah sie an und hob sein Bier: »Trinken wir auf die Freundschaft?«

»Gern.«

Er wollte sich einreden, dass er sich dieses seltsame Prickeln vorhin nur eingebildet hatte, aber jetzt, da er es wieder verspürte, konnte er es nicht mehr leugnen. Diese Ärztin war nicht die, die er gewollt hätte, und doch wollte er sie, sie war nicht die, die er gewählt hätte, und doch wählte er sie. Er musste alle Fragen unbeantwortet lassen, die ihn plötzlich bestürmten, bis er herausgefunden hatte, wie es war, wenn er sie tatsächlich berühren würde. Jetzt war er es, der verlegen in seinem Essen stocherte. Er sehnte sich plötzlich …, ja, wonach sehnte er sich eigentlich?

»Schmeckt es Ihnen nicht?«

»Doch, es schmeckt sehr gut, ich war nur mit meinen Gedanken auf Reisen.«

»Auf Reisen?«

»Ja, auf sehr eigenartigen Reisen, die aber nichts mit Fernweh zu tun haben.«

»Sie machen mich neugierig.«

»Ich bin selbst neugierig, aber ich habe noch keine Antwort darauf.«

Sabine war sich sehr bewusst, wie intim dieses Gespräch werden konnte. Das wollte sie unbedingt vermeiden. Die Regungen, die sie vorhin gespürt hatte, als er sie so intensiv beobachtete, setzten wieder ein, langsam, sinnlich, bis sich ihr ganzer Körper verkrampfte. Sie wusste, dass man einen Menschen begehren konnte, den man nicht kannte, aber sie hatte noch nie so auf einen fremden Mann reagiert. Sie dachte für einen Augenblick an Johannes Hegenbach, diesen selbstbewussten Reitstallbesitzer, der ihr Herz zu unkontrollierten Schlägen verführt und ihren Verstand beinahe ausgeschaltet hatte. Plötzlich, unerwartet und beinahe überwältigt hatte sie auf diesen eigentlich fremden Mann reagiert. Und dann war er, so unerwartet wie er gekommen war, wieder aus ihrem Gefühlsleben verschwunden. Aber ihr Körper hatte auf ihn reagiert, ob sie es wollte oder nicht.

Und jetzt? Dieser Mann hier neben ihr war alles andere als plötzlich oder unerwartet in ihr Leben getreten. Er war schon lange da, und er war immer unwillkommen gewesen. Er war dominant und arrogant, er verführte ihr Herz nicht zu dummen Sprüngen, sondern eher zu Abneigung und Missmut. Diesen feinen Herrn hier an ihrem Tisch lehnten eigentlich alle ab, sodass seine Integrität, seine Sanftmut und seine Zuverlässigkeit ihnen durch dumme Vorurteile verborgen blieben. Und jetzt? Er verleitete sie zum Nachdenken. Sollte, konnte sie ihre Vorurteile korrigieren? Sie verspürte den Wunsch, sich in seine Arme zu schmiegen und an seiner Schulter die Angst zu überwinden, die das Unwetter mit seinen schrecklichen Folgen ausgelöst hatte. Unsinn, dachte sie, reiß dich zusammen, in ein paar Minuten ist er wieder unterwegs zu seinem Schloss und damit in weite Ferne gerückt.

Der Graf unterbrach ihre Gedanken. »Wenn mich nicht alles täuscht, sind auch Sie auf einer ziemlich weiten Reise.«

Sabine nickte. »Dieses Unwetter hat nicht nur das Land zerstört, es hat auch meine Gedanken auf den Kopf gestellt.«

»Kann ich helfen, sie zurechtzurücken? Naturgewalten haben es so an sich, Menschen zu beeinflussen, ob man das will oder nicht.«

»Wie meinen Sie das?«

»Sie beunruhigen uns, sie ängstigen uns, sie lassen uns an den Grundfesten des Lebens zweifeln, und sie fördern Gedanken, die man sonst vielleicht nicht hätte. Naturgewalten setzen Wünsche, Hoffnungen, Enttäuschungen frei, die man lieber verschlossen hält. So ein Unwetter hat viele Nuancen.«

»Das stimmt«, Sabine sah ihn fragend an, »ich habe mich noch nie so hilflos gefühlt.«

»Mir geht es genauso. Dabei hat diese Hilflosigkeit nichts mit den äußeren Umständen zu tun, sondern mit dem eigenen, ganz persönlichen Gefühl der Betroffenheit.«

Sabine nickte, eine Antwort hatte sie nicht. Ganz langsam schob Albert seine Hand über den Tisch, berührte ihre Finger, drückte sie vorsichtig und sah Sabine an. »Wir schaffen das. Wir beide lassen uns nicht unterkriegen von Gedanken, von Ängsten, von Enttäuschungen. Sabine, wir zwei holen unsere Gedanken von ihren Reisen zurück und stellen uns der Wirklichkeit. Wir sitzen hier an einem Tisch, essen gemeinsam, trinken gemeinsam und reden miteinander. Das ist das Wichtigste, das Reden.«

»Und worüber?«

»Über uns, über unsere Gedanken, unsere Wünsche und meinetwegen auch über unsere Gefühle füreinander. Denn dass sie da sind, wissen wir beide.«

Ratlos sah Sabine ihn an. Was sollte sie darauf antworten? Dass sie ihn nicht mochte, sich aber zu ihm hingezogen fühlte? Dass sie Zweifel an seiner Aufrichtigkeit hatte, aber eine Schulter zum Anlehnen suchte? Dass sie seine Arroganz verabscheute, aber den Schutz seiner Arme brauchte? Himmel, worauf habe ich mich da eingelassen?, dachte sie und entzog ihm ihre Hand. Berührungen sind gefährlich, das wusste sie, Berührungen sind unverzeihlich, wenn der Körper außer Kontrolle gerät und die Gedanken verführerische Reisen unternehmen.

Aber Albert, der sie sehr genau beobachtete, wollte sie berühren, er wollte dieses seltene Gefühl der Sehnsucht auskosten, genießen und nicht gleich wieder verlieren – zu lange hatte er es entbehrt. Ganz behutsam legte er seine Hand auf ihren Arm. Durch den dicken Stoff des weißen Kittels waren die Finger kaum zu spüren, und doch erwachten Hunderte winziger Nerven in ihrem Körper zum Leben. Sabine glaubte zu ersticken und versuchte, durch tiefes Atmen diese unkontrollierbaren, ungehorsamen Nerven zum Verstummen zu bringen. Es half nichts, und sie spürte, wie sie errötete. Und das vor den Augen eines Mannes, dem nichts entgeht, dachte sie erschrocken und sah ihn für einen winzigen Augenblick an. Er lächelt, er weiß alles, dachte sie, ihm kann ich nichts vormachen, ihn kann ich nicht täuschen. Sie griff nach ihrem Glas, um diese Hand von ihrem Arm abzuschütteln, aber Albert setzte sich auf der Eckbank einfach neben sie und legte den Arm um ihre Schulter. Das war es doch, was sie wollte, und doch überzog ein Schauer von Unmut ihren Rücken.

»Nicht doch, Sabine«, flüsterte er an ihrem Ohr, »wir wollen es doch beide.«

Sie hielt still, als er sie langsam näher zu sich zog. Sie waren sich so nahegekommen, dass sich ihre Beine berührten. Die Differenz zwischen Ablehnung und Verlangen wurde zu stark, um unbeachtet zu bleiben. »Was wollen Sie eigentlich?«, fragte Sabine leise. »Wir kennen uns doch gar nicht.«

»Du irrst dich, Sabine, wir kennen uns besser, als du glaubst.« Plötzlich war das ›Du‹ da. Sie schüttelte den Kopf. »Nein, so einfach ist das nicht. Eine kleine Sympathie, ein paar Gefühle, weil die Angst überwiegt, das hat doch nichts mit der Wirklichkeit zu tun.«

Er verstand diesen Stolz und bewunderte ihn, doch die Bewunderung reichte nicht, ihn von seinem Verlangen zu entfernen. Die Vernunft gebot ihm, vorsichtig zu sein, langsam vorzugehen, aber der Körper reagierte heftiger und stieß die Vernunft beiseite.

Sabine spürte den Druck seiner Hand auf ihrer Schulter, sah, wie sich seine Augen verdunkelten. Und in der Stille des frühen Nachmittags hörte sie jeden seiner Atemzüge. Sie spielte mit ihrem Glas, bis er es ihr aus der Hand nahm, sie stocherte in ihrem Essen herum, bis er den Teller zur Seite schob.

Und dann gewann sein Verlangen den Kampf mit der Vorsicht. Als er in ihren Augen sah, dass sie sein Verlangen erkannte, presste er unwillkürlich seinen Mund auf den ihren, er, ein Mann, der sich niemals spontanen Gefühlen hingab. Es gab kein langsames Erkunden, kein vorsichtiges Herantasten, sondern vom ersten Augenblick an heftiges Begehren, und von der ersten Berührung ihrer Lippen an lag gegenseitiges Verstehen in diesem Kuss. Seine Wirkung war für Sabine unerwartet, doch ohne eine Sekunde zu zögern, schmiegte sie sich an ihn, und als seine Arme sie endlich festhielten, fand er Zeit für die Gefühle, die sein Kuss ausdrücken sollte. Seine Lippen wurden weich, sensibel, leidenschaftlich. Endlich siegte Sabines Verlangen nach männlichem Schutz, und sie fühlte sich wohl in seinen Armen. Nichts Weiches schien an ihm zu sein. Sein Körper war straff und versprach keine Behaglichkeit, kein unbeschwertes Vergnügen, kein Ausruhen, sondern Härte und Disziplin. Jeder andere Kuss, an den sie sich erinnern konnte, war im Vergleich fade und langweilig gewesen.

Langsam löste sie sich aus seinen Armen und von seinen Lippen und sah ihn an. Aber in seinen Augen fand sie keine Frage, keine Antwort, sie sah nur ihr eigenes Spiegelbild.

Und dann fuhr Piet Bollmann mit seinem Polizeiauto draußen vor der Tür vor. Die Sirene war nicht zu überhören.

XXVIII

Der Polizeimeister klopfte nicht, und er klingelte nicht. Er stapfte mit seinen schmutzigen Stiefeln direkt in Sabines Praxis und rief: »Wo ist der Pfarrer?«

Sabine sprang auf und lief hinüber in ihr Wartezimmer, der Graf folgte ihr. »Herr Bollmann, was ist los? Sie können den Pfarrer nicht sprechen.«

»Wir brauchen ihn, wir brauchen ihn sofort. Das ganze Dorf wartet auf ihn.«

»Bitte, Herr Bollmann, Pastor Benrath ist ohne Bewusstsein, wie stellen Sie sich das vor?«

»Wir müssen ihn mitnehmen, irgendwie müssen wir ihn zum Friedhof bringen. Die Leute haben ihre Toten wieder in die Gräber gelegt, aber der Pfarrer muss sie segnen.«

Jetzt griff der Graf ein. Er hatte sich seine Stiefel wieder angezogen, in Strümpfen wollte er dem Polizisten nicht begegnen, und erklärte: »Herr Bollmann, das geht wirklich nicht. Sie können einen schwer verletzten, ohnmächtigen Mann nicht zum Friedhof fahren. Es sei denn, Sie wollen ihn auch gleich beerdigen.«

»Nein, nein, natürlich nicht. Aber die Menschen stehen jetzt im Regen auf dem Platz hinter der Kirche und warten auf ihn. Er muss ja nur seinen Segen geben.«

»Tut mir leid, aber es geht nicht. Wenn Sie wollen, komme ich mit und spreche mit den Leuten zusammen das Vaterunser oder ein anderes Gebet, früher haben das die Gutsherren immer für ihre Untergebenen getan. Heute ist das längst aus der Mode, aber vielleicht akzeptieren Ihre Heidjer mich.«

»Hm, ich weiß nicht. Ein Gebet ist kein Segen, nicht wahr?«

»Nein, ist es nicht. Aber ganz dicht dran. Und den Segen kann man ja nachholen, wenn der Pfarrer wieder gesund ist oder wenn ein anderer ihn vertritt.«

»Na ja, wenn Sie mitkommen und den Leuten das erklären, geht es vielleicht heute ohne den Segen.«

»Ganz bestimmt.« Albert sah Sabine an. »Und du? Kommst du auch mit?« Und während Piet Bollmann die Ohren spitzte, denn dieses ›Du‹ war ja ganz neu, schüttelte Sabine den Kopf. »Ich bleibe hier. Wenn ich gebraucht werde, sucht man mich hier, und den Pfarrer möchte ich auch nicht allein lassen.«

Der Graf nickte. »Hast du eine Bibel? Vielleicht finde ich ein paar passende Worte in den Sprüchen Salomos oder in den Psalmen, dann könnte ich die Gedenkminuten etwas vervollkommnen.«

Sabine nickte und holte die Bibel von ihrem Bücherbord, und während der Graf seinen Regenmantel anzog, suchte sie die Bibelstellen mit den Sprüchen und den Psalmen und legte zwei Zettel in die Seiten. Dann eilten die beiden Männer nach draußen, setzten sich in den Wagen und brausten mit Martinshorn und Blaulicht davon.

Also, die Sirene und die Lichter hätte er wirklich ausschalten können, dachte Sabine, hier ist schließlich kein Mensch unterwegs. Aber wenigstens kommt man auf der Dorfstraße wieder durch.

Sie ging hinein, beruhigte Ronca, die wieder unter den Tisch geflüchtet war, und ging hinüber in die Praxis, um nach dem Pfarrer zu sehen. Er lag unverändert still auf dem Massagebett, und nachdem sie den Puls gemessen hatte, ging sie wieder zurück in ihre Wohnhalle, räumte das kalt gewordene Essen fort und dachte an die vergangenen Minuten. Mein Gott, was wäre passiert, wenn Piet Bollmann nicht gekommen wäre? Da kommt ein fast fremder Mann her, und ich versinke in seinen Armen, und es gefällt mir sogar.

Sie starrte in den Regen hinaus. Das ist das Wetter, dieses Unwetter hat wirklich alles in mir durcheinandergewirbelt. Und dann dachte sie an die schrecklichen Stunden auf der Orgelempore mit dem schwer verletzten Pfarrer im Arm und an ihre entsetzliche Hilflosigkeit. Und an die Einsamkeit da oben. Und an die Angst, die sie hatte, dachte sie auch. Und dann war der Graf gekommen und hatte sie gefunden, und gerettet hatte er sie auch, irgendwie.

Warum mag ich ihn eigentlich nicht?, überlegte sie. Er gilt als arrogant und eingebildet, aber zu mir war er doch eigentlich ganz höflich, wenn auch reserviert. Damals, als seine Tochter so schwer gestürzt war, existierte ich nicht für ihn. Aber das war doch ganz natürlich, dass er sich um sein Kind kümmern musste. Er hat nicht einmal Danke gesagt, als ich sie notdürftig versorgt hatte, bevor der Krankenwagen kam. Das ist nun einmal so mit Eltern, die vergessen die Höflichkeit und stehen selbst unter Schock, das kann man ihnen doch nicht übel nehmen. Ja, und dann die Geschichte mit Monika von Lüdemann und der angeblichen Vaterschaft. Da hat er nur gelacht, als ich ihn darauf angesprochen habe. Und dann kam er mit einem Blumenstrauß angeritten, mit zerknickten und zerknautschten Wiesenblumen, die er selbst gepflückt hatte, das war doch eigentlich sehr nett von ihm. War da schon mehr als Sympathie im Spiel? Ein Gefühl der Zuneigung etwa?

Unsinn, schalt sie sich, er interessiert mich nicht. Es ist nur das primitive Verlangen nach Sicherheit, das mich in seine Arme getrieben hat, vielleicht nur die Angst, allein sein zu müssen nach diesem Unwetter. Trotzdem, er ist ein harter Mann, intolerant, ungeduldig und meistens sehr schroff, das sagen alle, die ihn kennen. Ich darf mein Herz nicht an einen solchen Mann hängen, da sind Enttäuschungen vorprogrammiert. Aber soll ich auf das hören, was alle sagen? Habe ich es nötig, auf die Urteile anderer zu achten? Sabine zuckte mit den Schultern und ging ans Fenster.

Ob er wiederkommt? Sein Wagen steht noch draußen auf der Straße. Er kommt bestimmt, und wie verhalte ich mich dann? Er kann doch nicht dort weitermachen, wo wir vorhin aufgehört haben? Und warum nicht? Ich will es nicht, obwohl es schön war. Ich muss mir über meine Gefühle erst einmal klar werden. So einfach ist das. Ein zweites Mal kommt bestimmt kein Piet Bollmann so plötzlich ins Haus.

Albert von Rebellin war keineswegs so stark, wie er aussah, und so selbstherrlich, wie ihn die Menschen einschätzten. Vor diesem Auftritt auf dem Friedhof fürchtete er sich. Und je mehr ihm vor dieser selbst angebotenen Aufgabe grauste, umso aufrechter ging er, umso höher hielt er seinen Kopf. Sie würden enttäuscht sein, weil er kam und nicht der Pfarrer, und er glaubte bereits auf dem Weg zur Kirche die Abneigung der Menschen zu spüren.

Der Friedhof bot ein seltsames Bild: umgestürzte Grabsteine, verschlammte Wege, umgefallene Bäume, aufgewühlte Erde und dazwischen Menschen mit Regenschirmen in den buntesten Farben. Am Rande abgestellt stand ein kleiner Bagger, mit dem normalerweise Gräber ausgehoben und Straßengräben gesäubert wurden. Jetzt hatte er geholfen, neue Gruben auszubaggern, um die noch intakten Särge wieder begraben zu können.

Als der Graf den Friedhof betrat, schüttelten viele Leute den Kopf, einige flüsterten miteinander, andere drehten ihm demonstrativ den Rücken zu, und alle weinten.

Der Polizist trat kurz entschlossen in die Mitte und erklärte: »Unser Pastor Benrath kann nicht kommen. Er ist bewusstlos und schwer verletzt, und Doktor Büttner hat gesagt, er würde sterben, wenn wir ihn hierherbrächten. Graf von Rebellin hat sich bereiterklärt, in alter Gutsherrentradition mit uns zu beten und das Vaterunser mit uns zu sprechen. Den Segen der Kirche müssen wir auf später verschieben.«

Dann stellte sich der Bürgermeister in die Mitte und versicherte:

»Wir alle, die Dorfgemeinschaft, die Trauernden und der Gemeinderat sind dem Herrn Grafen sehr dankbar, wenn er sich in unsere Mitte stellt und mit uns betet. Und im Anschluss an die Gedenkminuten möchte ich dann alle zum Aufwärmen mit Kaffee oder Korn in den Auenkrug einladen.«

Er erhielt einen schwachen Applaus, dann trat der Graf in die Mitte und hielt eine kleine, wohl formulierte Ansprache, las einige Absätze aus der Bibel vor und schloss mit einem Gebet und dem Vaterunser. Danach ging die Menge still auseinander. Einige blieben noch bei den frischen Gräbern ihrer Angehörigen stehen, andere gingen weinend nach Hause, und ein paar folgten dem Bürgermeister in den Auenkrug.

»Wohin soll ich Sie denn jetzt bringen, Herr Graf?« Piet Bollmann schaute den Heidjern nach, die sich im Auenkrug wärmen konnten. Er hätte jetzt auch Wärme und Ruhe gebraucht, er war schließlich seit vierundzwanzig Stunden unterwegs, und er war nicht mehr der Jüngste.

»Zurück zum Arzthaus, da steht mein Wagen. Funktioniert Ihr Notruf eigentlich wieder?«

»Ich muss es versuchen.« Bollmann drehte an seinem Alarmsystem, und nach einigem Rauschen war tatsächlich eine Stimme zu hören. Nach kurzem Hin und Her konnte man verstehen, was gesagt wurde, und der Graf bat Bollmann: »Fordern Sie sofort einen Krankenwagen an, der Pfarrer muss so schnell wie möglich behandelt werden. Die Notversorgung durch die Ärztin ist nur eine Erste-Hilfe-Maßnahme.«

Bollmann folgte der Bitte, gab die Adresse durch und erklärte Umwege, falls die Hauptstraßen noch immer unpassierbar seien. Dann fragte er nach den Reparaturen der Stromleitungen und der Telefone und versicherte, dass er für Auskünfte jederzeit zur Verfügung stehe. Danach setzte er den Grafen vor dem Haus der Ärztin ab, wünschte ihm gute Fahrt für den Rückweg und fuhr zurück in den Auenkrug. Auch er hatte sich jetzt eine kleine Aufwärmung verdient, vielleicht sogar zwei, eine mit Kaffee und eine mit dem beliebten Heidjer-Korn.

Der Graf stand neben seinem Wagen und zögerte. Sollte er hineingehen, würde er willkommen sein, oder sollte er einfach nach Hause fahren? Es ist sowieso besser, mit dem letzten Rest Tageslicht die Schleichwege zu benutzen, als in der Dunkelheit den Rückweg zu suchen. Oder sollte er bei der Ärztin bleiben und mit ihr zusammen warten, bis der Pfarrer abgeholt wurde? Brauchte sie ihn, oder war sie lieber allein? War ich vorhin zu stürmisch oder zu ungeduldig?, überlegte er. Doch plötzlich stellte er fest, dass er noch die fremde Bibel in der Hand hatte. Nein, die muss ich zurückgeben, die kann ich nicht einfach mitnehmen. Und erfreut, einen Grund gefunden zu haben, klappte er den Mantelkragen hoch, ging zur Haustür, klopfte leise und trat ein.

Sabine stand in ihrem Sprechzimmer am Karteischrank und sortierte Karten. Sie hatte gesehen, dass der Graf aus dem Polizeiauto stieg und unentschlossen vor seinem Wagen stand. Würde er hereinkommen, noch ein paar Worte mit ihr wechseln, oder würde er direkt in sein Schloss fahren? Dann sah sie, wie er den Gartenweg entlangkam, und hörte, wie er klopfte. »Ich bin hier in der Praxis«, rief sie nach draußen. Der Graf trat ein, drehte verlegen die Bibel in der Hand und sah sie erwartungsvoll an. »Ich dachte, es ist besser, ich bringe sie gleich zurück. Ich weiß nicht, wann ich hier wieder vorbeikomme.«

»Danke, ja, das ist besser. Manchmal braucht man sie ganz unverhofft. Wie war es denn auf dem Friedhof?«

»Gespenstisch. Viele haben geweint, und die Gräber waren nur provisorisch ausgebaggert und wieder zugeschüttet. Und dann hat der Bürgermeister alle zu Kaffee und Korn im Auenkrug eingeladen.«

»Konnten Sie ihnen denn mit ein paar passenden Worten helfen, und haben die Leute Ihr Angebot angenommen?«

»Sabine, als wir uns trennten, haben wir ›Du‹ zueinander gesagt.«

»Ach ja, ich bitte um Entschuldigung, aber das ›Du‹ war doch eher aus der Not heraus entstanden.«

»Ist es deshalb weniger gültig?«

»Nein, eigentlich nicht, aber ich weiß nicht, ob wir dabei bleiben sollten. Wir sind alle beide von dem ganzen Chaos verwirrt, vielleicht tut es uns morgen schon leid, so schnell so vertraut geworden zu sein.«

»Sabine, ich weiß sehr genau, was ich tue und was ich will. Ich lass mich nicht verwirren, wenn es um meine Gefühle geht. Ich wollte dich in den Arm nehmen, ich wollte dich küssen, und ich wollte dich auf die liebevollste Weise ansprechen, die es gibt. Bitte sage jetzt nicht, das alles geschah, weil wir verwirrt waren.«

»So habe ich das nicht gemeint. Aber du hast selbst gesagt, du weißt nicht, wann du hier wieder vorbeikommst, also wann wir uns wiedersehen – vielleicht bereust du morgen schon, was heute hier passiert ist.«

Albert legte die Bibel auf Sabines Schreibtisch und trat auf sie zu. Dann legte er seine Hände auf ihre Schultern und sah sie fragend an. »Ich bin kein leichtsinniger Mann, der morgen vergisst, was er heute gesagt hat. Ich bin vielleicht launenhaft und eigensinnig, ich bin aber auch korrekt und tolerant, und vor allem stehe ich zu meinem Wort, zu meinem überaus ernsthaft gemeinten Wort mit den zwei Buchstaben. Du! – Du bist es, deren Freundschaft und Verständnis ich suche. Schenk mir bitte die Vertrautheit, die ich mir so sehr wünsche.«

Sabine nahm seine Hände von ihren Schultern und trat einen Schritt zurück, um in seine Augen zu sehen. Diesmal sah sie nicht nur ihr Spiegelbild darin, sondern Fragen, Hoffnungen, Wünsche.

»Albert, ich danke dir für dein Vertrauen und für deine Offenheit. Du suchst meine Freundschaft, und ich schenke sie dir gerne, aber Freundschaft muss wachsen, sie muss sich bewähren, sie muss beständig, haltbar und zuverlässig sein, sie muss sich ganz einfach entwickeln. Gib uns und ihr die Zeit dafür.«

»Sabine, ich habe jahrelang darauf gewartet, einem Menschen zu begegnen, der mich versteht, der mir hilft, wenn ich Hilfe brauche, und der mir vertraut, wenn ich um Vertrauen bitte. Ich weiß, dass dich meine Worte überraschen, aber meine Gefühle für dich sind so eindeutig und sicher, dass ich überhaupt keinen Zweifel habe, den Menschen gefunden zu haben, den ich seit vielen Jahren suche.«

»Aber du musst auch verstehen, dass ich Zeit für eine wachsende Beziehung brauche, denn ich habe dich weder gesucht noch gefragt. Mich überrascht dieses Gefühl einer wachsenden Beziehung zu einem Mann, den ich kaum kenne.«

»Natürlich, du hast vollkommen recht, und ich will dich weder drängen noch Gefühle erzwingen, die wachsen müssen. Ich will nur, dass du weißt, wie viel mir unsere Freundschaft bedeuten würde und wie sehr ich deine Nähe brauche. Ich habe das alles nicht gewollt, aber dann waren diese Gefühle da, und ich habe sofort gewusst, was sie bedeuten.«

Im Nebenraum ertönte lautes Stöhnen.

»Mein Gott, der Pfarrer ist aus dem Koma erwacht.« Sabine lief hinüber und beugte sich über den alten Mann, strich ihm liebevoll über die Wange und beruhigte ihn. »Alles wird gut, Herr Pfarrer. Alles wird gut.«

Der Mann versuchte zu sprechen, brachte aber kein Wort hervor.

Sabine sah die Frage in seinen Augen. »Sie sind verletzt, Herr Pfarrer. Eine der Orgelpfeifen hat Sie am Kopf getroffen. Sie waren bewusstlos, und ich habe Ihren Kopf verbunden. Wir warten auf den Krankenwagen, der Sie nach Soltau bringt, dort wird man sich besser um Sie kümmern können, als ich es hier kann. Wissen Sie, wir hatten ein Unwetter, und Sie waren in der Kirche, als die Orgel einstürzte. Da wurden Sie getroffen.« Der Mann schloss wieder die Augen.

Albert strich Sabine über das Haar. »Mach dir keine Sorgen, der Krankenwagen ist unterwegs, ich habe den Polizisten gebeten, noch einmal einen Funkruf loszuschicken, und diesmal ist er durchgekommen.«

»Das ist gut. Ich werde jetzt aber hier im Raum bei ihm bleiben, es kann sein, dass er wieder wach wird und sich bewegt, das muss ich verhindern.«

»Wenn es dir recht ist, bleibe ich bei euch. Ich möchte nicht, dass du allein hier mit diesem schwer kranken Menschen bist.«

Sabine lächelte ihn an. »Das ist sehr nett von dir, aber ich bin es gewohnt, allein hier zu sein. Draußen ist es inzwischen dunkel, du wirst Schwierigkeiten mit deinem Heimweg haben.«

»Das macht nichts.« Eine Weile saßen sie schweigend neben der Liege. Dann piepte plötzlich das Handy des Grafen in der Manteltasche, den er draußen abgelegt hatte. Er stand auf und ging nach nebenan. »Gott sein Dank, die Telefonmasten scheinen wieder intakt zu sein.«

Doch die Freude wich sogleich Erschrecken und Wut, als er die SMS las: ›Francesca hier. Habe heute Jürgen Albers in Davos geheiratet. Ende der Nachricht.‹

Sprachlos vor Ärger kam er zurück in den Massageraum. »Das ist nicht zu glauben, es war meine Tochter mit einer Handy-Nachricht. Sie hat heute den Förster geheiratet. Unglaublich, was sagst du dazu?«

Sabine schüttelte den Kopf. »Kinder können sehr grausam sein. Aber sie ist volljährig, sie wird wissen, was sie tut.«

»Ach, verdammt, ich hatte ganz andere, so wundervolle Pläne mit ihr. Wie kann sie mir das antun?«

»Vielleicht wollte sie diesen Plänen unbedingt entgehen.«

»Dummes Ding. Sie hätte eine der besten Partien in unseren Kreisen machen sollen. Seit Jahren habe ich das geplant.«

»Siehst du, deine Pläne wollte sie nicht.«

»Was weiß so ein dummes, kleines Mädchen denn schon, was gut für sie ist?«

»Sie ist kein dummes, kleines Mädchen mehr, auch wenn sie hin und wieder Autoreifen aufschneidet. Der Forstmeister ist ein ehrenwerter Mann, er wird sich die Bindung gut überlegt haben.«

»Dieser Förster, du kennst ihn doch, was ist er für ein Mensch?«

»Er ist sehr introvertiert und sehr zuverlässig, sie hat eine gute Wahl getroffen.«

»Ach, verdammt noch mal, sie hätte mich fragen müssen. Sie –«

Auf der Straße war Motorengeräusch zu hören. Der Graf trat ans Fenster und beobachtete, wie ein Krankenwagen mit einem Suchscheinwerfer die Hausnummern absuchte. »Ich geh' raus und winke dem Wagen zu, die Straßenlampen funktionieren noch nicht«, und schon war er draußen und winkte den Wagen in die Einfahrt.

Sabine kontrollierte noch einmal den Puls und den Blutdruck des Verletzten, dann ging sie den Sanitätern entgegen. »Gut, dass Sie kommen«, begrüßte sie die Sanitäter und den Notarzt. »Mein Patient lag bis vor einer Stunde im Koma, dann ist er kurz wach gewesen und schläft jetzt wieder. Er hat eine schwere Verletzung am Kopf, ich habe alles notiert.« Damit übergab sie dem Arzt einen kurzen, aber umfassenden Krankenbericht und führte die Sanitäter in den Massageraum.

»Ach Gott, im Gitterbettchen«, grinste einer der Männer. »Und das alles bei Kerzenschein.«

»Ja, die Liege ist schmal, und bei der ersten Bewegung hätte er herunterfallen können, da waren mir die Gitter die sicherste Lösung. Und Strom haben wir leider immer noch nicht. Wir hatten hier nämlich, falls Sie es noch nicht wissen sollten, ein furchtbares Unwetter«, erklärte Sabine leicht verärgert.

»War ja nur als Spaß gemeint«, entschuldigte sich der Sanitäter. Dann betteten sie den Pfarrer auf die Trage, deckten ihn zu und rollten ihn nach draußen.

»Würden Sie mir mitteilen, wie er die Fahrt überstanden hat und wie es ihm geht?«

»Natürlich, aber für die Weiterbehandlung bin ich dann nicht zuständig«, erklärte der Notarzt, folgte den beiden Sanitätern und stieg hinten in den Wagen zu dem Verletzten.

Sabine und Albert sahen dem Fahrzeug für einen Augenblick nach, dann gingen sie ins Haus zurück. Es regnete noch immer. Der Graf griff nach seinem Regenmantel, und als er ihn anziehen wollte, hielt Sabine ihn auf. »Nicht doch, es ist spät geworden, es ist dunkel, es regnet, und die Straßen sind noch immer in sehr schlechtem Zustand.«

»Du meinst, ich sollte nicht fahren?«

»Ich denke, alles spricht dafür, hierzubleiben.«

»Sabine, ich –«

»Albert, ich denke, es ist besser, du bleibst heute hier. Du bist enttäuscht und wütend, und müde bist du auch. Es war schließlich kein leichter Tag für dich, bitte bleib.«

»Danke, Sabine. Ich bin wirklich in keiner guten Stimmung, und wenn ich an das Chaos im Schloss denke, wird mir ganz übel.«

Sabine blies die Kerzen in der Praxis aus, und Albert half ihr dabei. Die letzten nahmen sie mit in den Wohnbereich, und während Albert neue Kerzen anzündete, ging Sabine in die Küche und stellte Brot, Butter, Wurst und Käse auf ein Tablett. Dann holte sie eine Flasche Wein aus dem Keller und den Cognac aus der Bar. Vielleicht ist es am besten, wir trinken erst einmal einen richtig scharfen Cognac, damit er sich beruhigt, überlegte sie und füllte zwei Schwenker.

»Komm, Albert, trinken wir auf diesen wenig erfreulichen Tag und dass die nächsten besser werden.«

»Sabine, ich trinke nicht auf unerfreuliche Tage, ich trinke auf dich und auf eine wunderbare Freundschaft, die wir beide aufbauen werden.« Damit leerte er das Glas mit einem Schluck und strich Sabine liebevoll über die Wange. »Du wirst es nicht immer leicht mit mir haben, aber du darfst sicher sein, dass ich dich mehr liebe als mich selbst. Wir beide zusammen, Sabine, das ist es, was zählt. Danke, dass ich bei dir bleiben darf.«

Sabine lächelte ihn an: »Willkommen in meinem Leben.«